Das Buch

Mit seiner tausendköpfigen Besatzung fliegt das Forschungsschiff *Space Beagle* durch das All. Das Ziel: erstmals in der Geschichte der Menschheit eine benachbarte Galaxie zu erreichen. Bei der Durchquerung der Milchstraße treffen die Forscher, Lichtjahrtausende von der Erde entfernt, auf Cœurl, das Katzenwesen mit den wuchtigen Tentakeln; auf die vogelähnlichen Riim; und auf das Geschöpf Ixtl, das seine Eier im menschlichem Körper ablegt. Und schließlich stößt die *Space Beagle* auf eine gasförmige Intelligenz von der Ausdehnung eines galaktischen Nebels. Eine Situation, die den Tod der gesamten Besatzung bedeuten könnte – und bei deren Lösung Elliott Grosvenor, der die neuartige Wissenschaft des Nexialismus vertritt, eine entscheidende Rolle zufällt …

Mit »Die Expedition der Space Beagle« hat A. E. van Vogt eines der atemberaubendsten Weltraumabenteuer der Science-Fiction geschrieben, dessen Ideenreichtum – unter anderem findet sich hier die Vorlage für die außerirdische Kreatur in Ridley Scotts Film *Alien* – kaum zu überbieten ist.

Der Autor

Alfred Elton van Vogt, geboren 1912 im kanadischen Winnipeg, begann in den späten 1930er Jahren mit dem Schreiben von Science-Fiction-Geschichten und wurde damit in kürzester Zeit berühmt. Seine zahlreichen Erzählungen und Romane machten ihn, neben Isaac Asimov und Robert A. Heinlein, zu einem der drei großen Autoren des sogenannten »Goldenen Zeitalters« der Science-Fiction und haben bis heute nichts von ihrer literarischen Kraft und Faszination verloren. Van Vogt starb im Jahr 2000 in Los Angeles.

A. E. VAN VOGT

DIE EXPEDITION DER SPACE BEAGLE

ROMAN

Mit einem Nachwort
von Rainer Eisfeld

WILHELM HEYNE VERLAG
MÜNCHEN

Titel der Originalausgabe
THE VOYAGE OF THE SPACE BEAGLE
Aus dem Amerikanischen von Rainer Eisfeld
Neu durchgesehen und bearbeitet von Sven-Eric Wehmeyer

Sollte diese Publikation Links auf Webseiten Dritter enthalten,
so übernehmen wir für deren Inhalte keine Haftung, da wir
uns diese nicht zu eigen machen, sondern lediglich auf deren
Stand zum Zeitpunkt der Erstveröffentlichung verweisen.

MIX
Papier aus verantwor-
tungsvollen Quellen
FSC® C014496

Verlagsgruppe Random House FSC® N001967

Überarbeitete Neuausgabe 8/2018
Copyright © 1950/1977 by A. E. van Vogt
Copyright © 2018 des Nachworts by Rainer Eisfeld
Copyright © 2018 der deutschsprachigen Ausgabe
und der Übersetzung by Wilhelm Heyne Verlag, München,
in der Verlagsgruppe Random House GmbH,
Neumarkter Straße 28, 81673 München
Printed in Germany
Umschlaggestaltung: Nele Schütz Design, München, unter Verwendung
eines Motivs von Shutterstock / tsuneomp, alexaldo
Satz: Schaber Datentechnik, Austria
Druck und Bindung: GGP Media GmbH, Pößneck

ISBN: 978-3-453-31952-3

www.diezukunft.de

1

Weiter und immer weiter streifte Cœurl. Die schwarze, mondlose, fast sternenlose Nacht wich zögernd einer Unheil kündenden rötlichen Dämmerung, die zu seiner Linken heraufkroch. Ein trübes, unbestimmtes Licht, das kein Vorgefühl nahender Wärme vermittelte, kein Behagen, nichts als matte, kalte Helligkeit, die langsam eine Albtraumlandschaft enthüllte.

Schwarzes, gezacktes Felsgestein und ein schwarzes, lebloses Plateau nahmen Gestalt um ihn an, als endlich eine fahle rote Sonne über den grotesken Horizont stieg. Kalte Lichtfinger tasteten sich in die Schatten vor. Und noch immer war von der Familie der Id-Kreaturen, deren Spuren er jetzt schon seit fast hundert Tagen folgte, kein Anzeichen zu sehen.

Schließlich blieb er stehen, und die jähe Erkenntnis der Wirklichkeit überkam ihn wie ein kalter Schauer. Seine mächtigen Vordertatzen – doppelt so lang wie seine Hinterbeine – zuckten in einer konvulsivischen Bewegung, die jede einzelne seiner rasiermesserscharfen Krallen krümmte. Die wuchtigen Tentakel, die aus seinen Schultern sprossen, stellten ihre schlängelnde Bewegung ein und versteiften sich. Er wandte seinen großen Katzenkopf von einer Seite zur anderen, während die haarähnlichen Fühler, die seine Ohren bildeten, fieberhaft vibrierten und jeden wandernden Hauch, jeden Pulsschlag im Äther prüften und untersuchten.

Doch keine Reaktion stellte sich ein. Kein rasches Prickeln durchlief sein kompliziertes Nervensystem. Nirgendwo war auch nur das leiseste Anzeichen festzustellen, das auf die Anwesenheit der Id hingedeutet hätte, jener Wesen, die auf diesem öden Planeten seine einzige Nahrungsquelle bildeten. Hoffnungslos kauerte sich Cœurl zusammen, eine gewaltige, katzenähnliche Gestalt, deren Umriss sich gegen den mattroten Himmel abhob, wie das Zerrbild eines schwarzen Tigers auf einem dunklen Granitblock in einer Schattenwelt. Was ihn vor allem bestürzte, war die Tatsache, dass ihm jegliches Kontaktgefühl verloren gegangen war. Er verfügte über eine Sensorik, die es normalerweise erlaubte, organisches Id über meilenweite Entfernungen hinweg wahrzunehmen. Er erkannte, dass er nicht länger normal war. Dass er über Nacht den Kontakt verloren hatte, wies auf einen physischen Zusammenbruch hin. Dies also war die tödliche Krankheit, von der er gehört hatte. Siebenmal war er im vergangenen Jahrhundert auf Cœurls gestoßen, die sich aus reiner Schwäche nicht mehr bewegen konnten und deren sonst unsterbliche Körper ausgezehrt und aufgrund des Nahrungsmangels dem Tode geweiht waren. Begierig hatte er dann ihre wehrlosen Körper zerschmettert und den letzten Rest Id zu sich genommen, der sie noch am Leben erhielt.

Cœurl erschauerte vor Erregung, als er an jene Festmähler dachte. Dann knurrte er vernehmlich, ein trotziger, bösartiger Laut, der in der Luft nachbebte, zwischen den Felsen widerhallte und in jeder Nervenfaser seines Körpers nachzitterte. Es war ein instinktiver Ausdruck seines ungebändigten Lebenswillens.

Und dann erstarrte er abrupt.

Hoch über dem fernen Horizont erblickte er einen winzigen glühenden Punkt. Er kam näher. Er wuchs rasend schnell, schwoll immens an zu einem gewaltigen Ball aus Metall, wurde zu einem riesigen, runden Raumschiff. Blitzend wie poliertes Silber, zischte die mächtige Kugel über Cœurl hinweg, während sie ihren Flug sichtlich verlangsamte. Sie entfernte sich über eine schwarze Hügelkette zur Rechten, schwebte eine Sekunde lang beinahe reglos in der Luft, sank schließlich nieder und verschwand außer Sicht.

Cœurl schüttelte ruckartig seine Erstarrung ab. Pantherhaft schnell glitt er zwischen den Felsen hindurch. Seine runden schwarzen Augen glühten in einer Gier, die ihm Qualen bereitete. Seine vibrierenden Ohrfühler meldeten ihm Id in solchen Mengen, dass der Heißhunger seinen geschwächten Körper zu überwältigen drohte.

Die ferne Sonne stand, jetzt rosa schimmernd, hoch am purpurn-schwärzlichen Firmament, als er sich in der Deckung eines Felsmassivs anpirschte und aus dessen Schatten auf die verfallenen Ruinen der einstmals gigantischen Stadt hinunterspähte, die sich unter ihm erstreckten. Ihrer gewaltigen Größe ungeachtet, wirkte die silbrige Kugel unscheinbar vor der endlosen Trümmerkulisse. Und doch ging eine verhaltene Lebendigkeit, eine dynamische Ruhe von ihr aus, die das Schiff nach einem Augenblick von seiner Umgebung abstechen, sie dominieren ließ. Ein wuchtiges, felszermalmendes Gebilde aus Metall, war es in einer Senke zum Stillstand gekommen, die seine eigene Last in den harten, unnachgiebigen Boden des Plateaus gedrückt hatte, das übergangslos am Rand der toten Metropole begann.

Cœurl starrte auf die zweibeinigen Wesen hinunter, die dem Schiff entstiegen waren. Sie standen in kleinen Gruppen am Fuß einer Rampe, die aus einer strahlend hell erleuchteten Öffnung dreißig Meter über dem Boden herabgelassen worden war, beisammen. Qualvolles Verlangen schnürte ihm den Schlund zu; sein Bewusstsein verdunkelte sich in dem wilden Drang, sich auf diese wehrlos wirkenden Geschöpfe zu stürzen, die Körper zu zerschmettern, von denen die Id-Schwingungen ausgingen.

Schemenhafte Erinnerungen bremsten den Impuls, während er noch durch seine Muskeln brandete. Es war die Erinnerung an die ferne Vergangenheit seiner eigenen Rasse – an Maschinen, die zerstören konnten, an Energien, die mächtiger waren als alle Kräfte seines Körpers. Erinnerungen, die Furcht in ihm weckten und mit ihr einen bitteren Geschmack der Schwäche, der an die Wurzeln seiner Stärke rührte. Ihm blieb die Zeit, um zu erkennen, dass die Wesen über ihren eigentlichen Körpern Gebilde aus leuchtendem, durchscheinendem Material trugen, das in den Strahlen der Sonne eigentümlich flimmerte und blendete.

Jetzt stellte sich verschlagenes Wägen ein – Erkenntnis des Motivs, das die Geschöpfe hergeführt hatte. Dies, schloss Cœurl, war eine Forschungsexpedition von einem anderen Stern. Forscher untersuchten, statt zu zerstören. Forscher hätten keinesfalls die Absicht, ihn zu töten, sofern er sie nicht angriff. Auf ihre Art waren Forscher einfältige Narren.

Angespornt durch diese Erkenntnis und kühn vor Hunger, wagte sich Cœurl aus seiner Deckung. Er gewahrte, dass die Wesen auf ihn aufmerksam wurden. Sie drehten sich um und starrten ihn an. Die drei, die ihm am nächsten waren, zogen sich langsam zu den größeren Gruppen zurück. Eines, das kleinste seiner Gruppe, entnahm einem Futteral an seiner Seite einen schimmernden Metallstab und hielt ihn locker in der Hand.

Cœurl trottete weiter, sosehr die Handlung ihn bestürzte. Um kehrtzumachen, war es zu spät.

Elliott Grosvenor verharrte an seinem Standort im Hintergrund, unweit der heruntergelassenen Metallrampe. Zurückhaltend aufzutreten begann ihm zur Gewohnheit zu werden. Einziger Nexialist an Bord der *Space Beagle*, wurde er seit Monaten von den hoch spezialisierten Wissenschaftlern ignoriert, die sich unter einem Nexialisten nichts Genaues vorstellen konnten und auch kein weiteres Interesse dafür an den Tag legten. Grosvenor gedachte diesen Zustand zu ändern. Eine Gelegenheit dazu hatte sich bislang nicht ergeben. Die Sprechfunkanlage im Helm seines Raumanzuges begann abrupt zu tönen. Ein Mann lachte leise und sagte dann: »Ich für meine Person werde einem Geschöpf dieser Größe gegenüber kein Risiko eingehen.«

Während der Mann sprach, erkannte Grosvenor die Stimme von Gregory Kent, dem Chef der chemischen Abteilung. Physisch ein kleiner Mann, zeichnete sich Kent dagegen durch eine starke Persönlichkeit aus. Er hatte zahlreiche Freunde und Anhänger an Bord des Schiffes, und er hatte bereits seine Kandidatur für den Posten des

Expeditionsdirektors bei der bevorstehenden Wahl angekündigt. Von allen Männern, die dem herannahenden Ungeheuer gegenüberstanden, war Kent der Einzige, der eine Waffe gezogen hatte. Er stand jetzt in lässiger Haltung da und hantierte mit dem dünnen metallischen Instrument herum.

Eine andere Stimme erklang. Ihr Tonfall war tiefer und fiel außerdem bedächtiger und entspannter aus. Grosvenor erkannte sie als die von Hal Morton, dem Direktor der Expedition. Morton sagte: »Das ist einer der Gründe, weshalb Sie bei dieser Expedition dabei sind, Kent – weil Sie nie irgendwelche Risiken eingehen.«

Es war eine durchaus freundliche Bemerkung. Sie überging die Tatsache, dass Kent bereits als Mortons Gegner für das Amt des Direktors hervorgetreten war. Natürlich hätte hinter ihr die Absicht stehen können, den Unbedarfteren unter den Zuhörern mit beiläufig-elegantem politischen Geschick lediglich die Vorstellung nahezulegen, Morton hege keinerlei Groll gegenüber seinem Rivalen. Grosvenor bezweifelte nicht, dass der Direktor zu solchen Subtilitäten imstande war. Er hatte Morton als gerissenen, mehr oder weniger ehrlichen und sehr intelligenten Mann eingeschätzt, als einen Mann, der die meisten Situationen mit instinktiver Sicherheit zu bewältigen wusste.

Grosvenor verfolgte, wie das katzenartige Untier über das schwarze Felsplateau auf sie zukam, während Morton instinktiv nach vorn schritt, um sich ein Stück vor den Übrigen zu postieren. Der durchsichtige Metallitanzug straffte sich um seine athletische Gestalt. Über die Sprechfunkanlage drangen die Kommentare der anderen Abteilungschefs an Grosvenors Ohren.

»Diesem Tierchen würde ich ungern allein bei Nacht begegnen.«

»Unsinn. Das Geschöpf ist offenkundig intelligent. Sicherlich gehört es zur vorherrschenden Spezies.«

»Am ehesten ähnelt es einer großen Katze, wenn man von den Tentakeln und den überproportionierten vorderen Extremitäten absieht.«

»Sein Körperbau«, dozierte eine Stimme, die Grosvenor als die Siedels, des Psychologen, erkannte, »lässt eher auf instinktive als auf verstandesmäßige Anpassung an seine Umwelt schließen. Andererseits nähert es sich uns nicht wie ein Tier, sondern wie ein Lebewesen, das unseren Entwicklungsstand und unsere Intelligenz erfasst hat. Beachten Sie, wie steif seine Bewegungen sind. Das deutet darauf hin, dass es sich unserer Waffen bewusst und auf der Hut ist. Ich würde mir die Enden seiner Tentakel gerne näher ansehen. Sollten sie in handähnlichen Gliedmaßen auslaufen, die Gegenstände zu ergreifen vermögen, dann müsste die unausweichliche Folgerung lauten, dass es sich um einen Abkömmling der einstigen Bewohner dieser Stadt handelt.« Er schwieg einen Moment und fuhr dann fort: »Es wäre von beträchtlichem Wert, wenn wir uns mit ihm verständigen könnten, obwohl alles darauf hindeutet, dass es in ein primitives, vorgeschichtliches Stadium zurückgefallen ist.«

Cœurl hielt inne, als er von dem vordersten Geschöpf noch drei Meter entfernt war. Die überwältigende Nähe des Id ließ ihm die Sinne wirbeln. Seine Gliedmaßen schienen in flüssiges Metall getaucht; seine Sicht trübte sich, während die Gier ihn wie eine Woge durchbrandete.

Die Männer – ausgenommen der klein gewachsenere mit dem glitzernden Stab in der Hand – kamen näher. Cœurl gewahrte, dass sie ihn unverhohlen und neugierig betrachteten. Ihre Lippen bewegten sich, und ihre Stimmen hämmerten in monotonem, nichtssagendem Rhythmus gegen seine Ohrfühler. Mochte die Frequenz auch innerhalb seines Wahrnehmungsbereichs liegen, peinigte ihn doch die mechanische Eintönigkeit der Schwingungen. Bemüht, sich freundlich zu geben, sandte er über die Fühler seinen Namen aus, wobei er einen Tentakel krümmte und auf sich selbst wies.

Eine Stimme, die Grosvenor nicht erkannte, sagte gedehnt: »Ich empfange da eine Art Störung. Immer dann, wenn sich diese Härchen bewegen, Morton. Glauben Sie ...«

»Sieht ganz danach aus«, beantwortete der Direktor die unvollendete Frage. »Das bedeutet Arbeit für Sie, Gourlay. Falls es sich mithilfe von Radiowellen verständigt, lassen die Vibrationen sich vielleicht in Fernsehbilder umwandeln, oder Sie versuchen ihm irgendeinen Sprachcode beizubringen.«

Dank der Nennung des Namens wusste Grosvenor nun, wer der andere war: Gourlay, Chef des Nachrichtenwesens. Grosvenor, der die Unterhaltung auf Tonband aufnahm, schmunzelte erfreut. Das Erscheinen der Kreatur würde ihm vielleicht die Möglichkeit geben, auch die Stimmen aller übrigen wichtigen Männer der Expedition aufzunehmen. Von Anfang an hatte er sich bereits darum bemüht.

»Aha«, warf Siedel, der Psychologe, ein, »ich hatte recht. Die Tentakel enden tatsächlich jeweils in sieben kräftigen Fingern mit Saugnäpfen. Bei genügend komplex entwickeltem Nervensystem könnten diese Finger nach entsprechendem Training jede Maschine bedienen.«

Direktor Morton bemerkte: »Ich denke, am besten gehen wir erst einmal essen und machen uns dann an die Arbeit. Während nach Gesteinsproben gebohrt wird, können sich die anderen auf die Architektur und die wissenschaftliche Entwicklung dieser Spezies konzentrieren. Insbesondere wüsste ich gern, woran die Zivilisation zugrunde gegangen ist. Auf der Erde ist eine Kultur nach der anderen zerfallen, aber aus dem Staub der vorhergehenden hat sich stets eine neue erhoben. Weshalb ist es auf dieser Welt nicht dazu gekommen? Jede Abteilung wird ihr spezielles Untersuchungsgebiet zugewiesen bekommen. Noch irgendwelche Fragen?«

»Ja. Was machen wir mit dem Miezekater? Er scheint es darauf anzulegen, uns hineinzubegleiten.«

Morton kicherte, bevor er mit ernster Stimme sagte: »Ich wünschte, es gäbe einen Weg, das Geschöpf ins Schiff zu bringen, ohne Gewalt anzuwenden oder es zu betäuben. Kent, was meinen Sie?«

Der kleine Chemiker schüttelte nachdrücklich den Kopf. »Unmöglich. Diese Atmosphäre hier enthält weitaus mehr Chlor als Sauerstoff und genau genommen von beidem nicht besonders viel. Unsere Atemluft wäre mit ihrer Sauerstoffkonzentration für seine Lungen das reinste Dynamit.«

Für Grosvenor stand außer Zweifel, dass dem katzenähnlichen Untier diese Gefahr nicht bewusst war. »Es scheint anderer Auffassung zu sein.« Er sah zu, wie das Wesen den beiden vordersten Besatzungsmitgliedern die Rampe hinauf und durch die weite Öffnung folgte.

Die Männer hielten sich vorsichtig von ihm fern und bedachten Morton dann mit einem fragenden Blick. Der Direktor machte eine Handbewegung. »Öffnen Sie die innere Schleuse und lassen Sie ihn eine Spur Sauerstoff kosten. Das dürfte genügen.«

Einen Augenblick später machte der Direktor seiner Überraschung lautstark Luft. »Nicht zu fassen! Es spricht auf den Unterschied überhaupt nicht an. Entweder es verfügt über keine Lungen, oder seine Lungen nehmen das Chlor nicht auf. Also hinein mit ihm! Smith, damit wird Ihnen eine wahre Fundgrube für einen Biologen geliefert – ungefährlich, solange wir achtsam bleiben. Fertig werden wir immer mit ihm. Aber welch erstaunlicher Stoffwechsel!«

Smith war mager, knochig, hoch aufgeschossen und trug eine kummervolle Miene zur Schau. Mit unerwartet kraftvoller Stimme erwiderte er: »Bis jetzt haben wir bei unseren Erkundungsvorstößen nur zwei Arten höheren Lebens angetroffen. Die eine atmet Chlor, die andere Sauerstoff – eben jene Elemente, die Verbrennungsprozesse ermöglichen. Außerdem sind mir vage Berichte über eine dritte Lebensform zu Ohren gekommen, deren Atmung auf Fluor angewiesen sein soll, aber gesehen habe ich eine solche Art bisher noch nicht. Ich stehe mit meiner Qualifikation dafür ein, dass sich kein entwickelter Organismus mittels natürlicher Anpassung auf beide Gase gleichzeitig einstellen kann. Diese Spezies muss Biotechniken entdeckt haben, deren Möglichkeiten wir kaum zu ahnen beginnen. Morton, wir dürfen das Geschöpf nicht entkommen lassen, wenn es in unserer Macht steht.«

»Gemessen an dem Eifer, uns Gesellschaft zu leisten, den es an den Tag legt«, sagte Direktor Morton lachend, »dürfte die Schwierigkeit eher darin bestehen, es wieder loszuwerden.«

Zusammen mit Cœurl und den zwei Männern betrat er die Schleuse. Grosvenor eilte vorwärts, und mit ihm betrat schließlich ein Dutzend Männer den großen Schleusenraum. Die Außentür schloss sich, und Luft begann zischend in die Schleuse zu strömen. Jedermann war darauf bedacht, genügend Abstand zwischen sich und dem katzenähnlichen Monster zu halten. Grosvenor beobachtete das Wesen mit einem wachsenden Gefühl der Unruhe. Verschiedene Gedanken kamen ihm. Er wünschte, er hätte sie Morton mitteilen können. Eigentlich hätte er dazu in der Lage sein müssen. Nach dem Gesetz an Bord dieser Expeditionsschiffe sollte jeder Abteilungschef direkten Zugang zum Direktor haben. Da er Leiter der nexialistischen Abteilung war, hätte diese Regel – obgleich er der Einzige in seiner Abteilung war – auch für ihn gelten müssen. Die Funksprechanlage seines Raumanzugs hätte eigentlich so eingerichtet sein müssen, dass er direkt mit Morton sprechen konnte – so wie die Chefs der anderen Abteilungen. Aber er verfügte nur über einen allgemeinen Empfänger. Das gab ihm das Privileg, den großen Männern zu lauschen, wenn sie Außenarbeit verrichteten. Wenn er zu irgendjemandem sprechen wollte – oder wenn er in Gefahr war –, konnte er einen

Hebel umschalten, wodurch ihm ein Funksprechkanal zu einem zentralen Operateur geöffnet wurde.

Grosvenor bezweifelte den grundsätzlichen Wert dieses Systems nicht. An Bord des Schiffes befanden sich etwa tausend Mann, und es leuchtete ein, dass sie nicht alle nach ihrem Belieben mit Morton sprechen konnten.

Die innere Tür der Schleuse öffnete sich. Grosvenor schob sich mit den anderen hinaus. Automatische Anlagen summten; und binnen weniger Minuten standen sie am Fuß mehrerer Aufzüge, die zu den Quartieren hochführten. Zwischen Morton und Smith entspann sich eine kurze Diskussion. »Wir schicken es am besten allein hoch, falls es sich nicht widersetzt«, meinte Morton schließlich.

Cœurl fügte sich, bis die Aufzugtür zuglitt und die geschlossene Kabine nach oben sauste. Wild knurrend wirbelte er herum. Seine Beherrschung verflog. Mit einem Satz warf er sich gegen die Tür. Das Metall verbog sich unter seinem Ansprung, und der brennende Schmerz machte ihn erst recht rasend. Jetzt war er nur noch Tier, das in der Falle saß. Er hieb mit den Tatzen auf das Metall ein, verbog es, als wäre es Blech. Er riss mit den wuchtigen Tentakeln ganze Platten aus der Wandverkleidung. Die Anlage kreischte; die Kabine schlingerte beängstigend, emporgezerrt von ihrer unbegrenzten Antriebskraft ohne Rücksicht auf vorstehende Metallteile, die die Schachtwände hochschrammten. Dann kam der Aufzug zum Stehen. Cœurl stieß die Überbleibsel der Tür in den Gang und sprang hinterher. Dort wartete er, bis die Männer, ihre Waffen schussbereit, ebenfalls eintrafen.

»Wir waren dumm«, sagte Morton. »Wir hätten ihm die Funktionsweise demonstrieren sollen. Es glaubte wohl, wir hätten es übertölpelt.«

Mit einer Handbewegung lenkte er die Aufmerksamkeit des Untiers auf sich und gewahrte, wie das böse Glühen in den kohlschwarzen Augen erlosch, während er eine Aufzugtür mehrfach und betont langsam auf- und zugleiten ließ. Cœurl bereitete der Lektion ein Ende, indem er in den großen Raum zu seiner Rechten trottete.

Er streckte sich auf dem Boden aus und kämpfte die Anspannung nieder, die seine Muskeln und Nerven elektrisiert hatte. Wilder Zorn auf sich selbst verzehrte ihn. Seinem brennenden Bewusstsein wollte scheinen, dass er den Vorteil verspielt hatte, sanft und harmlos zu wirken. Seine Kraft musste die Geschöpfe überrascht und bestürzt haben.

Infolgedessen würde die Aufgabe gefahrvoller sein, die es für ihn zu vollbringen galt: sich des Schiffes zu bemächtigen. Alle an Bord zu töten. Mit dem Schiff die Welt zu erreichen, von der diese zweibeinigen Wesen stammten. Dort würde es unerschöpfliche Mengen von Id geben.

2

Mit starrem Blick verfolgte Cœurl, wie zwei Männer den lockeren Schutt vor dem metallenen Zugang des enormen Bauwerks aus Vorzeiten wegräumten. Die menschlichen Wesen hatten zu Mittag gegessen und ihre Raumanzüge angelegt; jetzt konnte er sie einzeln und in Gruppen überall sehen, wohin er auch blickte. Cœurl schloss daraus, dass sie noch immer die tote Stadt untersuchten.

Sein eigenes Interesse galt ausschließlich Nahrung. Sein Körper schmerzte ihn, so sehr hungerten seine Zellen nach Id. Das gierige Verlangen ließ seine Sinne pochen, seine Muskeln erheben. In jedem Nerv zuckte es ihn, die Männer zu verfolgen, die tiefer in die Stadt eingedrungen waren. Einer davon hatte sich allein entfernt.

Während des Mittagessens war ihm von den menschlichen Wesen eine Auswahl ihrer eigenen Nahrung angeboten worden, die für ihn natürlich keinen Wert hatte. Sie wussten anscheinend nicht, dass er lebende Wesen verspeisen musste. Id war nicht bloß eine Substanz, vielmehr die besondere Daseinsform einer Substanz und konnte nur aus Geweben gewonnen werden, die noch vom Strom des Lebens durchpulst wurden.

Schleppend verstrichen die Minuten; und noch immer beherrschte sich Cœurl, blieb beobachtend liegen, in dem Wissen, dass die Männer ihn wahrnahmen. Sie ließen eine metallene Maschine aus dem Schiff zu der Gesteinsmasse herüberschweben, die die große, halb offen stehende Eingangstür blockierte. Keine ihrer Gebärden entging seinem unguten Blick, und mit der Zeit, als die einfache Konstruktion der Maschine ihm dämmerte, stellte sich Verachtung ein.

Er wusste, was er zu erwarten hatte, noch ehe die Flamme mit weiß glühender Heftigkeit auflohte, um sich dann hungrig in den harten Felsen zu fressen. Dennoch sprang er bewusst auf und fauchte wie aus Furcht vor der lodernden Hitze. Seine Ohrfühler fingen das Lachen der Männer auf, ihre sonderbare Freude an seinem gespielten Entsetzen.

Von einem kleinen Patrouillenboot aus verfolgte Grosvenor den Vorgang. Die Aufgabe, Cœurl zu beobachten, hatte er sich selbst gestellt. Sonst gab es nichts für ihn zu tun. Niemand schien der Unterstützung des einzigen Nexialisten an Bord der *Space Beagle* zu bedürfen. Der Zugang war freigeräumt. Direktor Morton kam herüber und begab sich gemeinsam mit einem anderen Mann ins Innere. Kurz darauf erreichten ihre Stimmen Grosvenor über die Funksprechanlage. Mortons Begleiter sprach zuerst.

»Ein Trümmerfeld. Es muss einen Krieg gegeben haben. Man kann den Zweck dieser Maschinerie erkennen. Es ist sekundäres Zeug. Ich möchte jedoch wissen, wie es gesteuert und angewendet wurde.«

»Ich verstehe nicht ganz, was Sie meinen«, sagte Morton.

»Ganz einfach«, antwortete der andere. »Bis jetzt habe ich lediglich Werkzeuge gesehen. So gut wie jede Maschine, sei es nun ein Werkzeug oder eine Waffe, ist mit einem Transformer ausgerüstet, der Energie aufnimmt, ihre Gestalt verändert und sie nutzbar macht. Wo sind die Kraftwerke? Ich hoffe, dass wir in ihren Bibliotheken einen Hinweis finden. Was kann eine ganze Zivilisation nur derart zugrunde gerichtet haben?«

Eine andere Stimme meldete sich über Sprechfunk. »Siedel hier. Ich habe Ihre Frage gehört, Mr. Pennons. Es gibt mindestens zwei Gründe dafür, warum ein Territorium unbewohnbar wird. Einer besteht darin, dass die Ernährungsgrundlage entfällt. Der andere lautet Krieg.«

Grosvenor war froh darüber, dass Siedel den Namen des anderen Mannes ausgesprochen hatte – eine weitere identifizierte Stimme, die er seiner Sammlung hinzufügen konnte. Pennons war der leitende Ingenieur an Bord.

»Nun, verehrter psychologischer Freund«, sagte Pennons, »bei dem wissenschaftlichen Stand, den man hier erreicht hatte, wären Ernährungsprobleme wohl für sie lösbar gewesen, wenigstens im Rahmen einer geringeren Bevölkerungsdichte. Und weshalb hat man sich, wenn das nicht klappte, nicht auf die Entwicklung der Raumfahrt verlegt, um notfalls auszuwandern, an einen Ort, wo es Nahrung gibt?«

»Fragen Sie Gunlie Lester«, warf Morton ein. »Noch ehe wir gelandet sind, habe ich gehört, wie er eine Theorie entwickelt hat.«

Der Astronom reagierte sogleich. »Ich muss meine Anhaltspunkte erst im Einzelnen nachprüfen, aber jedenfalls ist die öde Welt, auf der wir stehen, der einzige Planet, der um diese kümmerliche Sonne kreist. Sonst existiert nichts. Kein Mond, kein einziger Planetoid. Und das nächste Sternsystem liegt *neunhundert* Lichtjahre entfernt. Entsprechend gewaltig war das Problem, dem sich die herrschende Gattung dieses Planeten gegenübersah. Sie hätte nicht nur die interplanetare, sondern auf Anhieb die interstellare Raumfahrt erfinden müssen. Vergegenwärtigen Sie sich zum Vergleich, wie langsam unsere eigene Entwicklung vonstatten ging – erst zum Mond, dann zur Venus, ein Erfolg führte zum anderen, und nach Jahrhunderten erreichten wir die nächsten Sterne. Am Ende stand der Anti-Akzelerationsantrieb, der galaktische Reisen ermöglichte. Bedenkt man dies alles, dann möchte ich behaupten, dass die Erschaffung derartiger Antriebe ohne praktische Erfahrungen ausgeschlossen ist. In Anbetracht der Entfernung des nächsten Sterns fehlten im vorliegenden Fall aber gerade die nötigen Impulse, um solche Erfahrungen zu sammeln.«

Weitere Besatzungsmitglieder schalteten sich in die Debatte ein, doch Grosvenor gab nicht länger acht. Er hatte die Stelle mit einem Blick gestreift, an der er das Katzenwesen zuletzt gewahrt hatte. Es war nirgends zu sehen. Halbblaut verwünschte er sich selbst, weil er sich hatte ablenken lassen. Hastig suchte er mit seinem kleinen Fluggerät das gesamte Gebiet ab. Aber zu viel Schutt, zu viele Ruinen behinderten seine Sicht. Er landete, um mehrere, in ihrer Arbeit vertiefte Ingenieure zu befragen. Die meisten meinten sich zu erinnern, die Katze »vor vielleicht einer Viertelstunde« gesichtet zu haben. Unzufrieden bestieg Grosvenor wieder sein Aufklärungsboot und flog eine weitere Runde über der Stadt.

Cœurl war kurz zuvor eilig über das Gelände gehuscht, alle Deckungen ausnützend, die sich ihm boten.

Von Gruppe zu Gruppe hetzte er, ein nervöser Dynamo –
überreizt, schwach vor quälendem Verlangen. Ein kleines Fahrzeug rollte heran, hielt vor ihm, und eine mächtige Kamera surrte, während sie ihn filmte. Auf einem
Felsvorsprung reckte sich ein Teleskop in den Himmel.
Ein Desintegrator schickte sein sengendes Feuer in einen
Bohrschacht, geradewegs hinab ins Gestein, tiefer und
tiefer.

Die Bilder, die er nur noch halb registrierte, verschwammen vor Cœurls innerem Auge. Immer näher rückte der
Augenblick, in dem er nicht mehr imstande sein würde,
die Tortur dieser Farce noch länger zu ertragen. Unwider-
stehliche Ungeduld packte ihn; sein Körper gierte danach,
dem Mann nachzusetzen, der sich allein in die Stadt begeben hatte.

Seine Beherrschung verließ ihn. Grüner Schaum trat
in seine Mundwinkel, brachte ihn zur Raserei. Einen Augenblick lang achtete niemand auf ihn – und mit der Schnelligkeit eines Geschosses war er auf und davon.

Mit langen, geschmeidigen Sätzen glitt er dahin, Schatten inmitten der Schatten des Felsgesteins. Binnen einer
Minute verbarg das unebene Gelände Raumschiff und Zweibeiner.

Cœurl vergaß das Schiff, vergaß alles außer seinem Vorsatz, als hätte ein magischer Pinsel alle anderen Erinnerungen ausgetilgt. Er schlug einen weiten Bogen, raste in
die Stadt, folgte verlassenen Straßen, schlug Abkürzun-
gen mit der Mühelosigkeit langer Vertrautheit ein – durch
klaffende Lücken in zerfallenden Wänden, über lange Kor-
ridore in zerbröckelnden Gebäuden. Als seine Ohrfühler

die Id-Vibrationen auffingen, verlangsamte er seinen Lauf zu einem geduckten Dahintrotten.

Unvermittelt hielt er inne, um hinter niedergestürzten Gesteinstrümmern hervorzuspähen. Der Mann stand an einer Öffnung, die ehedem ein Fenster gewesen sein musste, und schickte den Lichtstrahl seiner Taschenlampe ins düstere Innere. Die Lampe erlosch. Der Mann, von kräftiger, untersetzter Gestalt, ging raschen Schrittes weiter, wachsam um sich spähend. Dass er auf der Hut war, wollte Cœurl nicht gefallen. Bei Gefahr würde er blitzschnell reagieren – und das verhieß Probleme.

Cœurl wartete, bis das menschliche Wesen um eine Ecke verschwunden war, und lief dann ins Freie. Weit schneller, als ein Mensch sich bewegen konnte, jagte er dahin, seinen Plan genau vor Augen. Wie ein Spuk glitt er die nächste Straße hinab, vorbei an einer langen Gebäudereihe. Mit unverminderter Schnelligkeit umrundete er die erste Ecke, um dann durch das Halbdunkel zwischen dem anschließenden Gebäude und einem hohen Trümmerhaufen zu kriechen. Schutt versperrte voraus die Straße, verengte sie zu einem Hohlweg, der in einem schmalen Flaschenhals endete. Über dem Schlund des Halses postierte sich Cœurl.

Seine Ohrfühler fingen die Laute gedämpften Pfeifens auf. Die Schwingungen durchpulsten ihn; plötzlich ergriff eisiger Schrecken von ihm Besitz. Das menschliche Wesen verfügte mit Sicherheit über eine Waffe. Gelang es ihm, einen Strahl atomarer Energie – *nur einen einzigen* – auszusenden, ehe die mörderische Kraft seiner Muskeln ihn erreicht hatte, dann …

Im selben Moment, in dem der Mann unter ihm angelangt war, nahm Cœurls Gier überhand, er schreckte auf, und Geröll rieselte aus seinem Versteck herab. Mit einer jähen Kopfbewegung blickte der Mann zu ihm empor. Sein Gesicht verzerrte sich. Er griff hastig nach seiner Waffe.

Cœurl führte einen einzigen zermalmenden Hieb gegen den durchscheinenden, gleißenden Helm des Raumanzuges. Metall barst, und Blut schoss hervor. Der Mann knickte ein, als wäre er mitten durchgebrochen. Einen Augenblick lang hielten die Knochen und Muskeln seiner Beine ihn wie durch ein Wunder noch aufrecht. Dann brach er unter dem Klirren seines Schutzanzugs zusammen.

Alle Furcht war von ihm gewichen, als Cœurl aus seinem Versteck sprang. Er war bereits dabei, ein Strahlungsfeld zu erzeugen, das das Id davor bewahrte, in den Blutstrom ausgeschieden zu werden. Gierig zerriss er Anzug und Körper in Stücke. Metallitfetzen bedeckten den Boden. Knochen knackten. Blut sprudelte. Cœurl vergrub sein Maul in dem warmen Körper und begann durch das Netzwerk von winzigen Saugnäpfen das Id aus den Zellen aufzunehmen. Es war ein Leichtes, sich auf die Id-Impulse abzustimmen, die heftige chemische Reaktion hervorzurufen, bei der die zerschmetterten Knochen das Id freigaben, wo es sich – wie Cœurl entdeckte – zumeist befand. Etwa drei Minuten lang hatte er die lebenspendende Substanz in höchster Verzückung eingeschlürft, als plötzlich ein Schatten über seine Augen huschte. Er fuhr auf und sah ein kleines Schiff, das sich aus der Richtung der untergehenden Sonne näherte. Einen Moment lang erstarrte Cœurl, dann glitt er in den Schatten eines hohen Trümmerhaufens.

Er fühlte sich zum Leben wiedererweckt, fast neugeboren. Hier bot sich mehr Nahrung als das ganze letzte Jahr über.

Drei Minuten, und Cœurl war auf und davon, als säße ihm ein grimmiger Feind im Nacken. Er schlug erneut einen Bogen, näherte sich achtsam aus der entgegengesetzten Richtung, in die er sich abgesetzt hatte, der gleißenden Kugel. Die Besatzungsmitglieder konzentrierten sich ohne Ausnahme auf ihr Tun. Lautlos gleitend gelangte Cœurl unbemerkt in die Nähe einer Gruppe von Männern.

Grosvenors Unzufriedenheit wuchs bei seiner anhaltenden Suche nach Cœurl immer mehr. Die Stadt war zu weitläufig. Sie wies mehr Ruinen auf, bot mehr Verstecke, als er anfangs geglaubt hatte. Schließlich schlug er den Rückweg zum Schiff ein. Und war erheblich erleichtert, als er das Untier behaglich ausgestreckt auf einem Felsblock entdeckte. Grosvenor stoppte sein Boot auf günstiger Höhe im Rücken des Geschöpfes. Zwanzig Minuten später schwebte er immer noch dort, als über Sprechfunk die deprimierende Nachricht durchkam, dass ein Erkundungstrupp in der Stadt auf den zerschmetterten Leichnam Dr. Jarveys von der chemischen Abteilung gestoßen war.

Grosvenor notierte sich die Richtungsangaben und steuerte dann sein Flugboot zum Ort des Unglücks. Er hörte die ernste Stimme von Direktor Morton über die Funksprechanlage: »Bringen Sie die Überreste zum Schiff.«

Jarveys Freunde standen an der Unglücksstelle; sie sahen ernst und angespannt aus. Grosvenor starrte auf das Schreckensbild aus zerfetztem Fleisch und blutbespritztem Metall zu seinen Füßen. Er spürte, wie sich seine Kehle zusammenschnürte, ihn am Sprechen hinderte. Kents Stimme klang an sein Ohr: »Musste er auch allein losziehen – verflucht und zugenäht!«

Ein unterdrücktes Aufschluchzen erstickte die Worte des kleinen Chemikers, und Grosvenor fiel ein, dass eine enge Freundschaft Kent und Jarvey seit Jahren verbunden hatte, wie sie sich nur zwischen zwei Männern entwickeln konnte. Jemand anderer schien inzwischen auf der Privatfrequenz der Chemie-Abteilung gesprochen zu haben, denn Kent sagte jetzt: »Ja, wir werden eine Autopsie vornehmen müssen.«

Die Worte erinnerten Grosvenor daran, dass er die meisten Vorgänge verpassen würde, wenn er sich nicht einschalten konnte. Eilig berührte er den Mann, der ihm am nächsten war, und fragte: »Hätten Sie etwas dagegen, wenn ich durch Sie auf der Chemie-Frequenz mithöre?«

»Nur zu.«

Grosvenor hielt seine Finger leicht auf dem Arm des anderen. »Das Schlimmste ist«, meinte einer der Umstehenden mit unsicherer Stimme, »dass es nach einem völlig sinnlosen Mord aussieht. Der Leichnam ist zerplatzt wie Gallert, aber nichts scheint zu fehlen. Ich würde fast sagen, wenn man die Teile wöge, käme man nach wie vor auf das ursprüngliche Gewicht unter irdischen Schwereverhältnissen.«

Smith, der Biologe, dessen langes, kummervolles Gesicht noch bedrückter wirkte, schaltete sich ein. »Jarvey wurde angegriffen, und dann entdeckte der, der ihn umbrachte, dass sein Fleisch fremdartig war – ungenießbar. Genau wie unsere große Katze. Wollte nichts von dem verzehren, was wir ihr vorgesetzt haben ...« Seine Worte verloren sich in plötzlichem, sonderbar berührtem Schweigen. Schließlich sagte er langsam: »Wie steht es mit diesem Geschöpf? Groß und stark genug ist es allemal, um das hier mit seinen Pranken angerichtet zu haben.«

Direktor Morton, der offenbar zugehört hatte, unterbrach. »Der Gedanke liegt nahe. Schließlich sind wir auf kein anderes Lebewesen gestoßen. Trotzdem können wir es nicht einfach auf Verdacht hin töten ...«

»Außerdem«, warf einer der Männer ein, »hat es sich die ganze Zeit über nicht aus meinem Blickfeld entfernt.«

Ehe Grosvenor antworten konnte, fuhr Siedel, der Psychologe, scharf dazwischen. »Sind Sie absolut sicher?«

Der Mann zögerte. »Einige Minuten lang vielleicht doch«, gab er dann zu. »Es ist hierhin und dorthin gewandert und hat verfolgt, was vorging.«

»Eben«, versetzte Siedel voller Genugtuung. »Wissen Sie, Morton, erst hatte ich auch den Eindruck, das Geschöpf wäre nicht aus unserer Nähe gewichen. Denke ich aber zurück, dann entdecke ich Lücken in meiner Erinnerung. Es gab Augenblicke – vermutlich erhebliche Zeitspannen –, in denen es sich gänzlich außer Sicht befand.«

Grosvenor seufzte und blieb nun mit Bedacht still. Sein Einwand war von jemand anderem vorgebracht worden. Seine Züge überschatteten sich, während er nachdachte.

Kent brach das Schweigen und verlangte mit erbitterter Stimme: »Töten wir die Bestie auf Verdacht, bevor sie noch mehr Unheil anrichtet. Ich sage, jedes Risiko ist hier unangebracht.«

»Korita, sind Sie anwesend?«, wollte Morton wissen.

»Stehe genau neben der Leiche, Direktor.«

»Korita, Sie sind mit Cranessy und Van Horne umhergestreift. Meinen Sie, unser Miezekater stammt von der herrschenden Spezies dieses Planeten ab?«

Der hochgewachsene japanische Archäologe starrte zum Himmel, als sammle er seine Gedanken. »Direktor Morton«, entgegnete er endlich ehrerbietig, »wir haben es hier mit einem Rätsel zu tun. Betrachten Sie bitte alle die majestätische Silhouette dieser Riesenstadt. Achten Sie auf die fast gotische Form der Bauweise. Obwohl dieses Volk eine Megalopolis geschaffen hat, blieb es der Scholle verhaftet. Die Gebäude sind nicht einfach mit Ornamenten verziert. Sie sind selbst ornamental. Hier stoßen wir auf das Gegenstück zur dorischen Säule, zur ägyptischen Pyramide, zum gotischen Dom – aus dem Boden wachsend, streng, schicksalhaft. Wenn diese öde, verlassene Welt als Mutter Erde aufgefasst werden kann, dann nahm das Land im Herzen der Bewohner einen heiligen Platz ein. Die gewundenen Straßen unterstreichen die Wirkung noch. Ihre Maschinen beweisen, dass die Einwohner Mathematiker waren, aber zuallererst waren sie Künstler; und deshalb schufen sie nicht die geometrisch konstruierten Städte der überzivilisierten Weltmetropolen. Aus der geschwungenen, nicht abstrakten Anlage der Bauwerke und Boulevards sprechen echte künstlerische Hingabe, tiefe Sinnenfreude, intensives Empfinden, göttlicher Glaube an eine innere Gewissheit. Keine verfallende alters-schwache Zivilisation tritt uns hier entgegen, sondern eine junge, kraftvolle Kultur – selbstsicher, zielbewusst. In diesem Stadium bricht sie ab. Übergangslos, als hätte die Kultur ihre Schlacht bei Tours und Poitiers erlebt und geendet wie einst die mohammedanische Zivilisation. Oder als ob sie Jahrhunderte mit einem Sprung über-brückt hätte, um in die Zeit der kämpfenden Staaten ein-zutreten. Im Falle der chinesischen Zivilisation dauerte diese Phase von 480 bis 230 vor Christus. An ihrem Ende stand der Staat Tsin als Begründer des chinesischen Im-periums. Ägypten erlebte diese Periode zwischen 1780 und 1580 vor Christus. Ihr letztes Jahrhundert war die un-nennbare, die ›Hyksos‹-Zeit. Die Antike durchlitt sie von Chäronea – 338 – und in furchtbarster Form von den Gracchen an bis Actium, 133 bis 31 vor Christus. Die west-europäisch-amerikanische Welt wurde während des 19. und 20. Jahrhunderts auf diese Weise verheert, und mo-derne Historiker sind sich einig, dass wir im Grunde vor fünf Jahrzehnten in das gleiche Stadium eingetreten sind – obwohl wir das Problem natürlich bewältigt haben.

Was hat das alles nun mit der Frage zu tun, die Sie aufgeworfen haben, Direktor Morton? Meine Antwort lautet: Wir besitzen keine Unterlagen über irgendeine Kultur, die übergangslos den Sprung in die Zeit der kämpfenden Staaten vollzogen hätte. Stets ging dem eine längere Entwicklung voraus, und der erste Schritt besteht regelmäßig darin, dass mitleidlos alles in Zweifel gezogen wird, was zuvor als unantastbar galt. Innere Gewissheiten zerbrechen, fallen einer rationalistischen Wissenschaft zum Opfer, die kein Denkverbot mehr akzeptiert. Der Skeptiker erfreut sich höchsten Ansehens. Ich behaupte nun, dass diese Kultur im Augenblick größter Blüte abrupt ihr Ende gefunden hat. Die soziologischen Auswirkungen einer derartigen Katastrophe wären verheerend: Zusammenbruch aller Moralvorstellungen, Rückfall in bestialische Rohheit, ungemildert durch irgendeine ethische Richtschnur, gefühllose Gleichgültigkeit gegenüber dem Tod. Sollte dieser sogenannte Miezekater von einer derartigen Spezies abstammen, dann wäre er von verschlagenem Wesen, ein Räuber in der Nacht, ein kaltblütiger Mörder, der um Gewinn seinen eigenen Verwandten die Kehle durchschnitte.«

»Das reicht!« Die schneidende Stimme gehörte Kent. »Direktor, ich erkläre mich bereit, die Exekution zu vollziehen.«

Smith unterbrach ihn scharf: »Ich protestiere. Morton, dieses Tier wird noch nicht getötet, selbst wenn es die Tat begangen hätte. Es ist eine biologische Fundgrube.«

Kent und Smith funkelten einander gereizt an. In bedächtigem Tonfall hob Smith schließlich zu sprechen an. »Mein lieber Kent, ich sehe ein, dass ihr aus der Chemieabteilung das Blut und Fleisch unseres Miezekaters am liebsten in Retorten stecken und zu chemischen Verbindungen destillieren würdet. Doch ich bedaure, Sie informieren zu müssen, dass Sie ein wenig zu voreilig sind. Wir in der Biologie wollen den lebendigen, nicht den toten Körper. Ich ahne darüber hinaus: Auch die Physiker hätten garantiert nichts dagegen, einen Blick auf ihn zu werfen, solange er noch am Leben ist. Daher fürchte ich, dass Sie als Letzter auf der Liste stehen. Gewöhnen Sie sich an den Gedanken, wenn ich bitten darf. Sie dürfen ihn frühestens in einem Jahr unter die Lupe nehmen, mit Sicherheit keinen Tag früher.«

»Ich betrachte diese Angelegenheit nicht aus wissenschaftlicher Perspektive«, gab Kent mit belegter Stimme zurück.

»Das sollten Sie aber, jetzt, da Jarvey tot ist und wir nichts mehr für ihn tun können.«

»Ich mag Wissenschaftler sein, doch zuallererst bin ich ein menschliches Wesen«, erwiderte Kent schroff.

»Sie würden aus emotionalen Gründen ein wertvolles Forschungsobjekt vernichten?«

»Ich würde diese Kreatur vernichten, weil sie eine unberechenbare Gefahr darstellt. Wir können nicht riskieren, dass ein weiteres menschliches Wesen getötet wird.«

Es war Morton, der den Disput unterbrach. In nachdenklichem Ton sagte er: »Korita, ich neige dazu, Ihre Theorie als Arbeitshypothese zu akzeptieren. Trotzdem eine Frage: Muss das Geschöpf unbedingt einer früheren Phase entstammen, als wir ihr angehören? Was ich meine, ist: Wir treten in die Etappe der Hochzivilisation ein, während seine Kultur von robuster Vitalität jäh in Geschichtslosigkeit umschlug. Wäre es dennoch möglich, dass seine Kultur im Geschichtsablauf dieses Planeten vergleichsweise später rangiert als unsere eigene in der Milchstraße, soweit wir sie zivilisiert haben?«

»Richtig. Seine Welt könnte in der Mitte ihrer zehnten Zivilisation gestanden haben, während wir uns am Ende der achten befinden, die auf der Erde entsprungen ist. Jede der zehn wäre natürlich auf den Trümmern der vorangegangenen errichtet worden.«

»In diesem Fall wäre also die skeptische Grundhaltung, die uns in dem Miezekater einen asozialen Mörder vermuten lässt, für ihn nicht nachvollziehbar?«

»Nein. Für ihn grenzte sie an Zauberei.«

Morton lachte grimmig. »Dann denke ich, Sie sollen Ihren Wunsch erfüllt haben, Smith. Wir lassen den Kater am Leben. Erleiden wir noch mehr Verluste, obwohl wir um seine Natur wissen, dann gehen sie auf das Konto grober Fahrlässigkeit. Nach wie vor besteht natürlich die Möglichkeit, dass wir uns irren. Wie zu Anfang Siedel habe ich auch den Eindruck, das Tier hätte sich nicht von uns entfernt. Wir tun ihm vielleicht unrecht. Es könnte andere gefährliche Lebewesen auf diesem Planeten geben.« Er hielt inne und fragte dann: »Kent, was haben Sie mit Jarveys Leichnam vor? Wir können den Unglücklichen hier nicht liegen lassen. Wir müssen ihn beisetzen.«

»Das werden wir auf keinen Fall«, stieß Kent hervor. Er wurde rot. »Verzeihung, Direktor. Es war nicht so gemeint. Ich behaupte immer noch, dass es dem verfluchten Geschöpf um irgendeinen Bestandteil des Körpers zu tun war. Es mag scheinen, als sei alles vorhanden – aber etwas muss dem Leichnam fehlen. Ich werde ermitteln, was, und ohne den Schatten eines Zweifels beweisen, dass der Mord auf das Konto der Bestie geht.«

3

Wieder im Schiff begab sich Elliott Grosvenor zu seiner Abteilung. Die Zugangstür trug die Aufschrift NEXIALISTISCHE WISSENSCHAFT. Dahinter lagen fünf Räume, die zusammen zwölf mal vierundzwanzig Meter maßen. Die meisten Maschinen und Instrumente, um die die Nexialistische Stiftung die Regierung ersucht hatte, waren installiert worden. Infolgedessen war der Ellbogenraum beschränkt. Sobald sich die Außentür hinter ihm geschlossen hatte, befand sich Grosvenor in seinem privaten Refugium.

Er ließ sich an seinem Arbeitstisch nieder und begann, die Stellungnahme zu verfassen, die er Direktor Morton zuleiten wollte. In ihr analysierte er den denkbaren organischen Aufbau des katzenähnlichen Bewohners dieser kalten und öden Welt. Er legte dar, dass es nicht anging, ein Ungetüm solchen Ausmaßes einzig unter dem Aspekt einer »biologischen Fundgrube« zu beurteilen. Der Begriff war insofern problematisch, als er davon ablenkte, dass das Geschöpf eigene Triebe und Bedürfnisse besitzen musste, die auf einem nicht menschlichen Stoffwechsel beruhten. »Wir verfügen inzwischen über genügend Anhaltspunkte«, diktierte er in den Composer, »um zu formulieren, was wir Nexialisten eine ›Leitaussage‹ nennen.«

Er brauchte einige Stunden, um diese Stellungnahme zu vollenden. Er brachte die Aufnahme zur Stenografie-

Abteilung und reichte eine Anforderung für sofortige Übertragung ein. Als Chef einer Abteilung wurde er prompt bedient. Zwei Stunden später lieferte er das Schriftstück in Mortons Büro ab. Ein Untersekretär gab ihm dafür eine Quittung. Grosvenor nahm in der Kantine ein spätes Abendessen zu sich – in der Überzeugung, alles getan zu haben, was ihm möglich war. Nachher fragte er bei dem Kellner nach dem jetzigen Aufenthaltsort der Katze. Der Mann war seiner Sache nicht ganz sicher, aber er vermutete, dass sich das Tier in der allgemeinen Bibliothek aufhielt.

Eine Stunde lang saß Grosvenor dann in der Bibliothek und beobachtete Cœurl. Während dieser Zeit lag das Wesen auf dem dicken Teppich ausgestreckt, ohne auch nur ein einziges Mal seine Stellung zu verändern. Nach Ablauf der Stunde schwang eine der Türen auf, und zwei Männer kamen herein, die eine große Schüssel trugen. Dicht hinter ihnen folgte Kent. Die Augen des Chemikers glänzten wie im Fieber. Er blieb in der Mitte des Raumes stehen und äußerte mit erschöpfter, aber rauer Stimme: »Ich möchte, dass Sie sich alle dies ansehen!«

Obgleich seine Worte an sämtliche Anwesenden adressiert waren, fixierte er unverkennbar eine Gruppe hochrangiger Wissenschaftler, die in einem extra für sie reservierten Bereich beisammensaßen. Grosvenor erhob sich und warf einen Blick in die Schüssel, die die beiden Männer hielten. In ihr befand sich ein bräunliches Gebräu.

Smith, der Biologe, stand ebenfalls auf. »Warten Sie einen Augenblick, Kent. Zu jedem anderen Zeitpunkt käme mir nicht in den Sinn, Ihr Handeln in Zweifel zu ziehen, aber

Sie sehen schlecht aus. Sie kommen mir überreizt vor. Was haben Sie da? Hat Morton sein Einverständnis für Ihr Experiment gegeben?«

Kent drehte sich um, und Grosvenor, der wieder Platz genommen hatte, wurde gewahr, dass Smiths Worte Kents Zustand nur andeutungsweise gerecht wurden. Unter den fiebrig blickenden grauen Augen des Chemikers lagen dunkle Ringe. Seine Wangen wirkten eingefallen. »Ich habe ihn gebeten heraufzukommen. Er hat sich geweigert, an dem Experiment teilzunehmen. Seine Meinung lautet, dass kein Schaden angerichtet wird, wenn dieses Wesen bereitwillig das tut, was ich von ihm will«, sagte er.

»Was haben Sie da? Was befindet sich in dieser Schüssel?«, fragte Smith.

»Ich habe die fehlende Substanz entdeckt«, presste Kent hervor. »Und zwar Kalium. Der Kaliumspiegel in Jarveys Leichnam betrug nur noch zwei Drittel bis drei Viertel der normalen Menge. Sie wissen, dass unsere Körperzellen Kalium in Verbindung mit einem großen Eiweißmolekül enthalten; beide zusammen bewirken die elektrische Ladung der Zelle. Für den Lebensvorgang sind sie grundlegend. Nach dem Tod geben die Zellen ihr Kalium für gewöhnlich in den Blutkreislauf ab, der dadurch vergiftet wird. Ich habe nachgewiesen, dass eine gewisse Menge Kalium aus den Zellen verschwunden ist, ohne ins Blut übergegangen zu sein. Was dieser Umstand genau bedeutet, kann ich noch nicht sagen, aber ich werde es herausfinden.«

»Was enthält nun die Schale?«, unterbrach ihn jemand. Männer blickten interessiert auf, legten Zeitschriften und Bücher beiseite.

»Sie enthält lebende Zellen mit Kalium in Suspension, einer Art Schwebezustand. Wir können diesen Zustand künstlich erzeugen. Vielleicht wies das Tier deshalb unsere Nahrung beim Mittagessen zurück. Das Kalium war nicht in der für ihn gebrauchsfähigen Form vorhanden. Ich glaube, das Biest müsste ihn riechen, oder jedenfalls wahrnehmen, was immer es anstelle des Geruchssinns benutzt ...«

»Meiner Ansicht nach empfängt es Schwingungen«, warf Gourlay träge ein. »Manchmal, wenn es die Fühler bewegt, reagiert der Funk mit Prasseln. Dann wieder bleiben die Störgeräusche aus, als bediente es sich einer anderen Wellenlänge. Es scheint die Vibrationen nach Belieben steuern zu können. Ferner vermute ich, dass diese Schwingungen nicht von der tatsächlichen Bewegung der Fühler selbst erzeugt werden.«

Kent wartete mit sichtlicher Ungeduld, bis Gourlay ausgeredet hatte, und sprach dann übergangslos weiter: »Gut, meinetwegen, sollte es also die Schwingungen aufnehmen und darauf reagieren – dann können wir uns weiter darüber unterhalten, was seine Reaktion beweist.« Er schloss in einem besänftigenden Ton: »Was ist Ihre Meinung, Smith?«

»Ihr Plan weist drei Schwächen auf«, gab der Biologe zur Antwort. »Zunächst scheinen Sie zu unterstellen, das Geschöpf wäre ganz Tier. Sie übersehen auch, dass es seinen Appetit an Jarvey gestillt haben könnte. Und Sie trauen ihm nicht zu, dass es Argwohn hegen könnte. Aber stellen Sie die Schale hin. Seine Reaktion könnte uns einen Fingerzeig geben.«

Kents Experiment war durchaus begründet und vala-
bel – trotz der Gefühlserregung, die ihn dazu veranlasste.
Das Wesen hatte schon einmal gezeigt, dass es gewalt-
tätig reagieren konnte, wenn es plötzlich gereizt wurde.
Seine Reaktion im Aufzug, als es eingeschlossen war, konnte
nicht als unwichtig missachtet werden. So jedenfalls lauteten Grosvenors Schlussfolgerungen.

Aus starren schwarzen Augen verfolgte Cœurl, wie die
zwei Männer das Gefäß vor ihm niedersetzten. Sie zogen
sich rasch zurück, und Kent trat vor. Cœurl erkannte
in dem Zweibeiner dasjenige Wesen, das am Morgen die
Waffe in den Fingern gehalten hatte. Er betrachtete es
eine Weile und wandte dann seine Aufmerksamkeit der
Schüssel zu. Seine Ohrfühler fingen unverzüglich die Id-
Schwingungen auf. Sie waren schwach, so schwach, dass
er sie erst feststellen konnte, als er sich darauf konzentrierte. Und das Id befand sich in Suspension – demnach
in einer Form, die für ihn nahezu wertlos war. Aber die
Vibration war stark genug, um den Beweggrund für dieses Experiment anzudeuten. Knurrend glitt Cœurl auf die
Beine. Die fingerähnlichen Extremitäten eines gewundenen Tentakels ergriffen die Schale und schleuderten den
Inhalt Kent ins Gesicht, der mit einem Aufschrei zurück-
fuhr.

Mit jähem Ruck beförderte Cœurl das Gefäß beiseite
und schlang einen Tentakel, dick wie ein Tau, um die Hüfte
des Verwünschungen ausstoßenden Mannes. Die Waffe
an Kents Gürtel kümmerte ihn nicht. Lediglich ein Vibrator, sagte ihm seine Wahrnehmung – atombetrieben, doch
kein Vernichtungsstrahler. Er schleuderte den zappelnden

Chemiker auf die nächste Couch – und fauchte erschrocken, als ihm klar wurde, dass er ihn hätte entwaffnen sollen. Jetzt würde er seine Abwehrkräfte offenbaren müssen.

Gefährlich werden konnte der Vibrator ihm nicht – doch während sich Kent mit einer Hand zornig den Brei aus dem Gesicht wischte, griff er mit der anderen danach. Cœurl duckte sich, als die Mündung hochfuhr und sich ein weißer Leuchtspurstrahl gegen seinen wuchtigen Schädel entlud. Seine Ohrfühler summten, während sie wie mechanisch die Vibrationsenergie neutralisierten. Seine runden schwarzen Augen verengten sich, als sie wahrnahmen, wie zahlreiche Hände nach den Waffen fassten.

Grosvenors Stimme durchschnitt von der Tür her scharf die Stille. »Aufhören! Wir werden es allesamt bereuen, wenn wir hysterisch handeln.«

Kent schaltete seine Waffe aus, wandte sich halb um und warf einen verwirrten Blick in Grosvenors Richtung; Cœurl kauerte sich nieder, wutbebend, weil dieser Mann ihn gezwungen hatte, eine seiner Fähigkeiten zu enthüllen – ebenjene, Energien außerhalb seines Körpers zu kontrollieren. Er konnte nun nichts anderes tun, als wachsam auf etwaige Rückwirkungen zu warten.

Kent warf Grosvenor einen abermaligen Blick zu. Diesmal verengten sich seine Augen.

»Was zum Teufel fällt Ihnen ein, hier Befehle zu geben?«

Grosvenor erwiderte nichts. Seine Rolle in dieser Situation war ausgespielt. Er hatte eine Gefühlskrisis erkannt und die notwendigen Worte im richtigen Ton unbedingter Befehlsautorität gesprochen. Die Tatsache, dass diejenigen, die ihm gehorcht hatten, jetzt seine Berechtigung,

Befehle zu erteilen, infrage stellten, war unwichtig. Die Krise war überwunden.

»Kent«, sagte Siedel kalt, »Sie sind in meinen Augen nicht der Typ, der die Herrschaft über sich verliert. Sie haben mit Vorbedacht versucht, Miezekater zu töten, obwohl Sie wussten, dass der Direktor angeordnet hat, das Geschöpf am Leben zu lassen und die Mehrheit es am Leben erhalten will. Mit Ihrem Vorgehen haben Sie versucht, sich selbst zum Richter aufzuschwingen. Ich habe große Lust, diesen Vorfall zu melden und darauf zu bestehen, dass Sie die entsprechenden Strafen auferlegt bekommen. Sie kennen die Regeln. Verlust der Autorität in Ihrer Abteilung, Unwählbarkeit für jedes der zwölf wählbaren Ämter, automatischer Verlust des Stimmrechts für ein Jahr.«

Von einer Gruppe von Männern, die Grosvenor als Anhänger Kents erkannte, ertönten laute Stimmen und Aufruhr. Einer von ihnen rief: »Nein, nein – seien Sie kein Narr, Siedel.« Ein anderer sagte spöttischer: »Vergessen Sie nicht, dass es sowohl Zeugen für Kent als auch gegen ihn gibt.«

Kent starrte grimmig in die Gesichter, die ihn umgaben. »Korita hatte ganz recht, als er unser Zeitalter hochzivilisiert nannte. Dekadent wäre das richtige Wort.« Leidenschaftliche Erregung schärfte seine Stimme. »Mein Gott, gibt es hier wirklich keinen, der ein Empfinden hat für die Scheußlichkeit der Situation? Erst seit ein paar Stunden ist Jarvey tot, und diese Bestie, um deren Schuld wir alle wissen, liegt ungehindert hier, plant ihren nächsten Mord, dessen Opfer sich in einem Raum mit ihr befindet. Was für Menschen sind wir eigentlich? Sind wir Narren, Zyniker oder Leichenfledderer? Oder ist unsere Zivilisation so rationalitätsbesessen, dass wir selbst einem Mörder nicht mehr mit Abscheu begegnen?« Er heftete den Blick auf Cœurl. »Morton hatte recht. Das ist kein Tier. Es ist ein Teufel aus den tiefsten Tiefen dieses verlassenen Planeten, der einsam um eine sterbende Sonne kreist.«

»Kommen Sie uns nicht melodramatisch«, wies Siedel ihn zurecht. »Kein Wort, das Sie hervorgebracht haben, halte ich für analytisch oder psychologisch zutreffend. Wir sind weder Leichenfledderer noch Zyniker. Wir sind Wissenschaftler, die eine Lebensform studieren. Weil wir auf der Hut sind, bezweifeln wir, dass diese Lebensform uns gefährlich werden kann. Einer gegen tausend hat keine Chance.« Er sah in die Runde. »Da Morton nicht anwesend ist, stelle ich die Sache hier und jetzt zur Abstimmung. Habe ich für alle Anwesenden gesprochen?«

»Für mich nicht, Siedel.« Der sich zu Wort Meldende war Smith, und als der Psychologe ihn fassungslos anschaute, sprach Smith weiter: »In der Aufregung und momentanen Verwirrung scheint niemand bemerkt zu haben, dass der Strahl aus Kents Vibrationswaffe das Biest direkt an seinem Katzenkopf getroffen – und ihm nicht geschadet hat!«

Siedels verblüffter Blick wanderte von Smith zu Cœurl und wieder zurück. »Sind Sie sicher, dass er tatsächlich getroffen hat? Wie Sie selbst sagen, ging alles ungemein rasch – und als der Kater nicht reagierte, nahm ich an, Kent hätte ihn verfehlt.«

»Er hat ins Schwarze getroffen«, versetzte Smith nachdrücklich. »Der Vibrationsschock ist natürlich auch für einen Menschen nicht tödlich – aber er setzt ihn außer Gefecht. Das Geschöpf dagegen scheint völlig unverletzt, nicht einmal verstört. Ich behaupte nicht, dass dies restlos schlüssig ist, aber in Anbetracht unserer Zweifel ...«

Siedel war für einen Moment abgelenkt. »Vielleicht wirkt sein Fell als nützliche Isolierung gegen alle möglichen Energien.«

»Vielleicht. Da wir jedoch unsicher sind und ihm nicht trauen, plädiere ich dafür, Morton um die Order zu bitten, es in einen Käfig zu sperren.«

Während Siedel zweifelnd die Stirn runzelte, ließ sich Kent vernehmen. »Endlich machen Sie einen vernünftigen Vorschlag, Smith.«

»Dann wären Sie zufrieden, Kent, wenn wir das Lebewesen einschlössen?«, schaltete sich Siedel prompt ein.

Kent überlegte und sagte schließlich zögerlich: »Ja. Wenn zehn Zentimeter Mikrostahl nicht ausreichen, können wir ihm auch gleich das Schiff ausliefern.«

Grosvenor, der im Hintergrund geblieben war, sagte nichts. Er hatte die Probleme, Cœurl einzusperren, in seinem Bericht an Morton diskutiert und den Käfig für unzulänglich befunden, in erster Linie wegen dessen Schließmechanismus.

Siedel ging zur Funksprechanlage an der Wand, sprach dort mit leiser Stimme zu jemandem und kehrte dann zurück. »Der Direktor sagt, er ist einverstanden, wenn wir das Biest ohne Gewalt in den Käfig schaffen können.

Anderenfalls sollen wir es in dem Raum einschließen, in dem es sich gerade befindet. Was ist Ihre Meinung?«

»Der Käfig!« Ein Dutzend Stimmen sprachen unisono.

Grosvenor wartete, bis einen Moment lang Schweigen eintrat, und sagte dann: »Lassen Sie das Geschöpf für die Nacht ins Freie hinaus. Es wird in der Nähe bleiben.«

Die meisten der Männer beachteten ihn nicht. Kent warf ihm einen Blick zu und sagte säuerlich: »Sie scheinen mit sich selbst nicht einig werden zu können, nicht wahr? Zuerst retten Sie Miezekaters Leben, und im nächsten Augenblick erkennen Sie ihn als gefährlich an.«

»Er hat sein Leben selbst gerettet«, erwiderte Grosvenor knapp.

Kent wandte sich achselzuckend ab. »Wir werden die Bestie in den Käfig verfrachten. Das ist der angemessene Ort für einen Mörder.«

»Und nun, da wir uns einig sind«, sagte Siedel, »wie gehen wir vor?«

»Sie wollen ihn also unbedingt im Käfig haben?«, wollte Grosvenor wissen. Er erwartete keine Antwort auf seine Frage, und es kam auch keine. Er schritt vorwärts und berührte einen von Cœurls Tentakeln an dessen Spitze.

Der Fangarm zuckte ein wenig vor ihm zurück, aber Grosvenor war entschlossen. Er ergriff den Tentakel noch einmal – diesmal fest – und deutete auf die Tür. Das Tier zögerte noch einen Augenblick und folgte ihm dann geräuschlos durch den Raum.

Grosvenor rief: »Es muss alles genau klappen. Halten Sie sich bereit!«

Kurz darauf folgte Cœurl den Männern hinaus in den Gang. Er trottete fügsam weiter, auch als Grosvenor ihn mit unmissverständlicher Bewegung durch eine Tür wies, die ihm neu war. Er fand sich in einem quadratischen Raum mit massiven Metallwänden und einer gegenüberliegenden zweiten Tür wieder. Die erste Pforte glitt hinter ihm zu; er spürte den elektrischen Impuls, als das Schloss einschnappte. Seine Lippen verzogen sich zu einer hasserfüllten Grimasse, als er die Absicht erkannte, ihn in die Falle zu locken; aber mehr ließ er sich äußerlich nicht anmerken. Ihm kam in den Sinn, dass er nur noch wenig gemein hatte mit jener Kreatur, die, zum Stadium der Primitivität herabgesunken, wenige Stunden zuvor in einer Aufzugkabine aus Furcht jede Beherrschung verloren hatte. Tausend Erinnerungen an seine Kräfte waren in seinem Gehirn aufs Neue erwacht; zehntausend verschlagene Listen, deren er sich ewig nicht mehr bedient hatte, standen ihm wieder zur Verfügung.

Einen Augenblick lang verharrte er reglos auf den kurzen, kräftigen Keulen, in die sein Körper auslief, während seine Ohrfühler die Umgebung sondierten. Endlich streckte er sich aus, die Augen verächtlich glühend. Diese Tölpel! Diese erbärmlichen Toren!

Eine Stunde später vernahm er, wie jemand – Smith – über ihm auf dem Dach des Käfigs an irgendeinem Mechanismus herumhantierte. Schwingungen ergossen sich in den Käfig, versetzten Cœurl einen Augenblick lang in Schrecken. Bestürzt fuhr er hoch. Sein erster Gedanke war, dass er diese Männer falsch eingeschätzt hatte und sie ihn ohne Umschweife töten wollten – ehe die Harmlosigkeit des Vorgangs ihm aufging. Sein Körper wurde durchleuchtet, sein Inneres fotografiert.

Wieder sank er zu Boden, doch seine Ohrfühler vibrierten, und abfällig dachte er: Der Nichtswisser würde eine Überraschung erleben, wenn er die Aufnahmen entwickelte.

Nach einer Weile entfernte sich der Mann, und lange Zeit drangen Geräusche von Menschen zu ihm, die sich in einiger Distanz zu schaffen machten. Auch sie verstummten allmählich.

Cœurl wartete ab, während sich Stille im Schiff ausbreitete. In grauer Vorzeit, ehe Unsterblichkeit ihnen winkte, hatten auch Cœurls nachts geschlafen; er hatte sich an die Gewohnheit erinnert, als er hier und dort ein Besatzungsmitglied dösen sah. Endlich pulsierte nur eine Schwingung menschlichen Ursprungs noch gegen seine Fühler: zwei Fußpaare, hin und her wandernd, endlos auf und ab schreitend.

Angespannt horchte er auf die beiden Wachen. Der erste Posten patrouillierte langsam an der Zelle vorüber. In zehn Metern Abstand folgte der zweite. Cœurl fühlte die Wachsamkeit beider Männer; wusste, dass dieser Rhythmus eine Überraschung ausschloss. Also hieß es, doppelt auf der Hut zu sein!

Cœurl ließ sie wiederholt vorübergehen. Jedes Mal schätzte er, wie viel Zeit sie dazu brauchten. Schließlich war er befriedigt. Noch einmal wartete er darauf, dass sie ihre Runde machten. Fünfzehn Minuten, und beide kehrten zurück. Sobald sie den Käfig passiert hatten, stellte er sein Wahrnehmungsvermögen von ihren Vibrationen auf einen weit höheren Empfangsbereich um. Die pulsierende Heftigkeit des Kernantriebs hämmerte mit ihrem Stakkatolied an seine Sinne. Die elektrischen Dynamos summten ihre kraftvolle Melodie. Er spürte das Wispern des Stroms durch die Leitungen in den Käfigwänden und das elektrische Türschloss. Er zwang seinen bebenden Körper zu konzentrierter Reglosigkeit. Seine Sinne tasteten, suchten sich abzustimmen auf das zischende Wirbeln der Energie. Unversehens vibrierten seine Ohrfühler im Gleichklang – das Summen der Elektrizität wandelte sich zu anbrandendem Schrillen.

Metall klickte scharf auf Metall. Mit sachtem Tentakeldruck stieß Cœurl die Tür auf, glitt hinaus auf den matt erleuchteten Gang. Einen flüchtigen Augenblick lang meldete sich wieder das Gefühl der Verachtung, ein aufwallendes Empfinden der Überlegenheit beim Gedanken an die Beschränktheit der Geschöpfe, die einem Cœurl die Stirn zu bieten wagten. Und in eben dieser Sekunde stellte sich zugleich der Gedanke an andere Cœurls ein, einige wenige, die noch auf diesem Planeten existierten. Ein eigenartiges, überschwängliches Zugehörigkeitsbewusstsein zur eigenen und im Verschwinden begriffenen Gattung ergriff Besitz von ihm. Der verzehrende Hass des jahrhundertelangen gnadenlosen Überlebenskampfes wich zögernd dem Stolz, zu der Spezies zu zählen, die sich ein Universum Untertan machen würde. Könnten sich er und seine Artgenossen abermals vermehren, wäre niemand – am allerwenigsten diese menschlichen Kreaturen – in der Lage, ihnen Widerstand entgegenzusetzen.

Unvermittelt bedrückten ihn die Grenzen, die ihm gezogen waren, seine Einsamkeit, sein Bedürfnis nach Unterstützung durch andere Cœurls – einer gegen tausend, ewiges Leben der Preis. Nichts Geringeres als der sternenbesäte Kosmos lockte seinen schrankenlosen Ehrgeiz. Versagte er, würde es keine zweite Gelegenheit geben – keine Aussicht, längst unbrauchbare Maschinen wieder zum Leben zu erwecken, den Versuch zu unternehmen zur Bewältigung des Problems der Raumfahrt. Nicht einmal die Erbauer hatten die Gefilde ihrer Heimatwelt hinter sich lassen können.

Auf leisen Tatzen lief er den Gang entlang – durch den Aufenthaltsraum in den nächsten Korridor – und gelangte zur ersten Schlafkammer. Sie war durch ein elektrisches Schloss verriegelt, aber er öffnete es lautlos. Mit einem tigerhaften Satz schnellte er hinein. Ein rasches Zusammenziehen geschmeidiger Muskeln, der schnelle Hieb eines peitschenden Tentakels, der dem Schlafenden die Kehle zerschmetterte; und der leblose Kopf rollte zur Seite, der Körper zuckte noch einmal. Die Id-Ströme drohten Cœurl zu überwältigen, aber er zwang sich, sein Vorhaben weiterzuführen.

Sieben Kammern; sieben Erschlagene. Es war die siebte Bluttat, die die jähe Freude am Töten zurückbrachte, die pure Mordlust aus jahrhundertealter Gewohnheit, alles Leben hinzuschlachten, das auch nur eine Spur Id enthielt. Danach kehrte er lautlos in den Käfig zurück und verschloss die Tür hinter sich. Er hatte seine Rückkehr zeitlich genau abgepasst. Kurz danach kamen die Wachen vorüber, spähten durch das Audioskop und entfernten sich wieder auf ihrer Wachrunde. Cœurl begab sich auf seinen zweiten Raubzug und war binnen weniger Minuten in vier weitere Schlafzimmer eingedrungen. Dann kam er zu einem Schlafsaal, in dem vierundzwanzig Männer schliefen. Wie eine gigantische Muräne glitt er durch den Saal – lautlos, aber tödlich –, und der Sinnesrausch, den die Freude am Töten mit sich brachte, verließ ihn erst, als jeder Einzelne der Männer im Schlafsaal tot war.

Augenblicklich erkannte er, dass er seine Zeit überschritten hatte. Der Gedanke an die Ungeheuerlichkeit seines Fehlers lähmte einen Moment lang seinen Körper. Denn er hatte eine Mordnacht geplant, in der jeder Raubzug zeitlich genau eingeteilt sein sollte, sodass er stets rechtzeitig in sein Gefängnis zurückkehren und dort sein konnte, wenn die Wächter zu ihm hineinblickten, wie sie es bisher auf jeder Runde getan hatten. Die Hoffnung, sich dieses Riesenschiffes während einer Schlafperiode zu bemächtigen, war nun dahin. Entsetzen verdunkelte übergangslos seine Wahrnehmung.

Durch den Gang näherten sich die beiden Posten langsam wieder seinem Käfig. Noch ein Augenblick, dann würde der vorderste die offene Tür bemerken und Alarm schlagen.

Mühevoll nahm Cœurl die schwindenden Reste seiner Überlegung zusammen. Mit rasender Schnelligkeit, ohne sich diesmal um Geräusche zu kümmern, jagte er zurück – den Korridor entlang – durch den Aufenthaltsraum. Er sprang in den Zellengang hinaus, schaudernd in der halben Erwartung, ein Energiestrahl könnte ihm entgegenschlagen.

Die Wachen standen beieinander, Seite an Seite. Einen Augenblick lang vermochte Cœurl die Gunst des Schicksals kaum zu fassen. Blindlings musste der zweite Posten herbeigestürzt sein, als er seinen Vordermann an der offenen Tür innehalten sah. Beide blickten auf, wie gelähmt von dem Albtraum aus Klauen und Tentakeln, bestialischem Katzenkopf und hassfunkelnden Augen.

Der Erste griff, viel zu spät, nach seiner Waffe. Der Zweite jedoch, erstarrt beim Anblick des Verhängnisses, das er auf sich zukommen sah, stieß einen gellenden Entsetzensschrei aus, der durch den Gang hallte – und in einem erstickten Gurgeln endete, als Cœurl die beiden toten Körper mit unwiderstehlicher Kraft den Korridor entlang von sich schleuderte. Er wollte nicht, dass man die Leichen in der Nähe des Käfigs fand. Darin lag seine einzige Hoffnung.

An jeder Faser bebend, den unverzeihlichen Fehler vor Augen, den er begangen hatte, unfähig, einen klaren Gedanken zu fassen, warf er sich in den Käfig. Lautlos glitt die Tür hinter ihm zu. Elektrizität floss wieder durch den Stromkreis des Schlosses. Er kauerte sich nieder, im vollen Bewusstsein des furchtbaren Fehlers, den er begangen hatte, täuschte Schlaf vor, als er den Lärm zahlreicher Füße hörte, die Schwingungen erregter Stimmen auffing. Er nahm wahr, wie jemand das Audioskop einschaltete und in den Käfig blickte. Noch wenige Augenblicke, und die anderen Leichen würden entdeckt werden.

Langsam, ganz langsam versteifte er sich, den größten Kampf seines Lebens erwartend.

4

»Siever tot!«, hörte Grosvenor Morton tonlos murmeln. »Was sollen wir ohne Siever anfangen? Und Breckenridge! Und Coulter und … Entsetzlich!«

Der Korridor war angefüllt mit Männern. Grosvenor, der einen weiten Weg hatte zurücklegen müssen, stand ganz am Ende der sich drängenden Menge. Zweimal versuchte er sich hindurchzuzwängen, aber immer wieder wurde er von Leuten erfolgreich zurückgestoßen. Er erkannte, dass Morton neuerlich etwas sagen wollte. Der Direktor barg das Gesicht in den Händen, doch nur vorübergehend. Grimmig hob er den Blick, das kantige Kinn vorgeschoben, während er in die düsteren Gesichter starrte, die ihn umgaben. »Wenn jemand auch nur den Anflug einer Idee hat, soll er ihn äußern!«

»Raumwahnsinn!«

Diese Mutmaßung ärgerte Grosvenor. Es war eine bedeutungslose Phrase, die trotz all der Jahre menschlicher Raumfahrt immer noch ab und zu in Anschlag gebracht wurde.

Morton zögerte. Offenbar hielt auch er die Bemerkung für wertlos. Aber jetzt war nicht die Zeit, über subtile Fragen zu diskutieren. Die Männer waren von Spannung und Furcht erfüllt. Sie wollten Taten sehen und erwarteten entsprechende Maßnahmen. In solchen Momenten war es nicht selten vorgekommen, dass Leiter von Expeditionen, Oberbefehlshaber und andere Personen mit Autorität für alle Zeiten das Vertrauen ihrer Untergebenen verloren hatten. Es schien Grosvenor, dass Morton solche Möglichkeiten im Sinn hatte, als er wieder sprach – so vorsichtig wählte er seine Worte.

»Daran haben wir schon gedacht. Seit einem halben Jahrhundert sind Fälle von Raumwahnsinn aber nicht mehr vorgekommen. Dr. Eggert wird natürlich jeden Einzelnen einem entsprechenden Test unterziehen, und auch bei seiner Untersuchung der Toten kalkuliert er diese Möglichkeit ein.«

Ein dröhnender Bariton gröhlte Grosvenor beinahe direkt ins Ohr. »Hier bin ich, Morton. Sagen Sie diesen Leuten, sie sollen mir Platz machen!«

Grosvenor wandte sich um und erkannte Dr. Eggert. Die Männer drängten sich bereits zur Seite, um ihm Platz zu machen. Eggert stürmte vorwärts, und Grosvenor schloss sich ihm ohne Zögern an. Als sie bei Morton ankamen, sagte Dr. Eggert: »Ich habe Ihre Worte gehört, Direktor, und ich kann Ihnen gleich sagen, dass die Raumwahnsinnhypothese ausscheidet. Die Kehlen der Männer sind zerschmettert worden. Kein Mensch besitzt derart enorme Kräfte. Nur maschinelle Einwirkung hätte das zuwege bringen können. Die Opfer hatten nicht einmal mehr Zeit, um zu schreien.«

Eggert unterbrach sich, bevor er vorsichtig fragte: »Was ist mit unserer großen Katze, Morton?«

Der Direktor gewahrte, dass der Blick des Arztes unablässig den Korridor hinunterwanderte, und er schüttelte den Kopf und stöhnte: »Den Kater zu verdächtigen hat keinen Sinn, Doktor. Er steckt in seinem Käfig, wo er auf und ab läuft. Offenbar hat er den Tumult gehört und … Menschenskind, wie wollen Sie ihn bezichtigen? Der Käfig ist so konstruiert, dass nichts und niemand ausbrechen kann – zehn Zentimeter Mikrostahl –, und wir haben keinen Kratzer an der Tür entdeckt. Kent, selbst Sie können nicht wieder sagen: ›Töten wir die Bestie auf Verdacht‹, weil eben kein Verdacht besteht. Es sei denn, wir haben es mit einer Wissenschaft zu tun, die jenseits alles Vorstellbaren liegt …«

»Im Gegenteil«, widersprach Smith ohne Umschweife, »wir haben sämtliche Anhaltspunkte, die wir brauchen. Ich sage dies höchst ungern, denn wie Sie wissen, liegt mir sehr viel daran, dass der Kater am Leben bleibt. Sie wissen außerdem, dass auf dem Käfig eine Telefluor-Kamera montiert ist. Die Aufnahmen, die ich damit gemacht habe, sind samt und sonders unbrauchbar. Als ich die Kamera eingeschaltet habe, sprang das Geschöpf auf, als hätte es die Schwingungen gespürt. Sie haben sicherlich alle noch Gourlays Bemerkung im Ohr? Das Biest ist offensichtlich imstande, Schwingungen auf allen möglichen Wellenlängen auszusenden und zu empfangen. Die Art, wie es Kents Vibrator neutralisiert hat, belegt zur Genüge seine Fähigkeit, Energien zu beeinflussen.«

»Was, in drei Teufels Namen, haben wir uns hier aufgeladen?«, stöhnte einer der Männer. »Wenn es Energien kontrollieren und in Schwingungen umwandeln kann, sind wir ihm auf Gedeih und Verderb ausgeliefert.«

»Was nur beweist«, fauchte Morton, »dass das Lebewesen nicht unschlagbar ist, sonst wären wir schon alle tot.«

Mit Vorbedacht begab er sich zu der Schalttafel neben der Käfigtür.

»Sie werden den Käfig doch nicht öffnen!«, stieß Kent hervor, wobei er unwillkürlich nach seiner Waffe griff.

»Nein, aber wenn ich diesen Schalter umlege, fließt Elektrizität durch den Boden und tötet alles, was sich im Innern befindet. Wir haben die Vorrichtung noch nie benutzen müssen, wahrscheinlich haben Sie vergessen, dass sie überhaupt existiert.«

Er drückte den Schalter herunter. Blaue Funken sprühten aus dem Metall, und über Mortons Kopf brannte eine Reihe Sicherungen mit einem Schlag durch.

Morton runzelte die Stirn. »Eigenartig. Diesen Kurzschluss verstehe ich nicht. Damit ist uns auch die Sicht ins Innere versperrt, weil das Audioskop betroffen ist.«

»Wenn es auf den Stromkreis des Käfigschlosses einwirken konnte«, sagte Smith, »sodass sich die Tür öffnete, dann war es vermutlich auf alle möglichen Gefahren vorbereitet und handelte, als Sie den Schalter betätigten.«

»Wenigstens beweist das, dass unsere Mittel ihm gefährlich werden können.« Morton lächelte grimmig. »Andernfalls hätte es sie kaum außer Kraft gesetzt. Auf jeden Fall steckt es nach wie vor hinter zehn Zentimetern massivstem Stahl. Schlimmstenfalls können wir die Tür aufbekommen und Strahler einsetzen. Zunächst aber denke ich, wir sollten uns des Telefluor-Kabels bedienen.«

Eine heftige Erschütterung im Innern des Käfigs unterbrach ihn. Ein schwerer Körper schmetterte gegen eine

Wand, gefolgt von einem dumpfen Aufprall. Darauf ertönten einige rasch aufeinanderfolgende gedämpfte Schläge, als ob viele kleine Objekte auf den Fußboden fielen.

»Es weiß, was wir vorhaben«, bemerkte Smith, zu Morton gewandt. »Und ich wette, dem Kater ist alles andere als wohl zumute. Spätestens jetzt dürfte ihm aufgehen, welche Dummheit er mit seiner Rückkehr in den Käfig begangen hat.«

Die Spannung begann sich zu lösen. Männer lächelten nervös. Sogar vereinzeltes humorloses Auflachen löste das Bild vom Unbehagen des Untiers aus, das Smith entworfen hatte. Grosvenor runzelte nachdenklich die Stirn. Diese Geräusche gefielen ihm nicht. Das Gehör bildete den trügerischsten, unzuverlässigsten aller Sinne. Es war unmöglich zu ermitteln, was dort im Käfig geschehen war oder soeben geschah.

»Was ich gern wüsste«, meinte Pennons, der Chefingenieur, »wäre, weshalb der Telefluor-Messanzeiger bei diesem Lärm auf seinen Höchstwert gesprungen ist und sich dort eingependelt hat. Ich habe die Zählertafel unmittelbar vor mir, und das Instrument ist aus dem Stand nach oben geschnellt.«

Innerhalb wie außerhalb des Käfigs herrschte nach Pennons' Worten Stille. Unvermittelt kam Bewegung in die Umstehenden. Captain Leeth tauchte hinter Smith auf. Zusammen mit zwei uniformierten Offizieren betrat er den Gang.

Der Kommandant, ein drahtiger Mann um die fünfzig, sagte: »Am besten übernehme ich hier wohl das Kommando. Unter den Wissenschaftlern scheint man sich uneinig zu sein, ob das Untier den Tod verdient oder nicht. Habe ich recht?«

Morton schüttelte den Kopf. »Der Streit ist beigelegt. Wir sind jetzt samt und sonders dafür, es zu exekutieren.«

Captain Leeth nickte. »So lautete auch der Befehl, den ich erteilen wollte. Ich halte die Sicherheit des Schiffs für gefährdet – und das fällt in meine Kompetenz … Macht Platz hier! Zurückgehen, bitte!«, sagte er mit erhobener Stimme.

Dann rief Morton laut: »Alles zurück! Jeder hält seine Waffe bereit. Der Kater könnte vorhaben, aus dem Käfig auszubrechen, statt sein Leben in der Falle zu beschließen. Und er ist robust genug, uns das Leben sauer zu machen, wenn wir nicht auf der Hut sind.«

Einige Minuten vergingen, bis sich das Gedränge im Gang gelichtet hatte. Jemand bemerkte: »Eigenartig. Eben meinte ich, den Aufzug gehört zu haben.«

»Den Aufzug?«, erwiderte Morton. »Mann, sind Sie sicher?«

»Zumindest kam es mir so vor.« Der Sprecher zögerte. »Bei dem allgemeinen Fußgetrappel …«

Ein anderer ergänzte: »Das Schiff scheint sich zu bewegen!«

Grosvenor hatte es auch gespürt – als ob jemand für die Dauer von Sekundenbruchteilen den Antrieb geprüft hätte. Das riesige Schiff erzitterte, als die Schubspannungen nachließen.

Captain Leeth sagte scharf: »Pennons, wer ist unten im Maschinenraum?«

Der Chefingenieur war bleich. »Mein Assistent und seine Gehilfen. Ich verstehe nicht, wieso sie …«

»Nehmen Sie noch einen zweiten Mann mit. Sehen Sie nach, wer …«

Ein Schlag, ein entsetzlicher Stoß erschütterte die *Space Beagle*, als der Riesenkörper des Schiffes unter ihnen krängte. Grosvenor wurde mit einer Wucht zu Boden geschleudert, die ihn betäubte. Er rang darum, die Besinnung zurückzugewinnen, gewahrte die stöhnenden Männer, die ringsum lagen. Direktor Morton brüllte einen Befehl, den Grosvenor nicht verstand. Dann stand Captain Leeth mühsam auf und schrie: »Wer, zum Teufel, hat die Triebwerke gezündet?«

Die qualvolle Beschleunigung ließ nicht nach. Der Andruck betrug mindestens die fünffache, wahrscheinlich jedoch sechsfache Erdschwerkraft. Grosvenor stemmte sich mit äußerster, schmerzhafter Anstrengung hoch, erreichte ein Wandaudioskop und drückte auf der Tastatur die Maschinenraumnummer, ohne große Hoffnung, dass eine Verbindung zustande kommen würde. Hinter ihm ertönte der überraschte Ausruf einer Bassstimme. Grosvenor wandte verblüfft den Kopf. Direktor Morton spähte ihm über die Schulter – und jetzt rief er aus: »Der Kater! Er hat den Maschinenraum erreicht – und das Schiff gestartet. Wir fliegen in den Weltraum hinaus.«

Er hatte noch nicht ausgesprochen, als der Bildschirm schwarz wurde. Und noch immer hielt der Andruck der Beschleunigung an. Grosvenor kämpfte sich taumelnd durch den Aufenthaltsraum zu der Lagerkammer für die Raumanzüge. Als er sie erreichte, sah er Captain Leeth,

der noch vor ihm dort eingetroffen und soeben damit be-
schäftigt war, sich blindlings in einen Anzug zu zwängen.
Als Grosvenor ihn erreichte, schloss der Kommandant den
Anzug und reduzierte den zermalmenden Andruck.

Rasch wandte er sich um und half Grosvenor sowie den
anderen Männern, die sich halb bewusstlos herbeischlepp-
ten. Binnen weniger Augenblicke hatten weitere Besatzungsmitglieder genügend Kraft geschöpft; anschließend
war es eine Sache von Minuten, bis alle Metallit angelegt
und die eingebauten Anti-Akzelerationseinheiten eingeschaltet hatten. Captain Leeth war inzwischen verschwunden, und Grosvenor, der die nächsten Maßnahmen erriet,
eilte zur Gefängniszelle zurück, in der die große Katze
eingesperrt gewesen war. Als er dort eintraf, befanden sich
bereits etwa zwanzig Wissenschaftler an der Zellentür,
die sie offensichtlich eben erst geöffnet hatten.

Grosvenor drängte sich vor und spähte über die Schultern der vor ihm Stehenden. Es war Morton, der die Käfigtür aufgleiten ließ und wortlos verharrte, während die
Wissenschaftler ihn umdrängten und auf die klaffende
Öffnung in der Rückwand starrten. Das Metall war ver-
bogen, die Kanten scharf gezackt. Ein anderer Gang wurde
dahinter sichtbar.

»Ich schwöre«, flüsterte Pennons, »das ist unmöglich.
Ein Schlag unseres Zehntonnenhammers könnte solchen
Stahl allenfalls einbeulen – und mehr als einen einzigen
Schlag haben wir nicht gehört. Ein Vernichtungsstrahl
würde eine volle Minute brauchen, um durchzudringen,
von der entstehenden Radioaktivität nicht zu reden. Morton, dieses Wesen ist uns überlegen!«

Der Direktor reagierte darauf nicht. Grosvenor gewahrte, wie Smith die Lücke in der Wand untersuchte. Der Biologe richtete sich auf. »Wäre nur Breckenridge noch am Leben! Um das hier zu erklären, brauchten wir einen Metallurgen. Sehen Sie her!«

Er berührte die verbogene Metallkante. Ein Stück zerkrümelte zwischen seinen Fingern und rieselte als feines Pulver zu Boden. Grosvenor drängte sich näher.

»Ich verstehe einiges von Metallurgie«, sagte er.

Mehrere Leute machten ihm automatisch Platz, und gleich darauf stand er neben Smith. Der Biologe sah ihn mit gerunzelter Stirn an.

»Einer von Breckenridges Assistenten?«, fragte er spitz.

Grosvenor tat so, als ob er die Frage nicht gehört hätte. Er bückte sich und fuhr mit den Fingern seines Raumanzuges durch das Häufchen aus Metallspänen und Staub auf dem Boden. Dann richtete er sich rasch wieder auf.

»Sie haben des Rätsels Lösung gefunden«, sprach er. »Hier hat sich keineswegs ein Wunder ereignet. Kein Phänomen an Stärke. Wie Sie wissen, werden solche Zellen wie diese hier in elektromagnetischen Gussformen hergestellt, und wir benützen dazu ein feines Metallpulver. Das Geschöpf hat mit seinen besonderen Fähigkeiten die elektronischen Spannungskräfte beeinflusst, die den Zusammenhalt des Metalls gewährleisten. Daher auch der Energieabfluss aus dem Teleluorkabel, der Mr. Pennons aufgefallen ist. Das Biest hat die Elektrizität abgezapft, in seinem Körper umgewandelt und die Wand durchbrochen. Mit dem Aufzug hat es dann den Maschinenraum erreicht.«

Er war erstaunt, dass man ihn seine hastige Analyse zu Ende führen ließ. Offensichtlich jedoch hatte man ihn als einen Assistenten des toten Breckenridge akzeptiert. Es war ein geradezu natürlicher Irrtum in einem so großen Schiff, in dem die Leute bisher noch keine Zeit gehabt hatten, sämtliche untergeordneten Techniker kennenzulernen.

»Und das bedeutet«, fügte Kent beherrscht hinzu, »dass ein Superwesen über den Maschinenraum mit seinen fast unbegrenzten Energiereserven sowie die angrenzenden Werkräume uneingeschränkt verfügt, folglich das Schiff in seiner Gewalt hat.«

Es war eine schlichte, sachliche Darlegung der Situation. Und Grosvenor empfand die lastende Stille, während die Leute die Worte des Chemikers erwogen. Die Beklemmung, die ihre Züge verrieten, ließ sich mit Händen greifen. Aus aller Mienen sprach die wachsende Erkenntnis, dass sie mit einer Grenzsituation ihres Lebens konfrontiert waren. Ihre eigene Existenz stand auf dem Spiel – und möglicherweise noch weit mehr. Morton kleidete in Worte, was die meisten dachten.

»Angenommen, es gewinnt die Oberhand. Erbarmen kennt es nicht, und vermutlich scheint die Macht über die Milchstraße ihm in Reichweite gerückt.«

»Kent hat unrecht«, mischte sich einer der Chefnavigatoren mit Nachdruck ein. »Das Wesen verfügt nicht vollständig über den Maschinenraum. Uns bleibt die Kommandobrücke und damit die vorrangige Kontrolle über alle Antriebssysteme. Nicht alle unter Ihnen sind vielleicht bis ins Einzelne über die technischen Anlagen des

Schiffes orientiert, aber noch sind wir in der Lage, sämtliche Maschinen lahmzulegen. Zweifellos könnte das Wesen uns schließlich von den Maschinen trennen, aber vorläufig sind wir noch in der Lage, sämtliche Schalter im Maschinenraum vom Strom zu kappen.«

»Um Himmels willen«, rief ein Mann, »warum haben Sie dann nicht einfach die Energiezufuhr abgeschaltet, statt uns in Raumanzüge zu stecken?«

Der Offizier antwortete klar und konkret. »Captain Leeth ist der Ansicht, wir seien innerhalb der Kraftfelder unserer Anzüge einzeln sicherer. Wahrscheinlich war das Wesen noch niemals zuvor einem Beschleunigungsandruck von fünf- bis sechsfacher Erdschwerkraft ausgesetzt. Und wir können uns nicht leisten, durch panisches Handeln unsere Vorteile aufs Spiel zu setzen.«

»Vorteile? Was für Vorteile haben wir denn noch?«

»Wir wissen einiges über das Geschöpf«, entgegnete Morton. »Deshalb möchte ich auch sogleich einen Test durchführen, Captain Leeths Einverständnis vorausgesetzt.« Er wandte sich dem Navigator zu. »Würden Sie den Kommandanten bitten, zu einem kleinen, von mir geplanten Experiment seine Zustimmung zu geben?«

»Ich glaube, Sie fragen ihn besser selbst, Sir. Sie können ihn über die allgemeine Sprechanlage erreichen. Er befindet sich gegenwärtig oben auf der Kommandobrücke.«

Morton kehrte nach wenigen Minuten zurück. »Pennons«, sagte er, »Captain Leeth möchte, dass Sie die Leitung dieses Experiments übernehmen, da Sie ein Schiffsoffizier und gleichzeitig Chef des Maschinenraumes sind.«

Grosvenor schien es, als schwinge ein Hauch von Ärger in Mortons Tonfall mit. Offenkundig war es dem Befehlshaber des Schiffes absolut ernst mit der alleinigen Übernahme des Kommandos gewesen. Es handelte sich um die alte Geschichte von partiell geteilter Befehlsgewalt. Man hatte die Scheidelinie so präzis wie möglich gezogen, doch selbstverständlich war es den Autoritäten nicht gegeben, sämtliche Eventualitäten einzukalkulieren. Letzten Endes hing viel vom individuellen Charakter der jeweiligen Persönlichkeiten ab. Bislang waren Offiziere und Besatzung des Schiffes – allesamt Militärs – akribisch ihren Pflichten nachgekommen, hatten sich konsequent dem Ziel und Zweck dieser ungeheuren Expedition untergeordnet. Gleichwohl war die Regierung dank früherer Erfahrungen auf anderen Schiffen zu der Erkenntnis gelangt, dass Leute vom Militär aus irgendeinem Grund keine sonderlich hohe Meinung von Wissenschaftlern hatten. In Momenten wie diesem trat diese versteckte Feindseligkeit offen zutage. Tatsächlich gab es keinerlei Grund dafür, warum Morton bezüglich seines Experiments nicht unabhängig entscheiden dürfte.

»Direktor«, sagte Pennons, »wir haben jetzt nicht die Zeit dafür, dass Sie nur die Einzelheiten erklären. Erteilen Sie die Befehle! Wenn ich mit einem davon nicht einverstanden bin, werden wir darüber reden.«

Morton verschwendete keine Zeit. »Mr. Pennons, schicken Sie fünf Leute, und zwar Techniker, an jeden der vier Zugänge zum Maschinenraum. Ich werde eine Gruppe übernehmen. Kent, Sie leiten die zweite, Smith die dritte – und Mr. Pennons natürlich die vierte. Wir nehmen trans-

portable Hitzestrahler und versuchen, die Türen durchzu-
schmelzen. Die Instrumente zeigen an, dass sie versperrt
sind. Miezekater hat sich eingesperrt.

Selenski, begeben Sie sich zur Kommandobrücke und
lassen Sie ausschließlich die Triebwerke eingeschaltet.
Koppeln Sie sie an den Hauptschalter und stellen Sie dann
auch die Antriebsmotoren auf einen Schlag ab. Wichtig
ist dabei eins – lassen Sie die Beschleunigung auf voller
Stärke. Keinesfalls darf Anti-Akzeleration angewendet
werden. Ist das klar?«

»Jawohl, Sir.« Der Pilot salutierte und ging rasch den
Korridor entlang davon.

»Melden Sie mir über die Rundrufanlage, falls irgendein Motor wieder zu arbeiten beginnt!«, rief Morton ihm
nach. Er wandte sich den Umstehenden zu. »Wir werden
schnell feststellen, ob wir es mit einer Wissenschaft der
uneingeschränkten Möglichkeiten zu tun haben oder mit
einem Geschöpf, das ebenso seine Grenzen hat wie wir. Ich
tippe auf die letztere Möglichkeit.«

Die Männer, die man für die vier Gruppen ausgesucht
hatte, waren alle Mitglieder der Kampfmannschaft. Grosvenor wartete mit einigen anderen, um die Vorgänge aus
einer Entfernung von etwa sechzig Metern zu beobachten. Er spürte ein leeres Gefühl herannahenden Unheils,
als die schweren Hitzeprojektoren aufgefahren und die
Schutzschirme errichtet wurden. Sein Verstand sagte ihm,
dass sich das Geschöpf bereits Blößen gegeben hatte, und
doch fiel es ihm schwer, gegen das unbehagliche Empfinden anzukämpfen, es mit einer unbezwingbaren Lebensform zu tun zu haben.

Mortons Stimme ertönte in der Rundrufanlage. »Ein Überrumplungsversuch hätte keinen Sinn. Unser Gegner kann wahrscheinlich eine Stecknadel zu Boden fallen hören. Konzentrieren Sie sich also darauf, die Antriebsmotoren in Stellung zu bringen. Wie ich schon gesagt habe, ist dies in erster Linie ein Probeangriff. Wir würden uns nie verzeihen, wenn wir nicht versuchten, das Lebewesen jetzt zu überwältigen, bevor es Zeit gehabt hat, sich gegen uns zu rüsten. Abgesehen davon habe ich aber auch eine Idee. Meine Überlegung sieht folgendermaßen aus: Die Türschotts sind so konstruiert, dass sie selbst schweren Explosionen standhalten. Die Strahler werden fünfzehn Minuten brauchen, um hindurchzudringen. Während dieser Zeit wird das Geschöpf keine Energie zu seiner Verfügung haben. Sie werden in wenigen Minuten sehen, worauf ich hinauswill – hoffe ich.« Seine Stimme klang plötzlich laut und scharf: »Fertig, Selenski?«

»Fertig.«

»Dann schalten Sie ab!«

Abrupt war der Gang – und ebenso, wie Grosvenor wusste, das gesamte Schiff – in tiefe Dunkelheit getaucht. Er drehte das blendende Licht seines Raumanzugs auf. Die übrigen Männer folgten seinem Beispiel. Im Widerschein wirkten ihre Gesichter bleich und angespannt.

»Feuer!«, befahl Morton.

Die Antriebsmotoren fauchten. Hitze entströmte ihnen und brandete gegen das harte Metall des Türschotts. Der erste geschmolzene Tropfen rollte zögernd herunter. Weitere folgten, bis sich ein Dutzend träger Rinnsale ihre Bahn in alle Richtungen suchten – Rinnsale höllischer, lodernder Glut, grell wie sprühende Juwelen, gequältes Metall, das zu feurigem Leben erwacht war.

Die Minuten verzehrten die Zeit wie eine langsam wirkende Säure. Schließlich fragte Morton heiser: »Selenski?«

»Noch nichts, Direktor.«

Morton flüsterte: »Aber irgendetwas muss das Biest doch tun. Unvorstellbar, dass es einfach ausharrt wie ein in die Enge getriebenes Tier. Selenski?«

»Nichts, Direktor.«

Sieben Minuten … acht … dann zwölf.

»Direktor!«, sagte Selenskis angespannte Stimme. »Es hat den elektrischen Dynamo in Gang gebracht.«

Grosvenor holte tief Atem. Und hörte dann Kent über Sprechfunk sagen: »Eigenartig, Morton. Wir dringen nicht mehr tiefer. Sehen Sie selbst, Direktor.«

Grosvenor beobachtete, wie Morton durch den Schirm einen Blick auf das Schott warf. Selbst aus dieser Entfernung schien es ihm, als ob das Metall nicht mehr so weiß glühte wie vorher. Die Tür wurde sichtlich röter und nahm dann eine dunkle, kühle Farbe an. Die feurigen Rinnsale waren erstarrt. Umsonst verschwendeten die Projektoren ihre Wut an Metall, das plötzlich seine Verwundbarkeit verloren hatte. Morton seufzte. »Das war es fürs Erste. In jedem Gang verbleiben zwei Posten! Lassen Sie die Hitzestrahler in Feuerstellung! Die Abteilungsleiter bitte ich auf die Kommandobrücke!«

Der Test, erkannte Grosvenor, war zu Ende.

5

Grosvenor wies der Wache am Zugang zur Brücke seine Legitimation vor. Der Mann musterte sie zweifelnd.

»Scheint zu stimmen«, konzedierte er endlich. »Bis jetzt habe ich hier noch niemanden unter vierzig eingelassen. Wie sind Sie dazu gekommen?«

Grosvenor grinste. »An den Rockschößen einer neuen Wissenschaft.«

Der Posten warf einen erneuten Blick auf die Plastikkarte und fragte dann, während er sie zurückgab: »Nexialismus? Was ist das?«

»Angewandte Ganzheitslehre«, erwiderte Grosvenor und trat über die Schwelle.

Als er einen kurzen Moment später zurückblickte, sah er, wie der Mann verständnislos hinter ihm her starrte. Grosvenor lächelte, bevor er den Gedanken an die Episode beiseiteschob. Er stand zum ersten Mal in der Kommandozentrale. Mit neugierigen Augen sah er sich um, beeindruckt und fasziniert. Trotz ihrer Kompaktheit vermittelte die Instrumententafel den Eindruck enormen Ausmaßes. Sie war so angelegt, dass mehrere Reihen weit geschwungener Ränge übereinander verliefen, jeder Rang fünfzig Meter lang und durch einen Aufgang mit dem nächsten verbunden. Die Instrumente konnten entweder vom Boden oder, rascher, von einem kardanisch aufgehängten Pilotensessel bedient werden.

Die unterste Ebene der Brücke bildete ein Auditorium mit annähernd hundert bequemen Lehnsesseln. Sie waren groß genug, um Männern in Raumanzügen Platz zu bieten, und fast zwei Dutzend entsprechend ausgerüstete Wissenschaftler hatten sich bereits eingefunden. Grosvenor gesellte sich unauffällig zu ihnen. Gleich darauf traten Morton und Captain Leeth aus der Kabine des Captains, die von der Brücke aus zugänglich war. Der Kommandant setzte sich. Morton begann ohne Umschweife.

»In meinen Augen war der Test ein Erfolg. Wir wissen nun, dass unter allen Aggregaten im Maschinenraum der elektrische Dynamo für das Untier die größte Bedeutung besaß. Nachdem unsere Attacke eingesetzt hatte, muss es sich wie besessen abgemüht haben. Hat jemand dazu etwas anzumerken?«

»Vielleicht könnte mir jemand erklären, was genau es unternommen hat, um die Türen uneinnehmbar abzudichten«, meinte Pennons.

»Das lässt sich einigermaßen nachvollziehen. Sobald es über die erforderliche Energie verfügte, erhöhte es die elektronische Spannung des Metalls und härtete die Schotts gegen unseren Schmelzversuch. Wobei mir noch keine Lebensform über den Weg gelaufen ist, die derlei ohne tonnenschwere Spezialausrüstung – die auf diesem Schiff nicht existiert – bewerkstelligen konnte«, erläuterte Grosvenor.

»Entscheidend dürfte sein«, warf Smith ein, »dass es Schwingungen zwar in Gang setzen kann, seine besonderen Fähigkeiten sich aber darauf beschränken. Die erforderliche Energie muss von außerhalb kommen. Und

Kernkraft bereitet ihm wegen der Radioaktivität die gleichen Probleme wie uns.«

Düster warf Kent ein: »Was nutzt es uns, wenn wir wissen, wie das Geschöpf es angestellt hat? Ausschlaggebend ist doch das Resultat. Wenn wir mit den Hitzestrahlern keinen Durchbruch schaffen, sind wir erledigt.«

Morton schüttelte den Kopf. »Erledigt nicht – aber wir müssen einen anderen Plan beraten. Als Erstes werden wir sämtliche Aggregate und die Triebwerke wieder anwerfen.« Er hob die Stimme. »Selenski.«

Der Pilot beugte sich in seinem Sitz vor. »Was gibt's, Sir?«

»Schalten Sie alle Maschinen ein.«

Selenski bewegte den Pilotensessel routiniert zum Hauptschalter hinüber. Ein Ruck ging durch das Schiff, ein tiefes Brummen wurde hörbar, und einige Sekunden lang erzitterte der Boden. Das Brummen sank herab zu einem stetigen Vibrieren.

Nach einer Pause sagte Morton: »Ich werde verschiedene Experten bitten, ihre Vorschläge für einen Angriff auf Miezekater vorzubringen. Was wir hier brauchen, ist eine Zusammenarbeit zwischen vielen verschiedenen Spezialgebieten und – so interessant auch manche theoretischen Möglichkeiten sein mögen – in erster Linie eine praktische Annäherung.«

Und damit, dachte Grosvenor betrübt, ist der Nexialist Elliott Grosvenor von vornherein ausgeschaltet. Das hätte nicht der Fall sein dürfen. Was Morton gewünscht hatte, war eine Zusammenlegung vieler Wissenschaftsgebiete – also genau das, was der Nexialismus tat. Er vermutete jedoch, dass er nicht zu den Experten gehören würde, an deren praktischen Vorschlägen Morton interessiert war. Seine Vermutung erwies sich als richtig.

Nachdem die Debatte zwei Stunden gedauert hatte, ergriff der Direktor mit abgespannter Stimme das Wort. »Ich denke, wir sollten uns jetzt eine halbe Stunde Zeit nehmen, um zu essen und uns auszuruhen. Wenn es zur Krise kommt, werden wir alle Kräfte brauchen.«

Grosvenor begab sich in seine Abteilung. Essen oder Ruhe interessierten ihn nicht. Mit einunddreißig konnte er sich leisten, gelegentlich auf seinen Schlaf oder eine Mahlzeit zu verzichten. Ihm blieb eine halbe Stunde Zeit, um das Problem zu lösen, wie man gegen das Lebewesen vorgehen sollte, das sich in den Besitz des Schiffes gesetzt hatte.

Die Vorschläge, die gemacht worden waren, hatten den Nachteil, dass sie nicht gründlich durchdacht waren. Oberflächlich gesehen hatten Spezialisten ihr Wissen kombiniert. Jeder hatte knapp seine Überlegungen umrissen; keiner war darin geschult, die Assoziationen weiterzuverfolgen, die die einzelnen Ideen auslösten. Folglich mangelte es dem Angriffsplan an innerer Geschlossenheit.

Dass er, ein junger Mann von einunddreißig Jahren, wahrscheinlich der einzige Mensch an Bord war, dessen Ausbildung ihn die Schwäche des Vorhabens erkennen ließ, bereitete ihm Kopfschmerzen. Erstmals, seit er vor sechs Monaten auf das Schiff gekommen war, trat ihm deutlich vor Augen, wie einschneidend die Schulung durch die Nexialistische Stiftung ihn verändert hatte. Ohne Übertreibung ließ sich sagen, dass alle überkommenen

Lehrmethoden veraltet waren. Grosvenor maß sich keinen persönlichen Anteil an der Unterweisung bei, die ihm zuteilgeworden war. Nichts davon ging auf ihn zurück. Als Absolvent der Stiftung jedoch, der mit einer spezifischen Aufgabe auf die *Space Beagle* entsandt worden war, blieb ihm nichts anderes übrig, als sich für eine bestimmte Lösung zu entscheiden und anschließend alle verfügbaren Mittel einzusetzen, um die Verantwortlichen zu überzeugen.

Hinderlich war der Umstand, dass ihm Informationen fehlten. Um sie zu beschaffen, schlug er den kürzestmöglichen Weg ein. Er wählte über die Sprechanlage verschiedene Abteilungen an.

Meist sprach er mit Assistenten. Stets stellte er sich als Abteilungsleiter vor – und die Wirkung war beachtlich. Jüngere Wissenschaftler reagierten auf den Hinweis gewöhnlich, wenn auch nicht in allen Fällen, mit ausgeprägter Hilfsbereitschaft. Es gab den Typus, der erklärte, er müsse erst die Genehmigung seiner Vorgesetzten einholen. Ein Abteilungschef – Smith – sprach selbst mit ihm und gab ihm alle gewünschten Auskünfte. Ein anderer bat ihn höflich, doch nach der Beseitigung des Katers wieder anzurufen. Die chemische Abteilung hatte sich Grosvenor bis zuletzt aufgehoben. Er verlangte Kent zu sprechen, in der Erwartung – und Hoffnung –, nicht zu ihm vorzudringen. Er war darauf vorbereitet, einen Untergebenen aufzufordern: »Dann informieren Sie mich doch bitte über die und die Punkte.« Zu seinem Ärger und seiner Überraschung wurde er unverzüglich mit Kent verbunden.

Der Chemiker hörte ihm mit kaum verhehlter Ungeduld zu und unterbrach ihn dann schroff: »Das können Sie alles auf dem üblichen Weg erfahren – allerdings erst in einigen Monaten. Wir müssen unsere Ergebnisse doppelt und dreifach überprüfen.«

Grosvenor blieb beharrlich. »Mr. Kent, ich bitte Sie dringend, die Daten über die Zusammensetzung der Atmosphäre des Katzenplaneten sofort zur Verfügung zu stellen. Für unseren Angriffsplan könnten sie unter Umständen von ganz erheblicher Bedeutung sein. Es würde zu lange dauern, das jetzt im Einzelnen zu erläutern, aber glauben Sie mir …«

Kent schnitt ihm das Wort ab. »Selbst Ihnen müsste eigentlich klar sein, Jungchen« – der Hohn in seiner Stimme war nicht zu überhören –, »dass gelehrtes Geschwafel absolut fehl am Platze ist. Wir schweben in tödlicher Gefahr. Schlägt unser Vorhaben fehl, dann geht es Ihnen und mir und allen Übrigen buchstäblich an den Kragen. Mit geistigen Turnübungen hat das nichts mehr zu tun. Und nun verschonen Sie mich bitte für die nächsten zehn Jahre.«

Es knackte, als Kent die Verbindung unterbrach. Grosvenor, dem bei der Schmähung das Blut ins Gesicht geschossen war, blieb einige Sekunden lang reglos sitzen. Dann lächelte er betrübt und erledigte seine letzten Anrufe.

Das Schaubild, auf das er seine Berechnungen stützte, enthielt in den entsprechenden vorgedruckten Spalten Angaben über die Menge an vulkanischem Staub in der Atmosphäre des Planeten, über die Wachstumszyklen einer

Reihe von Pflanzen, die sich aus der vorläufigen Untersuchung ihrer Samenkörner ergaben, über die Verdauungs-
systeme, die Tiere besitzen mussten, um sich von diesen
Pflanzen ernähren zu können, wie schließlich über die
mutmaßliche Beschaffenheit fleischfressender Geschöpfe,
die wiederum den Pflanzenfressern nachstellten.

Grosvenor arbeitete eilig. Da er auf dem Tabellen-
ausdruck lediglich Markierungen einzutragen brauchte,
hatte er bald sein Diagramm beisammen. Es war keine
ganz unkomplizierte Affäre, und es jemandem zu erläutern, der mit dem Nexialismus völlig unvertraut war,
würde nicht leicht sein. Für ihn selbst freilich ergab
sich ein recht eindeutiges Bild. Die Möglichkeiten, die
es in einem kritischen Augenblick aufzeigte, ließen sich
nicht einfach ignorieren. So jedenfalls wollte es Grosvenor
scheinen.

Unter der Rubrik »Allgemeine Empfehlungen« vermerkte er: »Jede ergriffene Maßnahme sollte im Notfall
Rückzugsweg offenlassen.«

Mit vier Kopien begab er sich zur mathematischen Abteilung. Davor standen Wachtposten; das war ungewöhnlich und offenbar als Vorsichtsmaßnahme im Hinblick
auf den Kater angeordnet worden. Als sie ihm den Zugang zu Morton verwehrten, verlangte Grosvenor, einen
der Sekretäre des Direktors zu sprechen. Schließlich tauchte
ein junger Mann aus einem anderen Raum auf, überflog
höflich die Tabelle und äußerte, er würde »versuchen, Direktor Morton darauf aufmerksam zu machen«.

»Solche Floskeln habe ich schon öfter zu hören bekommen«, versetzte Grosvenor gereizt. »Sollte Direktor Mor-

ton dieses Diagramm nicht zu Gesicht bekommen, werde ich einen Untersuchungsausschuss verlangen. Anscheinend wird mit den Unterlagen, die ich an das Büro des Direktors schicke, sehr eigenartig verfahren – und wenn sich das nicht ändert, gibt es Ärger.«

Der Sekretär war fünf Jahre älter als Grosvenor. Sein Auftreten wirkte frostig, mit einem Anflug von Feindseligkeit. Er machte eine Verbeugung und bemerkte mit leicht spöttischem Lächeln: »Der Direktor ist ein vielbeschäftigter Mann. Viele Abteilungen wetteifern um seine Aufmerksamkeit. Einige davon können sich auf Errungenschaften berufen, die weit zurückreichen. Ihr Prestige verleiht ihnen Vorrang vor jüngeren Wissenschaften und« – er zögerte – »Wissenschaftlern.« Er hob die Schultern. »Ich werde ihn aber fragen, ob er sich das Diagramm ansehen möchte.«

Grosvenor erwiderte: »Ersuchen Sie ihn, die Rubrik ›Empfehlungen‹ zu lesen. Mehr Zeit bleibt ohnehin nicht.«

»Ich werde ihn darauf hinweisen«, sagte der Sekretär.

Grosvenor suchte Captain Leeth auf. Der Kommandant empfing ihn und hörte sich an, was er zu sagen hatte. Anschließend prüfte er die Aufstellung. Schließlich schüttelte er den Kopf. »Das Militär«, sagte er förmlich, »fasst die Dinge etwas anders an. Wir sind gewohnt, zur Erreichung bestimmter Ziele wohlerwogene Risiken einzugehen. Ihre Ansicht, wonach es im Endeffekt besser wäre, dieses Geschöpf entkommen zu lassen, widerspricht meiner eigenen Einstellung diametral. Wir haben es mit einem intelligenten Lebewesen zu tun, das sich einem bewaffneten Schiff gegenüber feindselig verhalten hat. Das kann keinesfalls hingenommen werden. Ich bin überzeugt, dass es in Kenntnis der Konsequenzen so gehandelt hat.« Er lächelte mit schmalen Lippen. »Die Konsequenzen heißen – Tod.«

Grosvenor kam der Gedanke, dass die Folgen in der Tat tödlich sein konnten für Leute, die mit ungewöhnlichen Gefahren zu wenig flexibel umgingen. Er öffnete den Mund, um darauf hinzuweisen, dass er nicht vorhätte, das Untier entkommen zu lassen. Ehe er zu Wort kam, stand Captain Leeth auf. »Ich muss Sie nun bitten zu gehen«, sagte er. Er wandte sich an einen Offizier. »Zeigen Sie Mr. Grosvenor den Ausgang.«

Grosvenor entgegnete bitter: »Ich kenne den Ausgang durchaus.«

Deprimiert begab er sich zur Brücke. Die meisten waren bereits anwesend, als er sich einen Platz suchte. Unmittelbar darauf kam Direktor Morton mit Captain Leeth zusammen herein. Und die Besprechung wurde aufs Neue eröffnet.

Mit großen Schritten ging Morton, sichtlich nervös und angespannt, vor seinen Zuhörern auf und ab. Mechanisch fuhr er sich durch das wirre Haar. Die Raumblässe seines kantigen Gesichts betonte noch die Aggressivität seines vorgeschobenen Kinns. Seine tiefe Stimme klang schroff, als er sprach.

»Wir müssen sicherstellen, dass unsere Vorgehensweise genau aufeinander abgestimmt ist. Ich bitte deshalb der Reihe nach jeden Experten, seine Rolle bei der Überwältigung dieser Kreatur knapp zu umreißen. Mr. Pennons als Erster!«

Resolut erhob sich der Ingenieur. Er war nicht groß, und doch wirkte er imponierend – vielleicht, weil er so kompetent auftrat. Wie alle Anwesenden hatte er eine hoch spezialisierte Ausbildung genossen, doch war für seinen Fachbereich der Nexialismus noch weitaus weniger relevant als für alle anderen im Raum. Dieser Mann wusste über Maschinen und ihre Entwicklung gründlich Bescheid. Seiner Akte zufolge – mit der Grosvenor vertraut war – hatte er auf Aberdutzenden von Welten den Stand der Maschinentechnik studiert; buchstäblich nichts von Bedeutung auf seinem Gebiet war ihm fremd. Morton hatte ihn einst die Geschichte eines Aggregats vom einfachen Spielzeug bis zum modernen Präzisionsinstrument schildern hören. Es war fast kurios, wie Pennons, der stundenlang hätte reden können, ohne sein Thema zu erschöpfen, knapp äußerte: »Wir haben hier auf der Brücke ein Relais eingebaut, das jedes Triebwerk rhythmisch an- und abschaltet. Der Takt entspricht einer Hundertstelsekunde, und der Effekt besteht darin, dass alle nur möglichen Vibrationen erzeugt werden. Die Materialbeanspruchung ist ungeheuer hoch, trotzdem halte ich die Gefahr für gering, dass eines der Triebwerke in Stücke fliegt. Es geht uns um nichts anderes, als das Biest bei seiner Einwirkung auf das Metall zu stören und daran zu hindern, durch die Türen zu brechen.«

»Als Nächster Mr. Gourlay!«, befahl Morton knapp.

Gourlay stand gemächlich auf. Er machte einen schläfrigen Eindruck, als ob die Vorgänge ihn gründlich langweilten, aber Grosvenor wusste, dass er es schätzte, wenn die Leute ihn für phlegmatisch und betulich hielten. Er führte den Titel eines Funk-Chefingenieurs, doch erstreckte sich sein Wissen auf den gesamten Interferenzbereich. Ausgenommen allenfalls Kent, galt er als schnellster Denker an Bord des Raumschiffs. Mit schleppender Stimme begann er zu sprechen, und Grosvenor registrierte, dass gerade diese Geruhsamkeit entkrampfend auf die Männer wirkte. Sorgenvolle Mienen lockerten sich, vorgebeugte Körper sanken entspannt zurück.

»Wir haben Vibrationsschirme konstruiert«, erläuterte Gourlay, »die nach dem Reflektorprinzip arbeiten. Sobald wir eingedrungen sind, werden wir sie benutzen, um auf ihn zurückzuwerfen, was immer der Kater an Schwingungen aussendet. Außerdem haben wir genügend überschüssige Energie zur Verfügung, die wir mit mobilen Aggregaten gegen ihn einsetzen können. Beliebige Mengen dürften auch seine isolierten Nervenstränge kaum verkraften.«

»Selenski!«, rief Morton.

Er hatte noch nicht ausgesprochen, als der Pilot schon auf den Beinen stand. Und das, erwog Grosvenor, der sein Gegenüber fasziniert musterte, war charakteristisch für den hageren Mann mit den leuchtend blauen Augen. Laut seiner Akte hielt sich seine Gelehrsamkeit in Grenzen. Stattdessen besaß er eiserne Nerven – die Grundvoraussetzung, um ein derart immenses Schiff zu steuern. Diese unerschütterliche Beherrschung war gewissermaßen auf Dynamit gebaut, das sein Besitzer nach Belieben detonieren lassen konnte. Selenski reagierte derart blitzartig auf äußere Anlässe, dass es stets schien, als habe er sie vorausgeahnt.

»Wichtig scheint mir an dem Plan vor allem, dass sich die Intensität der Attacke fortwährend steigert. Immer dann, wenn das Untier an der Grenze seiner Widerstandsfähigkeit angelangt ist, passiert etwas, um es noch mehr zu ängstigen und zu desorientieren. Auf dem Höhepunkt der Verwirrung schalte ich dann die Anti-Akzeleratoren ein. Der Direktor und Gunlie Lester sind überzeugt, dass die Geschöpfe diese Technik nicht kennen. Sie ist aus der Beschäftigung mit interstellarer Raumfahrt hervorgegangen und hätte sich auf keine andere Weise entwickeln lassen. Wir denken, dass das Lebewesen auf die ersten Auswirkungen völlig konsterniert reagieren wird – Sie erinnern sich bestimmt noch an Ihr eigenes Gefühl der Platzangst – und nicht mehr weiß, was es tun soll.«

»Korita!«, rief Morton.

»Ich kann Sie zu Ihrem Vorhaben nur ermutigen«, sagte der Archäologe, »ausgehend von meiner These, wonach das Untier alle Merkmale eines Räubers aus den Frühstadien des Zivilisationsprozesses aufweist, der anscheinend in die Primitivität zurückgesunken ist. Smith hat die Vermutung vorgebracht, seine wissenschaftlichen Kenntnisse legten nahe, dass wir es mit einem Ureinwohner der toten Metropole zu tun hätten, die wir erforscht haben, und nicht mit einem Abkömmling. Das hieße, dass unser Gegner buchstäblich unsterblich wäre – wofür auch seine Fähigkeit spricht, sowohl Sauerstoff wie Chlor zu atmen –, aber selbst das würde an der Diagnose nichts ändern. Er entstammt einer bestimmten Zivilisationsstufe, und er ist so tief gesunken, dass er sich jener Ära nur noch vage entsinnt. Ungeachtet aller Fähigkeiten, über die er verfügt, hat er im Aufzug gleich zu Anfang den Kopf verloren. Als Nächstes brachte er sich in eine Lage, die ihn zwang, seine Abwehrkräfte gegen unsere Vibratoren zu enthüllen. Und den Massenmord, der ihm vorschwebte, hat er verpatzt. Sein gesamtes Handeln zeugt von der niederen Arglist einer primitiven, egoistischen Grundeinstellung. Ihm fehlt jedes wirkliche Verständnis für die enorme Organisation, mit der er sich konfrontiert sieht.

Er gleicht dem urtümlichen germanischen Krieger, der sich dem verfeinerten Römer überlegen dünkte. Und doch gehörte dieser einer machtvollen Zivilisation an, vor der der Germane Respekt empfand. Sie mögen einwenden, die spätere Verheerung Roms durch die Nachkommen der Germanen widerlege mein Argument. Heutige Historiker stimmen jedoch darin überein, dass es sich dabei um einen historischen Zufall, nicht um einen geschichtlichen Vorgang im eigentlichen Sinne des Wortes gehandelt hat. Den Seevölkern, die seit 1400 vor Christus die ägyptische Zivilisation berannten, glückte ihr Vordringen nur im kretischen Inselgebiet. Ihre mächtigen Züge an der libyschen und phönikischen Küste unter Begleitung von Wikingerflotten scheiterten ebenso wie die der Hunnen gegen das chinesische Reich. Rom wäre in jedem Fall aufgegeben worden. Die islamische Riesenstadt Samarra wurde schon im 10. Jahrhundert verlassen. Die Residenz Aśokas, Pataliputra, war, als ein chinesischer Reisender sie um 635 besuchte, eine ungeheure, völlig unbewohnte Häuserwüste.

Wir haben es also mit einem Primitiven zu tun. Und dieser Primitive befindet sich derzeit im Raum, weit außerhalb seines natürlichen Lebensbereichs. Deshalb sage ich: Greifen wir an – wir können es schaffen.«

Einer der Männer murrte bei Koritas letzten Worten: »Die Brandschatzung Roms ein historischer Zufall, der Miezekater ein Primitiver – Sie haben gut reden. Ich habe eher den Eindruck, Rom wird zum zweiten Mal zugrunde gehen, und auch nicht von der Hand eines Primitiven.«

Morton erwiderte grimmig: »Davon werden wir uns in aller Kürze selbst überzeugen können.« Er machte eine Pause und lächelte schief. »Ursprünglich«, sagte er dann, »sollte Koritas anfeuernde Ansprache den Auftakt zum Angriff bilden. Nun habe ich aber im Laufe der letzten halben Stunde ein Schriftstück von einem jungen Mann erhalten, der auf unserem Schiff eine Disziplin vertritt, über die ich nur wenig weiß. Allein der Umstand, dass er sich an Bord befindet, erfordert, dass ich seiner Meinung Gewicht beimesse. Überzeugt, einen Ausweg aus unserem Dilemma gefunden zu haben, hat er nicht nur in meinem Büro vorgesprochen, sondern auch Captain Leeth aufgesucht. Der Kommandant und ich sind deshalb übereingekommen, Mr. Grosvenor einige Minuten Redezeit zuzubilligen, damit er seinen Lösungsvorschlag vortragen und uns überzeugen kann, dass er weiß, wovon er spricht.«

Grosvenor erhob sich unsicher. Er begann: »An der Nexialistischen Stiftung lehren wir, dass sich hinter den augenfälligen Zügen jeder Einzelwissenschaft ein enger Zusammenhang mit anderen Disziplinen verbirgt. Das ist natürlich eine alte Vorstellung – aber ob man ihr nur Lippendienste leistet oder praktische Konsequenzen daraus zieht, macht einen gewaltigen Unterschied aus. Wir haben in der Stiftung anwendungsbezogene Verfahren entwickelt. In lerntechnischer Hinsicht ist meine Abteilung entsprechend überdurchschnittlich ausgestattet. Ich kann Ihnen die entsprechenden Vorrichtungen jetzt nicht im Einzelnen schildern, aber ich kann Ihnen sagen, wie jemand, der daran geschult worden wäre, das Problem des Katzenwesens angehen würde.

Zunächst einmal sind die bislang unterbreiteten Vorschläge eher oberflächlicher Art. Innerhalb des vorgegebenen Rahmens mögen sie hingehen. Dieser Rahmen ist aber zu eng gesteckt. Wir besitzen genügend Anhaltspunkte, um uns ein einigermaßen klares Bild von den Lebensbedingungen des Geschöpfes zu machen. Ich will sie aufzählen. Vor annähernd achtzehnhundert Jahren begann plötzlich das Sonnenlicht abzunehmen, das die widerstandsfähige Flora dieses Planeten empfing. Verantwortlich dafür war vulkanischer Staub, der in großen Mengen in der Atmosphäre auftauchte. Resultat: Beinahe über Nacht gingen die meisten Pflanzen ein. Eines unserer Patrouillenboote entdeckte gestern im Umkreis von hundert Meilen um die tote Stadt mehrere Lebewesen von der Größe irdischen Rotwilds, offenbar aber intelligenter. Sie waren so scheu, dass sie sich nicht fangen ließen. Sie mussten erlegt werden, und die biologische Abteilung hat sie untersucht. Ihr Phosphoranteil entsprach in etwa dem des menschlichen Körpers. Andere Tiere wurden nicht gesichtet. Dies könnte zumindest eine der Quellen sein, aus denen das Katzenwesen seinen Phosphorbedarf deckt. Im Magen der Tiere fanden die Biologen Reste der erwähnten Pflanzen in unterschiedlichen

Verdauungsstadien. Demnach sähe der Zyklus so aus: Vegetation – Pflanzenfresser – Raubtier. Es lässt sich vermuten, dass mit der Flora auch ein entsprechender Teil der Tierwelt zugrundeging. Über Nacht stand unser Miezekater ohne Nahrungsgrundlage da.«

Grosvenor schickte einen raschen Blick über seine Zuhörer. Mit einer Ausnahme lauschten alle Anwesenden ihm aufmerksam. Die Ausnahme bildete Kent. Der Chefchemiker wirkte gereizt. Mit seinen Gedanken schien er anderswo zu sein.

Rasch fuhr der Nexialist fort: »Wir kennen in der Milchstraße viele Beispiele für die völlige Abhängigkeit einer bestimmten Lebensform von einem einzigen Nahrungstyp. Noch nie aber sind wir intelligentem Leben begegnet, das nicht auf den Gedanken gekommen wäre, seine Nahrung zu züchten und natürlich auch Futter für seine Nahrung anzubauen. Ein unglaublicher Mangel an Vorsorge, das werden Sie zugeben. So unglaublich in der Tat, dass jede Erklärung, die diesen Umstand nicht berücksichtigt, ipso facto unbefriedigend wäre.«

Wieder hielt Grosvenor inne, aber nur, um Atem zu schöpfen. Er blickte keinen der Anwesenden direkt an. Es war unmöglich, den Beweis für das zu erbringen, was er im Begriff stand, als Nächstes zu sagen. Jede Abteilung würde Wochen brauchen, um diejenigen Daten nachzuprüfen, die sich auf ihre eigene Disziplin bezogen. Er konnte lediglich die Folgerung mitteilen, zu der er gelangt war – was er weder auf seinem Schaubild noch in seinem Gespräch mit Captain Leeth gewagt hatte. Rasch beendete er seine Ausführungen: »Die Tatsachen lassen nur einen Schluss zu. Der Miezekater gehört weder zu den Erbauern der Stadt noch ist er ein Nachkomme der Erbauer. Er und seinesgleichen sind Tiere, mit denen die Erbauer experimentiert haben.

Was ist aus den Bewohnern der Metropole geworden? Wir können nur Vermutungen anstellen. Möglicherweise haben sie sich vor achtzehnhundert Jahren in einem Atomkrieg selbst vernichtet. Die nahezu eingeebnete Stadt, die jähe Trübung der Atmosphäre durch vulkanähnlichen Staub in solchen Mengen, dass er jahrtausendelang die Sonne verfinstert, sind wichtige Indizien. Als er seine Gefühle noch über die Vernunft stellte, wäre dem Menschen fast dasselbe gelungen. Deshalb dürfen wir nicht zu hart über diese untergegangene Spezies urteilen. Aber welche Konsequenz ziehen wir nun aus unserer Erkenntnis?«

Noch einmal holte Grosvenor tief Atem, ehe er schnell weitersprach: »Hätten wir es mit einem ursprünglichen Bewohner der Riesenstadt zu tun, dann wären seine Fähigkeiten mittlerweile in ihrem ganzen Ausmaß zutage getreten, und wir wüssten genau, was wir zu erwarten haben. Stattdessen haben wir ein Tier vor uns, das seine Kräfte nicht exakt einzuschätzen weiß. Treiben wir es in die Enge, setzen wir es zu massiv unter Druck, dann lässt sich nicht ausschließen, dass es weitere, bislang latente und für uns noch gefährlichere Befähigungen in sich entdeckt. Wir müssen ihm einen Fluchtweg eröffnen. Einmal außerhalb des Schiffes, ist es uns auf Gedeih und Verderb ausgeliefert. Das wäre alles. Ich danke Ihnen, dass Sie mir zugehört haben.«

Morton blickte in die Runde. »Meine Herren, was ist Ihre Meinung?«

Kent grunzte missmutig und sagte: »Eine solche Geschichte habe ich im ganzen Leben noch nicht gehört. Mutmaßungen. Möglichkeiten. Fantastereien. Wenn das Nexialismus sein soll, müsste er erheblich mehr bieten, um mich zu reizen.«

Smith bemerkte bedrückt: »Um eine derartige Erklärung akzeptieren zu können, müssten wir das Katzenwesen vorher seziert haben.«

Chefphysiker von Grossen warf ein: »Ich bezweifle, ob selbst eine Obduktion den definitiven Beweis erbringen würde, dass es sich um ein Tier handelt, mit dem man Versuche angestellt hat. Mr. Grosvenors Analyse ist und bleibt problematisch.«

Korita äußerte: »Die weitere Erforschung der Stadt könnte unter Umständen Belege für Mr. Grosvenors Hypothese erbringen.« Er wählte seine Worte mit großer Bedachtsamkeit, als er fortfuhr: »Die zyklische Geschichtsauffassung würde dadurch nicht gänzlich widerlegt. Ein experimentell ausgebildeter Intellekt würde dahin tendieren, die Einstellungen und Überzeugungen derer zu spiegeln, die ihn angeleitet haben.«

Chefingenieur Pennons sagte: »Eines unserer Beiboote befindet sich gegenwärtig im Werkstattraum. Es ist teilweise ausgeschlachtet und nimmt das einzige dauernde Reparaturgerüst ein, das uns dort unten zur Verfügung steht. Die Anstrengung, ein brauchbares Beiboot zu Miezekater hineinzuschaffen, wäre mindestens ebenso groß wie bei einem Allgemeinangriff, wie wir ihn planen. Wenn der Angriff fehlschlagen sollte, könnten wir natürlich ein Beiboot opfern – obgleich ich nicht sehe, wie Miezekater es aus dem Schiff hinausbringen sollte. Wir haben dort unten keine Luftschleusen.«

Morton wandte sich an Grosvenor. »Wie lautet Ihre Antwort darauf?«

»Es gibt eine Luftschleuse am Ende des Korridors, der sich an den Maschinenraum anschließt. Wir müssen dem Wesen den Zugang dorthin freigeben«, sagte Grosvenor.

Captain Leeth erhob sich. »Ich habe Mr. Grosvenor schon vorhin gesagt, dass man beim Militär in diesen Dingen konsequenter denkt. Wir kalkulieren Verluste ein. Sollte unser Angriff fehlschlagen, werden wir andere Maßnahmen erwägen. Danke für Ihre Analyse, Mr. Grosvenor. Und nun an die Arbeit!«

Damit war ein Befehl erteilt. Der allgemeine Aufbruch erfolgte unverzüglich.

6

In der gleißenden Helle des enormen Maschinenraums schuftete Cœurl. Die meisten seiner Erinnerungen waren wieder wachgerufen – die Künste, die ihn die Erbauer gelehrt hatten, seine Fähigkeit, sich neuen Maschinen und neuen Situationen anzupassen. Er hatte das Beiboot entdeckt, das in einem Reparaturgerüst lag. Es war teilweise auseinandergenommen.

Cœurl arbeitete hart, um es wieder instand zu setzen. Immer deutlicher erkannte er, wie wichtig es für ihn war, zu entfliehen. Hier hatte er das Mittel, zu seinem eigenen Planeten und zu den anderen Cœurls zurückzukehren. Mit den Kenntnissen und Künsten, die er ihnen beibringen konnte, würden sie unüberwindlich sein. Auf diese Weise wäre ihm der endgültige Sieg sicher. Und doch verließ er das Schiff nur ungern. Er war nicht davon überzeugt, dass er sich wirklich in Gefahr befand. Nachdem er die Kraftquellen der Werkstatt untersucht und die letzten Ereignisse überdacht hatte, schien es ihm, diese zweibeinigen Wesen verfügten keineswegs über die Ausrüstung, mit der sie ihn überwältigen konnten. Der Konflikt tobte in seinem Inneren, noch während er arbeitete.

Schließlich war das zwölf Meter lange Raumboot fast fertiggestellt. Mit einem Keuchen der Anstrengung beendete er den mühseligen Einbau des Antriebs und hielt inne, um das Resultat zu mustern. Das Innere, erkennbar durch die Öffnung in der Außenwand, war erbärmlich eng. Es bot buchstäblich nur dem Triebwerk Platz – und ihm selbst.

In wilder Hast nahm er sein Werk wieder auf, als er das Nahen der Männer spürte, den plötzlichen Wechsel im tosenden Orkan der Triebwerke registrierte – ein rhythmisches An- und Abschwellen, schriller im Ton, schärfer, nervenaufreibender als das tiefe, stetige Dröhnen, das vorausgegangen war. Jäh ertönte von Neuem das röhrende Fauchen der Hitzestrahler.

Er wehrte sie ab, ohne nachzulassen in seinem konzentrierten Tun. Jeder mächtige Muskel seines kraftvollen Körpers spannte sich, während er Mengen an Werkzeugen, Gerätschaften, Instrumenten heranschleppte und in das behelfsmäßige Boot beförderte. Zum Sortieren, zum Verstauen blieb keine Zeit – keine Zeit – keine Zeit …

Der Gedanke hämmerte an die Schranken seiner Beherrschung. Zum ersten Mal in seiner lang dauernden Existenz spürte er lähmende Erschöpfung. Mit einem qualvollen abschließenden Ruck stieß er die schwere Metallplatte in die gähnende Wandöffnung des Bootes – und balancierte sie einen endlosen, unentschlossenen Augenblick lang.

Er wusste, dass die Türschotts nachgaben. Die Strahlung aus einem halben Dutzend Projektoren, auf einen einzigen Punkt gerichtet, fraß sich langsam, aber unwiderstehlich durch die letzten Zentimeter. Mit einem Keuchen gab er die Türen frei und konzentrierte sich auf die meterdicke Außenhülle des Schiffes, in deren Richtung der stumpfe Bug seines Bootes wies.

Sein Körper krümmte sich unter der Wucht des Strom-
stoßes, der aus dem elektrischen Dynamo über seine Ohrfühler in die widerstrebende Wand floss. Ihm war, als
brenne er innerlich; er merkte, dass seine Belastungs-
grenze fast erreicht war.

Und immer noch verharrte er reglos, bebend vor Qual,
die Metallplatte mit den Tentakeln umkrampfend. Un-
verwandt deutete sein großer Katzenkopf auf das bitter-
harte, verdichtete Metall der Schiffswand.

Mit einem Krachen hörte er das erste Türschott in
der Triebwerkskammer niederbrechen. Männer brüllten.
Projektoren rollten vorwärts; ungehemmt wütete ihre
Energie. Zischend glühte der Boden unter den Strahlen
auf. Noch ein Moment, und die schwachen Wände zwischen Triebwerkskammer und Maschinenraum würden
zerschmelzen.

In dieser Sekunde wusste sich Cœurl am Ziel. Er spürte
die Veränderung in der widerstrebenden Legierung. Die
ganze Wand verlor ihren so lange verteidigten Zusammenhalt. Noch sah sie unverändert aus, aber es war kein
Zweifel möglich. Der Strom von Energie, der durch seinen Körper floss, beruhigte sich. Er konzentrierte ihn
abermals einige Sekunden lang auf die Wand. Dann war
er zufrieden. Mit einem hasserfüllten Fauchen, einem
rachsüchtigen Aufglühen wilder Augen sprang er in die
Pinasse, zerrte die Metallplatte wie eine Lukenklappe an
ihren Platz.

Seine Ohrfühler summten, während er die Ränder mit
ihrer Umgebung verschmolz. Im Nu bildete die Platte
einen Teil des Bootes, ohne Schweißnähte, ohne Nieten,

Bestandteil eines Ganzen aus schirmendem Metall, das nur über Bug und Heck durchsichtige Partien aufwies.

Sein Tentakel umfasste geradezu zärtlich die Antriebsschaltung. Ein Vorwärtsschießen des zerbrechlichen Apparats, direkt auf die Außenwand zu. Der Bug kam in Berührung – und die Außenhülle zerstäubte zu einem Graupelschauer glitzernden Metalls.

Cœurl spürte den fast unmerklichen Widerstand. Dann befand er sich in der Kälte des freien Raumes, wendete die Pinasse und flog zurück in die Richtung, aus der das Schiff während der letzten Stunden gekommen war.

Männer in Raumanzügen standen in der gezackten Öffnung, die im unteren Bereich der immensen Kugel gähnte. Die Männer und das gewaltige Schiff wurden kleiner. Dann waren die Gestalten verschwunden; nur das Schiff mit seinem Schein aus tausend verschwimmenden Bordluken blieb übrig. Unglaublich rasch schrumpfte auch die Kugel, zu klein bereits, um noch einzelne Luken zu unterscheiden.

Fast unmittelbar voraus gewahrte Cœurl einen winzigen, mattrötlichen Ball – seine eigene Sonne, wie er begriff. Mit höchster Beschleunigung steuerte er darauf zu. Auf seinem Planeten existierten Höhlen, in denen er sich verbergen, in denen er – nun, da er die nötigen Kenntnisse besaß – zusammen mit weiteren Cœurls ein Raumschiff bauen konnte, das ihnen ermöglichen würde, andere Welten ungefährdet zu erreichen.

Sein Körper schmerzte unter der Pein des Andrucks. Dennoch wagte er es nicht, auch nur für einen Moment die Beschleunigung zu reduzieren. Unruhig sah er zurück. Die Kugel war noch da – ein winziger Lichtpunkt in der ungeheuren Schwärze des Raumes. Plötzlich flimmerte er und erlosch.

Einen kurzen Augenblick lang hatte Cœurl den bestürzenden Eindruck, der Punkt hätte sich unmittelbar vor dem Erlöschen bewegt. Doch erkennen konnte er nichts. Die Besorgnis keimte auf, das Schiff könnte sämtliche Lichter gelöscht haben und ihm insgeheim folgen. Unsicher, gequält von Befürchtungen, starrte er nach vorn.

Ein Schauer des Schreckens überrann ihn. Die fahle rote Sonne, auf die er zuflog, wurde nicht größer. *Sie verlor von Augenblick zu Augenblick an Umfang.* Während der nächsten fünf Minuten schrumpfte sie zu einem blassroten Punkt – und verschwand wie das Schiff.

Furcht stellte sich ein, eine lähmende Woge, die sein Innerstes erfasste; Angst vor dem Unbekannten, die ihn erstarren ließ. Minutenlang spähte er verzweifelt in den Raum hinaus, auf der Suche nach einem Anhaltspunkt. Aber nur die fernen Sterne glitzerten dort, funkelnde Tupfer auf dem samtschwarzen Hintergrund unvorstellbarer Weite.

Halt! Einer der Tupfer wurde größer. Jeden Nerv, jeden Muskel starr angespannt, verfolgte Cœurl, wie daraus ein Fleck wurde, dann ein Ball – ein roter Lichtball. Mehr und mehr wuchs er an. Plötzlich glühte das rote Licht auf, wurde weiß – und vor ihm schwebte die riesige Kugel des Raumschiffs, jede Luke hell erleuchtet, dasselbe Schiff, das er vor wenigen Minuten in seinem Rücken hatte entschwinden sehen.

In diesem Augenblick zerbrach etwas in Cœurl. Wie ein kreisendes Rad rotierte sein Gehirn, immer schneller, immer rasender. Jählings barst es in eine Myriade schmerzender Fragmente. Seine Augen quollen fast aus ihren Höhlen, als er wie ein rasendes Raubtier in der Falle zu toben begann.

Seine Tentakel packten kostbare Instrumente und schleuderten sie blindwütig gegen die Wände. Seine Tatzen hieben entfesselt gegen die Sichtplatten. Schließlich, im Aufflackern eines Restes an Vernunft, begriff er, dass er es nicht fertigbrachte, sich dem unausbleiblichen Feuer atomarer Zerstrahlung auszuliefern.

Die heftige Zellauflösung zu bewirken, die jeden Tropfen Id aus seinen lebenswichtigen Organen ausschied, fiel ihm leicht.

Ein letztes herausforderndes Fauchen verzerrte seine Lefzen. Seine Fangarme schwangen ziellos umher. Und dann erfüllte ihn plötzlich eine Müdigkeit, die alle seine Abwehrkräfte überstieg, und er sank nieder. Der Tod kam friedlich nach so vielen, vielen Stunden voller Kampf und Gewalt.

Captain Leeth ging kein Risiko ein. Als das Feuer eingestellt worden war und man sich den Überresten des Beibootes nähern konnte, fand man geringe Mengen von zusammengeschmolzenem Metall und an vereinzelten Stellen Stücke, die einstmals zu Cœurls Körper gehört hatten.

»Armer Kater«, bemerkte Morton. »Was er wohl gedacht hat, als seine Heimatsonne verschwand und er uns vor sich auftauchen sah. Von Anti-Akzeleratoren hatte er keine Ahnung – wie sollte er wissen, dass wir unser Schiff unverzüglich stoppen können, während er drei Stunden gebraucht hätte, um zum Stillstand zu kommen? Für ihn hatte es den Anschein, als flöge er seiner Welt entgegen – dabei entfernte er sich mehr und mehr von ihr. Wir bremsten und rasten doch mit Millionen Sekundenkilometern an ihm vorbei, sodass wir die Rolle seiner Sonne spielen konnten. Einmal außerhalb unseres Schiffes, hatte er keine Chance mehr. Der ganze Kosmos muss für ihn kopfgestanden haben.«

Grosvenor lauschte den Worten mit sehr gemischten Gefühlen. Der ganze Zwischenfall verschwamm bereits, verlor seine exakte Form, löste sich in Dunkelheit auf. Die Einzelheiten würden niemals wieder von einer Person so genau wiedergegeben werden können, wie sie sich tatsächlich ereignet hatten. Die Gefahr, in der sie sich alle befunden hatten, schien bereits in weiter Ferne zu liegen.

»Nur kein falsches Mitgefühl«, vernahm Grosvenor Kents Stimme hinter sich. »Noch steht die nächste Aufgabe uns bevor – jedem Katzentier auf dieser erbärmlichen Welt den Garaus zu machen.«

»Das dürfte nicht schwer sein«, murmelte Korita. »Es sind und bleiben Primitive. Wir brauchen nur zu landen, und sie werden sich uns verschlagen nähern, in der Erwartung, uns zu täuschen.« Er wandte sich halb zu Grosvenor um. »Ich bin noch immer der Meinung, dass dies geschehen wird«, sagte er in freundlichem Ton, »auch wenn sich die ›Tier‹-Theorie unseres jungen Freundes als richtig erwies. Was meinen Sie dazu, Mr. Grosvenor?«

»Ich würde sogar noch ein Stück weiter gehen«, erwiderte Grosvenor. »Als Historiker werden Sie mir zweifellos zustimmen, dass von allen bekannten Versuchen, eine Lebensform total auszurotten, sich noch kein einziger als erfolgreich erwiesen hat. Vergessen Sie nicht, dass Miezekaters Angriff in seinem verzweifelten Verlangen nach Nahrung gründete – die Erzeugnisse dieses Planeten können seine Art offensichtlich nicht mehr viel länger am Leben erhalten. Seine Artgenossen wissen nichts von uns und bedeuten deshalb auch keine Gefahr für uns. Warum lassen wir sie also nicht einfach verhungern?«

»Dieses Gerede geht mir auf die Nerven«, fauchte Smith. »War der Kater vielleicht nicht die härteste Nuss, die wir bislang zu knacken hatten? Um ein Haar hätte er die Oberhand gewonnen ...«

Grosvenor lächelte, als Korita den Biologen freundlich unterbrach: »Stimmt, mein lieber Smith, wenn wir davon absehen, dass er den Trieben seiner Art gemäß reagiert hat. Seine Niederlage war besiegelt, sobald wir ihn unfehlbar als asozialen Räuber einer bestimmten Zivilisationsstufe identifiziert hatten. Es war die Geschichte, werter Mr. Smith, unser Wissen um die Geschichte, das ihn bezwungen hat«, schloss der japanische Archäologe, wobei er in die traditionelle Höflichkeit seines Volkes zurückfiel.

7

NEXIALISMUS IST DIE WISSENSCHAFT SYSTEMATISCHER VER-
KNÜPFUNG DER INHALTE EINES WISSENSGEBIETS MIT DENEN
ANDERER GEBIETE. SIE VERFÜGT ÜBER METHODEN ZUR BE-
SCHLEUNIGUNG DER WISSENSAUFNAHME UND ZUR WIRK-
SAMEN ANWENDUNG DES GELERNTEN. ALLE INTERESSENTEN
SIND HERZLICH EINGELADEN.
DOZENT: ELLIOTT GROSVENOR
ORT: NEXIALISTISCHE ABTEILUNG
ZEIT: 9/7/1, 15:50 UHR*

Grosvenor brachte den Anschlag am bereits reichlich mit
Aushängen bedeckten Schwarzen Brett an. Dann trat er
zurück, um sein Werk zu mustern. Die Bekanntmachung
konkurrierte mit acht anderen Vorträgen, drei Spiel- und
vier Lehrfilmen, neun Diskussionsgruppen sowie mehreren Sportveranstaltungen.

Dennoch konnte er sicher sein, dass sein Hinweis auf-
fiel. Im Unterschied zu den übrigen bestand er nicht einfach aus einem Blatt Papier. Es handelte sich um eine Vor-

---

* An Bord des Schiffes galt die sogenannte »Sternzeit«. Sie basierte auf
einer Stunde von hundert Minuten und einem Zwanzigstundentag.
Die Woche hatte zehn, der Monat dreißig, ein Jahr dreihundertsech-
zig Tage. Die Tage wurden lediglich nummeriert, und die Jahre wurden ab dem Zeitpunkt des Starts gezählt.

richtung von einem Zentimeter Dicke. Die Schrift wurde als Silhouette von innen auf die Oberfläche projiziert. Ein papierdünnes chromatisches Rad, aus Batteriezellenmaterial bestehend, drehte sich magnetisch und lieferte die vielfarbige Lichtquelle. Die Buchstaben wechselten ihre Farbe einzeln und in Gruppen. Weil die Frequenz des ausgestrahlten Lichts von Augenblick zu Augenblick fast unmerklich wechselte, wiederholte sich das Farbmuster niemals.

Die Ankündigung stach von ihrer eintönigen Umgebung ab wie eine Neonreklame. Dass sie nicht wirken würde, war kaum zu befürchten.

Grosvenor begab sich zum Speisesaal. Beim Eintreten drückte ihm jemand, der sich an der Tür postiert hatte, einen Zettel in die Hand. Grosvenor las ihn neugierig.

KENT ALS DIREKTOR

GREGORY KENT LEITET DIE GRÖSSTE ABTEILUNG AUF UNSEREM SCHIFF. ER IST FÜR SEINE ZUSAMMENARBEIT MIT ANDEREN ABTEILUNGEN BEKANNT. MR. KENT IST EIN WISSENSCHAFTLER MIT HERZ, DER UM DIE PROBLEME ANDERER WISSENSCHAFTLER WEISS. DENKEN SIE DARAN, DASS IHR SCHIFF, AUSSER EINEM MILITÄRISCHEN KONTINGENT VON 180 OFFIZIEREN UND MANNSCHAFTEN, 804 WISSENSCHAFTLER BEHERBERGT, GELEITET VON EINER DIREKTION, DIE KURZ VOR DEM START VON EINER KLEINEN MINDERHEIT HASTIG GEWÄHLT WORDEN IST. DAS MUSS KORRIGIERT WERDEN. WIR HABEN EIN ANRECHT AUF DEMOKRATISCHE VERTRETUNG.

WAHLVERSAMMLUNG: 9/7/1, 15:00 UHR

WÄHLT KENT ZUM DIREKTOR!

Grosvenor steckte den Zettel ein und betrat den hell erleuchteten Raum. Ihm schien, dass innerlich unfreie Leute wie Kent selten in Betracht zogen, was sie langfristig mit ihrem Bemühen anrichteten, eine Gruppe von Menschen in feindliche Lager zu spalten. Sage und schreibe fünfzig Prozent aller interstellaren Expeditionen der letzten zweihundert Jahre waren nicht zurückgekehrt. Die Ursachen ließen sich nur indirekt aus den Geschehnissen an Bord jener Schiffe erschließen, die doch weitergekommen waren. Deren Besatzungen berichteten von Meinungsverschiedenheiten unter den Expeditionsmitgliedern, erbitterten Streitigkeiten, Uneinigkeiten über die Ziele und die Bildung von Splittergruppen. Letztere nahmen an Zahl beinahe in direktem Verhältnis zur Reisedauer zu.

Erst in jüngster Zeit hatte man Wahlen bei derartigen Expeditionen eingeführt. Dabei ging man von der Erfahrung aus, dass Menschen es ablehnten, sich auf Dauer den Entscheidungen von Leitungsgremien zu fügen, die andere eingesetzt hatten. Aber ein Raumschiff stellte kein verkleinertes Abbild einer Gesellschaft dar. Verluste ließen sich unterwegs nicht ersetzen. Drohte eine Katastrophe, waren seine menschlichen Ressourcen begrenzt.

Über solche Eventualitäten nachgrübelnd, ärgerlich, weil die Wahlversammlung sich zeitlich mit seiner Vorlesung überschnitt, ging Grosvenor zu seinem Tisch. Der Speisesaal war dicht besetzt. Grosvenors Tischnachbarn für die laufende Woche aßen schon. Es handelte sich um drei jüngere Wissenschaftler aus verschiedenen Abteilungen.

Während er Platz nahm, wollte einer von ihnen aufgeräumt wissen: »Na, an welcher wehrlosen Frau sollen wir heute Rufmord begehen?«

Grosvenor lachte, obwohl er wusste, dass die Bemerkung nur teilweise scherzhaft gemeint war. Die Gespräche unter den jüngeren Männern tendierten zu einer gewissen Einförmigkeit. Frauen und Sexualität spielten die Hauptrolle. Bei dieser Expedition, die ausschließlich männliche Teilnehmer aufwies, hatte man das Problem auf chemischem Wege gelöst, indem man den Mahlzeiten bestimmte Präparate zusetzte. Das dämpfte zwar den Trieb, nicht aber das emotionale Defizit.

Niemand gab Antwort auf die Frage. Carl Dennison, ein junger Chemiker, bedachte den Sprecher mit einem unwilligen Blick, ehe er sich an Grosvenor wandte. »Wie werden Sie stimmen, Grove?«

»Auf jeden Fall geheim«, gab dieser zur Antwort. »Aber erst möchte ich mehr über die Blondine wissen, die Allison uns heute früh …«

Dennison beharrte: »Sie stimmen doch für Kent, oder etwa nicht?«

Grosvenor grinste entwaffnend. »Darüber habe ich mir noch nicht den Kopf zerbrochen. Schließlich sind es noch zwei Monate bis zur Wahl. Was haben Sie gegen Morton?«

»Praktisch hat die Regierung ihn bestimmt.«

»Mich auch. Und Sie ebenso.«

»Er ist lediglich Mathematiker, kein wirklicher Wissenschaftler.«

»Das ist mir neu«, konterte Grosvenor ironisch. »Seit Jahren leide ich unter der Sinnestäuschung, die Mathematik wäre eine exakte Wissenschaft.«

»Da haben Sie es. Die oberflächliche Ähnlichkeit kann einen wirklich zu der Illusion verleiten.« Dennison war es offenkundig darum zu tun, eine fixe Idee an den Mann zu bringen. Bedeutungsvoll lehnte er sich nach vorn, als hätte er den Beweis für seine Behauptung soeben angetreten. »Wir Wissenschaftler müssen zusammenhalten. Praktisch stellen wir doch die Expeditionsmannschaft, und wen setzt man uns vor die Nase? Jemanden, der in Abstraktionen schwelgt. Kaum das richtige Training für die Lösung praktischer Aufgaben.«

»Komisch, ich dachte, er hätte es bislang recht gut verstanden, die Probleme von uns Praktikern auszubügeln.«

»Wir kommen mit unseren Problemen schon selbst zurande.« Dennisons Stimme klang gereizt.

Grosvenor hatte währenddessen eine Reihe von Knöpfen gedrückt. Nun tauchte sein Essen aus der Fließbandöffnung in der Mitte des Tisches auf. Er schnupperte. »Aha, geröstete Sägespäne, direkt aus der chemischen Abteilung. Sie riechen wirklich köstlich. Die Frage ist nur: Hat man ebenso viel Mühe darauf verwendet, die Sägespäne aus der Vegetation des Katzenplaneten essbar zu machen, wie bei dem Sägemehl, das wir schon an Bord hatten?« Er hob die Hand. »Lassen Sie nur. Ich möchte nicht meine Illusionen über unsere chemische Abteilung einbüßen, auch wenn Mr. Kents Kinderstube mir nicht gefällt. Ich habe ihn nämlich um genau die Zusammenarbeit gebeten, von der auf dem Zettel die Rede ist, und er hat mir nahegelegt, ihn die nächsten zehn Jahre zu verschonen. Wahrscheinlich hat er gerade nicht an die Wahl gedacht. Außerdem finde ich es ein starkes Stück, eine Wahlversammlung gerade dann anzusetzen, wenn ich einen Vortrag halte.« Er begann zu essen.

»Kein Vortrag ist so wichtig wie diese Kundgebung. Was dort erörtert wird, sind politische Fragen, die jeden auf dem Schiff angehen, Sie eingeschlossen.« Dennisons Gesicht hatte sich gerötet, seine Stimme einen schroffen Klang angenommen. »Grove, Sie können doch nicht ernstlich etwas gegen einen Mann haben, den Sie kaum kennen. Kent gehört zu den Leuten, die ihre Freunde nicht vergessen.«

»Und der wahrscheinlich auch die entsprechend zu behandeln weiß, die er nicht leiden kann«, gab Grosvenor zurück. Ungeduldig hob er die Schultern. »Carl, für mich verkörpert Kent alles, was ich an unserer gegenwärtigen Zivilisation als destruktiv empfinde. Korita und seiner zyklischen Geschichtstheorie zufolge befinden wir uns in der ›Winterphase‹ unserer Kultur. Irgendwann muss ich ihn bitten, mir das noch genauer zu erläutern, aber wetten möchte ich, dass Kents Karikatur eines demokratischen Wahlkampfes ein gutes Beispiel liefert für die unheilvollen Attribute einer solchen Periode.«

Er hätte gern noch hinzugefügt, dass Derartiges zu verhindern seine ureigene Aufgabe an Bord darstellte – aber das kam natürlich nicht infrage. Konflikte, wie sie sich jetzt abzeichneten, waren ursächlich für das Unheil, das vorausgegangene Expeditionen reihenweise ereilt hatte. Ohne dass die Besatzungen davon wussten, hatte man die

Schiffe deswegen in soziologische Experimentierstätten verwandelt. Nexialisten, Wahlen, getrenntes Kommando – solche und andere Änderungen wurden in der Hoffnung erprobt, den Preis zu senken, den die Ausbreitung der Menschheit in den Raum erforderte.

Dennison verzog abfällig das Gesicht. »Der jugendliche Philosoph, wie er leibt und lebt«, spottete er, um unverblümt hinzuzufügen: »Wählen Sie Kent, wenn Sie sich einen Gefallen tun wollen.«

Grosvenor unterdrückte seinen Unmut. »Und wenn nicht – entzieht er mir dann mein Sägemehl? Vielleicht kandidiere ich auch selbst und hole mir die Stimmen aller Besatzungsmitglieder unter fünfunddreißig. Schließlich sind wir den alten Knaben drei- oder vierfach überlegen. Nach demokratischen Regeln können wir verlangen, entsprechend vertreten zu sein.«

Dennison schien sich wieder in der Gewalt zu haben. »Sie begehen einen schweren Fehler, Grosvenor«, sagte er. »Das werden Sie schon noch merken.«

Der Rest der Mahlzeit verlief schweigend.

Fünf Minuten vor 15:50 Uhr am nächsten Tag ahnte Grosvenor, dass sich seine Vortragsankündigung als Schlag ins Wasser erweisen würde. Er konnte sich keinen Reim darauf machen. Womöglich legte Kent seinen Anhängern nahe, Leute zu schneiden, die zu erkennen gegeben hatten, dass sie ihn bei der Wahl nicht unterstützen würden. Aber selbst wenn der Chefchemiker über eine Stimmenmehrheit verfügte, blieben immer noch mehrere hundert Personen, die sich einer solchen Beeinflussung entzogen. Unwillkürlich musste Grosvenor an die Äußerung eines

in nexialistischem Denken unterwiesenen Regierungs-
vertreters kurz vor dem Abflug denken.

»Die Aufgabe, die Sie an Bord der *Space Beagle* über-
nommen haben, wird nicht leicht sein. Als Assoziations-
und Lernmethode stellt der Nexialismus eine umwäl-
zende Neuerung dar. Ältere Leute werden sich instinktiv
dagegen wehren. Jüngere, die nach dem überkommenen
Schema ausgebildet sind, werden ihn ablehnen, weil ihre
eben erworbenen Kenntnisse damit schon wieder über-
holt wären. Sie selbst müssen erst noch praktisch anwenden, was Sie theoretisch gelernt haben, obwohl in
Ihrem Fall der Übergang in die Praxis einen wesentlichen
Teil Ihrer Schulung ausmacht. Vergessen Sie auf keinen Fall, dass jemand, der oft genug den Nagel auf den
Kopf trifft, in einer Krise nach seiner Meinung gefragt
wird.«

Um 16:10 Uhr suchte Grosvenor die Anschlagbretter
in zwei Aufenthaltsräumen sowie im Mittelgang auf und
änderte den Veranstaltungsbeginn auf 17:00 Uhr. Als es
so weit war, verschob er ihn auf 17:50 und später noch-
mals auf 18:00 Uhr. Sie werden schon kommen, sagte er
sich. Die Wahlversammlung kann nicht ewig dauern, und
die übrigen Vorträge dauern selten länger als zwei Stunden. Fünf Minuten vor 18:00 Uhr vernahm er die Schritte
von zwei Männern, die langsam den Gang entlangkamen.
Das Geräusch verstummte, als beide vor dem offenen Zugang zu seiner Abteilung stehen blieben; dann sagte eine
Stimme: »Ja, hier ist es.«

Sie lachten ohne ersichtlichen Grund. Gleich darauf
traten zwei junge Männer ein. Grosvenor zögerte; dann

nickte er ihnen freundlich zu. Seit dem ersten Flugtag hatte er sich die Aufgabe gestellt, sich die Stimmen, die Gesichter, die Namen der Besatzungsmitglieder einzuprägen – was immer er über sie in Erfahrung bringen konnte. Angesichts der großen Zahl war er damit noch nicht bis zum Ende gediehen. Diese beiden aber kannte er. Sie gehörten der chemischen Abteilung an.

Er beobachtete sie verstohlen, während sie umherschlenderten und die aufgestellten Lernmaschinen in Augenschein nahmen. Sie schienen sich heimlich zu amüsieren. Schließlich ließen sie sich auf zwei Stühlen nieder, und einer wollte betont höflich wissen: »Wann fängt der Vortrag wohl an?«

Grosvenor warf einen Blick auf die Uhr. »In etwa fünf Minuten«, antwortete er.

Während dieser Zeitspanne fanden sich noch acht Männer ein. Nach dem schlechten Start fühlte sich Grosvenor bedeutend ermutigt, zumal Donald McCann dazugehörte, der Leiter der geologischen Abteilung. Selbst die Tatsache, dass vier seiner Zuhörer der chemischen Abteilung entstammten, störte ihn nicht.

Gut gelaunt machte er sich an seine Vorlesung über den bedingten Reflex und seine Entwicklung seit den Tagen Pawlows zu einem Grundstein der nexialistischen Wissenschaft.

Anschließend kam McCann zu ihm und unterhielt sich mit ihm. Er meinte: »Bei den Lernmethoden, die Sie aufzählten, haben Sie auch das sogenannte Schlafgerät erwähnt. Ich musste dabei an einen meiner alten Professoren denken, der zu sagen pflegte, man könne sich durchaus vertiefte Kenntnisse auf sämtlichen Wissensgebieten aneignen – es dauere nicht einmal tausend Jahre.« Er lachte leise. »Mir fiel auf, dass Sie diese Einschränkung nicht erwähnt haben.«

Grosvenor nahm wahr, dass ihn die grauen Augen seines Gegenübers mit freundlichem Zwinkern ansahen. Er lächelte. »Diese Beschränkung«, erwiderte er, »hatte nicht zuletzt zu tun mit der hergebrachten Methode, das Gerät ohne vorbereitendes Training einzusetzen. Heute wendet die Nexialistische Stiftung Hypnose und Psychotherapie an, um vorhandene Widerstände zu überwinden. Als ich beispielsweise getestet wurde, bekam ich dann zu hören, in meinem Falle könnte das Gerät nur alle zwei Stunden fünf Minuten lang eingeschaltet werden.«

»Eine sehr niedrige Toleranz«, kommentierte McCann. »Meine betrug drei Minuten pro halbe Stunde.«

»Aber Sie haben sich damit zufriedengegeben«, konterte Grosvenor betont. »Richtig?«

»Wie sind Sie verfahren?«

Grosvenor schmunzelte. »Mit mir *ist* man verfahren. Ich bin durch Anwendung verschiedener Methoden dahin gebracht worden, dass ich acht Stunden lang fest schlief, während das Gerät ununterbrochen lief. Einige zusätzliche Techniken intensivierten den Lernvorgang noch.«

Der Geologe überging den letzten Satz. »Geschlagene acht Stunden!«, wiederholte er perplex.

»Durchgehend«, nickte Grosvenor.

Der Ältere erwog diese Auskunft. »Trotzdem«, sagte er schließlich, »reduziert das die Zahl nur um den Faktor drei. Auch ohne künstliche Gewöhnung halten viele Menschen die Informationszufuhr fünf Minuten pro Viertelstunde Schlaf aus, ohne aufzuwachen.«

Grosvenor gab bedächtig zur Antwort, wobei er an der Miene seines Gegenübers seine Reaktion zu erkennen trachtete: »Die Information muss aber mehrfach wiederholt werden.« McCanns entgeisterter Gesichtsausdruck verriet ihm, dass sein Hinweis ins Schwarze getroffen hatte. Rasch fuhr er fort: »Sie haben bestimmt schon die Erfahrung gemacht, dass man etwas einmal sieht oder hört und nie wieder vergisst. Andererseits gibt es Fälle, bei denen ebenso tiefe Eindrücke wieder so weit verschwimmen, dass man sich nicht mehr genau daran erinnert, selbst wenn die Rede darauf kommt. Dafür gibt es Gründe. Die Nexialistische Stiftung hat sie ausfindig gemacht.«

McCann erwiderte nichts. Er hatte die Lippen gespitzt. Über seine Schulter gewahrte Grosvenor, dass die vier Chemiker unweit des Ausgangs in einer Gruppe beisammenstanden. Sie sprachen leise miteinander. Er bedachte sie lediglich mit einem kurzen Blick und wandte sich wieder an den Geologen: »Anfangs gab es Phasen, in denen ich dachte, ich würde den Druck nicht ertragen. Verstehen Sie mich recht, ich spreche nicht nur von dem Schlafgerät. Diese Technik machte vielleicht zehn Prozent des gesamten Lernvorgangs aus.«

McCann schüttelte den Kopf. »Diese Zahlen machen mich schwindeln. Sie spielen ansonsten vermutlich auf die Art Filme an, bei denen jedes Bild gerade einen Sekundenbruchteil lang zu sehen ist.«

Grosvenor nickte. »Tachistoskopische Filme wurden bei uns täglich drei Stunden lang eingesetzt, aber ihr Anteil an der Informationsmenge lag bei fünfundvierzig Prozent. Tempo und Wiederholung heißt das Geheimnis.«

»Ein komplettes Fachgebiet in einer Sitzung!«, rief McCann. »Das nenne ich Lernen im Ganzen.«

»Das ist die eine Seite. Die andere besteht darin, dass wir mit allen Sinnen gelernt haben – Tastsinn, Sicht und Gehör, selbst Geruch und Geschmack.«

Wieder schwieg McCann mit gerunzelter Stirn. Grosvenor verfolgte, wie die jungen Chemiker zu guter Letzt den Raum verließen. Aus dem Gang drang ihr gedämpftes Gelächter herein. Es schien McCann aus seinem Grübeln zu reißen. Der Geologe streckte die Hand aus und forschte: »Wie wäre es, wenn Sie mich im Laufe der nächsten Tage aufsuchen würden? Vielleicht fällt uns ein Weg ein, Ihr Wissen mit unseren praktischen Bedürfnissen zu koordinieren. Bei der Landung auf dem nächsten Planeten könnten wir die Resultate testen.«

Auf dem Weg zu seiner Schlafkammer pfiff Grosvenor leise vor sich hin. Er hatte seinen ersten Sieg errungen, und das Gefühl war angenehm.

8

Als sich Grosvenor am nächsten Morgen seiner Abteilung näherte, bemerkte er erstaunt, dass die Tür offen stand. Ein heller Lichtstreifen fiel auf den matter erleuchteten Gang. Er beschleunigte seine Schritte und blieb im Eingang stehen.

Auf den ersten Blick gewahrte er sieben Chemotechniker, einschließlich zweier, die an dem Vortrag teilgenommen hatten. Gerätschaften waren bereits in den Raum transportiert worden. Dazu gehörten eine Anzahl großer Tanks, mehrere Wärmeaggregate und eine komplette Rohrleitung zur Versorgung der Tanks mit Chemikalien.

Grosvenors Gedanken eilten zurück zum Auftreten der Chemiker am Vorabend. Beschäftigt mit dem Abwägen denkbarer Konsequenzen, ganz elend bei der Vorstellung, was aus seinen eigenen Apparaturen geworden sein mochte, trat er ein. Er benutzte diesen äußeren Raum für eine Vielzahl von Zwecken. In erster Linie diente er der Unterweisung kleiner Gruppen. Die dazu erforderlichen lerntechnischen Vorrichtungen befanden sich in den vier übrigen Räumen.

Durch die nächste offene Tür sah er, dass auch sein Film- und Tonaufnahmestudio mit Beschlag belegt worden war, ebenso der Experimentierraum und die Werkstatt. Der Anblick verschlug ihm buchstäblich die Sprache, während er die Räumlichkeiten durchschritt, ohne die Männer zu beachten. Selbst der letzte Raum mit seinen

Apparaten und die angrenzende Abstellkammer waren nicht heil davongekommen. In beide hatte man die Möbel und die beweglichen Geräte aus der übrigen Abteilung geschoben und gestapelt. Grosvenor mutmaßte grimmig, dass die Tür, die von dort auf einen Nebenkorridor führte, als neuer Zugang vorgesehen war.

Und immer noch beherrschte er sich, überdachte seine Wahlmöglichkeiten. Dass er bei Morton protestierte, lag nahe. Anscheinend erwartete Kent, im Wahlkampf daraus Nutzen zu ziehen. Auf welche Weise, wollte Grosvenor nicht recht einleuchten. Der Chemiker schien sich seiner Sache aber offenbar sicher.

Langsam kehrte er zurück zum vordersten, seinem Vortragsraum. Erst jetzt fiel ihm auf, dass die Tanks zur Herstellung synthetischer Nahrung dienten. Geschickt. Damit ließ sich die Behauptung verbinden, der Platz würde – natürlich im Gegensatz zu seiner vorherigen Bestimmung – einem nützlichen Zweck zugeführt. Wollte er sich gegen so viel Gerissenheit wehren, war sein eigener Scharfsinn gefordert.

Kents Motiv stand außer Zweifel. Der Chemiker mochte ihn nicht. Dass er gegen ihn Partei ergriffen hatte – was ihm zweifellos hinterbracht worden war –, hatte die Antipathie noch verstärkt. Aber Kents Rachsucht konnte, geschickt ausgenutzt, auf ihn zurückfallen.

Grosvenor näherte sich einem der Chemotechniker und sagte: »Würden Sie bitte weitersagen, dass ich diese Gelegenheit begrüße, die Ausbildung der Chemiker auf unserem Schiff abzurunden. Niemand hat hoffentlich etwas dagegen, bei seiner Arbeit dazuzulernen.«

Er entfernte sich, ohne eine Antwort abzuwarten. Als er zurückblickte, starrte der Mann hinter ihm her. Grosvenor unterdrückte ein Lächeln. Seine Laune besserte sich, während er den ihm verbliebenen Raum betrat. Endlich stand er einer Situation gegenüber, in der er auf einige jener Instruktionsmethoden zurückgreifen konnte, die ihm zur Verfügung standen.

Weil man in jeden Winkel gequetscht hatte, was hineinging, brauchte er eine Weile, um das Hypnosegas zu finden, das er suchte. Fast eine halbe Stunde brachte er damit zu, auf die Düse einen Geräuschdämpfer zu montieren, damit das Gas nicht zischte, wenn es ausströmte. Anschließend trug er den Behälter in den Außenraum. Er schloss einen Hängeschrank auf, dessen Tür mit einem Netzgitter versehen war, stellte den Behälter hinein und öffnete das Ventil. Rasch versperrte er den Schrank wieder.

Ein schwacher Parfümduft mischte sich unter den Chemiegeruch der Tanks.

Leise vor sich hin pfeifend, durchquerte Grosvenor den Raum. Der leitende Techniker, der bereits am Vorabend zugegen gewesen war, vertrat ihm den Weg.

»Sagen Sie, was tun Sie da eigentlich?«

Grosvenor gab sanft zur Antwort: »Sie werden es in einer Minute kaum noch merken. Es gehört zu meinem Lehrgangsprogramm für Ihre Leute.«

»Wer hat Sie denn um ein Lehrgangsprogramm gebeten?«

»Aber Mr. Maiden«, versetzte Grosvenor mit gespieltem Erstaunen, »was könnte Sie sonst in meine Abteilung führen?« Er brach mit einem Lachen ab. »Ich habe Sie nur auf den Arm genommen. Was Sie riechen, ist ein Deodorant. Ich kann die verbrauchte Luft hier nicht ausstehen.«

Ohne eine Erwiderung abzuwarten, entfernte er sich ein Stück, blieb dann stehen und beobachtete, wie die Männer auf das Gas reagierten. Alles in allem hielten sich fünfzehn Chemotechniker in den Räumen auf. Zu erwarten waren ein Drittel uneingeschränkt und ein weiteres Drittel eingeschränkt positive Reaktionen. Wie jemand reagierte, ließ sich an bestimmten Anzeichen erkennen.

Nachdem er einige Minuten abgewartet hatte, näherte sich Grosvenor einem der Männer und bedeutete ihm leise, aber nachdrücklich: »Gehen Sie in fünf Minuten zur Toilette. Dort erhalten Sie etwas von mir. Und jetzt vergessen Sie, was ich gesagt habe.«

Grosvenor zog sich in sein bisheriges Filmstudio zurück. Beim Umdrehen nahm er wahr, dass sich Maiden zu dem Techniker begab und ihn anredete. Der Mann schüttelte offensichtlich erstaunt den Kopf.

Der leitende Techniker wurde ärgerlich. »Was heißt, ihr hättet kein Wort gesprochen? Ich habe es mit eigenen Augen gesehen.«

Sein Gegenüber reagierte ebenso unwirsch. »Ich habe nichts gehört. Und ich müsste es schließlich wissen.«

Ob die Auseinandersetzung weiterging, hörte Grosvenor nicht mehr. Aus dem Augenwinkel registrierte er, dass im angrenzenden Raum ein junger Mann Reaktionssymptome erkennen ließ. Er wandte sich ebenso beiläufig an ihn und erteilte ihm die gleiche Anweisung wie im ersten Fall – mit dem Unterschied, dass er sich erst in fünfzehn Minuten an dem bezeichneten Ort einfinden sollte.

Alles in allem sprachen sechs Männer mit der Intensität auf das Gas an, die Grosvenor für sein Vorhaben erforderlich schien. Drei der restlichen neun – Maiden eingeschlossen – ließen eine schwächere Reaktion erkennen. Diese Gruppe bezog Grosvenor nicht ein. Später konnte er daran denken, bei ihnen einen anderen Weg zu beschreiten.

Grosvenor wartete bereits, als sein erstes Versuchsobjekt die Toilette betrat. Er lächelte den Techniker an und erkundigte sich: »So etwas schon einmal gesehen?« Er hielt ihm den winzigen Kristall hin, der sich mit einer Feder im Ohr befestigen ließ.

Der Mann nahm ihn entgegen, betrachtete ihn, schüttelte dann verwundert den Kopf. »Was ist das?«

Grosvenor befahl: »Drehen Sie sich um, damit ich ihn in Ihr Ohr einpassen kann.« Während der andere der Aufforderung widerspruchslos nachkam, fuhr Grosvenor eindringlich fort: »Die nach außen hin sichtbare Seite ist fleischfarben. Der Kristall lässt sich deshalb nur bei genauer Untersuchung erkennen. Sollte er jemandem auffallen, können Sie immer sagen, Sie trügen ein Hörgerät.«

Er hatte den Kristall fest angedrückt und trat nun zurück. »Nach etwa einer Minute haben Sie schon vergessen, dass er in Ihrem Ohr sitzt. Sie spüren ihn dann nicht mehr.«

Der Techniker machte einen interessierten Eindruck. »Ich spüre ihn jetzt schon kaum noch. Wozu dient er?«

»Als Empfänger«, erwiderte Grosvenor. Langsam, jedes Wort betonend, sprach er weiter. »Sie werden ihn nie bewusst vernehmen. Die Worte werden von Ihrem Unterbewusstsein unmittelbar aufgenommen. Sie können gleichzeitig hören, was andere Leute zu Ihnen sagen. Sie können sich unbeschwert unterhalten. Ihrer normalen Tätigkeit gehen Sie nach, ohne irgendeine Beeinträchtigung zu empfinden. Sie werden alles vergessen, was damit zusammenhängt.«

»Sachen gibt es«, meinte der Techniker.

Kopfschüttelnd entfernte er sich. Wenige Minuten später folgte der nächste – und anschließend nacheinander die restlichen vier, die Symptome nachhaltiger Beeinflussung gezeigt hatten. Grosvenor stattete sie sämtlich mit dem nahezu unsichtbaren Miniradio aus.

Tonlos vor sich hin summend, suchte er dann ein anderes Hypnosegas heraus und tauschte die Behälter in dem Hängeschrank um. Diesmal reagierten der leitende Techniker und vier seiner Mitarbeiter deutlich positiv. Zwei zeigten leichte Wirkung, einer nicht die geringste, und einer, dem zuvor nur wenig anzumerken gewesen war, erwachte gänzlich aus seiner Trance.

Grosvenor beschloss, sich mit elf von fünfzehn zufriedenzugeben. Kent würde eine unangenehme Überraschung erleben, wenn sich seine Mitarbeiter plötzlich reihenweise als begnadete Chemiker erwiesen.

Einen endgültigen Sieg hatte er allerdings noch längst nicht errungen. Dazu bedurfte es wahrscheinlich einer direkteren Attacke auf Kent selbst.

Rasch zeichnete Grosvenor eine Versuchssendung auf. Er schaltete die Übertragung ein, schlenderte dann umher und verfolgte, wie die Männer reagierten. Vier von ihnen schien irgendetwas zu schaffen zu machen. Einen, der mehrfach den Kopf schüttelte, sprach Grosvenor an.

»Was ist los?«, erkundige er sich.

Der Chemotechniker lachte unfroh. »Ich höre ständig eine Stimme. So etwas Verrücktes.«

»Laut?« Normalerweise hätte diese Frage nicht unbedingt nahegelegen, aber Grosvenors Ton klang eindringlich.

»Nein, weit entfernt. Zeitweise verstummt sie, dann wieder ...«

»Sie wird völlig verschwinden«, redete Grosvenor ihm beruhigend zu. »Sie wissen, wie überreizt das Gehirn manchmal sein kann. Ich möchte wetten, sie wird schon in diesem Augenblick leiser, weil jemand mit Ihnen spricht und Ihre Aufmerksamkeit ablenkt.«

Der Mann legte den Kopf schief, als lauschte er. Erstaunt blickte er auf. »Sie ist tatsächlich weg.« Er stieß einen erleichterten Seufzer aus. »Ich hatte mir schon Sorgen gemacht.«

Auch zwei weitere Techniker ließen sich ohne sonderliche Mühe beruhigen. Ein dritter dagegen fuhr trotz längeren Zuredens fort, die Stimme zu hören. Grosvenor nahm ihn schließlich beiseite und entfernte das winzige Radio unter dem Vorwand, sein Ohr zu untersuchen.

Mit den anderen Versuchsobjekten unterhielt er sich jeweils kurz. Befriedigt stellte er anschließend eine Serie von Aufnahmen zusammen, die alle Viertelstunde drei Minuten lang laufen würden. In den Außenraum zurückgekehrt, sah er sich prüfend um und entschied dann, dass er die Männer sich selbst überlassen konnte. Er trat auf den Gang hinaus und eilte zu den Aufzügen.

Wenige Minuten später betrat er die mathematische Abteilung und verlangte Morton zu sprechen. Zu seiner Überraschung wurde er sofort vorgelassen.

Morton hatte es sich hinter einem ausladenden Schreibtisch bequem gemacht. Er wies auf einen Sessel, und Grosvenor nahm Platz.

Weil er sich zum ersten Mal in Mortons Büro aufhielt, sah er sich interessiert um. Eine ganze Wand wurde von einem Bildschirm eingenommen. Momentan war der Aufnahmewinkel der Kameras so eingestellt, dass der Schirm das gewaltige Rad der Milchstraße, in der die Sonne nur ein winziges Staubkorn darstellte, von einem Rand bis zum anderen wiedergab. Die Entfernung war so gering, dass man unzählige Einzelsterne unterscheiden konnte, aber doch wieder weit genug, dass die dunstige Pracht der Galaxis in vollem Glanz erstrahlte.

Gleichfalls im Blickfeld befanden sich mehrere jener Sternhaufen, die sich, im Außenbereich der Spiralarme um das Zentrum der Milchstraße kreisend, gemeinsam mit ihr durch den Raum bewegten. Ihr Anblick erinnerte Grosvenor daran, dass die *Space Beagle* im Augenblick einen kleineren Kugelhaufen durchquerte.

Im Anschluss an die Begrüßung wollte er wissen: »Ist die Entscheidung eigentlich schon gefallen, ob wir eine der Sonnen in diesem Haufen aufsuchen?«

Morton nickte. »Wir werden wohl darauf verzichten. Ich teile diese Meinung. Wir fliegen in Richtung auf eine andere Galaxie, und wir werden ohnehin lange genug unterwegs sein.«

Der Direktor beugte sich vor, griff nach einem Schriftstück auf seinem Schreibtisch, lehnte sich dann wieder zurück. Übergangslos bemerkte er: »Wie ich höre, hat man einen Teil Ihrer Räume mit Beschlag belegt.«

Grosvenor reagierte mit dem Anflug eines Lächelns. Er konnte sich vorstellen, dass es Besatzungsmitglieder gab, die mit Genugtuung auf den Vorfall reagierten. Er hatte sich gerade so weit bemerkbar gemacht, dass dem einen oder anderen unwohl bei dem Gedanken werden mochte, was der Nexialismus zuwege bringen konnte. Wer so empfand, brauchte nicht zu Kents Anhängern zu gehören, um einer Einmischung des Direktors reserviert gegenüberzustehen.

Dennoch kam es Grosvenor darauf an, Morton einen Eindruck vom Ernst der Situation, wie sie sich ihm darstellte, zu vermitteln. Knapp umriss er, was sich zugetragen hatte. Er schloss mit den Worten: »Mr. Morton, ich möchte, dass Sie Kent anweisen, seinen Übergriff unverzüglich rückgängig zu machen.« In Wirklichkeit war es ihm um eine derartige Anordnung nicht im Geringsten zu tun. Er wollte lediglich herausfinden, ob Morton seine Einschätzung teilte, dass Kents Vorgehen erhebliche Gefahren barg.

Der Direktor schüttelte den Kopf und meinte milde: »Bei Licht besehen, verfügen Sie für einen einzelnen Mann tatsächlich über viel Platz. Wäre Teilen da nicht eine Möglichkeit?«

Die Antwort war zu unverbindlich. Grosvenor blieb nur übrig nachzustoßen. Betont erkundigte er sich: »Soll ich das so verstehen, dass jeder Abteilungsleiter auf diesem Schiff über einen Freibrief verfügt, anderen Abteilungen Räume wegzunehmen?«

Morton gab nicht sogleich Antwort. Um seinen Mund spielte ein leichtes Lächeln. Er spielte mit dem Schreibstift. Schließlich erwiderte er: »Ich habe den Eindruck, Sie verkennen meine Position an Bord der *Beagle*. Bevor ich eine Entscheidung fälle, die einen Abteilungsleiter betrifft, muss ich die übrigen Abteilungschefs konsultieren.« Er sah zur Decke hoch. »Angenommen, ich setze den Punkt auf die Tagesordnung, und eine Mehrheit ist der Auffassung, die Räume, in denen er sich festgesetzt hat, sollten Kent endgültig zugeschlagen werden. Daran ließe sich dann nichts mehr ändern.« Mit Nachdruck schloss er: »Mir kam der Gedanke, dass Ihnen in diesem Stadium an einer solchen Einschränkung wenig gelegen sein könnte.« Sein Lächeln wurde breiter.

Grosvenor, der sein Ziel erreicht sah, lächelte zurück. »Über Ihre Unterstützung freue ich mich wirklich. Dann kann ich damit rechnen, dass Sie einen Versuch Kents blockieren würden, die Angelegenheit auf die Tagesordnung zu setzen?«

Falls sein rascher Meinungsumschwung Morton erstaunte, ließ er es nicht erkennen. »Die Tagesordnung«, bemerkte er selbstzufrieden, »ist etwas, auf das ich nicht unerheblichen Einfluss habe. Mein Büro stellt sie auf. Ich trage sie vor. Die Abteilungsleiter können beschließen, Kents Antrag bei der nächsten Sitzung zu behandeln, aber nicht auf der laufenden.«

»Dann gehe ich wohl nicht fehl in der Annahme«, meinte Grosvenor, »dass Mr. Kent bereits beantragt hat, vier Räume meiner Abteilung zu übernehmen.«

Morton nickte. Er legte das Schriftstück, das er wieder zur Hand genommen hatte, beiseite und zog eine drehbar aufgehängte Kalenderuhr heran. Nachdenklich studierte er sie. »Die nächste Zusammenkunft findet in zwei Tagen statt. Anschließend wöchentlich, es sei denn, ich verschiebe sie. Ich denke« – er gab sich den Anschein, als überlege er laut –, »ich könnte die Sitzung, die in zwölf Tagen anberaumt ist, ohne Probleme verschieben.« Er ließ die Uhr los und stand auf. »Damit haben Sie zweiundzwanzig Tage Zeit, sich zu wehren.«

Grosvenor erhob sich ohne Eile. Die Zeitspanne erschien ihm mehr als reichlich. Entweder gelang es ihm erheblich früher, sich gegen Kent durchzusetzen, oder er würde sich ein für alle Mal geschlagen geben müssen.

»Da ist noch eine Sache, die ich erwähnen wollte. Ich bin der Meinung, dass ich ebenfalls das Recht erhalten sollte, direkte Sprechverbindung mit den anderen Abteilungschefs zu haben, wenn ich einen Raumanzug trage.«

Morton lächelte. »Ich bin sicher, dass dies von der verantwortlichen Stelle nur übersehen worden ist. Die Angelegenheit wird in Ordnung gebracht werden.«

Sie schüttelten sich die Hände und trennten sich. Als Grosvenor zur nexialistischen Abteilung zurückging, schien es ihm, der Nexialismus gewinne an Boden.

Als er den äußeren Raum betrat, stellte Grosvenor zu seiner Überraschung fest, dass sich Siedel darin aufhielt und die Chemotechniker bei ihrer Tätigkeit beobachtete. Der Psychologe erblickte ihn und kam kopfschüttelnd auf ihn zu.

»Junger Mann«, sagte er, »halten Sie das für moralisch?«

Grosvenor vermutete beunruhigt, dass Siedel festgestellt hatte, wie er mit den Männern verfahren war. Seine Stimme verriet nichts von seiner Befürchtung, als er rasch antwortete: »Für absolut unmoralisch. Ich denke keinen Deut anders, als Sie empfinden würden, wenn in Ihre Abteilung unter eklatanter Verletzung Ihrer Zuständigkeitsrechte derart eingegriffen würde.«

Er dachte: Weshalb ist Siedel hier? Hat Kent ihn gebeten, Recherchen anzustellen?

Der Psychologe strich sich über das Kinn. Er war kräftig gebaut und hatte funkelnde, schwarze Augen. »Das habe ich zwar nicht gemeint«, entgegnete er langsam. »Aber ich verstehe, dass Sie sich im Recht fühlen.«

Grosvenor wechselte seine Taktik. »Spielen Sie auf die Instruktionsmethoden an, die ich bei den Leuten verwende?«

Er empfand keine Gewissensbisse. Seine Hoffnung bestand darin, widerstreitende Empfindungen bei dem Psychologen zu wecken, damit er in der Auseinandersetzung zwischen Kent und ihm neutral blieb.

»Darauf spiele ich an«, erwiderte Siedel mit kaum merklichem Spott in der Stimme. »Auf Bitten Mr. Kents habe ich eine Reihe seiner Mitarbeiter untersucht, die sich, wie ihm schien, anomal verhielten. Natürlich muss ich ihm nun meine Diagnose mitteilen.«

»Weshalb?«, fragte Grosvenor. In ernstem Ton fuhr er fort: »Mr. Siedel, mehrerer Räume meiner Abteilung hat sich ein Mann bemächtigt, der eine Abneigung gegen mich hegt, weil ich ohne Umschweife geäußert habe, dass ich ihn nicht wählen werde. Da er sich nicht an die Gesetze dieses Schiffes hält, habe ich das Recht, mich zu verteidigen, so gut ich kann. Ich bitte Sie deshalb, bei diesem Konflikt unparteiisch zu bleiben.«

Siedel runzelte die Stirn. »Sie scheinen mich nicht zu verstehen«, sagte er. »Ich bin als Psychologe hier. Ihre Anwendung von Hypnose ohne Einwilligung der Betroffenen betrachte ich rundheraus als unmoralisch. Ich bin überrascht, dass Sie von mir erwarten, mich mit einer solchen Handlungsweise zu identifizieren.«

»Ich versichere Ihnen«, erwiderte Grosvenor, »dass sich meine Moralbegriffe hinter Ihren nicht zu verstecken brauchen. Es trifft zu, dass ich diese Männer ohne ihre Zustimmung hypnotisiert habe. Ich bin aber sorgsam darauf bedacht gewesen, aus ihrer Lage keinen Vorteil zu ziehen, sie nicht im Mindesten zu schädigen oder in Schwierigkeiten zu bringen. Infolgedessen vermag ich nicht einzusehen, dass Sie sich verpflichtet fühlen sollten, Kents Partei zu ergreifen.«

Siedel zog die Brauen zusammen. »Ich habe Sie doch richtig verstanden – es handelt sich um einen Konflikt zwischen Ihnen und Kent?«

»Im Kern«, bestätigte Grosvenor. Er konnte sich denken, was kommen würde.

»Und doch«, stellte Siedel fest, »haben Sie nicht Kent hypnotisiert, sondern eine Anzahl unschuldiger Zuschauer.«

Grosvenor fiel das Benehmen der vier Chemotechniker anlässlich seines Vortrages wieder ein. Bei ihnen zumindest konnte von Unschuld nur begrenzt die Rede sein. »Ich will mich darüber nicht mit Ihnen streiten«, erwiderte er. »Ich könnte argumentieren, dass seit undenklichen Zeiten die apathische Mehrheit den Preis dafür bezahlt hat, dass sie den Weisungen ihrer Anführer gefolgt ist, ohne zu fragen oder sich um ihre Motive zu scheren. Stattdessen möchte ich *Ihnen* eine Frage stellen.«

»Ja?«

»Waren Sie im letzten Raum meiner Abteilung?«

Siedel nickte, sagte aber nichts.

»Sie haben die Aufnahmen abgehört?«, beharrte Grosvenor.

»Ja.«

»Und festgestellt, was sie zum Inhalt haben?«

»Theoretische und praktische Kenntnisse der Chemie.«

»Das ist alles, was ich ihnen vermittle«, bestätigte Grosvenor. »Es ist auch alles, was ich vorhabe, ihnen zu vermitteln. Meine Abteilung hat einen Ausbildungsauftrag. Leute, die sich mir aufdrängen, werden ausgebildet, ob sie wollen oder nicht.«

»Ich muss gestehen«, gab Siedel zurück, »dass ich nicht recht nachvollziehen kann, wie Sie sie auf solche Weise wieder loswerden wollen. Es wird mir aber ein Vergnügen sein, Mr. Kent zu berichten, was hier geschieht. Er dürfte kaum etwas dagegen haben, dass seine Leute ihre Kenntnisse erweitern.«

Grosvenor sagte nichts mehr. Er hegte seine eigenen Vermutungen, was Kent davon halten würde, wenn seine Untergebenen ihm bald im Wissen nicht mehr nachstanden.

Bedrückt verfolgte er, wie Siedel sich entfernte. Der Mann würde Kent zweifelsohne lückenlos Bericht erstatten, was bedeutete, dass er sich einen neuen Plan ausdenken musste. Grosvenor kam zu dem Resultat, dass es für drastische Verteidigungsmaßnahmen noch zu früh war. Es ließ sich nicht ausschließen, dass ein derartiges Vorgehen ausgerechnet die Lage an Bord heraufbeschwören würde, die seine Anwesenheit verhindern sollte. Ungeachtet seiner eigenen Vorbehalte gegenüber der zyklischen Geschichtsauffassung konnte es nicht schaden, sich in Erinnerung zu rufen, dass Kulturen anscheinend tatsächlich ins Dasein traten, heranreiften und abstarben. Bevor er irgendetwas unternahm, redete er am besten mit Korita, um zu erfahren, welche Fallgruben er sich unabsichtlich selbst graben konnte.

Er fand den japanischen Wissenschaftler in der Bibliothek B, auf demselben Deck wie die nexialistische Abteilung, jedoch auf der entgegengesetzten Seite des Schiffes gelegen. Korita verließ eben den Saal, und Grosvenor schloss sich ihm an. Ohne lange Vorrede umriss er sein Problem.

Korita reagierte nicht sogleich. Sie hatten den Gang fast zurückgelegt, ehe der schlanke Historiker zweifelnd zu sprechen begann. »Mein Freund«, sagte er, »Ihnen ist sicherlich klar, wie schwer sich konkrete Probleme auf der Basis von Verallgemeinerungen lösen lassen, die im Grunde genommen alles sind, was die zyklische Geschichtstheorie zu bieten hat.«

»Trotzdem«, erwiderte Grosvenor, »könnte diese oder jene Analogie mir vielleicht weiterhelfen. Was ich über das Thema gelesen habe, habe ich so verstanden, dass wir uns in der Spätzeit, dem ›Winter‹ unserer eigenen Zivilisation befinden. Mit anderen Worten, wir begehen gegenwärtig die Fehler, die unseren Niedergang herbeiführen. Dazu habe ich mir einiges überlegt, aber ich hätte gern noch mehr Anhaltspunkte.«

Korita hob die Schultern. »Ich will versuchen, es kurz zu machen.« Er schwieg erneut eine Weile, ehe er begann: »Der herausragende gemeinsame Nenner der ›Winter‹-Epochen aller Zivilisationen besteht im wachsenden Verständnis von Millionen Menschen für kausale Zusammenhänge. Religiöse oder magische Erklärungen für die Vorgänge im menschlichen Geist und Körper wie auch im Kosmos werden immer ungeduldiger abgelehnt. Die zunehmende Akkumulation von Wissen ermöglicht selbst einfachen Gemütern erstmals, die Welt zu ›durchschauen‹. Bewusst beginnen sie, den Anspruch einer kleinen Minderheit auf ihre angestammten Vorrechte zu verwerfen. In diesem Augenblick setzt das erbarmungslose Ringen um Gleichheit ein.«

Korita hielt einen Moment lang inne, um dann fortzufahren: »In der Ausbreitung des Strebens nach persönlichem Aufstieg besteht die wesentlichste Parallele zwischen den Spätphasen aller Zivilisationen der überlieferten Geschichte. So oder so spielt sich der Kampf in aller Regel innerhalb einer Rechtsordnung ab, die die bevorrechtigte Minderheit begünstigt. Der Spätkommende stürzt sich blindlings in die Schlacht, ohne sich über seine eigenen Motive Rechenschaft abzulegen. In ihrem Hass und ihrer Gier laufen die Menschen Führern nach, die ebenso desorientiert sind wie sie selbst. Immer wieder haben die Wirren, die infolgedessen ausgebrochen sind, schrittweise dem Endzustand eines statischen Fellachentums vorgearbeitet.

Früher oder später erringt eine einzelne Gruppe die Übermacht. Zur Herrschaft gelangt, stellen ihre Führer die ›Ordnung‹ durch ein Blutbad von solcher Grausamkeit wieder her, dass sie die Millionen fürs Erste damit einschüchtern. Unverzüglich werden dauerhafte Beschränkungen eingeführt. Das Gewaltmonopol, dessen jede organisierte Gesellschaft bedarf, wird zum Unterdrückungsinstrument. Jede Privatinitiative wird erst behindert, dann unterbunden. In Etappen entsteht eine Kastengesellschaft – wohlvertraut aus dem alten Indien, weniger bekannt, aber ebenso statisch im nachchristlichen Rom des 4. Jahrhunderts. Der Einzelne wird in seine soziale Position hineingeboren und vermag sich nicht über sie zu erheben ... Das wäre es ungefähr. Hilft Ihnen dieser knappe Überblick?«

Grosvenor entgegnete langsam: »Wie schon gesagt, versuche ich das Problem, vor das Mr. Kent mich gestellt hat, zu lösen, ohne in den primitiven Egoismus zu verfallen, den Sie als typisch für die Spätphase der Zivilisation beschrieben haben. Ich möchte wissen, ob ich Aussicht habe, mich gegen ihn zu wehren, ohne die Animositäten noch zu schüren, die auf der *Beagle* bereits existieren.«

Koritas Miene verriet seine Zweifel. »Das wäre ein beispielloser Erfolg. Historisch betrachtet hat im Massenzeitalter noch niemand das Problem gelöst. Trotzdem viel Glück, junger Mann.«

In diesem Moment geschah es.

9

Sie hatten unweit von Grosvenors Abteilung vor einem der »gläsernen« Aussichtspunkte des Schiffes innegehalten. Natürlich handelte es sich nicht um Glas, sondern um ein durchsichtiges Segment der Außenhülle, eine gewaltige gewölbte Platte, hergestellt aus hochwiderstandsfähigem Metall in kristalliner Form. In seiner ungetrübten Reinheit vermittelte es die Illusion, unmittelbar in die Schwärze des Raumes zu blicken.

Grosvenor hatte gerade am Rande registriert, dass das Schiff den kleinen Sternhaufen, den es durchquerte, fast hinter sich gelassen hatte. Nur wenige der fünftausend und etlichen Sonnen der Gruppe waren noch sichtbar. Er öffnete eben den Mund, um zu sagen: »Ich würde unser Gespräch gern fortsetzen, Mr. Korita, wann immer es Ihnen passt.«

Aber er sprach die Worte nicht aus. Das unscharfe Doppelbild einer Frau, die einen Federhut trug, nahm in der »Glas«-Platte vor ihm Gestalt an. Das Bild leuchtete und flimmerte. Grosvenor spürte, wie sich seine Pupillen verengten. Einen Augenblick lang wurde ihm schwarz vor Augen. Rasch nacheinander folgten Laute, Lichtblitze, ein scharfer Schmerz. Hypnotische Halluzinationen! Die Erkenntnis traf ihn wie ein elektrischer Schlag.

Und rettete ihn zugleich. Sein Training versetzte ihn in die Lage, sich der suggestiven Einwirkung des Lichtmusters ohne Verzug zu erwehren. Er fuhr herum und schrie in das nächste Wandaudioskop: »Nicht auf die Bilder achten! Sie sind hypnotisch. Wir werden angegriffen!«

Als er sich abwandte, stolperte er über Koritas bewusstlose Gestalt. Er hielt inne und kniete sich neben ihn.

»Korita!«, sagte er scharf. »Sie können mich doch hören?«

»Ja.«

»Sie befolgen nur *meine* Anweisungen. Haben Sie verstanden?«

»Ja.«

»Sie entspannen sich. Sie sind innerlich völlig gelassen. Die Wirkung der Bilder lässt nach. Jetzt ist sie weg. Völlig verschwunden. Verstehen Sie? Völlig verschwunden.«

»Ich verstehe.«

»Die Bilder können Sie nicht mehr beeinflussen. Jeder Blick darauf erinnert Sie an vertraute Eindrücke aus Ihrer Heimat. Ist das klar?«

»Voll und ganz.«

»Allmählich erwachen Sie. Ich zähle jetzt bis drei. Wenn ich drei sage, sind Sie hellwach. Eins … zwei … drei – wachen Sie auf!«

Korita schlug die Augen auf. »Was ist geschehen?«, forschte er verwirrt.

Grosvenor erläuterte es ihm rasch und drängte dann: »Jetzt aber schnell, kommen Sie mit! Das Lichtmuster zerrt an meinen Nerven, obwohl ich mir ständig das Gegenteil suggeriere.«

Er zerrte den bestürzten Archäologen den Gang entlang zur nexialistischen Abteilung. An der ersten Ecke stießen sie auf einen menschlichen Körper, der am Boden lag.

Grosvenor versetzte dem Mann einen Tritt, und das nicht zu gelinde. Er hoffte auf eine Schreckreaktion. »Hören Sie mich?«, wollte er wissen.

Der Mann regte sich. »Ja.«

»Dann hören Sie zu. Die Bilder wirken nicht mehr auf Sie. Sie sind hellwach. Stehen Sie auf!«

Der Mann raffte sich hoch und stürzte, zu wilden Boxhieben ausholend, auf ihn los. Grosvenor duckte sich, und der Angreifer taumelte blindlings an ihm vorbei.

Grosvenor rief ihm nach, stehen zu bleiben, aber er setzte seinen Weg ohne einen Blick zurück fort. Grosvenor packte Korita beim Arm. »Anscheinend bin ich bei ihm zu spät gekommen.«

Korita schüttelte benommen den Kopf. Seine Augen wanderten zur Wand, und seine nächsten Worte ließen erkennen, dass Grosvenors Suggestivbefehl sich entweder nicht voll ausgewirkt hatte oder die Wirksamkeit bereits erschüttert wurde. »Aber was ist das?«, wollte er wissen.

»Sehen Sie nicht hin!«

Den Blick abzuwenden fiel unglaublich schwer. Grosvenor musste fortwährend zwinkern, um dem zuckenden Muster der Lichtblitze nicht zu erliegen. Anfangs kam es ihm vor, als flimmerten die Bilder überall. Dann erkannte er, dass die Frauengestalten – manche seltsam verdoppelt, andere wieder einzeln – nur in den durchsichtigen Abschnitten der Schiffshülle auftauchten. Solche Bereiche existierten zu Aberdutzenden, aber doch in überschaubarer Anzahl.

Sie trafen auf mehr Männer. Die Opfer lagen in unregelmäßigen Abständen in den Gängen. Zweimal stießen sie auf Besatzungsmitglieder, die bei Bewusstsein waren. Einer stand ihnen mit blicklosen Augen im Weg und rührte sich auch nicht, als Grosvenor und Korita an ihm vorbeihasteten. Der andere stieß einen Schrei aus, griff nach seinem Vibrator und feuerte ihn ab. Der Leuchtspurstrahl entlud sich gegen die Wand. Dann hatte Grosvenor den Mann gepackt und zu Boden gestoßen. Der Chemiker – denn um einen solchen handelte es sich – starrte ihn böse an. »Verfluchter Spitzel!«, keuchte er heiser. »Wir kriegen dich noch.«

Grosvenor hielt sich nicht damit auf, den Grund für diese frappierende Äußerung herauszufinden. Aber ihm war nicht wohl, als er mit Korita am Eingang seiner Abteilung anlangte. Wenn schon ein einzelner Chemiker so schnell zu unverhülltem Hass stimuliert werden konnte, wie stand es dann mit den fünfzehn, die sich in seinen Räumen eingenistet hatten?

Zu seiner Erleichterung waren sie samt und sonders bewusstlos. Eilig stattete er Korita und sich selbst mit dunklen Brillen aus, richtete dann ein Sperrfeuer gleißender Punktstrahler gegen Wände, Decken und Böden. Augenblicklich überschien das grelle Licht die Bilder.

Als Nächstes sendete er Befehle, um die Chemotechniker aus der Hypnose zu befreien, in die er sie versetzt hatte. Nach fünf Minuten hatte noch kein Einziger der Ohnmächtigen reagiert. Grosvenor vermutete, dass die hypnotischen Suggestionen der Angreifer den Trancezustand der Leute umgangen oder sich sogar zunutze gemacht hatten, sodass seine Direktiven ohne Erfolg bleiben mussten. Es bestand die Möglichkeit, dass sie nach einer Weile von selbst erwachten und sich gegen ihn wandten.

Mit Koritas Hilfe zerrte er sie in die Toilette und verschloss die Tür. Klar war mittlerweile eines: Die angewendete visuell-mechanische Hypnose war von einer derartigen Intensität, dass ihn nur sein unverzügliches Handeln davor bewahrt hatte, ihr zu erliegen. Aber der Vorgang beschränkte sich nicht auf den visuellen Bereich. Das Bild hatte versucht, durch seine Augen auf sein Gehirn einzuwirken. Mit dem Erkenntnisstand auf diesem Gebiet war er einigermaßen vertraut. Deshalb wusste er – anscheinend im Gegensatz zu den Angreifern –, dass ein fremdes Lebewesen ein menschliches Nervensystem nur mit Unterstützung eines Enzephalo-Transmitters oder einer gleichartigen Vorrichtung kontrollieren konnte.

Nach dem, was ihm selbst um ein Haar widerfahren war, vermutete er, dass die übrigen Männer entweder in tiefenhypnotischen Schlaf versetzt worden oder durch Halluzinationen verstört und deshalb für ihre Handlungen nicht verantwortlich waren.

Er musste versuchen, zur Kommandobrücke zu gelangen und den Energieschirm des Schiffes einzuschalten. Ganz gleich, ob der Angriff von einem anderen Schiff oder von einem Planeten aus erfolgte, bot dies den einzigen Weg, die Trägerwellen abzuschneiden, deren sich die gegnerische Seite bediente.

In fliegender Hast baute Grosvenor eine tragbare Scheinwerferbatterie zusammen. Er musste sich auf dem Weg zur Brücke gegen die Lichtmuster schützen können. Eben nahm er die letzten Anschlüsse vor, als er ein unverkennbares Schwindelgefühl spürte, das fast augenblicklich wieder verschwand. Es war das Empfinden, das gewöhnlich – von den Anti-Akzeleratoren herrührend – mit einer scharfen Kursänderung einherging.

War tatsächlich ein Kurswechsel erfolgt? Das würde er überprüfen müssen – später.

»Ich möchte ein Experiment unternehmen«, sagte er zu Korita. »Bitte bleiben Sie hier.«

Er trug seine Scheinwerferbatterie zu einem nahen Gang und packte sie auf die Ladeplattform eines Elektrokarrens. Dann bestieg er den Fahrersitz und machte sich auf den Weg zu den Aufzügen.

Er schätzte, dass zehn Minuten seit dem Auftauchen der Lichtmuster vergangen sein mochten.

Mit fast vierzig Stundenkilometern, nicht eben langsam für die verhältnismäßig engen Gänge, bog er in den Fahrstuhlkorridor ein. In der Nische gegenüber den Aufzügen rangen zwei Männer auf Leben und Tod miteinander. Sie kümmerten sich nicht um Grosvenor, sondern boten alle Kräfte auf, sich gegenseitig niederzuschlagen, schwankten und ächzten. Das grelle Licht, das Grosvenor gegen die Wand richtete, minderte ihren Hass nicht. Wie immer ihre Halluzinationen aussehen mochten – sie hatten gründlich Wurzeln geschlagen.

Grosvenor steuerte seinen Karren in den nächsten Aufzug und dirigierte die Kabine abwärts. Er begann die Hoffnung zu hegen, dass er die Kommandobrücke verlassen vorfinden würde.

Die Hoffnung verging, als er auf dem Hauptgang anlangte. Es wimmelte von Männern. Barrikaden waren hastig errichtet worden, und unverkennbarer Ozongeruch lag in der Luft. Überbeanspruchte Vibratoren schmolzen und brannten durch. Grosvenor spähte vorsichtig aus der Aufzugkabine, um die Lage zu taxieren. Sie war erkennbar ungünstig. Die beiden Zugänge zur Kommandobrücke waren mit umgekippten Elektrokarren blockiert. Dahinter kauerten Männer in Uniform. Grosvenor gewahrte flüchtig Captain Leeth unter den Verteidigern. Gegenüber erblickte er Direktor Morton hinter einer Barrikade der Angreifer.

Damit klärte sich das Bild. Unterdrückte Feindseligkeit war durch die Lichtmuster angestachelt worden. Die Wissenschaftler kämpften gegen das Militär, das sie unbewusst schon immer verabscheut hatten. Das militärische Personal fühlte sich seinerseits unversehens frei, sein Mütchen an den verachteten Wissenschaftlern zu kühlen.

Grosvenor wusste, dass diese Zuspitzung nicht den wirklichen Gefühlen beider Seiten entsprach. Normalerweise glich der menschliche Geist unzählige widerstreitende Impulse aus. Ein Einzelner konnte auf diese Weise sein ganzes Leben zubringen, ohne dass ein Empfinden die ausschlaggebende Oberhand über alle anderen gewann. Dieses subtile Gleichgewicht war erschüttert worden. Das Ergebnis bedrohte eine ganze Expedition mit Scheitern und verhieß einem Gegner den Sieg, dessen Absicht sich allenfalls vermuten ließ.

Wie auch immer – der Weg zur Kommandobrücke war versperrt. Widerstrebend zog sich Grosvenor in seine Abteilung zurück.

Korita erwartete ihn an der Tür. »Sehen Sie dort!«, sagte er und wies auf einen Wandbildschirm, der die Kursvektoren der *Space Beagle* wiedergab.

Anhand der neuen Daten, die neben die alten getreten waren, gewahrte Grosvenor, dass das Schiff eine weite Kurve beschrieb, die es zu einem hellen weißen Stern führen musste. Ein Servomechanismus war eingeschaltet worden, der das Schiff mithilfe periodischer Korrekturen auf dem neuen Kurs halten würde.

»Kann der Gegner das bewerkstelligt haben?«, forschte Korita.

Grosvenor schüttelte den Kopf, mehr verwundert als bestürzt. Seine Anforderung zusätzlicher Angaben erbrachte den Spektraltyp des Sterns, Helligkeit, Größe und eine Entfernung von etwas über vier Lichtjahren. Das Schiff legte gegenwärtig in fünf Stunden ein Lichtjahr zurück und beschleunigte weiter. Die Berechnung besagte, dass es annähernd elf Stunden brauchen würde, um in die Nähe des Sterns zu gelangen.

Mit einer heftigen Bewegung schaltete Grosvenor das Gerät aus. Er war jetzt doch erschrocken. Dass die Verblendung dessen, der den Kurs geändert hatte, so weit ging, das Schiff vernichten zu wollen, ließ sich nicht ausschließen. War das der Fall, blieben gerade zehn Stunden zur Abwendung der Katastrophe.

Selbst in diesem Moment, noch ohne ausgearbeiteten Plan, wollte es Grosvenor scheinen, dass nur eine Gegenattacke mit hypnotischen Mitteln zum Ziel führen würde. Einstweilen …

Entschlossen drehte er sich um. Es war an der Zeit für einen zweiten Versuch, zur Kommandobrücke zu gelangen.

Er musste zur Methode direkter Gedankenbeeinflussung greifen. Die meisten Apparate, die eine Einwirkung auf die Gehirntätigkeit ermöglichten, fanden ausschließlich in der Medizin Verwendung. Die Ausnahme bildete der Enzephalo-Transmitter, ein Instrument, mit dem sich Impulse von einem Gehirn zum anderen übertragen ließen.

Auch mit Koritas Hilfe brauchte Grosvenor mehrere Minuten, um einen seiner Transmitter aufzustellen. Ihn auf seine Funktionsfähigkeit zu prüfen verschlang noch mehr Zeit. Seiner hohen Empfindlichkeit wegen musste er gegen Erschütterungen abgefedert und auf der Ladeplattform des Elektrokarrens befestigt werden. Alles in allem dauerten die Vorbereitungen siebenunddreißig Minuten.

Daran schloss sich eine kurze, aber verhältnismäßig scharfe Auseinandersetzung mit dem Archäologen an, der ihn unbedingt begleiten wollte. Schließlich erklärte sich Korita bereit, zurückzubleiben und darauf zu achten, dass ihrer beider Ausgangsstellung unangetastet blieb.

Der Enzephalo-Transmitter zwang Grosvenor, die Geschwindigkeit seines Fahrzeugs zu drosseln, als er sich auf den Weg zur Kommandobrücke machte. Die erzwungene Langsamkeit verdross ihn. Sie gab ihm aber auch Gelegenheit, die Veränderungen festzustellen, die seit Beginn des Angriffs eingetreten waren.

Nur vereinzelt sah er noch Bewusstlose. Grosvenor vermutete, dass die meisten, die in tiefe Trance gefallen waren, spontan wieder erwacht waren. Aus der Hypnose war diese Erscheinung bekannt. Jetzt reagierten die Betroffenen auf andere Reize, was fatalerweise – obzwar ebenfalls geläufig – zu bedeuten schien, dass ihr Handeln von lange unterdrückten Affekten gesteuert wurde.

Sodass bei Männern, die unter normalen Umständen leichte Antipathie füreinander empfanden, diese Abneigung sekundenschnell in mörderischen Hass umgeschlagen war.

Die tödliche Gefahr lag darin, dass sie sich des Wandels nicht bewusst waren. Denn der menschliche Geist *konnte* verwirrt werden, ohne dass der Einzelne dessen gewahr wurde. Das galt für Umwelteinflüsse ebenso wie für den Angriff, der jetzt gegen eine Schiffsladung Männer geführt wurde. In beiden Fällen handelte jeder Betroffene so, als wären seine neuen Überzeugungen ebenso sinnvoll wie seine bisherigen.

Die Aufzugstür glitt auf dem Brückendeck auf, und Grosvenor wich hastig zurück. Ein Hitzeprojektor goss Feuer durch den Gang. Die Metallwände brannten mit durchdringendem, zischendem Geräusch. In seinem begrenzten Blickfeld lagen drei Tote. Noch während er zögerte, erscholl eine krachende Detonation. Augenblicklich erloschen die Flammen. Blauer Dunst verschleierte die Luft, und unerträgliche Hitze breitete sich aus. Binnen Sekunden waren Rauch und Hitze verschluckt. Jedenfalls das Ventilationssystem funktionierte offenkundig noch.

Grosvenor spähte vorsichtig ins Freie. Auf den ersten Blick schien der Gang verlassen. Dann gewahrte er Morton, der keine zwanzig Schritte entfernt halb verborgen in einer Nische kauerte. Fast gleichzeitig bemerkte ihn der Direktor und winkte ihn zu sich. Grosvenor zauderte, begriff dann, dass er das Risiko eingehen musste. Er stieß sein Fahrzeug aus dem Aufzug und huschte zu der Nische. Der Direktor begrüßte ihn freudig.

»Sie sind genau der Mann, den ich suche«, sagte er. »Wir müssen Captain Leeth die Kontrolle über das Schiff entreißen, bevor sich Kents Gruppe zum Angriff organisiert.«

Morton sprach ruhig und vernünftig. Er erweckte den Eindruck eines Mannes, der sich auf der Seite des Rechts wusste. Der Gedanke, dass seine Worte der Erläuterung bedurften, wäre ihm nicht gekommen. Er fuhr fort: »Wir brauchen Ihre Unterstützung vor allem gegen Kent. Er setzt irgendein chemisches Zeug ein, das ich noch nie gesehen habe. Bis jetzt haben unsere Ventilatoren es zurückgeblasen, aber sie sind dabei, eigene heranzuschaffen. Die Frage ist, ob uns genügend Zeit bleibt, Leeth zu bezwingen, ehe Kent zum Angriff vorgeht.«

Zeit war auch Grosvenors Problem. Unauffällig griff er mit der rechten Hand zu seinem linken Handgelenk und berührte das Relais, das den Richtsender des Transmitters kontrollierte. Er richtete die Sendescheiben auf Morton, während er antwortete: »Ich habe einen Plan, und ich glaube, er könnte sich als wirkungsvoll erweisen.«

Er brach ab. Mortons Blick war nach unten gewandert. Der Direktor sagte: »Sie haben einen Enzephalo-Transmitter mitgebracht, und er ist in Betrieb. Was versprechen Sie sich davon?«

Grosvenor zuckte zusammen, suchte nach einer passenden Antwort. Er hatte gehofft, dass sich Morton mit derartigen Transmittern nicht auskannte. Diese Hoffnung war dahin. Dennoch musste er versuchen, sich des Instruments zu bedienen, selbst wenn das Überraschungsmoment entfiel. Obwohl er sich zusammennahm, klang seine Stimme gepresst, als er entgegnete: »Darin besteht mein Plan. Dieses Gerät will ich einsetzen.«

Morton zögerte, meinte dann: »Aus den Gedanken, die mir kommen, ersehe ich, dass Sie es darauf anlegen ...« Er brach ab. Interesse belebte seine Züge. »Hören Sie«, sagte er, »das ist nicht schlecht. Wenn Sie Leeth weismachen können, wir würden von fremden Lebewesen angegriffen ...« Er hielt inne. Seine Lippen spitzten sich. Seine Augen verengten sich berechnend. Er sprach weiter: »Zweimal hat Captain Leeth mir Verhandlungen angeboten. Jetzt tun wir so, als gingen wir darauf ein. Sie begeben sich mit dem Transmitter zu ihm. Sobald Sie uns ein Zeichen geben, greifen wir an.« Würdevoll fügte er hinzu: »Verstehen Sie mich recht. Ich würde nie in Betracht ziehen, mit Kent oder Leeth zu verhandeln, es sei denn, als Mittel zum Sieg. Ich hoffe, Sie haben dafür Verständnis.«

Grosvenor fand Captain Leeth auf der Brücke. Der Kommandant begrüßte ihn freundlich, aber förmlich. »Die Feindseligkeiten unter den Wissenschaftlern«, erklärte er gemessen, »haben das Militär in eine unerquickliche Situation gebracht. Wir erfüllen unser Mindestmaß an Pflicht gegenüber der Expedition insgesamt, indem wir Kommandobrücke und Maschinenraum verteidigen.« Er schüttelte ernst den Kopf. »Die Oberhand zu gewinnen darf keiner von beiden Gruppen gestattet werden. Um das zu verhindern, sind wir schlimmstenfalls auch bereit, unser Leben zu geben.«

Die Erläuterung bestürzte Grosvenor. Er hatte sich bereits gefragt, ob Captain Leeth dafür verantwortlich sein mochte, dass das Schiff direkten Kurs auf eine Sonne genommen hatte. Die Worte des Kommandanten bestätigten zumindest teilweise seinen Verdacht. Der Sieg einer anderen Partei als des Militärs schien für ihn undenkbar. Unter dieser Prämisse mochte die Konsequenz ihn einsichtig dünken, lieber die gesamte Expedition zu opfern.

Beiläufig richtete Grosvenor den Sender des Transmitters auf Captain Leeth.

Aktionsströme, winzige Schwingungen, übertragen von ableitenden Axonen zu zuleitenden Dendriten, von Dendriten wieder zu Axonen, stets einem Weg folgend, den vorangegangene Eindrücke festgelegt hatten – dieser Kommunikationsvorgang wiederholte sich endlos zwischen den neunzig Millionen Nervenzellen des menschlichen Gehirns. Spannung und Reiz wirkten zusammen bei der Erzeugung immer neuer elektro-kolloidaler Potenziale in jeder Einzelzelle. Nur allmählich, im Laufe der Zeit, hatte man Geräte entwickelt, die einigermaßen genau die Übertragungsvorgänge im Innern des Gehirns entzifferten.

Der früheste Enzephalo-Transmitter war ein indirekter Abkömmling des berühmten Elektroenzephalografen. Seiner Funktion nach stellte er freilich das genaue Gegenteil dar. Er erzeugte künstliche Aktionsströme jeden gewünschten Musters. Bei geschickter Handhabung ließ sich jeder beliebige Teil des Gehirns mit ihm in Reizzustand versetzen, sodass Gedanken, Gefühle, Träume hervorgerufen oder Erinnerungen geweckt werden konnten. Dabei handelte es sich nicht um Gedankenkontrolle. Die jeweilige Persönlichkeit blieb unbeeinflusst. Weiterentwicklungen des Transmitters waren jedoch in der Lage, Aktionspotenziale von Person zu Person zu übertragen. Weil die Impulse je nach Erregungsintensität des Senders schwankten, wurde der Empfänger entsprechend variabel beeinflusst.

Des Enzephalo-Transmitters nicht gewahr, ging Captain Leeth auch nicht auf, dass er sich nicht mehr nur seine eigenen Gedanken machte. »Der Angriff auf das Schiff«, ließ er sich vernehmen, »stempelt den Konflikt der Wissenschaftler zu einem völlig unverzeihlichen Vorgang, zum Verrat an der Expedition.« Er hielt inne, fuhr dann überlegend fort: »Ich gedenke wie folgt zu verfahren.«

Die Vorgehensweise, die Captain Leeth entwickelte, stützte sich auf den Einsatz von Hitzeprojektoren, kräfteabsorbierende Beschleunigung des Schiffes sowie teilweise Auslöschung der beiden Wissenschaftlergruppen. Die fremden Wesen erwähnte er mit keinem Wort. Ihm schien auch nicht bewusst, dass er seine Pläne einem Unterhändler seiner angeblichen Gegner darlegte. Er schloss mit den Worten: »Sie selbst, Mr. Grosvenor, werden wir vor allem dort brauchen, wo sich wissenschaftliche Fragen ergeben. Als Nexialist, der über koordinierte Kenntnisse zahlreicher Disziplinen verfügt, können Sie im Kampf gegen die übrigen Wissenschaftler eine entscheidende Rolle spielen ...«

Erschöpft und entmutigt gab Grosvenor auf. Das Chaos war zu groß, als dass ein einzelner Mann hoffen konnte, es zu überwinden. Er sah Bewaffnete, wohin er blickte. Mindestens zwanzig Tote hatte er mittlerweile gezählt. Jeden Augenblick konnte das Fauchen eines Hitzeprojektors den unsicheren Waffenstillstand zwischen Captain Leeth und Direktor Morton beenden. Selbst jetzt konnte er den Lärm der Ventilatoren hören, mit denen Morton Kents Attacke abwehrte.

Er seufzte, als er sich wieder an den Captain wandte. »Ich brauche einiges Gerät aus meiner Abteilung«, sagte er. »Lassen Sie mich durch zu den rückwärtigen Aufzügen? In fünf Minuten kann ich zurück sein.«

Einige Minuten später, während er sein Gefährt durch den Hintereingang seiner Abteilung lenkte, gab es für Grosvenor keinen Zweifel mehr, wie er handeln musste. Was ihm auf den ersten Blick als weit hergeholte Idee erschienen war, stellte jetzt die einzige verbliebene Möglichkeit dar.

Er musste die fremden Geschöpfe über ihre Myriaden von Bildern angreifen – mit ihren eigenen hypnotischen Waffen.

10

Grosvenor merkte, dass Korita ihn beim Treffen seiner Vorbereitungen beobachtete. Der Archäologe kam näher und musterte die Serie elektrischer Instrumente, die er an den Enzephalo-Transmitter anschloss, stellte aber keine Fragen. Er schien sich wieder völlig erholt zu haben.

Immer wieder musste sich Grosvenor den Schweiß vom Gesicht wischen. Und doch war es nicht warm. Die Raumtemperatur lag nicht höher als normal. Sobald er seine Vorkehrungen beendet hatte, erkannte er, dass er innehalten musste, um sich klarzuwerden über die Ursachen seiner Beklemmung. Er gelangte zu dem Schluss, dass er einfach nicht genug über den Gegner wusste.

Es genügte nicht, dass er sich eine Hypothese zurechtgelegt hatte, wie die Angreifer verfuhren. Das große Rätsel blieb ihre eigentümlich frauenähnliche Gestalt, blieb der Umstand, dass sie teils einzeln, teils in doppelter Konfiguration auftraten. Er bedurfte für sein Handeln einer akzeptablen philosophischen Basis. Er brauchte jene Ausgeglichenheit, die sich nur auf Wissen gründen ließ.

Er wandte sich an Korita und forschte: »In welchem Kulturstadium könnten sich diese Wesen vom Standpunkt der zyklischen Geschichtsauffassung befinden?«

Der Archäologe ließ sich in einem Sessel nieder, nagte an der Unterlippe und verlangte: »Erläutern Sie mir, was Sie vorhaben.«

Der Japaner wurde blass bei Grosvenors Schilderung. Schließlich fragte er fast zusammenhanglos: »Wie kam es, dass Sie mir helfen konnten, den anderen aber nicht?«

»Sie standen unmittelbar neben mir. Das menschliche Nervensystem lernt durch Wiederholung. Bei Ihnen hatte sich das Suggestivmuster weit weniger eingeprägt als bei den Übrigen.«

»Hätte sich diese Katastrophe überhaupt vermeiden lassen?«, wollte Korita wissen.

Grosvenor lächelte bekümmert. »Die Absolvierung eines nexialistischen Trainings schließt Immunität gegen Hypnose ein. Solche Immunität setzt unbedingt eine spezielle Unterweisung voraus.« Er brach ab. »Mr. Korita, bitte antworten Sie auf meine Frage. Wie steht es mit der zyklischen Geschichtsauffassung?«

Schweißtropfen erschienen am Haaransatz des Archäologen. »Mein Freund«, murmelte er, »Sie erwarten doch nicht ernstlich auf dieser Stufe eine verallgemeinernde Aussage. Was wissen wir denn über diese Wesen?«

Grosvenor stöhnte innerlich. Eine eingehende Erörterung wäre nötig gewesen, doch die Zeit verrann. Unschlüssig erwiderte er: »Geschöpfe, die über die Fähigkeit der Fernhypnose verfügen, sind wahrscheinlich auch imstande, gegenseitig auf ihre Gehirnzellen einzuwirken. Sie wären dann von Natur aus zu der Art Telepathie fähig, für die Menschen des Enzephalo-Transmitters bedürfen.« Er beugte sich vor, plötzlich erregt. »Korita, wie würde das Talent, Gedanken ohne künstliche Nachhilfe lesen zu können, sich auf eine Kultur auswirken?«

Der Archäologe richtete sich auf. »Aber natürlich«, rief er, »da haben Sie die Antwort. Telepathie würde die Entwicklung jeder Spezies hemmen. Folglich befindet diese sich auf der Fellachenstufe.« Seine Augen funkelten, während er den perplexen Grosvenor anstarrte. »Können Sie das nicht nachvollziehen? Wenn Sie in der Lage sind, jemandes Gedanken zu lesen, gewinnen Sie den Eindruck, dass Sie alles über ihn wissen. Auf dieser Basis würde sich ein Einstellungsmuster absoluter Gewissheiten herausbilden. Wie kann man zweifeln, wenn man doch *weiß*? Solche Geschöpfe würden die frühen Entwicklungsabschnitte ihrer Kultur mit Blitzeseile absolvieren und auf schnellstmöglichem Weg in die Fellachenzeit gelangen.«

Während Grosvenor ihm mit gerunzelter Stirn zuhörte, skizzierte er in lebhaften Worten, wie sich eine Reihe Zivilisationen der irdischen und galaktischen Geschichte verzehrt hatten und zu Fellachenvölkern erstarrt waren. Der Fellachentypus verwarf Neuerungen und Wandel. Die Dürftigkeit seiner Existenz ließ ihn auf individuelles Leid nicht selten teilnahmslos reagieren.

Als Korita geendet hatte, meinte Grosvenor: »Ob die Vorbehalte gegen Wandel verantwortlich sein mögen für den Angriff auf das Schiff?«

Der Archäologe reagierte mit Vorsicht. »Vielleicht.«

Schweigen trat ein. Grosvenor sagte sich, dass er handeln musste, als träfe Koritas Analyse im Wesentlichen zu. Über eine andere Hypothese verfügte er nicht. Wenn er die Annahme als Ausgangspunkt nahm, ließ sich vielleicht eine Bestätigung erlangen.

Bei einem Blick auf die Uhr presste er die Lippen zusammen. Noch knapp sieben Stunden blieben ihm für seine Aufgabe.

Hastig schickte er einen scharf gebündelten Lichtstrahl durch den Enzephalo-Transmitter. Mit raschen Bewegungen justierte er eine Scheibe so vor dem Strahl, dass ein Teil der Fläche im Schatten lag – abgesehen von dem Licht aus dem Transmitter, das darüber hinspielte.

Unverzüglich wurde ein Bild sichtbar. Es wies den Verdopplungseffekt auf, und dank des Transmitters vermochte er es ungefährdet zu studieren. Bereits der erste klare Eindruck versetzte ihn in Staunen. Es war nur vage menschenähnlich. Und doch konnte er verstehen, weshalb er es als Frauenporträt wahrgenommen hatte. Die überlappenden Doppelgesichter wurden gekrönt von einem goldenen Federbusch. Der Kopf aber, nun unverkennbar vogelhaft, wies tatsächlich menschliche Züge auf. Diese waren, statt mit Federn, mit einem Netzwerk von Linien bedeckt, die Adern sein mochten. Die Menschenähnlichkeit beruhte auf der Art, wie sich diese Linien zu Mustern geformt hatten, die an Wangen und Nase erinnerten.

Das zweite Augenpaar und der zweite Mund saßen fast fünf Zentimeter über den ersten. Sie bildeten beinahe einen zweiten Kopf, der regelrecht aus dem ersten herauswuchs. Ebenso hatte sich ein zweites Schulterpaar herausgebildet, jeweils mit kurzen Armen, die in feingliedrige, auffallend lange Hände und Finger ausliefen – wobei der Gesamteindruck weiblich blieb. Unwillkürlich kam Grosvenor der Gedanke, dass sich Arme und Finger der beiden Körper wohl zuerst trennen würden. Der zweite Körper würde dann in der Lage sein, sein Gewicht besser abzustützen. Parthenogenese, überlegte Grosvenor. Ungeschlechtliche Vermehrung. Der Elternkörper trieb ein neues Geschöpf aus, das sich abspaltete, wenn es herangewachsen war.

Das Bild vor ihm wies rudimentäre Flügel auf. Federbüschel waren an den »Handgelenken« sichtbar. Es trug ein hellblaues lockeres Gewand über einem erstaunlich aufrechten und oberflächlich menschenähnlichen Körper. Falls noch andere Überbleibsel des einstigen Federkleides existierten, wurden sie durch die Kleidung verdeckt. Klar war, dass dieser Vogel nicht mehr mit eigener Kraft flog.

Aus Koritas Stimme sprach seine Hilflosigkeit, als er das Wort ergriff. »Wie wollen Sie ihm verdeutlichen, dass Sie bereit sind, sich hypnotisieren zu lassen, wenn Sie dafür Informationen erhalten?«

Grosvenor gab keine verbale Antwort. Er stand auf und zeichnete versuchsweise ein Bild von dem Vogelwesen und von sich selbst auf eine Tafel. Siebenundvierzig Minuten und einige Dutzend Zeichnungen später verschwand der Lichtumriss plötzlich von der Scheibe. An seiner Stelle erschien eine Stadtszene.

Es handelte sich um kein großes Gemeinwesen. Anfangs war seine Perspektive die eines Betrachters aus erheblicher Höhe. Er erhielt den Eindruck extrem schmaler, sehr hoch aufragender Gebäude, die so eng zusammenstanden, dass die unteren Geschosse den größten Teil des Tages über im Dämmerlicht liegen mussten. Grosvenor fragte sich flüchtig, ob dies darauf hindeuten mochte, dass es sich in urzeitlicher Vergangenheit um Nachtgeschöpfe gehandelt hatte. Sein Blick glitt weiter. Im Wunsch, sich ein Gesamtbild zu verschaffen, ignorierte er die einzelnen Baulichkeiten. Vor allem wollte er in Erfahrung bringen, ob diese Wesen eine technische Zivilisation besaßen, wie sie sich verständigten, ob dies die Stadt war, von der aus der Angriff auf das Schiff geführt wurde.

Nirgends gewahrte er Maschinen, Fahr- oder Flugzeuge. Vergeblich hielt er Ausschau nach einem Gegenstück zu den interstellaren Raumschiffdocks, die auf der Erde viele Quadratmeilen in Anspruch nahmen. Der Angriff auf die *Space Beagle* musste andere Gründe haben.

Noch während er diese Schlussfolgerung zog, wechselte die Perspektive. Er befand sich nicht länger auf einer Anhöhe, sondern im Innern eines Gebäudes nahe der Stadtmitte. Das aufnehmende Medium bewegte sich vorwärts, und er blickte über eine Brüstung. Wieder konzentrierte sich seine Aufmerksamkeit auf das Geschehen. Dennoch fragte er sich, wie die Übermittlung erfolgen mochte. Der Übergang von einer Szene zur anderen hatte nur ein Wimpernzucken gedauert. Weniger als eine Minute war vergangen, seit seine letzte Zeichnung seinen Informationswunsch zu guter Letzt adäquat ausgedrückt hatte.

Auch diese Überlegung stellte sich nur flüchtig ein. Schon sah er gebannt an der Außenwand des Bauwerks hinab. Höchstens drei Meter schienen es von den benachbarten Gebäuden zu trennen. Nun aber erblickte er, was ihm von der Erhebung aus verborgen geblieben war –

Laufstege von wenigen Zentimetern Breite, die die Baulichkeiten auf jeder Etage verbanden. Über sie bewegte sich
der Fußgängerverkehr der Stadt.

Unmittelbar »unter« Grosvenor schritten zwei Wesen
auf demselben schmalen Steg aufeinander zu. Dass sie
sich dreißig Meter oder mehr über dem Boden befanden,
schien ihnen nichts auszumachen. Beiläufig, wie selbstverständlich gelangten sie aneinander vorbei. Jeder schwang
das äußere Bein um den anderen herum, setzte es auf,
bog das innere Bein nach außen – und sie hatten einander
umrundet, ohne ihren Schritt zu verlangsamen. Aller-
orten, in jeder Höhe, führten weitere Geschöpfe dasselbe
schwierige Manöver nicht weniger nonchalant aus. Grosvenor nahm an, dass sie leicht gebaut und ihre Knochen
dünn und hohl waren.

Erneut wechselte die Szene – und wieder, und noch
einmal. Ein Teil der Stadt nach dem anderen tauchte auf.
Er gewahrte, wie ihm scheinen wollte, jede nur mögliche
Spielart des Reproduktionsvorgangs. In manchen Fällen
war die Teilung so weit fortgeschritten, dass sich Arme,
Beine und der größte Teil des neuen Körpers bereits ab-
getrennt hatten. Andere ähnelten dem ursprünglichen
Bild. In keinem Fall schien die zusätzliche Last dem Elternkörper das Geringste auszumachen.

Eben versuchte Grosvenor, im matt erhellten Innern
eines Gebäudes Genaueres zu erkennen, als der Umriss
zu verblassen begann. Binnen eines Augenblicks war die
Stadt verschwunden. An ihre Stelle trat das verdoppelte
Abbild. Die Finger des Wesens deuteten auf den Enzephalo-
Transmitter. Seine Bewegung war unmissverständlich. Es

hatte seinen Teil der Abmachung erfüllt. Nun war es an ihm, das Gleiche zu tun.

Die Erwartung, dass er sich daran halten würde, war zweifellos naiv. Doch blieb ihm gar keine andere Wahl. Er musste einlösen, was er zugesagt hatte.

11

»Ich bin ruhig und entspannt«, sagte Grosvenors aufgezeichnete Stimme. »Ich denke klar. Was ich sehe, muss nicht das sein, was ich betrachte. Was ich höre, mag mir sinnlos erscheinen. Ihre Stadt habe ich so erblickt, wie sie selbst sie wahrnehmen. Ganz gleich, ob das, was ich sonst sehe und höre, Sinn ergibt oder nicht, ich bleibe ruhig, entspannt und locker …«

Grosvenor lauschte seinen eigenen Worten nach, ehe er sich an Korita wandte. »Das wäre es«, sagte er einfach.

Natürlich konnte es dahin kommen, dass er die Mitteilung nicht mehr bewusst aufnahm. Aber sie würde weiter ablaufen. Und sich ihm fester und fester einprägen. Noch immer hinhorchend, überprüfte er ein letztes Mal den Transmitter. Alles war so, wie er es haben wollte.

Korita erläuterte er: »In fünf Stunden schaltet sich das Gerät automatisch ab. Wenn Sie – für den Notfall – den hier angebrachten Schalter drücken, tritt die Unterbrechung früher ein.«

»Wie definieren Sie Notfall?«

»Als Angriff auf die Abteilung.« Grosvenor zögerte. Mehrere Unterbrechungen wären ihm lieber gewesen. Aber hier drehte es sich nicht um ein wissenschaftliches Experiment. Leben oder Tod standen auf dem Spiel. Er legte die Hand auf die Kontrollskala. Und hielt noch einmal inne.

Denn was ihn erwartete, stand außer Zweifel. Binnen weniger Sekunden würde sich das Gruppenbewusstsein zahlloser einzelner Vogelgeschöpfe großer Teile seines Nervensystems bemächtigen. Sie würden versuchen, ihn zu kontrollieren, wie sie die übrige Schiffsbesatzung in ihrer Gewalt hatten.

Dass er es mit einem Gruppenbewusstsein zu tun haben würde, schien ihm ausgemacht. Er hatte keine einzige Maschine gesichtet, nicht einmal ein primitives Räderfahrzeug. Anfangs war er ganz selbstverständlich davon ausgegangen, dass ihm die Stadt mit Fernsehkameras vorgeführt wurde. Nun nahm er an, dass er sie durch die Augen von Vogelwesen erblickt hatte. Bei diesen Geschöpfen war Telepathie als Sinneswahrnehmung ebenso ausgeprägt wie die Sehschärfe. Die konzentrierte Geisteskraft von Millionen konnte Lichtjahre überbrücken. Dazu bedurfte es keiner Technik.

Wie sein Versuch ausgehen würde, zu verschmelzen mit diesem Kollektivbewusstsein, ließ sich unmöglich voraussagen.

Grosvenor drehte an der Kontrollskala des Enzephalo-Transmitters und veränderte leicht den Rhythmus seiner Gedanken. Stärker durfte der Wechsel nicht ausfallen. Mit völliger Einstimmung auf die fremden Wesen hätte er selbst dann nicht aufwarten können, wenn er dies gewollt hätte. Die rhythmischen Schwingungen umschlossen jede nur mögliche Spielart geistiger Gesundheit, Störung und Umnachtung. Er musste sich auf Impulse beschränken, die ein Psychologe als »normal« oder »gesund« registriert hätte.

Der Transmitter übertrug sie auf den gebündelten Licht-strahl, der seinerseits unmittelbar auf das Suggestivbild fiel. Falls das Lichtmuster auf das Geschöpf wirkte, wel-ches das Bild aussandte, hatte es bislang nichts davon merken lassen. Weil Grosvenor keinen augenfälligen Be-weis erwartete, empfand er auch keine Enttäuschung. Er war überzeugt, dass sich jedwede Einwirkung lediglich in den Mustern kundtun würde, die er seinerseits empfing. Und die er, dessen war er sich sicher, an den Reaktionen seines eigenen Nervensystems spüren würde.

Es fiel ihm schwer, sich auf das Bild zu konzentrieren, doch er blieb hartnäckig. Unter der Einwirkung des Enze-phalo-Transmitters begann sein Blick zu verschwimmen. Und noch immer starrte er stetig auf das Bild.

»Ich bin ruhig und entspannt. Ich denke klar …«

In einem Augenblick hallten die Worte vernehmbar in seinen Ohren wider. Im nächsten waren sie ver-stummt. An ihre Stelle trat ein Tosen wie von fernem Donner.

Langsam flaute das Geräusch ab. Es ging über in ein stetiges Brausen, das an das Rauschen im Innern einer großen Seemuschel erinnerte. Grosvenor gewahrte einen schwachen Lichtschimmer. Er schien aus weiter Ferne zu ihm zu dringen und besaß die trübe Undeutlichkeit einer Lampe, die durch dicken Nebel schien.

»Ich bin nach wie vor Herr meiner selbst«, beruhigte er sich. »Ich empfange Sinneseindrücke durch sein Ner-vensystem. Es nimmt Eindrücke über das meine auf.«

Er konnte warten. Er konnte hier sitzen und warten, bis das Dunkel wich, bis sein Gehirn daranging, die Impulse

zu interpretieren, die jene anderen Nervenzellen ihm tele-
grafierten. Er konnte hier sitzen und …

Er fing sich. Sitzen!, dachte er. War es das, was das Geschöpf tat? Grosvenor war jetzt wieder auf der Hut. Weitab
hörte er eine Stimme: »Ganz gleich, ob das, was ich sonst
sehe und höre, Sinn ergibt oder nicht, ich bleibe ruhig …«

Seine Nase begann zu jucken. Er dachte: Sie haben
keine Nasen. Wenigstens habe ich keine gesehen. Also ist
es meine Nase oder ein ziellos ausgesandter Reiz. Er wollte
sich kratzen, als er einen heftigen Schmerz im Bauch verspürte. Wäre es ihm möglich gewesen, er hätte sich zu-
sammengekrümmt. Er vermochte sich nicht zu rühren.
Er konnte sich nicht kratzen. Er konnte die Hände nicht
auf den Magen pressen.

Ihm ging auf, dass weder Schmerzgefühl noch Juckreiz
aus seinem eigenen Körper herrührten. Noch brauchten
sie für die nervliche Wahrnehmung seines Gegenübers
entsprechende Bedeutung zu besitzen. Zwei hoch entwickelte Lebensformen übermittelten einander Signale, die
keine zu deuten vermochte. Er war insoweit im Vorteil,
als er damit gerechnet hatte – anders als das fremde Wesen,
falls Koritas Hypothese zutraf und es wirklich zum Fellachentypus gehörte. Dessen Verwirrung musste steigen.
Er konnte hoffen, die Fassung zu behalten.

Das Jucken verging. Der Schmerz in seinem Magen
wandelte sich zu einem Völlegefühl, als hätte er zu viel
gegessen. Eine glühende Nadel stach in sein Rückgrat,
bohrte sich in jeden einzelnen Wirbel. Auf halber Höhe
wurde sie zu Eis. Das Eis schmolz und rann kalt seinen
Rücken hinab. Etwas – eine Hand oder eine Metallzange? –

packte einen Muskelstrang in seinem Arm und riss ihn am Ansatz beinahe aus. Seine Gedanken schrien unter dem Ansturm der Schmerzsignale. Fast schwand ihm das Bewusstsein.

Auch dieses Empfinden verflog. Das Erlebnis ließ Grosvenor zerschlagen zurück. Dennoch war alles pure Illusion. Nichts dergleichen trug sich zu, weder in seinem Körper noch in dem des anderen Geschöpfs. Sein Gehirn empfing über seine Augen eine Abfolge von Impulsen, die es fehlinterpretierte. Dabei konnte Wohlbehagen zu Schmerz werden. Jeglicher Reiz konnte beliebige Gefühle erzeugen. Mit der Heftigkeit der Fehlreaktion hatte er gleichwohl nicht gerechnet.

Der Gedanke verlor an Bedeutung, als etwas Feuchtes, Weiches über seine Lippen strich. Eine Stimme äußerte: »Ich werde geliebt …« Grosvenor verwarf die Bedeutung. Nein, nicht »geliebt«. Wieder versuchte sein eigenes Gehirn, Vorgänge in einem Nervensystem zu deuten, dessen Prozesse sich von jeder menschlichen Regung unterschieden. Bewusst ersetzte er »geliebt« durch »stimuliert«, ließ das Gefühl an sich herankommen. Am Ende wusste er nach wie vor nicht, was er wirklich verspürt hatte. Der Reiz war nicht unangenehm. Süße wirkte auf seine Geschmacksnerven. Tränen traten ihm in die Augen, brachten Entspannung. Das Bild einer Blume kam ihm in den Sinn. Es war eine anmutige rote Nelke, ohne Bezug zur Flora der Riim-Welt.

Riim!, überlegte er. Im Geiste drehte und wendete er fasziniert das Wort. Hatte es ihn durch den Abgrund des Raums erreicht? Auf irgendeine unlogische Weise schien der Name zu passen. Und doch – Gewissheit hatte er nicht. Was immer zu ihm drang, ein letzter Zweifel würde bleiben.

Eine Weile hatten sich ausschließlich angenehme Gefühle eingestellt. Das hinderte ihn nicht, unbehaglich auf die nächsten Reizsymptome zu warten. Das Licht blieb trübe und verschwommen. Dann schienen seine Augen zum zweiten Mal zu tränen. Seine Füße kitzelten plötzlich heftig. Die Empfindung verging, dafür wurde ihm unerklärlich heiß. Erstickender Luftmangel lastete auf ihm.

Falsch!, sagte er sich. Nichts dergleichen geschieht.

Die Reize ließen nach. Nur das stetige Rauschen blieb und das matte Licht. Unruhe begann, ihn zu peinigen. Seine Methode mochte richtig gewählt sein, sodass er mit der Zeit in die Lage kommen würde, eine gewisse Gewalt über ein einzelnes gegnerisches Wesen oder eine ganze Gruppe auszuüben. Aber Zeit hatte er eben nicht. Jede verstreichende Sekunde brachte ihn seinem persönlichen Tod ein gewaltiges Stück näher. Dort draußen – nein, hier (einen Augenblick lang war er durcheinander) – verschlang eines der gigantischsten Schiffe, das Menschen je gebaut hatten, die Meilen mit einer Geschwindigkeit, die das Begriffsvermögen fast überstieg.

Er war sich im Klaren, welche Bezirke seines Gehirns erregt wurden. Hören konnte er nur, wenn empfindliche Zentren seiner Großhirnrinde Reize empfingen. Über dem Ohr lagen die Felder, die bei Stimulierung Träume erzeugten und Erinnerungen weckten. So war jeder Abschnitt des menschlichen Gehirns seit Langem erfasst. Mochte sich die genaue Lage der Steuerungszentren auch von Fall zu Fall geringfügig unterscheiden – der Grundaufbau blieb beim Menschen stets gleich.

Ein recht zuverlässiges Organ war das normale menschliche Auge. Die Linse warf ein objektives Bild auf die Netzhaut. Den Bildern ihrer Stadt nach zu schließen, die die Riim übermittelt hatten, verfügten sie ebenfalls über objektiv genaue Sehorgane. Wenn es ihm gelang, seine Sehzellen auf ihre Augen abzustimmen, würde er verlässliche Abbildungen der Wirklichkeit erhalten.

Weitere Minuten vergingen. In jäher Verzweiflung dachte er: Ist es vorstellbar, dass ich volle fünf Stunden lang hier sitze, ohne eine einzige brauchbare Verbindung herzustellen? Zum ersten Mal fragte er sich, ob er vernünftig gehandelt hatte, als er sich derart rückhaltlos auf dieses Experiment einließ. Als er versuchte, seine Hand dem Schalter des Enzephalo-Transmitters zu nähern, schien nichts zu erfolgen. Mehrere zusammenhängende Empfindungen wechselten einander ab, darunter der unverkennbare Geruch brennenden Gummis.

Zum dritten Mal tränten ihm die Augen. Und dann, scharf und klar, folgte ein Bild. Es verging so rasch, wie es entstanden war. Für Grosvenor aber, der an tachistoskopischem Gerät geschult worden war, haftete es nicht minder nachhaltig in der Erinnerung, als hätte er es in aller Ruhe betrachtet.

Er schien versetzt in eines der hohen, schmalen Gebäude. Sonnenlicht, das durch die offenen Eingänge fiel, erhellte matt das Innere. Es gab keine Fenster. Anstelle von Zwischenböden trennten schmale Stege die einzelnen Geschosse. Etliche Vogelwesen saßen auf ihnen. Öffnungen in den Seitenwänden deuteten auf größere und kleinere Räume hin.

Der Anblick richtete ihn zugleich auf und stimmte ihn besorgt. Angenommen, es gelang ihm wirklich, eine Beziehung zu diesem Geschöpf herzustellen, die sich auf Beeinflussung der wechselseitigen Nervenzentren gründete. Angenommen, er erreichte den Punkt, an dem er mit dessen Ohren hören, dessen Augen sehen, in gewissem Maße sogar dessen Gefühle teilen konnte.

Durfte er hoffen, die Kluft zu überbrücken und in den Muskeln des Wesens motorische Reaktionen hervorzurufen? Würde er es zwingen können, zu gehen, den Kopf zu drehen, die Arme zu bewegen – kurz, als sein eigener Körper zu fungieren? Der Angriff auf das Schiff wurde von einer Gruppe geführt, die als Einheit handelte, als Einheit dachte, als Einheit fühlte. Würde es ihm gelingen, einen gewissen Einfluss auf alle auszuüben, indem er Gewalt über ein Mitglied der Gruppe erlangte?

Was ihm bislang widerfahren war, lieferte kein Indiz für Gruppenkontakte. Er glich einem Mann, der in einem dunklen Raum eingesperrt saß, dessen Wand ein kleines, mit durchscheinendem Material bedecktes Loch aufwies. Hindurch sickerte ungewisses Licht. Flüchtig auftauchende Umrisse ließen die Außenwelt ahnen. Dass diese Umrisse der Realität entsprachen, ließ sich mit Grund vermuten. Das galt jedoch nicht für die Laute, die durch eine andere Wandöffnung drangen, oder für die Empfindungen, die durch noch weitere offene Stellen in Decke und Boden zu ihm gelangten.

Menschen konnten Frequenzen bis zu zwanzigtausend Schwingungen pro Sekunde akustisch aufnehmen. Das Hörvermögen anderer Arten setzte an diesem Punkt erst ein. Unter Hypnose konnten die Opfer dazu gebracht werden, schallend zu lachen, wenn man sie folterte, und vor Schmerzen zu schreien, wenn sie gekitzelt wurden. Ein Reiz, der einer Lebensform Pein bereitete, mochte für die andere überhaupt keinen Stellenwert besitzen.

Mit einer bewussten Anstrengung schüttelte Grosvenor seine innere Verkrampfung ab. Ihm blieb nichts übrig, als sich in Geduld zu üben und zu warten.

Er wartete.

Alsbald fiel ihm ein, dass ein Zusammenhang bestehen mochte zwischen seinen eigenen Gedanken und den Gefühlseindrücken, die sich ihm mitteilten. Jenes Bild des Gebäudeinneren – was hatte er sich unmittelbar vorher überlegt? Er entsann sich, dass der innere Aufbau des Auges ihn beschäftigt hatte.

Innerlich begann er zu zittern, so offenkundig war die Beziehung. Bis jetzt hatte er sich darauf konzentriert, mit den Nervenzentren seines Gegenübers zu sehen und zu hören. Jetzt verstand er, dass das Problem in Wirklichkeit darin bestand, sein eigenes Gehirn unter Kontrolle zu halten. Bestimmte Bezirke mussten so weit wie möglich ausgeschaltet bleiben. Andere Reaktionszentren waren hochgradig zu aktivieren, damit sie durch eintreffende Reize leichter erregt werden konnten. Da er in Selbsthypnose eingehend geschult war, vermochte er beides durch Autosuggestion zu erreichen.

Obenan stand natürlich der optische Überblick. Danach Kontrolle über die Muskeln desjenigen Geschöpfs, durch das die Gruppe gegen ihn arbeitete.

Farbige Lichtblitze störten seine Konzentration. Grosvenor interpretierte sie als Beweis für die Wirksamkeit seiner Suggestion. Und er wusste, dass sein eingeschlagener Weg richtig war, als sich seine Sicht plötzlich klärte – und ungetrübt blieb.

Der Schauplatz war derselbe. Das Wesen, das er zu beeinflussen hoffte, saß nach wie vor auf einem Steg im Innern des schlanken Gebäudes. In der inbrünstigen Hoffnung, dass das Bild nicht wieder verschwimmen würde, begann Grosvenor seine Gedanken darauf zu richten, die Muskeln des Riim zu bewegen.

Das Problem bestand darin, dass letzten Endes niemand zu erklären vermochte, weshalb eine bestimmte Bewegung erfolgte. Die Millionen Zellreaktionen, die das Heben eines einzigen Fingers erforderte, konnte seine Vorstellung unmöglich einbeziehen. Deshalb führte er sich einen Arm als Ganzes vor Augen. Nichts geschah. Erschrocken, aber entschlossen versuchte Grosvenor sein Glück mit Symbolhypnose. Ein einzelnes Schlüsselwort drückte dabei den gesamten vielschichtigen Vorgang aus.

Langsam hob sich einer der kurzen Arme. Ein zweites Stichwort, und sein Versuchsobjekt stand bedachtsam auf. Danach ließ er es den Kopf wenden. Der Blick in die Runde erinnerte das Geschöpf daran, dass jene Kammer, jener Schrank »sein« waren. Die Erinnerung gelangte kaum bis auf die Bewusstseinsebene. Das Vogelwesen kannte seine Besitztümer und akzeptierte diese Tatsache ohne Interesse.

Grosvenor hatte große Mühe, seine Erregung zu bezwingen. Mit wacher Geduld ließ er das Wesen die Arme heben und senken sowie auf dem Steg hin und her schreiten. Endlich veranlasste er es, sich erneut niederzulassen.

Sein überreizter Zustand musste seine Aufnahmefähigkeit ungemein übersteigert haben, denn kaum hatte er begonnen, sich erneut zu konzentrieren, als eine Botschaft ihn durchströmte, die sein ganzes Denken und Fühlen aufwühlte. Mehr oder minder automatisch übertrug Grosvenor die angsterfüllten Gedanken in vertraute Worte.

»Die Zellen rufen, rufen. Die Zellen haben Angst, oh, die Zellen kennen Schmerz! Dunkel herrscht in der Riim-Welt. Zieht euch zurück von dem Wesen – fern von Riim ... Schatten, Dunkel, Wirrnis ... Die Zellen müssen es abweisen ... Aber sie sind außerstande. Sie wollten freundlich zu dem Wesen sein, das aus dem großen Dunkel kam. Sie hatten recht, denn die wussten nicht, dass es ein Gegner war ... Die Nacht sinkt tiefer. Alle Zellen sollen sich zurückziehen ... Aber sie sind nicht imstande ...«

Grosvenor dachte wie betäubt: Freundlich!

Doch es passte gleichermaßen. Wie in einem Albtraum ließ alles, was bis zur Stunde abgelaufen war, sich so oder so erklären. Entsetzt erkannte er den Ernst der Lage. War die Katastrophe, die das Schiff bereits ereilt hatte, Resultat eines fehlgeleiteten, auf Unwissenheit beruhenden Versuchs wohlgemeinter Verständigung – wie mochte der Schaden erst aussehen, den sie bei feindseliger Einstellung anzurichten vermochten?

Sein Problem war größer als ihres. Brach er die Verbindung zu ihnen ab, so waren sie frei. Das aber konnte heißen, dass sie nun tatsächlich versuchen würden, die *Space Beagle* zu vernichten.

Ihm blieb keine andere Wahl, als sein Vorhaben weiterzuführen – in der Hoffnung, irgendein Umstand könnte eintreten, der sich zu seinen Gunsten wenden ließ.

12

Als Erstes konzentrierte sich Grosvenor auf die, wie ihm schien, logischste Zwischenstufe: die Übertragung seiner Einwirkung auf ein anderes Geschöpf. Im Falle dieser Wesen lag die Wahl auf der Hand.

Ich werde geliebt!, sagte er sich, wobei er bewusst die Empfindung heraufbeschwor, die ihn zuvor irritiert hatte. Ich werde geliebt von meinem elterlichen Körper, aus dem ich zur Ganzheit erwachse. Ich teile seine Gedanken, aber schon sehe ich mit eigenen Augen und weiß, dass ich zur Gruppe gehöre …

Der Übergang erfolgte jäh, wie Grosvenor halb und halb erwartet hatte. Er bewegte die kleineren, verdoppelten Finger. Er wölbte die zierlichen Schultern. Dann kehrte er zurück zu dem Elternkörper. Das Experiment fiel so zufriedenstellend aus, dass er sich fähig fühlte zu dem größeren Sprung, der ihn in gedankliche Verbindung mit den Nervenzentren eines entfernteren Geschöpfs bringen würde.

Und auch dies erwies sich als Frage einer Stimulierung der richtigen Gehirnzentren. Grosvenor wurde gewahr, dass er in einer hügeligen, mit Gebüsch bewachsenen Landschaft stand. Unmittelbar vor ihm floss ein Bach. Eine orangefarbene Sonne stand tief an einem purpurnen Himmel, über den Wolkenfetzen trieben. Grosvenor veranlasste sein neues Versuchsobjekt dazu, sich gänzlich umzuwenden. Er bemerkte ein kleines Schlafgebäude, das in einiger Entfernung, halb versteckt unter Bäumen, an dem Bach stand. Eine andere Wohnstätte war nicht in Sicht. Er begab sich dorthin und blickte hinein. Im Halbdunkel gewahrte er mehrere Stangen. Auf einer saßen zwei Vogelwesen. Beide hatten die Augen geschlossen.

Es ließ sich leicht vorstellen, überlegte er, dass sie an dem Gruppen-»Angriff« auf die *Space Beagle* beteiligt waren.

Indem er den Reiz variierte, übertrug er die nervliche Lenkung von dort zur Nachtseite des Planeten. Der Übergang auf weitere Nervensysteme erfolgte mit unverminderter Schnelligkeit. Er befand sich in einer unerleuchteten Stadt, mit geisterhaften Gebäuden und Laufstegen. Weshalb er in Kontakt mit einem bestimmten Riim kam statt mit anderen, die die gleichen generellen Merkmale aufwiesen, hätte er nicht zu sagen vermocht. Der Reiz mochte auf einige rascher wirken als auf andere. Es mochte sich sogar um Abkömmlinge oder körperliche Verwandte des elterlichen Körpers handeln, über den er anfangs Kontrolle gewonnen hatte. Nachdem er mit mehr als zwei Dutzend Riim in allen Teilen ihrer Welt in Verbindung gestanden hatte, schien es Grosvenor, dass er über einen zureichenden Gesamteindruck verfügte.

Es war eine Welt aus Ziegeln, Stein und Holz – gegründet auf eine Gemeinschaftsbeziehung, die wahrscheinlich niemals übertroffen werden würde. Und so hatte eine Spezies das gesamte Maschinenzeitalter der Erde mit seinen Einsichten in die Rätsel von Materie und Energie umgangen. Grosvenor empfand, dass er nunmehr unbesorgt den vorletzten Schritt seines Gegenangriffs in die Wege leiten konnte.

Er konzentrierte sich auf ein Muster, wie es charakteristisch war für eines der Geschöpfe, die ein Bild auf die *Space Beagle* projiziert hatten. Ein kurzer, aber wahrnehmbarer Augenblick verstrich. Und dann …

Sein Gesichtskreis hatte sich in eins der Bilder hineinverlagert. Er erblickte das Schiff aus der Perspektive einer Riim-Projektion.

Es drängte ihn zu wissen, wie es an Bord stand. Doch er musste dieses Bedürfnis unterdrücken. Er beabsichtigte, eine Gruppe zu beeinflussen, die möglicherweise Millionen Einzelwesen umfasste. Die Beeinflussung musste so nachhaltig ausfallen, dass den Riim keine andere Wahl blieb, als sich von der *Space Beagle* zurückzuziehen und sich auch künftig von ihr fernzuhalten.

Er hatte bewiesen, dass er ihre Gedanken empfangen konnte und sie die seinigen. Andernfalls wäre sein Kontakt mit einem Nervensystem nach dem anderen nicht möglich gewesen. Und nun war er bereit. Er projizierte seine Gedanken in die Dunkelheit. »Ihr lebt in einem Universum, und ihr schafft euch Bilder des Universums, wie es euch erscheint. Ihr wisst nichts von diesem Universum und könnt auch nichts wissen, abgesehen von den Bildern. Aber die Bilder, die ihr euch macht, sind nicht das Universum …«

Wie beeinflusste man jemanden? Indem man seine Anschauungen veränderte. Wie prägte man sein Handeln? Indem man seine Grundüberzeugungen umstieß, seine affektiv verankerten Glaubenssätze.

Mit Bedacht fuhr Grosvenor fort: »Und diese Bilder zeigen auch nicht das gesamte Universum, denn es gibt dort vieles, was ihr nicht direkt wissen könnt, weil euch die Sinne dafür fehlen. Das Universum besitzt eine Gesetzmäßigkeit. Wenn aber die Gesetzmäßigkeit der Bilder, die ihr euch macht, der Gesetzmäßigkeit des Universums nicht entspricht, dann habt ihr euch getäuscht ...«

In der Geschichte intelligenten Lebens hatten nur wenige denkende Wesen gänzlich unlogisch gehandelt – im Rahmen ihres Bezugssystems. Beruhte dieses System aber auf unzutreffenden Voraussetzungen, konnte der automatische – »logische« – Rückgriff auf Annahmen, die nicht der Wirklichkeit entsprachen, zu fatalen Schlussfolgerungen führen.

Die Annahmen bedurften der Änderung. Grosvenor änderte sie – zielstrebig, kühl, freimütig. Die Riim besaßen dagegen keinen Schutz. Zum ersten Mal seit undenklichen Zeiträumen sahen sie sich mit neuen Vorstellungen konfrontiert. Grosvenor zweifelte nicht daran, dass die Wirkung immens sein würde. Dies war eine Fellachenkultur. Sie wurzelte in Glaubenssätzen, die noch nie infrage gestellt worden waren. Die Geschichte lieferte genügend Beispiele, dass zahlenmäßig unbedeutende Eroberer die Zukunft ganzer Fellachenvölker ausschlaggebend zu prägen vermochten.

Das riesige antike Indien war unter dem Ansturm weniger tausend Engländer zusammengebrochen. Alle Fellachenvölker der irdischen Frühzeit waren ebenso mit Leichtigkeit überwunden worden. Sie erholten sich erst, als ihre starren Wertvorstellungen der aufdämmernden

Erkenntnis zum Opfer gefallen waren, dass die Welt mehr Aspekte aufwies, als ihre rigiden Ordnungen ihnen hatten weismachen wollen.

Die Riim waren besonders verwundbar. Ihre Verständigungsmethode, so einmalig und großartig sie war, ermöglichte ihre Beeinflussung in einem einzigen umfassenden Zugriff. Immer wieder schickte Grosvenor seine Botschaft aus, jedes Mal ergänzt um eine Anweisung, die sich auf das Schiff bezog. Die Aufforderung lautete: »Ändert das Lichtmuster, mit dem ihr euch an das Schiff gewandt habt, und zieht euch dann zurück. Ändert das Muster so, dass sich die Mannschaft entspannt und in Schlaf fällt ... Dann zieht euch zurück ... Eure freundschaftliche Handlung hat dem Schiff großes Unheil gebracht. Auch wir sind euch freundlich gesinnt, aber die Bekundung eurer Freundschaft hat uns geschadet.«

Er hatte nur eine unbestimmte Vorstellung, wie lange er seine Anweisungen in jenen gigantischen nervlichen Schaltkreis eingab. Er schätzte die Zeit, die vergangen sein mochte, auf ungefähr zwei Stunden, als das eingestellte Relais an dem Enzephalo-Transmitter den Kontakt zwischen ihm und dem Bild auf der Scheibe automatisch unterbrach.

Jäh wurde er sich der vertrauten Umgebung wieder bewusst. Er blickte auf die Stelle, an der das Bild geflimmert hatte. Es war verschwunden. Rasch sah er zu Korita hinüber. Der Archäologe war in seinem Sessel zusammengesunken und lag in tiefem Schlaf.

Grosvenor richtete sich aus seiner verkrampften Stellung auf. Seine Anordnung fiel ihm ein – entspannen, in

Schlaf fallen. Dies war das Ergebnis. Überall im Schiff würde er schlummernde Männer antreffen.

Grosvenor nahm sich nur die Zeit, Korita zu wecken, ehe er in den Gang hastete. Im Laufen registrierte er, dass die Wände frei waren. Kein einziges Mal begegnete er auf dem Weg zur Kommandobrücke einem der hypnotischen Bilder.

Dort angelangt, kletterte er vorsichtig über Captain Leeth hinweg, der bei der Instrumententafel schlafend am Boden lag. Erleichtert aufseufzend betätigte er den Schalter, der dem äußeren Schutzschirm des Schiffs Energie lieferte.

Sekunden später änderte Elliott Grosvenor vom Pilotensessel aus den Kurs der *Space Beagle*.

Bevor er die Brücke verließ, programmierte er eine Sperre ein, die den Kurs auf die Dauer von zehn Stunden fixierte. Somit gegen die Gefahr geschützt, dass einer der Männer in Selbstmordstimmung erwachte, eilte er wieder hinaus und begann, die Verletzten zu versorgen.

Seine Patienten waren ausnahmslos ohne Bewusstsein, sodass er ihren Zustand erraten musste. Er ging auf Nummer sicher. Wo mühsame Atmung Schock vermuten ließ, verabreichte er Blutplasma. Er injizierte schmerzstillende Mittel und trug Salben mit schneller Heilwirkung auf. Siebenmal – mittlerweile unterstützt von Korita – lud er Tote auf Elektrokarren und jagte damit zu den Wiedererweckungskammern. Vier erwachten zum Leben. Danach waren es immer noch zweiunddreißig, die Grosvenor, nachdem er sie untersucht hatte, nicht einmal versuchte, ins Leben zurückzuholen.

Beide kümmerten sich immer noch um die Verwundeten, als ein Geologe zu sich kam, kräftig gähnte – und dann entsetzt aufstöhnte. Grosvenor vermutete, dass eine Flut von Erinnerungen über ihn hereingebrochen war. Dennoch blieb er auf der Hut, während sich der Mann aufraffte und herbeikam. Sein Blick wanderte konsterniert zwischen Korita und Grosvenor hin und her. Schließlich fragte er: »Soll ich helfen?«

Bald leistete ein Dutzend Männer Hilfe. Ihre verbissene Konzentration und ein gelegentliches Wort verrieten, dass sie sich klar waren über ihre zeitweise Umnachtung, die einen derartigen Albtraum an Tod und Zerstörung heraufbeschworen hatte.

Grosvenor bemerkte nicht, dass sich Direktor Morton und Captain Leeth eingefunden hatten, bis er sie mit Korita sprechen sah. Während sich dieser entfernte, gesellten sich die beiden Männer zu Grosvenor und baten ihn zu einer Besprechung auf die Kommandobrücke. Morton klopfte ihm schweigend auf die Schulter. Grosvenor hatte sich bereits gefragt, wie weit sie sich entsinnen würden. Spontaner Gedächtnisverlust stellte bei Hypnose eine geläufige Begleiterscheinung dar. Hätte ihre Erinnerung versagt, wäre es schwierig gewesen, das Vorgefallene überzeugend zu erklären.

Er war deshalb erleichtert, als Captain Leeth sagte: »Mr. Grosvenor, im Rückblick auf die Katastrophe kam sowohl Mr. Morton wie mir Ihr Versuch in den Sinn, uns begreiflich zu machen, dass wir von außen angegriffen wurden. Mr. Korita hat uns soeben berichtet, was er von Ihren Handlungen mitbekommen hat. Ich möchte Sie bitten, den Abteilungschefs auf der Kommandobrücke genauestens zu schildern, was sich zugetragen hat.«

Die systematische Darstellung nahm über eine Stunde in Anspruch. Als Grosvenor geendet hatte, wollte jemand wissen: »Ich verstehe also wirklich richtig, dass es sich um einen Versuch zu freundschaftlicher Kontaktaufnahme gehandelt hat?«

Grosvenor nickte. »Ich fürchte, ja.«

»Mit anderen Worten: Wir können nicht dort auftauchen und sie in Grund und Boden bombardieren?«, lautete die schroffe Anschlussfrage.

»Das ergäbe keinen Sinn.« Grosvenor sprach beherrscht. »Wir könnten ihnen einen Besuch abstatten und in unmittelbare Verbindung mit ihnen treten.«

»Das würde zu lange dauern«, warf Captain Leeth schnell ein. »Wir haben noch eine weite Strecke vor uns.« Mit säuerlicher Stimme fügte er hinzu: »Im Übrigen scheint es sich um eine ziemlich armselige Zivilisation zu handeln.«

Grosvenor zögerte. Ehe er zum Sprechen ansetzte, fragte Direktor Morton rasch: »Was würden Sie dazu sagen, Mr. Grosvenor?«

»Ich könnte mir denken«, erwiderte Grosvenor, »dass der Kommandant auf das Fehlen technischer Annehmlichkeiten anspielt. Aber Lebewesen können auch ohne Maschinen Befriedigung finden – am Essen und Trinken, am Umgang mit Freunden und Vertrauten. Ich möchte annehmen, dass diesen Geschöpfen ihr Gemeinschaftsdenken und die Art ihrer Fortpflanzung ein Glücksgefühl verschaffen. Es gab eine Zeit, als der Mensch kaum mehr hatte und doch von Zivilisation sprach. Auch in jenen Tagen gab es im Übrigen bedeutende Menschen, so wie heute.«

»Trotzdem«, warf der Physiker von Grossen listig ein, »haben Sie nicht gezögert, ihre Lebensweise auf den Kopf zu stellen.«

Grosvenor reagierte kühl. »Vögel – oder auch Menschen – handeln unklug, wenn sie ein zu reduziertes Leben führen. Ich habe ihren Widerstand gegen neue Ideen gebrochen – etwas, das mir an Bord dieses Schiffs noch nicht gelungen ist.«

Einige Männer lachten trocken, und die Versammlung begann, sich aufzulösen. Grosvenor nahm wahr, dass Morton anschließend mit Yemens sprach, der als Einziger aus der chemischen Abteilung anwesend war. Der Chemiker, inzwischen Kent direkt nachgeordnet, runzelte die Stirn und schüttelte mehrere Male den Kopf. Schließlich redete er länger, und er und Morton gaben sich die Hand.

Morton kam zu Grosvenor herüber und sagte halblaut: »Die Chemiker werden Ihre Abteilung binnen vierundzwanzig Stunden räumen – unter der Bedingung, dass der Vorfall nicht mehr erwähnt wird. Mr. Yemens …«

Grosvenor unterbrach ihn: »Wie stellt Kent sich dazu?«

Morton zögerte. »Er hat eine Prise Gas abbekommen«, entgegnete er endlich, »und wird mehrere Monate liegen müssen.«

»Aber«, sagte Grosvenor, »bis dahin wird der Wahltermin verstrichen sein.«

Wieder ließ sich Morton Zeit, ehe er zur Antwort gab: »Das ist richtig. Es bedeutet, dass ich die Wahl gewinne, weil außer Kent niemand gegen mich kandidiert.«

Grosvenor schwieg. Er erwog die Implikationen. Dass Morton im Amt bleiben würde, war beruhigend. Wie aber würden die unzufriedenen Besatzungsmitglieder reagieren, die Kent unterstützt hatten?

Bevor er zu Wort kam, fuhr Morton fort: »Sie würden mir einen persönlichen Gefallen tun, Mr. Grosvenor. Ich habe Yemens überzeugt, dass es unklug wäre, Kents Angriff auf Sie fortzusetzen. Um des lieben Friedens willen bitte ich Sie, Schweigen zu bewahren. Versuchen Sie nicht, Ihren Sieg auszuschlachten. Wenn man Sie fragt, geben Sie ruhig zu, dass es mit dem Zwischenfall zusammenhängt, aber bringen Sie die Angelegenheit nicht selbst zur Sprache. Wollen Sie mir das versprechen?«

Grosvenor gab ihm die Zusage. Zögernd fügte er hinzu: »Ich überlege, ob ich einen Vorschlag machen darf.«

»Unbedingt.«

»Weshalb setzen Sie Kent nicht als Ihren Stellvertreter ein?«

Morton musterte ihn mit zusammengekniffenen Augen. Er wirkte perplex. Schließlich meinte er zögernd: »Ich hätte nicht damit gerechnet, dass eine solche Anregung von Ihnen kommen würde. Persönlich bin ich nicht unbedingt darauf erpicht, Kents Selbstwertgefühl noch weiter zu steigern.«

»Nicht dasjenige Kents«, entgegnete Grosvenor.

Diesmal schwieg Morton. Schließlich sagte er langsam: »Die Spannungen würde es wahrscheinlich verringern.« Nach wie vor war ihm sein Zaudern anzumerken.

Grosvenor meinte: »Unser beider Ansichten über Kent scheinen sich zu decken.«

Morton lachte grimmig. »Ich kenne mehrere Dutzend Männer an Bord, die ich lieber als Direktor sehen würde. Auch um der Harmonie willen werde ich aber Ihren Vorschlag befolgen.«

Sie trennten sich, wobei Grosvenor gemischtere Gefühle hegte, als er sich hatte anmerken lassen. Kents Offensive hatte einen unbefriedigenden Abschluss gefunden. Dennoch – von seinem, Grosvenors, Standpunkt aus – war dies die beste Lösung eines Konflikts, der zu einem erbitterten Zweikampf hätte ausarten können.

13

Ixtl trieb reglos in den Tiefen endloser Nacht. Quälend dehnte sich Zeit zu Ewigkeit, und Schwärze erfüllte den Raum. Unausdenkbare Schwärze – die ungeheuerliche tintige Finsternis intergalaktischer Unermesslichkeit! Über die Meilen und die Jahre glosten verwaschene Lichtflecken kalt herüber, riesige Spiralnebel flammender Sterne, durch ihre unfassbare Ferne geschrumpft zu leuchtenden Dunstwirbeln. Leben existierte dort, vermehrte sich auf jenen Myriaden Welten, die immerfort um Myriaden Sonnen kreisten. Leben war dereinst auch aus dem Urschlamm des vorzeitlichen Glor gekrochen, ehe eine kosmische Eruption seine mächtige Gattung vernichtete, seinen – Ixtls – Körper hinausschleudernd in die Tiefen des Alls, dem Zufall zur Beute.

Er lebte; das war seine persönliche Katastrophe. Nachdem er den Untergang überlebt hatte, ernährte sich sein so gut wie unverwundbarer, unsterblicher Körper in einem allmählich schwächer werdenden Zustand von der Lichtenergie, die Raum und Zeit durchdrang. Sein Hirn hämmerte fort und fort in demselben alten, uralten Kreislauf – dem niemals endenden Gedanken: Eine Chance unter Dezillionen, dass sein Körper je wieder in die Nähe einer Galaxie gelangen würde. Eine noch unendlich winzigere Aussicht, dass er auf einen Planeten fiele, dort einen kostbaren Guul fände. Und nie, nie eine Hoffnung, seine Art könnte wiedererstehen.

Milliarden Male hatte der Gedanke in die gleiche niederschmetternde, unausweichliche Konsequenz gemündet, bis er zum Teil seiner selbst geworden war, zu einem Bild, das immer wieder vor sein inneres Auge trat – jenen fernen Irrlichtern gleich draußen in der Schwärze. Und dieses Bild war realer als die Realität.

Deshalb wurde er des Raumschiffs auch erst gewahr, als er das Metall berührte.

Härte, Energie – Materie! Die vage Sinneswahrnehmung tastete sich in sein abgestumpftes Bewusstsein. Sie rief dort einen stechenden Schmerz hervor – vergleichbar einem ungenutzten Muskel, der flüchtig, peinigend, eingesetzt wurde.

Der Eindruck verflog. Ixtls Geist glitt zurück in seinen äonenlangen Schlaf, in die Vorstellungswelt der Schwärze, der fernen lohenden Nebel, der Hoffnungslosigkeit. Der bloße Gedanke an Materie wurde zu einem Traum, der zerrann. Eine entlegene Ecke seines Bewusstseins, in Unruhe versetzt, verfolgte, wie dieser Gedanke verblasste, wie sich die dunklen Schatten heranschoben, um die matte Wahrnehmung zu verschlingen, die aufgeflammt war zu qualvoller, kurzlebiger Existenz.

Und dann, noch einmal, sandten seine tastenden Finger die ungewisse Botschaft an seinen lethargischen, mutlosen Verstand.

Sein länglicher Körper zuckte konvulsivisch in sinnloser Bewegung, vier Arme schlugen aus, vier Beine krümmten sich, blindlings und ohne Überlegung. Der Stoß, das

Gefühl des Zurückprallens von der harten Materie teilten sich seinen Sinnen mit.

Elektrisiert trat Leben in seine starren, apathischen Augen, klärte sich seine getrübte Sicht. Die jähe Wildheit seiner Bewegung, erkannte er, hatte ihn weggetrieben von der gerundeten Oberfläche eines dunklen Metallkolosses, übersät mit Reihe um Reihe gleißender Lichter, wie Diamanten. Das Raumschiff schwebte in der samtigen Dunkelheit, glühend wie ein immenses Juwel, reglos und doch lebendig, strotzend von Leben, nostalgische, augenfällige Bilder heraufbeschwörend von tausend verstreuten Welten, von ihrem ungestümen, unbezähmbaren Leben, das nach den Sternen gegriffen und sie erreicht hatte. Und zugleich – Hoffnung erweckend!

Der träge Ballast seiner Gedanken explodierte zu einem Hexenkessel. Seine Lebenskraft, im Laufe der Äonen ausgehöhlt bis zur Verzweiflung, flammte, loderte unbändig auf. Aus der Talsohle tiefster Passivität, in der sie angelangt waren, brandeten alle Sinne zur Höhe unwiderstehlichen Elans, der seinen scharlachroten zylindrischen Körper, seinen runden boshaften Kopf in jeder Faser durchströmte. Seine Arme und Beine funkelten wie grelle Feuerzungen, als sie sich im Licht der leuchtenden Bordluken krümmten und wanden. Sein Mund, ein klaffender Schlitz im Zerrbild eines menschlichen Kopfes, geiferte weißen Schaum, der in kleinen gefrorenen Kügelchen davonschwebte.

Zu jäh, zu verheißungsvoll war die Hoffnungsflamme entstanden, als dass er sie ständig am Leben zu erhalten vermocht hätte. Immer aufs Neue verschwammen seine

Gedanken, verwirrten sich. Wie durch einen Schleier nahm er wahr, dass eine breite Lichtader in der Oberfläche des Schiffs eine kreisrunde Ausbuchtung zu formen begann. Die Wölbung wurde zu einem gewaltigen Schott, das sich drehte und zur Seite schwang. Strahlende Helligkeit ergoss sich aus der Öffnung, gefolgt von einem Dutzend zweibeiniger Wesen in durchsichtiger Raumausrüstung, die mächtige schwebende Maschinen lenkten.

Rasch wurden die Maschinen um einen Vorsprung der Außenhülle gruppiert. Unerträgliche Helle lohte auf, während die offensichtlich vorgenommenen Reparaturarbeiten in beunruhigendem Tempo voranschritten.

Er trieb nicht länger weg von dem Schiff. Der minimale Sog des Schwerefeldes zog ihn zurück – entsetzlich langsam. Wie rasend veränderte er den Atomaufbau seines Körpers, suchte der Zugwirkung nachzuhelfen. Doch selbst sein immer noch unzureichend arbeitender Verstand begriff, dass er scheitern musste.

Die Arbeiten waren beendet. Sprühend erlosch die weiße Glut kernkraftbetriebener Schweißmaschinen. Magnetklammern wurden entfernt, schweres Gerät schwebte zu der Öffnung im Schiffskörper, senkte sich hinein, verschwand. Die zweibeinigen Geschöpfe folgten. Unversehens lag die gewaltige metallene Wölbung verlassen, ohne Leben wie der Weltraum selbst.

Entsetzen erfasste Ixtl. Er durfte sie nicht entrinnen lassen, jetzt, wo das Universum zum Greifen nahe gerückt war – nur wenige Meter noch entfernt. Er musste ringen um diese kurze Strecke, musste sie bezwingen. Seine Arme reckten sich nach dem Schiff, als könnte er es durch eine letzte wütende Willensanstrengung zurückhalten. Die Qualen, die er innerlich ausstand, übertrafen körperliche Schmerzen. Sein Geist strudelte einem schwarzen, bodenlosen Abgrund entgegen – und hielt noch einmal inne.

Das schwere Schott verlangsamte seine schnelle Drehung. Ein einzelnes Geschöpf zwängte sich durch den Lichtring, schoss zu dem ausgebesserten Vorsprung. Es hob ein Instrument auf, das in der Helle bizarr gleißte, irgendein vergessenes Werkzeug, und wandte sich zurück zu der halb offenen Luftschleuse.

Jäh hielt es inne. Im Lichtschimmer, der aus den Bordluken fiel, ließ der transparente Raumanzug sein Gesicht erkennen. Es starrte Ixtl an, die Augen geweitet, den Mund geöffnet. Die Lippen bewegten sich rasch, offenkundig eine Form der Verständigung mit den Übrigen.

Einen Augenblick später rotierte das Schott wiederum, schwang weit auf. Mehrere Wesen kamen zum Vorschein. Zwei saßen auf einem riesigen Gitterkäfig, den sie mithilfe seines Eigenantriebs steuerten. Man wollte ihn einfangen.

Eigenartigerweise spürte er keine Erleichterung mehr, kein aufloderndes Hochgefühl. Ihm war, als zöge eine Droge ihn tiefer, tiefer in eine dunkle Nacht der Erschöpfung. Erschrocken wehrte er sich gegen die lähmende Betäubung. Er musste bei Sinnen bleiben. Sein Geschlecht, einst an die Schwelle letzter Erkenntnis gelangt, musste wiedererstehen.

14

Die Stimme, gepresst klingend und nicht zu identifizieren, drang über die Funksprechanlage von Grosvenors Raumanzug: »Wie, in drei Teufels Namen, kann im intergalaktischen Raum irgendetwas existieren?«

Dem Nexialisten schien es, als ließe die Frage die kleine Gruppe von Männern enger zusammenrücken. Sie fühlten sich wohler, wenn sie sich in der Nähe der anderen wussten. Nur zu gegenwärtig war ihnen die unfassbare und dennoch drückende Last der unvorstellbaren Nacht, die, sie umschließend, bis an die leuchtenden Bordluken herandrängte.

Zum ersten Mal seit Jahren zwängte sich die Unermesslichkeit dieser Nacht eisig in Grosvenors Bewusstsein. Lange Vertrautheit hatte ihm Desinteresse bis ins Mark eingeimpft – aber jetzt senkte sich wie ein Stachel die unfassbare Endlosigkeit einer Finsternis in seine Seele, die Milliarden und Abermilliarden Jahre über die vordersten Grenzen hinausreichte, zu denen der Mensch vorgedrungen war. Fast erschreckte ihn die Stimme von Direktor Morton, die das bedrückte Schweigen brach, rau durch die Mikrofone hallend:

»Gunlie Lester im Inneren des Schiffes, bitte melden! Gunlie Lester …«

Eine kurze Pause, dann kam die Antwort: »Ja, Direktor?«

Grosvenor erkannte die Stimme des Chefs der astronomischen Abteilung.

»Gunlie, Ihr astro-mathematischer Verstand bekommt Arbeit. Würden Sie ermitteln, wie groß die Wahrscheinlichkeit ist, dass ein Triebwerk uns ausgerechnet an der Stelle durchbrennen konnte, an der dieses … Geschöpf schwebte? Lassen Sie sich ruhig Zeit.«

Die Worte rückten die ganze Szene in noch klareres Licht. Es war typisch für den Mathematiker Morton, einem anderen Mann den Platz im Rampenlicht des Geschehens zu überlassen – auf einem Gebiet, auf dem er selbst ein Meister war.

Der Astronom lachte und sagte dann in ernstem Tonfall: »Dafür brauche ich keine langen Berechnungen anzustellen. Die Wahrscheinlichkeit ist so gering, dass sie sich in Zahlen nicht ausdrücken lässt. Etwas Derartiges kann es eigentlich gar nicht geben, mathematisch gesprochen. Stellen Sie sich eine Schiffsladung Menschen vor, die auf halber Strecke zwischen zwei Galaxien zu Reparaturen haltmacht, nachdem sie als erste Expedition ihre eigene Milchstraße verlassen hat. Stellen Sie sich, sage ich, diesen winzigen Punkt vor, wie er ungewollt den Weg eines anderen, noch winzigeren kreuzt. Unmöglich – es sei denn, der Raum wimmelt von solchen Kreaturen.«

»Das hoffe ich nicht«, schüttelte sich jemand. »Aus grundsätzlichen Erwägungen wäre ich dafür, ein mobiles Energiegeschütz auf alles zu richten, was so aussieht.«

Sein Schauder teilte sich über die Mikrofone förmlich mit. Grosvenor reckte sich, als wollte er das Frösteln bewusst abschütteln. Als jetzt Direktor Morton sprach, zeigte seine Stimme, dass er bemüht war, den Worten des anderen Mannes das Grauen zu nehmen. Er sagte: »Ein richtiggehender roter Teufel, aus einem Albtraum entsprungen. Hässlich wie die Sünde – und wahrscheinlich ebenso harmlos wie unser hübscher Kater im vergangenen Jahr gefährlich. Smith, was meinen Sie?«

Der hagere Biologe meinte in seiner kalten, logischen Sprechweise: »Das Geschöpf besitzt Arme und Beine, ist also ein Produkt planetarer Entwicklung. Falls es mit Intelligenz begabt ist, wird es auf den Umgebungswechsel reagieren, sobald es sich im Käfig befindet. Es kann sich um einen altehrwürdigen Weisen handeln, der zu Meditationszwecken hier weilt, wo es keine Ablenkung gibt – aber auch um einen jungen, zu ewiger Verbannung verurteilten Mörder, der danach lechzt, zurückzugelangen und sein gewohntes Leben wiederaufzunehmen.«

»Ich wünschte, Korita wäre bei uns hier draußen«, sagte Pennons, der Chefingenieur, in seiner ruhigen, praktischen Art. »Er hat uns damals ein Bild von dem historischen Hintergrund des Katzenwesens geliefert, das uns geholfen hat, im Voraus …«

»Hier spricht Korita, Mr. Pennons«, klang die klare, präzise Stimme des japanischen Archäologen über die Funksprechanlage. »Wie viele andere habe ich mir angehört, um zu erfahren, was sich zuträgt. Eine willkommene Unterbrechung der langen Reise der *Space Beagle*, würde ich sagen. In diesem Stadium, in dem wir über keine Fakten verfügen, aber eine Analyse des Geschöpfs zu wagen, hielte ich für gefährlich. Im Fall des Katers hatten wir als Anhaltspunkte den unfruchtbaren Planeten, auf dem er lebte, und die architektonische Evidenz der zerfallenen Stadt. Hier jedoch begegnen wir einem Wesen, das eine Viertelmillion Lichtjahre vom nächsten Planeten entfernt im Raum existiert, anscheinend ohne Nahrung und ohne Mittel zur Ortsveränderung. Ich schlage vor: Sehen Sie zu, dass Sie es in den Käfig bekommen, und studieren Sie anschließend jede Bewegung, jede Reaktion. Fotografieren Sie die Funktionsweise seiner inneren Organe im Vakuum. Wir müssen so bald wie möglich wissen, wen oder was wir an Bord schaffen. Dabei sollten wir uns für keine Vorsichtsmaßnahme zu schade sein. Wir wollen nicht töten, wir wollen aber auch keine Verluste erleiden.«

»Und das«, kommentierte Morton, »nenne ich gesunden Menschenverstand. Haben Sie die Fluoritkamera vorbereitet, Smith?«

»An meinen Raumanzug geklemmt«, bestätigte Smith.

Morton, der die Kompetenz des Biologen mit den stets kummervollen Zügen zu schätzen wusste, ordnete mit seiner tiefen, volltönenden Stimme an: »Öffnen Sie die Klappe so weit wie möglich. Der Käfig muss schnell über das Geschöpf fallen, ehe es sich an den Gitterstäben festklammern kann.«

Jetzt oder nie, dachte Grosvenor. Wenn ich irgendwelche Einwände habe, muss ich sie jetzt vorbringen.

Aber es schien nichts zu geben, was er sagen konnte. Er hätte seine vagen Zweifel äußern können. Er hätte Gunlie Lesters Äußerung bis zu ihrer logischen Schlussfolgerung weiterführen und sagen können, dass das, was geschehen war, kein Zufall sein konnte. Er hätte sogar die Vermutung äußern können, dass eine Schiffsladung der roten, teufelsartigen Wesen in der Ferne lauerte und darauf wartete, dass ihr Gefährte aufgelesen werden würde. Aber Grosvenor beschloss, nichts zu sagen. Er würde seine

Zweifel in Reserve halten. Morton sprach erneut: »Hat jemand noch eine abschließende Bemerkung vorzubringen?«

»Ja.« Die neue Stimme gehörte von Grossen. »Ich plädiere dafür, das Ding dort gründlich zu untersuchen. Mit gründlich meine ich mindestens eine Woche oder einen Monat lang.«

»Sie meinen«, antwortete Morton, »wir sollen hier im Weltraum sitzen bleiben, während unsere technischen Experten das Ungeheuer studieren?«

»Natürlich«, erwiderte der Physiker.

Morton schwieg einige Sekunden und sagte dann langsam: »Darüber muss ich die anderen mit abstimmen lassen, von Grossen. Dies ist eine Forschungsexpedition. Wir sind dafür ausgerüstet, Tausende von Untersuchungsexemplaren nach Hause zurückzubringen. Da wir Wissenschaftler sind, ist alles, was uns in die Hände fällt, Korn für unsere Mühle. Alles muss untersucht werden. Und doch bin ich überzeugt, dass man nicht damit einverstanden sein wird, für jedes Exemplar, das wir an Bord zu nehmen gedenken, einen Monat lang mitten im Weltraum zu verharren. Unsere Reise würde unter dieser Bedingung nicht fünf oder zehn, sondern fünfhundert Jahre dauern. Ich bitte Sie, dies jedoch nicht als persönlichen Einwand zu betrachten. Selbstverständlich muss jedes Exemplar untersucht und individuell behandelt werden.«

»Ich bin dafür«, sagte von Grossen, »dass wir es uns überlegen.«

»Noch irgendwelche Einwände?«, fragte Morton. Als keine weiteren vorgebracht wurden, sagte er ruhig: »In Ordnung, Männer, geht hinaus und fangt ihn!«

15

Ixtl wartete. Immer wieder zerflatterten seine Gedanken zu einem Kaleidoskop von Hell und Dunkel. Erinnerungen, Erfahrungen zogen bruchstückhaft an ihm vorüber. Seine Heimatwelt, seit Ewigkeiten tot, erstand vor seinem inneren Auge. Selbstgefälliger Stolz verband sich damit – und Verachtung für die Geschöpfe, die meinten, sich seiner bemächtigen zu können.

Er rief sich ins Gedächtnis, dass seine Gattung einst Raumschiffe besessen hatte, die das eine, das vor ihm schwebte, hundertfach an Größe übertrafen. Und zwar lange, bevor sie die Raumfahrt aufgaben, um sich einer ruhigen Existenz zuzuwenden, die Schönheit aus Naturkräften schuf.

Er verfolgte, wie der Käfig zielsicher auf ihn zu gelenkt wurde. Daran konnte er nichts ändern, auch wenn er es gewollt hätte. Das klaffende Maul des großen Gitterkäfigs schloss sich über ihm, schnappte zu, sowie er sich im Innern befand.

Ixtl langte nach dem nächsten Stab, packte ihn mit grimmiger Kraft. Einen Augenblick lang klammerte er sich daran fest, elend und benommen von der Heftigkeit seiner eigenen Reaktion. In Sicherheit! Mit explosiver Kraft stürmte das Bewusstsein grenzenloser Perspektiven auf ihn ein. Freie Elektronen lösten sich in Schwärmen aus dem Chaos wirbelnder Atome in seinem Körper, suchten in rasender Hast Verbindung zu anderen Atomen. Er war gerettet, geborgen nach Quadrillionen Jahren elendiglicher Verzweiflung, auf einem substanziellen Körper, dessen Antrieb ihn ein für alle Mal aus seiner erzwungenen Bewegungslosigkeit erlöste. In Sicherheit, und das noch früh genug, um seine geheiligte Mission zu erfüllen. War er aber wirklich in Sicherheit?

Der Käfig fiel auf die Schiffshülle zu. Glimmende Pfuhle argwöhnischer Wachsamkeit, musterten seine Augen die Männer. Offenkundig gedachten sie, ihn zu untersuchen. Mit gewaltiger Anstrengung suchte er die hartnäckige Lethargie abzuschütteln, zwang sich zur Wachsamkeit. Jede Untersuchung würde seine Absicht aufdecken, würde die kostbaren Objekte enthüllen, die in seiner Brust verborgen lagen. Das durfte nicht sein.

Unruhig fuhren seine Augen über das Dutzend Gestalten in durchsichtiger Ausrüstung. Seine Besorgnis sank. Diese Geschöpfe reichten nicht an ihn heran. An seinen Fähigkeiten gemessen, waren sie schwache Gegner. Bereits der Umstand, dass sie Raumanzüge benötigten, bewies ihre mangelhafte Anpassungsfähigkeit, dokumentierte, dass sie sich auf einer niedrigen Entwicklungsstufe befanden. Dennoch durfte er sie nicht unterschätzen. Sie mussten scharfsinnige Gehirne besitzen, die es verstanden, machtvolle Maschinen zu schaffen und einzusetzen.

Jedes einzelne Wesen trug eine Waffe in einem seitlichen Futteral am Raumanzug – Waffen mit funkelnden, durchscheinenden Griffen. Die gleiche Ausrüstung hatte er bei den Männern auf dem Käfig bemerkt. Hier bot sich ihm eine Möglichkeit, falls eine der Kreaturen ihn zu durchleuchten gedachte.

Als sich der Käfig in den Streifen ungeminderter Finsternis zwischen zwei Luken senkte, brachte Smith die Fluoritkamera in Bereitschaft – und Ixtl warf sich mit müheloser Leichtigkeit an den Stäben zur Käfigdecke hinauf. Es war Pech, dass ihm diese Handlungsweise aufgezwungen wurde. Der Mundschlitz in seinem runden, glatten Kopf verzog sich zu einem lautlosen, wutentbrannten Knurren. Sein Sehvermögen steigerte sich abrupt; vage vermochte sein Blick das harte Metall der Käfigdecke zu durchdringen.

Ein mit acht drahtigen Fingern versehener Arm fuhr darauf zu, *durch* das Metall hindurch und hatte auch schon einem der beiden Männer die Waffe aus dem Futteral gezerrt.

Er gab sich keine Mühe, deren atomaren Aufbau ebenso zu beeinflussen wie im Falle seines eigenen Arms. Niemand sollte auf den Gedanken kommen, dass er die Waffe abgefeuert hatte. Mühsam seine unbequeme Stellung beibehaltend, zielte er auf Smith und die Gruppe hinter ihm – und drückte ab.

Ein blendender Leuchtspurstrahl sprühte über die Schiffshülle. Für einen Moment entzog die grelle Entladung die Männer dem Blick.

Mit einer einzigen Bewegung ließ Ixtl den Vibrator fahren, zog seine Hand zurück und stieß sich dadurch hinab zum Boden. Fürs Erste war seine Sorge verflogen. Kein empfindliches Gerät konnte den Energiestoß unbeschädigt überstanden haben. Und was noch weit wichtiger war – die Schwingungen vermochten ihm nichts anzuhaben. Um ihm Schaden zuzufügen, würde es eines Dutzends derartiger Waffen bedürfen.

Die kleine Gruppe stand stocksteif. Grosvenor hörte Flüche in seinem Kommunikator und wusste, dass die übrigen Besatzungsmitglieder, nicht anders als er selbst, ebenso gegen den schmerzhaften Schock ankämpften, den das Material der Raumanzüge nur teilweise gedämpft hatte, wie gegen die vorübergehende Blindheit, die der weiße Lichtschein zurückgelassen hatte. Langsam klärte sich sein Blick wieder, und er konnte das gewölbte Metall erkennen, auf dem er stand, und hinter der Wölbung des Schiffs die endlosen Meilen des Raums – dunkle, bodenlose, unvorstellbare Abgründe. Dort, Schemen inmitten anderer Schemen, gewahrte er auch den Käfig.

»Es tut mir leid, Direktor«, entschuldigte sich einer der beiden Männer auf dessen Decke. »Der Vibrator muss mir aus dem Futteral gefallen sein und sich entladen haben.«

»Direktor«, sagte Grosvenor schnell, »diese Erklärung ist kaum wahrscheinlich angesichts der Tatsache, dass bei dem Minimum an Schwerkraft, das hier herrscht, der Fall Minuten dauern würde, und bei dem leichten Aufprall wäre an eine Entladung nicht zu denken.«

»Das ist richtig, Grosvenor«, antwortete Morton. »Hat jemand von Ihnen etwas Bedeutsames gesehen?«

»Vielleicht bin ich dagegengestoßen, Sir, ohne es selbst zu merken«, meinte der Mann, dessen Waffe den Aufruhr verursacht hatte.

»Vielleicht!« Der Biologe Smith schien die Erklärung widerwillig zu akzeptieren. »Trotzdem wäre ich fast bereit zu schwören, dass sich die Kreatur unmittelbar zuvor bewegt hat. Ich gebe zu, es war zu dunkel, um mehr zu erkennen als eine unbestimmte Silhouette, aber ...«

»Smith«, fiel Morton ihm ins Wort, »was wollen Sie sich und uns beweisen?«

Der hoch aufgeschossene Biologe zog die schmalen Schultern zusammen. Er murmelte: »Wenn Sie es so ausdrücken, bin ich mir nicht sicher. Um ehrlich zu sein, ich bin wohl immer noch nicht darüber hinweggekommen, dass ich es war, der darauf bestanden hat, den Kater am Leben zu lassen. Die Folgen waren ... schrecklich. Jetzt bin ich wahrscheinlich bei allem und jedem zu argwöhnisch ...«

Morton fand die Sprache wieder, und seine Stimme klang entschlossen. »Crane, schalten Sie die Käfigbeleuchtung ein. Wir wollen sehen, mit wem wir es zu tun haben.«

Zusammen mit den anderen wandte sich Grosvenor um, als sich ein blendender Lichtschein über Ixtl ergoss, der auf dem Käfigboden kauerte. Das Schweigen, das folgte, wirkte auf Grosvenor wie eine plötzliche, drückende Last. Der fast metallische Glanz des zylindrischen Körpers, die Augen, die wie glühende Kohlen brannten, die drahtstiftartigen Finger und Zehen, die scharlachrote Scheußlichkeit flößten selbst diesen Männern Schrecken ein, die an fremde Lebensformen gewöhnt waren.

»Selbst hält es sich wahrscheinlich für recht gut aussehend!«, stieß Siedel atemlos über den Kommunikator hervor.

Der halbherzige Humorversuch brach den Bann des Grauens. »Wenn alles Leben sich als Evolution vollzieht«, meinte Smith steif, »und nichts sich entwickelt, das nicht der Umweltanpassung dient, wie kann ein Geschöpf, das im Raum lebt, hoch entwickelte Arme und Beine besitzen? Auf sein Inneres bin ich gespannt. Nun aber – die Kamera ist unbrauchbar. Soll ich eine andere beschaffen?«

»N-n-nein.« Mortons Stimme drückte Zögern aus, doch er fuhr in festerem Ton fort. »Wir vergeuden hier eine Menge Zeit. Schließlich können wir in den Labors an Bord unter Vakuumbedingungen arbeiten und dabei mit höchster Beschleunigung weiterfliegen.«

»Soll ich daraus entnehmen, dass Sie meinen Vorschlag nicht beachten werden?«, sagte von Grossen, der Physiker. Er fuhr fort: »Sie werden sich erinnern, dass ich empfohlen hatte, dieses Wesen mindestens eine Woche lang zu studieren, bevor eine Entscheidung darüber getroffen wird, ob man es an Bord nehmen soll.«

Morton zögerte, bevor er fragte: »Noch irgendwelche Einwände oder Vorschläge?« Er klang besorgt.

»Meiner Meinung nach sollten wir weder übertrieben vorsichtig agieren noch gänzlich auf Vorsichtsmaßnahmen verzichten«, schaltete sich Grosvenor ein.

Leise sagte Morton: »Weitere Meinungen?« Als sich niemand äußerte, ergänzte er: »Smith?«

»Zweifelsfrei werden wir ihn früher oder später an Bord holen. Aber wir dürfen keinesfalls übersehen, dass ein Geschöpf, das im freien Raum zu existieren vermag, das ungeläufigste Phänomen darstellt, mit dem wir es jemals zu tun hatten. Selbst der Kater, der Chlor ebenso wie Sauerstoff atmete, brauchte Wärme und hätte weder die absolute Kälte noch das Vakuum des Weltraums ertragen.

Wenn, wie wir vermuten, der Raum nicht die natürliche Heimat dieses Lebewesens ist, dann müssen wir in Erfahrung bringen, wie und weshalb es hierhergelangt ist. Als Biologe jedenfalls …«

Morton runzelte die Stirn. »Wie es scheint, werden wir diesbezüglich abstimmen müssen. Wir könnten den Käfig mit Metall umgeben, das eine begrenzte Menge der Energie aufzunehmen vermag, aus der der äußere Schirm des Schiffes besteht. Würde Sie das zufriedenstellen, von Grossen?«

»Jetzt scheint Vernunft in unsere Debatte eingekehrt zu sein. Es gibt jedoch womöglich noch weitere Anlässe zum Streiten, bevor der Energieschirm wieder runtergefahren wird«, gab von Grossen zur Antwort.

Morton lachte. »Sobald wir uns wieder auf den Weg begeben, können Sie und die anderen das Pro und Kontra dieser Angelegenheit bis zum Ende der Reise diskutieren, so Sie mögen.« Er unterbrach sich. »Noch irgendwelche Einwände? Grosvenor?«

Grosvenor schüttelte den Kopf. »Meiner Einschätzung nach genügt der Schirm durchaus, Sir.«

»Alle, die dagegen sind, bitte melden!«, rief Morton. Als sich niemand äußerte, befahl er den Männern auf dem Käfig: »Steuern Sie das Ding hierher, damit wir den Energieschirm errichten können.«

Ixtl spürte das leise Brummen der Käfigmotoren. Er sah die Gitterstäbe sich bewegen, empfand dann ein wohltuendes intensives Kribbeln – Indiz für Körpervorgänge, die ihn eine Sekunde lang am Überlegen hinderten. Als er wieder klar denken konnte, entfernte sich über ihm bereits der Käfigboden – und er selbst fand sich auf der harten Außenhülle des Raumschiffs wieder.

Entsetzt mit den Zähnen knirschend, erkannte er, was vorgefallen war. Nach dem Abfeuern der Waffe hatte er es versäumt, seine Körperatome wieder umzustrukturieren. Und nun war er durch den Käfigboden geglitten.

»Um Himmels willen!«, schrie Mortons wuchtiger Bass so laut, dass Grosvenor beinahe ertaubte.

Ein scharlachroter länglicher Strich, ein albtraumhafter Schatten im Wechsel von Licht und Dunkel, schoss Ixtl über das undurchdringliche Metall der Schiffsaußenwand zur Luftschleuse. Er warf sich hinab in die blendenden Tiefen des Innern. Sein abgestimmter Körper floss durch die beiden Innenschotts der Schleuse. Dann hatte er das Ende eines langen, hell erleuchteten Gangs erreicht – und war für den Augenblick in Sicherheit.

Man würde nach ihm suchen. Eines wusste er, und es verhärtete seine kalte Entschlossenheit: Niemals würden diese Kreaturen einem Geschöpf trauen, das in der Lage war, durch massives Metall zu dringen. Ihr Verstand würde ihnen sagen, dass ein dazu fähiges Wesen unvorstellbar gefährlich für sie war.

Und über einen Vorteil – neben seiner individuellen Überlegenheit – verfügte er. Seine Gegner hatten keine Ahnung von der Tödlichkeit seines Vorhabens.

16

Es war zwanzig Minuten später. Grosvenor beobachtete von einem Sessel im Auditorium aus Morton und Captain Leeth, die auf einem der Ränge standen, die zum Mittelteil der Instrumententafel emporführten, und gedämpft miteinander sprachen.

Der Kontrollraum war vollgepfropft mit Menschen. An wichtigen Punkten hatte man Wachen postiert. Mit ihrer Ausnahme galt für alle die Anweisung teilzunehmen. Militärpersonal und Offiziere, Abteilungsleiter und ihre Mitarbeiter, Techniker und Verwaltungsangehörige – alle drängten sich entweder auf der Brücke oder in den angrenzenden Gängen.

Eine Glocke erklang. Das Stimmengewirr flaute ab. Beim zweiten Glockenton verstummten alle Gespräche. Captain Leeth trat vor.

»Meine Herren«, sagte er, »diese Probleme beginnen allmählich überhandzunehmen. Mir scheint, wir Soldaten haben die Wissenschaftler lange falsch eingeschätzt. Ich dachte immer, sie verbrächten ihr Leben in Labors, fernab aller Gefahr. Langsam dämmert mir, dass Forscher überall dort für Unruhe sorgen, wo es vorher keine gab.«

Er zögerte kurz und fuhr dann in demselben trockenen Tonfall fort: »Direktor Morton und ich sind uns darin einig, dass in der gegenwärtigen Lage nicht nur das Militär gefordert ist. Solange sich das Geschöpf in Freiheit befindet, muss jeder auf der Hut sein. Tragen Sie Waffen, bewegen Sie sich zu zweit oder in Gruppen – je mehr, desto besser.«

Wieder musterte er seine Zuhörerschaft. Er wirkte grimmiger, als er fortfuhr: »Es wäre töricht, wenn Sie sich darüber hinwegtäuschen würden, dass nach Lage der Dinge dem einen oder anderen Gefahr oder Tod drohen kann. Es mag mich, es mag Sie treffen. Bereiten Sie sich innerlich darauf vor. Finden Sie sich mit der Möglichkeit ab. Wenn es Ihr Schicksal sein sollte, auf diese immens gefährliche Kreatur zu stoßen, wehren Sie sich bis zum Tode. Geben Sie sich alle Mühe, sie mit sich zu nehmen. Leiden oder sterben Sie nicht umsonst.

Und jetzt« – er wandte sich an Morton – »spricht der Direktor zu Ihnen. Er wird eine Diskussion leiten, die sich damit befassen soll, wie wir die sehr beträchtlichen wissenschaftlichen Kenntnisse, die an Bord dieses Schiffes vertreten sind, gegen unseren Feind einsetzen können. Bitte, Mr. Morton.«

Langsam trat Morton vor. Sein mächtiger und kräftiger Leib wirkte zwergenhaft angesichts der gigantischen Instrumententafel, die sich hinter seinem Rücken befand, aber er gab trotzdem nach wie vor eine imposante Erscheinung ab. Die grauen Augen des Direktors flogen fragend über die Reihen von Gesichtern hinweg, ohne eines von ihnen gezielt zu mustern – offenbar ging es ihm schlicht darum, die kollektive Gemütslage der Männer einzuschätzen. Er begann, indem er Captain Leeths Einstellung würdigte, und sagte dann: »Ich habe meine eigenen Erinnerungen an die Geschehnisse genau überprüft und kann aus ehrlicher Überzeugung sagen, dass niemanden – selbst mich nicht – die geringste Schuld daran trifft, dass sich das Ungeheuer an Bord befindet. Wie Sie sich erinnern werden, hatten wir uns entschlossen, das Geschöpf innerhalb eines Kraftfeldes an Bord zu bringen. Diese Vorsichtsmaßregel befriedigte selbst unsere strengsten Kritiker, und es ist unser Pech, dass sie nicht rechtzeitig getroffen wurde. Das Wesen kam tatsächlich aus eigenen Kräften ins Schiff – durch eine Methode, die niemand voraussehen konnte.« Er verstummte. Sein eindringlicher Blick schweifte ein weiteres Mal durch die Kommandozentrale. »Hat unter Ihnen irgendjemand mehr als nur eine Befürchtung empfunden? Bitte heben Sie die Hand, wenn das der Fall war.«

Grosvenor reckte den Kopf, aber niemand meldete sich. Er ließ sich wieder zurücksinken und gewahrte zu seiner Überraschung, dass Mortons graue Augen auf ihn gerichtet waren. »Mr. Grosvenor«, fragte Morton, »hat die Wissenschaft des Nexialismus Ihnen ermöglicht vorherzusehen, dass dieses Geschöpf Wände zu durchdringen vermag?«

Laut erwiderte Grosvenor: »Nein, das ist nicht der Fall.«

»Danke«, sagte Morton.

Er schien befriedigt, denn er fragte sonst niemanden. Grosvenor hatte bereits vermutet, dass es dem Direktor darum ging, die eigene Haltung zu rechtfertigen. Die Tatsache, dass er dies für notwendig hielt, warf ein eher trübes Licht auf die politischen Umtriebe an Bord des Schiffes. Was Grosvenor allerdings mit besonderem Interesse registrierte, war, dass der Direktor den Nexialismus als eine Art endgültige Autorität bemüht hatte.

Morton hob neuerlich an. »Siedel«, sagte er, »vermitteln Sie uns bitte ein psychologisch klares Bild der Geschehnisse.«

Der Chefpsychologe antwortete: »Wenn wir das Wesen bezwingen wollen, müssen wir uns als Erstes eine Vorstellung von ihm verschaffen. Es besitzt Arme und Beine, treibt aber im Raum und überlebt dort. Es lässt sich einfangen – in dem Wissen, dass der Käfig es nicht halten kann. Und gleitet dann durch den Käfigboden, was ausgesprochen töricht ist, falls es uns im Unklaren über seine Fähigkeit lassen will. Es gibt immer einen Grund dafür, dass intelligente Lebewesen Fehler begehen – einen prinzipiellen Grund, der es uns ermöglichen sollte zurückzuverfolgen, woher es stammt und weshalb es sich hier befindet. Smith, wollen Sie seine biologischen Eigenheiten analysieren?«

Der Biologe erhob sich, hager und grimmig. »Den offensichtlich planetarischen Ursprung seiner Extremitäten haben wir bereits erörtert. Die Fähigkeit, im Raum zu überleben, kann sich im Gegensatz dazu nicht auf natürliche Weise herausgebildet haben. Sie basiert auf geistigem, auf wissenschaftlichem Können, ganz ohne Frage. Meine Meinung geht dahin, dass wir es mit einer Spezies zu tun haben, die die letzten Rätsel der Biologie gelöst hat; und wenn ich wüsste, wie wir auch nur anfangen wollen, nach einem Wesen zu fahnden, das durch Wände schlüpft, würde mein Rat lauten: Wir sollten es ohne Verzug jagen und töten.«

»Ähm«, meldete sich Kellie, der Soziologe. Er war kahl-köpfig, mit ungewöhnlich intelligenten Augen, die eulen-haft hinter einem Kneifer funkelten. »Ähm … ein Lebe-wesen, das sich dem Vakuum des Raumes anzupassen versteht, müsste eigentlich über das Universum herrschen. Seine Gattung könnte jeden Planeten kolonisieren, jede Galaxie würde davon wimmeln. Ganze Schwärme würden den Raum bevölkern, falls ihnen daran läge. Und doch wissen wir mit absoluter Sicherheit, dass diese Spezies in *unserer* Milchstraße nicht das Regiment führt. Ein Para-doxon, dem man nachgehen sollte.«

»Ich fürchte, ich verstehe nicht, worauf Sie hinauswol-len, Kellie«, sagte Morton.

»Ich will damit … ähm … einfach sagen, dass eine Gat-tung, die die letzten Rätsel der Biologie gelöst hat, dem Menschen Jahrmillionen voraus sein muss. Sie wäre voll-ständig sympodial, das heißt, in der Lage, sich jeder belie-bigen Umgebung anzupassen. Nach dem Grundsatz der Lebensdynamik würde sie sich bis zu den fernsten Gren-zen des Universums ausbreiten, so, wie der Mensch lang-sam zu den entlegensten Planeten vordringt.«

»Das ist ein Widerspruch«, räumte Morton ein, »der darauf hinzudeuten scheint, dass wir es nicht unbedingt mit einem überlegenen Wesen zu tun haben. Korita, was ließe sich zu seiner geschichtlichen Entwicklung sagen?«

Der japanische Wissenschaftler zuckte mit den Achseln. »Ich fürchte, bei den ungenügenden Anhaltspunkten kann ich nur sehr wenig helfen. Sie kennen die herrschende Lehre: Das Leben verläuft aufwärts in einer Abfolge von Zyklen. Jeder Zyklus beginnt mit dem Bauerntum, das auf seiner Scholle verwurzelt ist. Der Bauer kommt zum Markt, und langsam wandelt sich der Marktplatz zur Stadt, deren ›innere‹ Verbundenheit mit dem Boden immer mehr abnimmt. Es folgen Großstädte und Nationen, endlich die seelenlosen Weltstädte und verheerende Machtkämpfe – eine Reihe schrecklicher Kriege, die die Völker ins Fellachentum, in zunehmende Primitivität, endlich in eine neue bäuerliche Epoche schleudern. Die Frage lautet: Befindet sich dieses Geschöpf auf der bäuerlichen Stufe eines bestimmten Zyklus oder in der großstädtischen Epoche? Oder wo?«

Korita hielt inne. Grosvenor erkannte, dass er einige präzise Linien gezeichnet hatte. Zivilisationen schienen tatsächlich einen zyklischen Verlauf zu nehmen. Jede einzelne Epoche des Zyklus musste durch eine psychologische Grundstimmung charakterisiert sein. Das Phänomen ließ sich auf unterschiedliche Weise erklären; Spenglers altes Zyklenschema lieferte nur eine mögliche Deutung. Dass Korita imstande sein würde, auf dieser Basis die Handlungen des fremden Lebewesens dem Grundsatz nach vorherzusagen, ließ sich nicht ausschließen. Er hatte in der Vergangenheit bewiesen, dass sich mit der Theorie arbeiten ließ und dass sie Prognosen ermöglichte.

Mortons Stimme durchschnitt die Stille. »Nehmen wir bei dem wenigen, was wir wissen, an, das Geschöpf entstamme der Großstadtperiode seiner Zivilisation. Mit welchen prägenden Charakterzügen müssten wir rechnen, angesichts unserer beschränkten Kenntnisse über seine Vergangenheit?«

»Mit wacher, scharfer Intelligenz, kalt und unüberwindlich – es sei denn, durch die Macht der Umstände. Umstände, wie sie uns daran gehindert haben, die Kreatur am Eindringen ins Schiff zu hindern. Infolge seines hoch entwickelten Verstandes würden ihr Fehler irgendwelcher Art kaum unterlaufen. Das beste Beispiel« – Korita lächelte gewinnend – »ist das hoch trainierte menschliche Wesen unserer eigenen Ära.«

»Aber sie hat bereits einen Fehler begangen!«, warf von Grossen mit seidenweicher Stimme ein. »Sie ist töricherweise durch den Käfigboden gefallen. Ein Schnitzer, wie er durchaus dem Bauerntypus unterlaufen könnte …«

»Angenommen«, forschte Morton, »das Geschöpf befände sich auf der bäuerlichen Entwicklungsstufe?«

»Dann«, entgegnete Korita, »wären seine Antriebsimpulse weitaus einfacher. An erster Stelle stünde der Wunsch, sich zu vermehren, Nachkommen zu haben, damit sein Blut fortdauert. Unterstellt man zusätzlich hohe Intelligenz, dann könnte bei einem sehr weit entwickelten Lebewesen dieses Motiv die Form eines besessenen Dranges annehmen, den Fortbestand seiner Gattung zu gewährleisten.«

Morton stand straff aufgerichtet vor der Instrumententafel. Sein Blick blieb an Grosvenor haften. Er sagte: »Seit einiger Zeit hat sich bei mir persönlich der Eindruck verstärkt, dass der Nexialismus einen neuen Problemlösungsansatz zu bieten hat. Weil es sich um eine bis zur äußersten Konsequenz vorangetriebene Ganzheitsmethodik handelt, kann sie uns vielleicht in einem Augenblick von Nutzen sein, in dem wir rasche Entscheidungen treffen müssen. Mr. Grosvenor, teilen Sie uns bitte Ihre Ansichten über das fremde Lebewesen mit.«

Grosvenor stand auf und begann ohne Umschweife: »Ich kann Ihnen eine Schlussfolgerung vortragen, die sich auf meine Beobachtungen stützt. Ich könnte mit einer kleinen Hypothese beginnen, wie es dazu kam, dass wir auf diese Kreatur stießen – unseren Triebwerksschaden gerade zu diesem Zeitpunkt halte ich für höchst aufschlussreich –, aber ich will jetzt nicht auf solche Hintergründe eingehen. Stattdessen möchte ich Ihnen in einigen Minuten auseinandersetzen, wie wir meines Erachtens vorgehen sollten, wenn wir das Geschöpf töten …«

Er wurde unterbrochen, als sich ein halbes Dutzend Männer durch den Eingang drängten. Grosvenor hielt inne und warf Morton einen fragenden Blick zu. Der Direktor hatte sich umgewandt und beobachtete Leeth. Der Captain schritt auf die Neuankömmlinge zu, und Grosvenor sah, dass Pennons, der Chefingenieur des Schiffes, einer von ihnen war.

Captain Leeth fragte: »Fertig, Mr. Pennons?«

Der Chefingenieur nickte. Dann sagte er warnend: »Es ist unbedingt erforderlich, dass jedermann sofort imprägnierte Kleidung anlegt, einschließlich der Schutzhandschuhe.«

Captain Leeth erläuterte grimmig: »Wir haben die Wände rings um die Schlafkammern unter Energie gesetzt. Da es einige Zeit dauern kann, bis wir der Kreatur habhaft werden, wollen wir nicht riskieren, in unseren Betten umgebracht zu werden. Wir …« Er fragte scharf: »Was ist, Mr. Pennons?«

Pennons starrte auf ein kleines Instrument in seiner Hand. In eigentümlichem Tonfall wollte er wissen: »Sind alle hier versammelt, Direktor?«

»Ja, ausgenommen die Wachen im Maschinenraum und der Triebwerkskammer.«

»Dann ... dann ist irgendetwas in das Kraftfeld geraten. Schnell – wir müssen es einkreisen!«

17

Für Ixtl, der von seiner kurzen Erkundung der unteren Decks des riesigen Raumschiffs zurückkehrte, war der Schock verheerend, die Überraschung vollständig. In einem Augenblick dachte er zufrieden an die Stellen des Laderaums, die sich als Versteck für seine Guuls eigneten. Im nächsten fand er sich gefangen in den funkensprühenden, wütenden Entladungen eines Energieschirms.

Sein Körper wand sich vor Qual, sein Geist drohte zu umnachten. Die Tortur setzte Wolken von Elektronen in seinem Innern frei, die von Atom zu Atom schossen auf der Suche nach neuen Kreisbahnen, nur um heftig zurückgestoßen zu werden durch Teilchen, die selbst verzweifelt um ihre Stabilität kämpften. Während langer Sekunden drohte die ausgeklügelte Flexibilität seiner Struktur zusammenzubrechen in kataklysmischer Auflösung.

Aber der Schöpfergeist seiner Gattung, die ihn und sich selbst dem Prozess künstlicher Entwicklung unterzogen hatte, hatte selbst diese Möglichkeit vorbedacht. Wie der Blitz ertrug sein Körper Umstrukturierung nach Umstrukturierung, automatisch aufeinanderfolgend, jedes neu aufgebaute Gefüge nicht länger als den Bruchteil einer Mikrosekunde belastet mit der unerträglichen Bürde. Und dann war er von der Wand zurückgezuckt und in Sicherheit.

Augenblicklich loteten seine Gedanken die Chancen aus, die dieses Kraftfeld ihm bot. Es war zu vermuten, dass es bei der Errichtung mit einer Alarmanlage gekoppelt worden war – und dass die Besatzung jeden Moment durch sämtliche umliegenden Gänge stürmen würde, um ihn einzukesseln.

Ixtls Augen waren glühende Pfuhle weißen Feuers, als er die Gelegenheit erkannte, die sich ihm bot. Die Männer würden sich zerstreuen. Er musste einen von ihnen überwältigen, auf seine Eignung untersuchen und möglichst als ersten Guul verwenden.

Keine Zeit war zu verlieren. Er warf sich in die nächste Wand, die nicht unter Energie stand, eine grellfarbene, hässliche Gestalt. Ohne innezuhalten, raste er von Raum zu Raum, ungefähr parallel zu einem der Hauptgänge. Seine empfindlichen Sinne sagten ihm, dass sich die Männer näherten; seine Augen folgten aus der Wand den vagen Umrissen vorübereilender Gestalten. Eins, zwei, drei, vier – fünf – in diesem Gang. Der fünfte lief ein Stück hinter den anderen.

Wie ein Spuk glitt Ixtl durch die Wand vor dem letzten Mann – und stürzte sich mit unwiderstehlicher Wucht hinaus. Ein sich aufreckendes, schreckeinflößendes Scheusal mit flammenden Augen und grässlichem Mund, blutrotem, stahlhartem Körper und vier Armen, die wie Feuerzungen mit horrender Kraft das menschliche Geschöpf packten.

Der Mann wehrte sich. Er riss und zerrte, hieb mit den Fäusten verzweifelt gegen Ixtls glänzenden Körper. Dann hatten Stärke und Wildheit ihn überwältigt, zu Boden geschleudert.

Er lag auf dem Rücken, und Ixtl sah, wie sich die Lippen krampfhaft öffneten und schlossen. Ein Kribbeln rann durch seine Beine. Obwohl er Geräusche nicht wahrzunehmen vermochte, erkannte er, dass er die Schwingungen eines Hilfeschreis auffing.

Er warf sich nach vorn, zerschmetterte mit einer harten Hand den Mund des Mannes. Dessen Körper sackte zusammen. Aber er war noch am Leben und bei Bewusstsein, als Ixtl zwei seiner Hände in ihn versenkte.

Diese Handlung schien den Mann zu versteinern. Mit weit aufgerissenen Augen verfolgte er, wie die Arme durch seine Kleidung hindurch verschwanden, in seiner Brust umhertasteten, starrte den zylindrischen Körper an, der über ihm aufragte, dessen runde, glühende Augen durch ihn hindurchzublicken schienen.

Das Bild, das Ixtl in seiner besessenen Hast aufnahm, war verschwommen. Das Innere des Mannes schien aus festem Fleisch zu bestehen. Er brauchte aber eine Höhlung, oder eine Stelle, die sich zu einem Hohlraum erweitern ließ, solange sein Opfer dabei nicht starb. Für seine Zwecke benötigte er einen lebendigen Körper.

Schnell, nur schnell ... Er erfasste die Schwingungen nahender Schritte – aus einer Richtung nur, aber in fliegender Eile ...

Und dann, im Bruchteil einer Sekunde, war alles vorbei. Seine suchenden Finger, flüchtig zu halbfester Beschaffenheit verstofflicht, berührten das Herz. Der Mann bäumte sich konvulsivisch auf, erschauerte und sank tot zurück.

Im nächsten Moment entdeckte Ixtl den Magen. Bestürzter Ärger durchzuckte ihn. Hier war das, wonach er gesucht hatte – doch seiner Brauchbarkeit beraubt. Bestürzt, unschlüssig starrte er in kalter Wut auf den leblosen Körper.

Sogleich aber erfasste ihn Verachtung. Keinen Augenblick hatte er geargwöhnt, dass diese intelligenten Wesen so rasch starben. Das änderte, vereinfachte alles. Künftig brauchte er nur noch beiläufige Vorsicht walten zu lassen, wenn er sich mit ihnen befasste.

Zwei Besatzungsmitglieder kamen mit Vibratoren in der Hand um die nächste Ecke gestürzt und stockten beim Anblick der Spukgestalt, die über dem Leichnam aufragte. Ehe sie ihre Erstarrung überwunden hatten, glitt Ixtl in die nächste Wand, ein scharlachroter Schemen in dem hell erleuchteten Gang, verschwunden, als wäre er nie da gewesen. Er spürte schwach die Vibrationen, die nutzlos gegen das Metall prallten.

Ihm war nun klar, wie er vorzugehen hatte. Er würde ein halbes Dutzend Männer überwältigen und als Guuls benutzen. Dann die Übrigen töten, die Galaxis ansteuern, auf die das Schiff zuflog, und von der ersten bewohnten Welt Besitz ergreifen. Über das gesamte erreichbare Universum zu gebieten war danach eine Frage überschaubarer Zeiträume.

Grosvenor stand mit einigen anderen Männern vor einem Bildschirm und beobachtete die Gruppe, die sich um den toten Techniker geschart hatte. Er hätte es vorgezogen, an Ort und Stelle zu sein, aber das hätte mehrere Minuten gedauert. Während dieser Zeit wäre es ihm nicht möglich gewesen, die Ereignisse zu verfolgen. Er zog es vor, zu sehen und zu hören, was sich abspielte.

Direktor Morton stand stocksteif in dem Gang, jeden Muskel angespannt, ganz in der Nähe des Aufnahmeschirms und kaum einen Meter von Dr. Eggert entfernt, der sich über die Leiche beugte. Mortons Kinnlade stand kantig vor. Seine Stimme war nur ein Flüstern, aber sie durchschnitt die Stille wie ein Peitschenschlag.

»Nun, Doktor?«

Dr. Eggert richtete sich aus seiner knienden Stellung neben dem Toten auf, mit gerunzelter Stirn.

»Herzschlag.«

»Herzschlag?«

»Ich weiß, ich weiß.« Der Arzt hob beide Hände, als müsste er sich gegen einen Angriff verteidigen. »Ich sehe selbst, in welchem Zustand sich sein Gesicht befindet. Und ich weiß auch, dass Windsors Herz völlig gesund war. Trotzdem ist er an Herzversagen gestorben.«

»Ich glaube das gern«, bemerkte jemand säuerlich. »Als ich um die Ecke gebogen bin und das Biest zu Gesicht bekommen habe, wäre mir um ein Haar selbst das Herz stehen geblieben.«

»Wir vergeuden unsere Zeit!«, fuhr von Grossens schneidende Stimme dazwischen. »Wir können diesen Burschen bezwingen, aber nicht dadurch, dass wir uns den Mund fusselig reden und jedes Mal die Hände über dem Kopf zusammenschlagen, wenn er irgendetwas in Szene setzt. Falls ich der nächste auf seiner Liste bin, möchte ich wenigstens die Gewissheit haben, dass die Korona heller Köpfe, die hier versammelt ist, meinetwegen nicht in Tränen ausbricht, sondern sich, verflixt noch einmal, ins Zeug legt, um dem Scheusal die Quittung zu erteilen.«

»Sie haben recht«, stimmte Smith zu. »Unser Fehler besteht darin, dass wir uns in ein Unterlegenheitsgefühl hineingesteigert haben. Zwar bin ich jetzt auch der Meinung, dass einige unter uns umkommen werden. Nun gut, ich akzeptiere das Risiko. Aber wir sollten uns wenigstens zum Kampf rüsten.«

»Mr. Pennons«, warf Morton nachdenklich ein, »folgendes Problem: Unsere dreißig Decks machen zusammen etwa drei Quadratkilometer Bodenfläche aus. Wie lange würde es dauern, jeden Zentimeter unter Energie zu setzen?«

Der Chefingenieur starrte ihn entgeistert an und gab dann ohne Zögern zur Antwort: »Wenn Sie meinen, wie könnte ich das Schiff völlig ruinieren – binnen einer Stunde. Die Einzelheiten will ich mir ersparen. Aber unkontrollierter Energieeinsatz scheidet aus. Jeder an Bord käme dabei um.«

»Nicht jeder«, widersprach von Grossen. »Die Kreatur nicht. Sie ist bekanntlich schon in ein Kraftfeld geraten. Ihr Instrument, Pennons, hat mehrere Sekunden lang ausgeschlagen. *Mehrere Sekunden lang!* Vergnügen hat diese Zeitspanne dem Wesen bestimmt nicht bereitet – aber durchgestanden hat es sie.«

Mortons Züge wirkten hart. »Sie könnten doch den Wänden mehr Energie zuführen, Mr. Pennons, oder nicht?«

»N-nein«, versetzte Pennons zögernd. »Die Wände würden das nicht aushalten. Sie würden schmelzen.«

»Nicht aushalten!«, stieß einer der Umstehenden hervor. »Mann, ist Ihnen klar, wozu Sie dieses Biest stempeln?«

Grosvenor gewahrte die Bestürzung, die sich auf allen Mienen, die von der Übertragung erfasst wurden, ausbreitete. Koritas klare Stimme durchbrach das vielsagende Schweigen. » Direktor, ich beobachte Sie über einen Kommunikator im Kommandoraum. Zu der Andeutung, wir hätten es womöglich mit einem Superwesen zu tun, möchte ich das Folgende sagen: Wir wollen doch nicht vergessen, meine ehrenwerten Freunde, dass es schließlich den Missgriff begangen hat, in den Energieschirm zu geraten, und zurückgezuckt ist, wenn auch anscheinend unverletzt. Ich benutze dabei absichtlich das Wort ›Missgriff‹. Wiederum belegt sein Handeln, dass ihm Fehler unterlaufen, was eben bedeutet, dass es sich nicht um ein unüberwindliches Wesen handelt.«

»Angenommen«, schaltete sich Morton ein, »es entstammt der bäuerlichen Epoche seines Zyklus. Was wäre, trotz aller Intelligenz, seine Hauptschwäche?«

Korita antwortete unverblümt für jemanden, der sonst seine Worte sehr bedacht wählte: »Mangelndes Verständnis für die Macht der Organisation. Es dürfte davon ausgehen, dass es, um dieses Schiff in seine Gewalt zu bekommen, nur gegen die Besatzung kämpfen muss. Instinktiv würde es dazu neigen, die Tatsache außer Acht zu lassen, dass wir zu einer milchstraßenweiten Zivilisation beziehungsweise Organisation gehören und der Geist dieser Zivilisation uns prägt. Der echte Bauer ist ausgesprochen individualistisch, fast schon anarchistisch eingestellt. Sein Reproduktionstrieb ist eine Form von Egoismus – insbesondere sein eigenes Blut soll überdauern. Sehr wahrscheinlich läge dem Wesen durchaus daran, im

Kampf von seinesgleichen unterstützt zu werden. Ein loser Zusammenschluss wäre denkbar, dessen Mitglieder aber immer noch als Individuen auftreten würden statt als Gruppe.«

»Ein lockerer Zusammenschluss solcher Schlagetots dürfte mehr als ausreichen«, kommentierte ein Besatzungsmitglied bissig. »Ich ... a-a-a-a!«

Seine Stimme verklang in einem Schrei. Sein Mund blieb offen. Seine Augen – deutlich für Grosvenor erkennbar – weiteten sich entsetzt und nahmen eine glasige Starre an. Sämtliche Männer, die er auf der Kommunikatorplatte sehen konnte, wichen hastig einige Schritte zurück. Der Direktor fuhr herum.

Mitten ins Zentrum des Sichtschirmes trat Ixtl.

18

Er stand vor ihnen, eine abstoßende Erscheinung aus einer scharlachroten Hölle. Trotz seiner wachsam glühenden Augen sagte ihm sein verächtliches Überlegenheitsgefühl, dass er in die nächste Wand tauchen konnte, ehe auch nur eine einzige Waffe ihre Gewalt gegen ihn entladen hatte. Und noch ein weiterer Umstand schützte ihn. Er hatte es mit intelligenten Gegenübern zu tun, denen mehr daran liegen würde, den Grund für sein überraschendes Auftauchen herauszufinden, als ihn auf der Stelle zu töten.

Seine Absicht hätte nicht einfacher sein können. Er war gekommen, sich seinen ersten Guul zu beschaffen. Diesen Guul aus ihrer Mitte zu holen würde ihr Selbstvertrauen gründlich untergraben.

Grosvenor spürte, wie ein eigenartiges, unwirkliches Gefühl ihn überkam, als er die Szene beobachtete. Nur wenige Männer befanden sich im Kader des übertragenen Bildes. Von Grossen und zwei Techniker standen der hoch aufragenden, zylindrischen Realität Ixtls in dem hellen Gang am nächsten.

Morton befand sich direkt hinter von Grossen. Instinktiv tasteten die Finger des Direktors nach dem funkelnden, durchscheinenden Griff seines Vibrators. Er hielt jedoch inne und sagte mit ruhiger Stimme: »Greifen Sie nicht zu den Waffen. Er bewegt sich blitzschnell, und er

wäre nicht hier, wenn er dächte, wir könnten ihn nieder-
schießen. In diesem Punkt teile ich seine Meinung. Außerdem dürfen wir keinen Misserfolg riskieren. Vielleicht ist
dies unsere einzige Chance.« Mit leicht erhobener, eindringlicher Stimme fuhr er rasch fort: »Alle, die mich
hören, umstellen entweder diesen Gang oder postieren
sich ober- und unterhalb. Bringen Sie die schwersten fahrbaren Projektoren heran und brennen Sie die Wände nieder. Schaffen Sie freie Bahn rund um diesen Bereich. Achten Sie auf scharfe Bündelung der Strahler, wenn Sie uns
erreichen. Los jetzt!«

»Gute Idee, Direktor!« Captain Leeth' Züge tauchten
einen Moment lang auf Grosvenors Gerät auf, verdräng-
ten das Bild Ixtls und der Übrigen. »Wir sind in drei Minuten dort, wenn Sie den Höllenhund so lange hinhalten
können.« Er verschwand so rasch, wie er in Erscheinung
getreten war.

Grosvenor verließ seinen Bildschirm. Er war sich bewusst, dass er zu weit vom Schauplatz entfernt war, um
die präzisen Beobachtungen anstellen zu können, nach denen
ein Nexialist handeln sollte. Er gedachte, zu der Gruppe um
Morton zu stoßen.

Als er losrannte, klang aus den Wandaudioskopen Koritas Stimme mit ihren charakteristischen Zischlauten:
»Morton, ergreifen Sie die Chance, aber rechnen Sie nicht
mit Erfolg. Bedenken Sie, dass er erneut auf der Bildfläche erschienen ist, ehe wir uns wappnen konnten. Er setzt
uns unter Druck, ob mit Vorbedacht oder nicht. Das Ergebnis besteht darin, dass wir sinnlos hierhin und dorthin
hetzen, ohne wirklich zur Besinnung zu kommen.«

Grosvenor war in einen Aufzug geeilt, der ihn abwärts trug. Sowie die Tür aufglitt, rannte er hinaus. »Ich bin überzeugt«, drang Koritas Stimme im Laufen an sein Ohr, »dass jedes Wesen – jedes Einzelwesen –, das existiert oder auf das wir noch treffen, an den enormen Ressourcen dieses Schiffes scheitern wird, sofern wir nur ...« Falls Korita weitersprach, hörte Grosvenor seine Worte nicht mehr. Er hatte die Ecke umrundet. Und dort, vor ihm, standen die Männer sowie, etwas entfernter, Ixtl.

Von Grossen hatte ein Notizbuch aus der Tasche gezogen und zeichnete rasch. Er riss das Blatt los, trat vor und hielt es dem Geschöpf hin. Ixtl zögerte, nahm es dann entgegen. Er warf einen Blick darauf, wich einen Schritt zurück und entblößte die Zähne zu einem Knurren, das sein Gesicht in zwei Hälften spaltete. Seine Augen flammten; ein Arm griff halb nach von Grossen, hielt dann jedoch unentschieden inne.

»Was, zum Teufel, machen Sie da?«, rief Morton. Selbst in seinen eigenen Ohren klang seine Stimme unnatürlich schrill.

Von Grossen machte mehrere Schritte rückwärts, bis er auf einer Höhe mit Morton stand. Zum fassungslosen Erstaunen des Direktors grinste er angespannt.

»Eben habe ich ihm gezeigt«, sagte der deutsche Physiker leise, »wie wir ihm beikommen können. Ich ...«

Er brach mitten im Satz ab. Grosvenor, der sich noch immer weit im Hintergrund befand, sah den ganzen Vorfall nur als Zuschauer. Alle anderen der Gruppe waren an der Krise direkt beteiligt.

Morton musste geahnt haben, was geschehen würde. Er sprang vor, in dem instinktiven Versuch, sich schützend vor von Grossen zu werfen. Ein roter Schemen schoss an ihm vorbei. Eine Hand mit langen drahtartigen Fingern, die sich so schnell bewegte, dass er sie nicht wahrnahm, traf den Direktor mit einem betäubenden Hieb, der ihn gegen die Wand schleuderte. Er rutschte daran herunter; einen Augenblick lang schien es, als drohte ihn seine Benommenheit zu überwältigen. Mit einer sichtlich gewaltigen Anstrengung bezwang er die Schwäche. Die Kraftreserven seines mächtigen Körpers halfen ihm auf die Beine, doch sein Blick klärte sich nur langsam. Er richtete sich wieder auf, langte nach seinem Vibrator – und erstarrte, als er ihn in der Hand hielt.

Wie in einem Zerrspiegel gewahrte Grosvenor, dass das Wesen von Grossen mit zwei flammenfarbenen Armen umklammert hielt. Der zweihundertzwanzig Pfund schwere Physiker krümmte und wand sich – vergeblich. Die harten, drahtigen Muskeln umschlossen ihn wie stählerne Fesseln. Nur die Unmöglichkeit, das Wesen zu treffen, ohne auch von Grossen zu verletzen, hielt Grosvenor davon ab, seinen eigenen Vibrator abzufeuern. Da der Vibrator aber ein menschliches Wesen nicht zu töten vermochte, sondern es nur bewusstlos machte, rang er um einen Entschluss: Sollte er die Waffe in der Hoffnung abfeuern, dass auch Ixtl bewusstlos werden würde, oder sollte er versuchen, von dem Physiker eine Auskunft zu erlangen? Er wählte Letzteres.

Grosvenor rief eindringlich: »Von Grossen, was haben Sie ihm gezeigt? Wie können wir ihm beikommen?«

Von Grossen hörte ihn, denn er wandte den Kopf. Das war alles, wozu ihm Zeit blieb.

In dieser Sekunde ereignete sich etwas Wahnwitziges. Das Wesen nahm einen Anlauf und verschwand in der Wand, noch immer den Physiker umklammernd. Einen Moment lang glaubte Grosvenor, seine Augen hätten ihm einen Streich gespielt. Aber er sah nur noch die glatte, harte Wand und elf entgeistert blickende, schwitzende Männer, sieben mit gezogenen Waffen, die sie hilflos befingerten.

»Wir sind verloren!«, flüsterte einer von ihnen. »Wenn es unseren materiellen Aufbau verändern und uns durch jede Wand verschleppen kann, sind wir ihm ausgeliefert.«

Grosvenor erkannte, dass sich Morton gegen die Furcht wappnete, die er in allen Gesichtern las. Schroff versetzte er: »Solange wir leben, können wir es auch bekämpfen.« Er wurde plötzlich gewahr, dass seine Finger zitterten. Mit einer gemurmelten Verwünschung ballte er die Fäuste. »Genügend Zeit hat die Kreatur uns jedenfalls nicht gelassen.« Der Direktor trat zum nächsten Kommunikator und fragte: »Captain Leeth, wie ist die Lage?«

Eine kleine Pause trat ein, bevor schließlich Kopf und Schultern des Kommandanten auf dem Sichtschirm erschienen. »Nichts«, sagte er. »Leutnant Clay glaubt, einen scharlachroten Streifen in einem Fußboden verschwinden gesehen zu haben, in Abwärtsrichtung. Wir können also vorläufig unsere Suche auf die untere Schiffshälfte beschränken. Im Übrigen waren wir gerade dabei, unsere Projektoreinheiten in Feuerstellung zu bringen, als es geschah. Sie haben uns nicht genug Zeit gegeben.«

»An uns lag der Mangel an Zeit nun wahrlich nicht«, erwiderte Morton grimmig.

In Grosvenors Augen traf diese Feststellung nur begrenzt zu. Indem er dem Wesen demonstrierte, wie es bezwungen werden konnte, hatte von Grossen seine eigene Entführung beschleunigt. Er hatte auf typisch menschliche Weise egoistisch gehandelt, ohne irgendeinen praktischen Wert. Grosvenor fand sich bestätigt in seiner Skepsis gegenüber dem bloßen Fachmann, der eingleisig dachte und nicht imstande war, mit anderen Wissenschaftlern vernünftig zusammenzuarbeiten. Hinter von Grossens Gebaren steckte eine Einstellung, die schon Jahrhunderte alt war. In den Anfängen wissenschaftlicher Forschungstätigkeit mochte sie berechtigt gewesen sein. Seit jeder Fortschritt aber Kenntnisse in mehreren Disziplinen und deren Zusammenwirken verlangte, besaß sie nur noch eingeschränkten Wert.

Grosvenor bezweifelte, ob von Grossen wirklich auf eine Strategie verfallen war, die Ixtls sichere Niederlage bedeutete. Eine derartige Strategie würde sich kaum auf das Gebiet eines einzigen Spezialisten beschränken. Die Lösung, die von Grossen skizziert hatte, hielt sich folglich, so war zu vermuten, innerhalb der Grenzen dessen, was ein Physiker wissen konnte.

Seine Überlegung brach ab, als Morton sagte: »Woran mir läge, wäre eine Hypothese, welche Art Skizze von Grossen für das Geschöpf zu Papier gebracht haben könnte.«

Grosvenor wartete ab, ob sich jemand anders äußern würde. Als niemand Anstalten traf, sagte er: »Ich hätte eine, Direktor.«

Morton zögerte einen winzigen Moment, forderte ihn dann auf: »Sprechen Sie!«

Grosvenor begann: »Der einzige Weg, das Interesse eines fremden Lebewesens zu wecken, bestünde darin, ein allgemeingültiges Symbol zu wählen. Da von Grossen Physiker ist, dürfte naheliegen, welches Symbol er benutzt hat.«

Er hielt absichtlich inne und blickte in die Runde. Dass er sich melodramatisch gab, wusste er, aber es ließ sich nicht ändern. Mochte Morton ihm auch freundlich begegnen – trotz des Zwischenfalls mit den Riim galt er an Bord nicht als Autorität. Deshalb war es an dieser Stelle besser, wenn die Lösung mehreren gleichzeitig einfiel.

Morton brach das Schweigen. »Kommen Sie, kommen Sie, junger Mann. Spannen Sie uns nicht auf die Folter.«

»Ein Atom«, versetzte Grosvenor.

In keiner Miene zeigte sich Verständnis. »Aber das wäre doch sinnlos«, wandte Smith ein. »Weshalb sollte er dem Wesen ein Atom zeigen?«

»Natürlich nicht irgendein Atom«, entgegnete Grosvenor. »Ich möchte wetten, dass von Grossen dem Geschöpf eine Skizze der exzentrischen Atome aufgezeichnet hat, aus denen das Metall der Außenhülle unserer *Beagle* besteht.«

»Sie haben es!«, rief Morton.

»Einen Augenblick«, sagte Captain Leeth vom Bildschirm herab. »Ich gestehe, dass ich kein Physiker bin. Trotzdem wüsste ich gern, was das bedeutet.«

Morton erläuterte: »Grosvenor meint, dass dieses unglaublich widerstandsfähige Metall nur bei zwei Teilen des Schiffs Verwendung gefunden hat – der Hülle und dem Maschinenraum. Sie waren nicht dabei, als wir die Kreatur einzufangen versuchten. Sonst hätten Sie beobachtet, wie sie durch den Käfigboden glitt, von dem harten Material der Schiffshülle aber aufgehalten wurde. Es scheint, dass dieses Metall ihr unüberwindlichen Widerstand entgegensetzte. Der Umstand, dass sie die Luftschleuse benutzen musste, um ins Innere zu gelangen, liefert einen zusätzlichen Beweis. Wirklich erstaunlich, dass uns das nicht sofort aufgefallen ist.«

Captain Leeth wollte wissen: »Wenn Mr. von Grossen dem Geschöpf unsere Abwehrmöglichkeiten demonstrieren wollte, wäre es dann nicht ebenso vorstellbar, dass er sich für die Energieschirme entschieden hat, die wir um den Schlafbereich errichtet haben?«

Morton bedachte Grosvenor mit einem fragenden Blick. Der Nexialist erwiderte: »Zu diesem Zeitpunkt hatte das Lebewesen den Energieschirm bereits am eigenen Leibe verspürt und überlebt. Von Grossen glaubte offenkundig, dass er auf einen neuen Gedanken gekommen war. Außerdem lässt sich ein Kraftfeld auf dem Papier nur mit einer Formel beschreiben, die willkürliche Symbole enthält.«

»Ich finde die Beweisführung ausgesprochen erfreulich«, erklärte Leeth. »Zumindest haben wir mit dem Maschinenraum nun einen Ort, an dem wir sicher sind. Schutz – wenn auch vielleicht in minderem Maße – dürften uns außerdem die Energieschirme um die Schlafkammern bieten. Ich ordne hiermit an, dass sich die gesamte Besatzung ab sofort nur noch in diesen beiden Bereichen aufzuhalten hat, außer mit Sondererlaubnis oder auf entsprechenden Befehl.« Er wandte sich zur Seite, wiederholte die Anweisung über die Rundrufanlage und fügte hinzu: »Die Abteilungsleiter halten sich bereit, Fragen zu beantworten, die ihre Spezialgebiete betreffen. Notwendige Aufgaben werden voraussichtlich entsprechend qualifizierten Personen zugewiesen. Mr. Grosvenor, betrachten Sie sich bitte als zu dieser Kategorie gehörig. Dr. Eggert, geben Sie Weckamintabletten aus, soweit sie verlangt werden. Niemand begibt sich zur Ruhe, bevor das Biest tot ist.«

»Gute Arbeit, Captain«, sagte Morton warm.

Captain Leeth nickte und verschwand vom Bildschirm. Ein Techniker im Gang fragte zögernd: »Und was wird aus von Grossen?«

Morton antwortete mit rauer Stimme: »Wir können von Grossen nur dadurch helfen, dass wir seinen Peiniger vernichten.«

19

In dem immensen Raum mit den titanischen Maschinen wirkten die Männer wie Zwerge in einer Halle für Giganten. Es war eine Welt für sich, und zum ersten Mal seit Jahren empfand Grosvenor ihre gewaltigen Dimensionen als fremdartig. Seine Nerven zuckten bei jedem Aufflackern des unirdischen blauen Lichts, das an der weiten schimmernden Deckenwölbung sprühte und züngelte. Blaues Licht, reine, lebendige Energie, die keine Sperren je aufzufangen, keine Kondensatoren jemals zu absorbieren vermocht hatten.

Und noch etwas anderes zerrte jetzt an seinen Nerven. Ein Geräusch – eingefangen in der Luft. Ein verhaltenes Dröhnen erschreckender Kräfte, ein vages Grollen wie Donner hinter dem Horizont, bebender Widerhall unvorstellbarer Energieschübe.

Der Antrieb arbeitete. Das Schiff beschleunigte, drang immer rascher und tiefer in den schwarzen Schlund vor, der den Spiralnebel, zu dem die Erde als winziges, kreisendes Teilchen gehörte, von einer anderen Galaxie fast gleicher Größe trennte. Dies war der Hintergrund der entscheidenden Auseinandersetzung, die sich anbahnte. Die größte, ehrgeizigste Forschungsexpedition, die je das Sonnensystem verlassen hatte, schwebte in höchster, existenzieller Gefahr.

Grosvenor hielt diese Einschätzung nicht für übertrieben. Diesmal hatten sie es nicht mit einem Cœurl aufzunehmen, der die mörderischen Kriege einer ausgerotteten Gattung überlebt hatte. Auch die Gefahr, die von den Riim gedroht hatte, ließ sich damit nicht vergleichen. Im Anschluss an ihren ersten missratenen Kommunikationsversuch hatte er in dem Ringen zwischen einem einzelnen Menschen und einer ganzen Gemeinschaft alle Fäden in der Hand gehalten.

Dem scharlachroten Ungeheuer gebührte unleugbar ein Rang für sich.

Captain Leeth stieg die Metalltreppe hinauf, die zu einer kleinen Metallplattform führte. Einen Augenblick später gesellte sich Morton zu ihm und blickte auf die versammelten Männer hinab. Er hielt einen kleinen Stoß Zettel in der Hand, der von einem seiner Finger in zwei Hälften geteilt wurde. Die beiden Männer betrachteten die Aufzeichnungen. Das Schweigen der tiefernsten Männer wirkte noch gesammelter, angespannter, als sich ihre Blicke auf ihn richteten. Der Direktor begann:

»Dies ist die erste Atempause, die uns vergönnt ist, seit die Kreatur vor nicht ganz – so unglaublich es klingen mag –, vor nicht ganz zwei Stunden das Schiff betreten hat. Ich habe die eingegangenen Empfehlungen zusammen mit Captain Leeth durchgesehen und nach zwei Gesichtspunkten unterteilt: diejenigen, mit denen wir uns später befassen können, während wir die unmittelbar auf von Grossens Befreiung gerichteten Pläne umsetzen – eine zweite Kategorie also, die wir sofort erörtern müssen. Mr. Zeller!«

Der Metallurge, ein lebhafter, jung wirkender Mann mittleren Alters, trat vor. Er war an die Spitze der Abteilung aufgerückt, nachdem Cœurl seinen Vorgänger Breckenridge umgebracht hatte. Er begann: »Die Entdeckung, dass das Wesen die Gruppe der Legierungen, die wir supragehärtete Metalle nennen, nicht zu durchdringen vermag, hat uns natürlich einen Hinweis auf die Art Material gegeben, aus dem wir einen Schutzanzug herstellen können. Mein Assistent ist bereits damit beschäftigt. In etwa drei Stunden dürfte er fertig sein. Für die Suche bedienen wir uns selbstredend einer Fluorit-Kamera. Falls jemand noch Vorschläge hat …«

Jemand wollte wissen: »Weshalb fabrizieren Sie nicht mehrere Anzüge?«

Zeller schüttelte den Kopf. »Unser Materialvorrat ist äußerst begrenzt. Wir könnten mehr erzeugen, aber nur durch Transmutation, was zu lange dauert.« Er fügte hinzu: »Außerdem sind wir eine kleine Abteilung. Wir können uns schon glücklich schätzen, wenn wir in der angegebenen Zeit einen Anzug fertigstellen.«

Niemand stellte weitere Fragen, und nach einem Augenblick verschwand Zeller in den Werkstätten neben dem Maschinenraum.

Direktor Mortons grimmige Züge entspannten sich leicht. Er hob die Hand. Als wiederum Schweigen eingetreten war, sagte er: »Persönlich gesprochen, wird mir wohler zumute sein, sobald der Anzug zur Verfügung steht und das Geschöpf von Grossen von einem Ort zum anderen schaffen muss, damit wir ihn nicht ausfindig machen.«

»Woher wollen Sie wissen, dass er noch am Leben ist?«, fragte jemand.

»Weil es Windsors Leiche hätte mitnehmen können und darauf verzichtet hat. Es will uns lebendig haben. Smith hat eine Vermutung geäußert, was es damit bezwecken könnte … aber darüber sprechen wir später.«

Morton machte eine Pause, ehe er weiterredete: »Unter den Vorschlägen, die der eigentlichen Vernichtung des Wesens gelten, habe ich hier einen, den zwei Techniker der physikalischen Abteilung eingereicht haben, und einen weiteren, der von Elliott Grosvenor stammt. Captain Leeth und ich haben diese Pläne mit Chefingenieur Pennons und anderen Experten erörtert. Wir sind übereingekommen, dass Mr. Grosvenors Absicht menschliches Leben zu stark gefährdet und deshalb nur als letztes Mittel verwirklicht werden sollte. Mit der Ausführung des anderen Vorschlags werden wir unverzüglich beginnen, falls keine triftigen Einwände erhoben werden. Mehrere zusätzliche Anregungen sind bereits geäußert und berücksichtigt worden. Wenn es auch eigentlich üblich ist, die Initiatoren selbst zu Wort kommen zu lassen, meine ich doch, dass wir Zeit sparen, wenn ich kurz den Vorschlag umreiße, wie die Experten ihn letztendlich gutgeheißen haben. Die beiden Physiker« – Morton blickte auf die Papiere in seiner Hand – »Lomas und Hindley, unterstellen bei ihrem Plan, dass die Kreatur uns an den erforderlichen technischen Arbeiten nicht hindern wird. Auf der Basis von Koritas zyklischer Geschichtstheorie wäre das in der Tat anzunehmen – wonach der ›Bauerntypus‹ sich so sehr auf den Weiterbestand seiner Sippe konzentriert, dass er dazu neigt, organisierten Widerstand zu unterschätzen. Davon ausgehend haben wir vor, nach dem

213

modifizierten Vorschlag von Lomas und Hindley das siebente und neunte Deck unter Energie zu setzen – nur die Böden, nicht die Wände.

Wir erhoffen davon das Folgende: Bis jetzt hat das Geschöpf nicht systematisch versucht, uns zu töten. Korita zufolge liegt das daran, dass es, eben weil es einer ›bäuerlichen‹ Entwicklungsstufe angehört, noch nicht erfasst hat, dass es uns ausschalten muss, wenn es nicht selbst zur Strecke gebracht werden will. Früher oder später wird es aber dennoch zu der Überzeugung gelangen, dass unsere Vernichtung Vorrang hat. Wenn das Wesen uns also keine Hindernisse in den Weg legt, werden wir versuchen, es zum achten Deck, zwischen den beiden energiegeladenen, zu locken und dort, wo es weder auf- noch abwärts entkommen kann, mit unseren Projektoren auszuräuchern. Wie Mr. Grosvenor zugeben wird, ist dieser Plan weitaus weniger riskant als der seine und sollte deshalb Vorrang erhalten.«

Grosvenor schluckte schwer, zögerte und meinte dann grimmig: »Wenn es uns um das Risiko zu tun ist, weshalb bleiben wir dann nicht einfach hier und warten darauf, ob der Kreatur das Eindringen gelingt?« Ernst fuhr er fort: »Bitte denken Sie nicht, es wäre mir darum zu tun, meine eigenen Ideen durchzusetzen. Aber für meinen Teil« – er zauderte erneut, ehe er alle Bedenken über Bord warf – »halte ich den Vorschlag, den Sie soeben unterbreitet haben, für sinnlos.«

Morton wirkte aufrichtig bestürzt. Er runzelte die Stirn. »Ist das nicht ein verhältnismäßig hartes Urteil?«

»Wenn ich Sie recht verstehe«, gab Grosvenor zurück, »haben Sie nicht die ursprünglich eingereichte Fassung referiert, sondern eine modifizierte Spielart. Was ist unter den Tisch gefallen?«

»Die beiden Physiker«, erwiderte der Direktor, »hatten vorgeschlagen, vier Decks unter Energie zu setzen – sieben, acht, neun und zehn.«

Zum dritten Mal schwankte Grosvenor. Er verspürte kein Verlangen danach, über Gebühr kritisch zu wirken. Wenn er zu sehr beharrte, würde man schlicht aufhören, ihn nach seiner Meinung zu fragen. Schließlich sagte er nur: »Das wäre besser.«

Captain Leeth mischte sich ein: »Mr. Pennons, sagen Sie bitte den Anwesenden, weshalb es nicht ratsam wäre, mehr als zwei Decks einzubeziehen.«

Der Chefingenieur trat vor. Mit zusammengezogenen Brauen erläuterte er: »Der Hauptgrund ist der, dass es drei Stunden länger dauern würde, und wir sind uns alle einig, dass Zeit wesentlich ist. Sähe es anders aus, wäre es weit besser, systematisch vorzugehen und nach und nach das ganze Schiff, Wände wie Böden, unter Energie zu setzen. Aber das würde etwa fünfzig Stunden in Anspruch nehmen. Dass ein unkontrollierter Energieeinsatz Selbstmord wäre, habe ich bereits betont.

Ein weiterer Gesichtspunkt besteht darin, dass wir eben Menschen sind. Wenn sich die Kreatur von uns in einen bestimmten Bereich locken lässt, dann deshalb, weil sie sich weitere Opfer holen will. Eines dieser Opfer wird sie mit sich schleppen, und wir wollen, dass es – wer immer es auch sein mag – eine Überlebenschance hat.« Seine Stimme klang noch rauer. »Während der drei Stunden, die wir brauchen werden, um den modifizierten Plan in die Tat umzusetzen, werden wir schutzlos sein, abgesehen von den schweren fahrbaren Vibratoren und Hitzeprojektoren. Noch wirksamere Waffen wagen wir im Schiff nicht einzusetzen, und selbst mit diesen müssen wir zurückhaltend verfahren, weil sie für Menschen tödlich sind. Natürlich wird von jedermann erwartet, dass er sich mit seinem eigenen Vibrator verteidigt.« Er hielt inne und schloss: »Fangen wir also an!«

»Nicht so schnell«, widersprach Captain Leeth unbehaglich. »Ich möchte Mr. Grosvenors Einwände genauer kennenlernen.«

Grosvenor bemerkte: »Wenn wir Zeit hätten, wäre es aufschlussreich zu prüfen, wie das Geschöpf auf solche energiegeladenen Wände reagiert.«

Jemand warf gereizt ein: »Ich verstehe die Debatte nicht. Sowie das Biest zwischen die beiden Decks gerät, von denen wir reden, ist es zu Ende mit ihm. Wir wissen doch, dass ein Energieschirm es aufhält.«

»Das wissen wir eben nicht«, versetzte Grosvenor mit Nachdruck. »Wir wissen nur, dass es in ein solches Feld geraten und entkommen ist. Wir nehmen an, dass es sich dort nicht wohlgefühlt hat. Darin länger aufhalten könnte es sich wohl definitiv nicht. Zu unserem Pech sind wir nicht in der Lage, mehr Energie auf die Schirme zu schalten. Wie Mr. Pennons uns informiert hat, würden die Wände sonst schmelzen. Worauf ich hinauswill, ist: Dem, was wir einsetzen können, ist es entronnen.«

Captain Leeth reagierte sichtlich betroffen. »Meine Herren, warum ist dieser Punkt in der Diskussion nicht vorgebracht worden? Es handelt sich zweifelsohne um ein schwerwiegendes Argument.«

»Ich habe mich dafür ausgesprochen, Grosvenor an der Debatte zu beteiligen«, sagte Morton, »bin aber unter Berufung auf die Regel überstimmt worden, wonach derjenige, dessen Vorschlag beraten wird, nicht zugegen sein soll. Aus demselben Grund wurden die beiden Physiker nicht eingeladen.«

Siedel räusperte sich. »Ich glaube nicht«, sagte er, »dass Mr. Grosvenor bewusst ist, was er uns soeben angetan hat. Man hat uns wiederholt versichert, dass der Energieschirm des Schiffs zu den größten Errungenschaften menschlicher Wissenschaft zähle. Mir persönlich hat dieser Gedanke zu einem Gefühl der Sicherheit verholfen. Nun teilt er uns mit, dass dieses Geschöpf ihn zu durchdringen vermag.«

Grosvenor widersprach: »Ich habe nicht gesagt, dass der Schutzschirm des Schiffs verwundbar wäre, Mr. Siedel. Im Gegenteil besteht Grund zu der Annahme, dass der Gegner nicht imstande ist, ihn zu bezwingen. Die Aufladung der Böden, die jetzt zur Debatte steht, ist eine erheblich schwächere Variante.«

»Und doch«, beharrte der Psychologe, »meinen Sie nicht, dass die Experten unbewusst beide Spielarten auf dieselbe Ebene gestellt haben? Nach dem Motto: Sind die Schirme unwirksam, dann wären wir verloren. Also müssen sie funktionieren.«

Captain Leeth warf müde ein: »Ich fürchte, Mr. Siedel hat unseren schwachen Punkt getroffen. Ich entsinne mich jetzt, etwas Ähnliches empfunden zu haben.«

Von der Mitte des Raumes her sagte Smith: »Vielleicht sollten wir uns Mr. Grosvenors Alternativvorschlag anhören.«

Captain Leeth sah Morton an, der erst zögerte, dann sagte er: »Seine Empfehlung ging dahin, dass wir uns in ebenso viele Gruppen teilen, wie wir nukleare Projektoren an Bord haben ...«

Weiter kam er nicht. Ein Physiker stieß entgeistert hervor: »Kernenergie – in einem Raumschiff!«

Der Aufruhr, der darauf einsetzte, dauerte länger als eine Minute. Nachdem er verebbt war, sprach Morton weiter, als hätte es keine Unterbrechung gegeben.

»Im Augenblick verfügen wir über einundvierzig derartige Projektoren. Falls wir Mr. Grosvenors Plan akzeptieren, würde jedem eine Bedienungsmannschaft aus Militärpersonal zugeteilt. Wir Übrigen hätten uns als Köder in Sichtweite zu verteilen. Diejenigen, die den Projektor bemannen, stünden unter striktem Befehl, auch dann zu feuern, wenn sich einer oder mehrere von uns in der Schusslinie befänden.«

Morton schüttelte leicht den Kopf und fuhr fort: »Unter den eingereichten Empfehlungen dürfte dies die durchschlagendste sein. Jedoch hat ihre Erbarmungslosigkeit uns alle schockiert. Der Gedanke, die eigenen Leute unter Beschuss zu nehmen, ist zwar nicht neu, wirkt aber doch erschütternder, als Mr. Grosvenor – vermutlich – erkennt. Fairerweise muss ich allerdings hinzufügen, dass noch ein Umstand die Wissenschaftler veranlasst hat dagegenzustimmen. Captain Leeth hat zur Bedingung gemacht, dass diejenigen, die als Köder fungieren, unbewaffnet sein sollten. Den meisten unter uns ging das zu weit. Jeder sollte das Recht haben, sich selbst zu verteidigen.« Der Direktor hob die Schultern. »Da eine Alternative vorlag, haben wir dafür votiert. Persönlich befürworte ich inzwischen Mr. Grosvenors Empfehlung, obwohl ich Captain Leeths Bedingung nach wie vor ablehne.«

Als Morton dessen Forderung zum ersten Mal erwähnte, hatte sich Grosvenor umgedreht und den Offizier angestarrt. Captain Leeth erwiderte den Blick unbeweglich – fast grimmig. Nach einer kurzen Pause äußerte Grosvenor bedächtig: »Ich denke, Sie sollten das Risiko eingehen, Captain.«

Der Kommandant nahm die Worte mit einem leichten, formellen Neigen des Kopfes entgegen. »Nun gut«, sagte er. »Ich ziehe meine Bedingung zurück.«

Grosvenor sah, dass Morton konsterniert auf das kurze Zwischenspiel reagierte. Der Direktor blickte erst ihn, dann den Captain, dann wieder Grosvenor an. Überraschung spiegelte sich in seinen Zügen. Er begab sich die schmalen Metallstufen hinunter und zu Grosvenor. Leise sagte er: »Nicht zu glauben, dass ich nicht erkannt habe, worauf er hinauswollte. Er fürchtet offenkundig, dass in einer kritischen Situation …« Er brach ab und starrte seinerseits Captain Leeth an.

Grosvenor bemerkte besänftigend: »Ich denke, er sieht jetzt ein, dass es falsch war, die Angelegenheit zur Sprache zu bringen.«

Morton nickte. Zögernd meinte er: »Ich nehme beinahe an, dass er letzten Endes nicht unrecht hat. Der Impuls, am Leben zu bleiben, ist fundamental. Er könnte jede verstandesmäßige Einsicht verdrängen. Trotzdem« – er zog die Stirn in Falten – »tun wir wohl besser daran, das Thema nicht auszuwalzen. Die Wissenschaftler können sich beleidigt fühlen, und es gibt schon genügend böses Blut an Bord.« Er wandte sich wieder den Versammelten zu. »Meine Herren«, rief er, »ich denke, Mr. Grosvenor hat sein Vorhaben zur Genüge begründet. Alle, die dafür sind, heben bitte die Hand.«

Zu Grosvenors tiefer Enttäuschung hoben sich kaum mehr als ein halbes Hundert Hände. Morton zauderte, rief dann: »Die dagegen sind, bitte ich ebenfalls um ihr Handzeichen.«

Diesmal folgten knapp über ein Dutzend Besatzungsmitglieder der Aufforderung.

Morton deutete auf einen Mann in der vordersten Reihe. »Sie haben sich beide Male nicht gemeldet. Woran liegt das?«

Der Angesprochene zuckte mit den Achseln. »Ich habe mich enthalten. Ich kann nicht sagen, dass ich dafür oder dagegen wäre. Dazu reichen meine Kenntnisse nicht.«

»Und Sie?« Morton wies auf ein anderes Besatzungsmitglied.

»Wie steht es mit der Sekundärstrahlung?«, fragte dieser zurück.

Captain Leeth übernahm die Antwort. »Wir schirmen sie ab. Wir riegeln den gesamten Bereich ab.« Er schwieg kurz. »Direktor«, sagte er dann, »ich verstehe nicht, wozu diese Verzögerung gut sein soll. Die Abstimmung hat neunundfünfzig Stimmen für und vierzehn Stimmen gegen Grosvenors Vorschlag ergeben. Zwar ist meine Anordnungsbefugnis gegenüber dem wissenschaftlichen Personal auch in prekären Situationen begrenzt, aber ich denke doch, dass dies ein eindeutiges Votum war.«

Morton wirkte perplex. »Aber«, wandte er ein, »fast achthundert Männer haben sich der Stimme enthalten.«

Captain Leeth antwortete förmlich: »Das war ihr gutes Recht. Man erwartet von Erwachsenen, dass sie wissen, was sie wollen. Darauf beruht das Prinzip der Demokratie. Deshalb bestehe ich darauf, dass wir unverzüglich handeln.«

Morton ließ sich noch einen Augenblick Zeit und versetzte dann langsam: »Meine Herren, ich muss dem Captain beipflichten. Lassen Sie uns also ans Werk gehen. Die Nuklearprojektoren in Feuerstellung zu bringen wird einige Zeit in Anspruch nehmen. In der Zwischenzeit können wir die Stockwerke VII und IX unter Energie setzen. Ich denke, wir sollten beide Vorhaben kombinieren und, je nachdem, wie sich die Dinge entwickeln, das eine oder andere aufgeben.«

»Das klingt endlich vernünftig«, machte sich ein Mann sichtlich erleichtert Luft.

Er schien mit seiner Meinung nicht allein zu stehen. Verdrießliche Gesichter erhellten sich. Jemand klatschte Beifall, und alsbald begann sich der riesige Raum zu leeren.

Grosvenor wandte sich an Morton. »Das war ein genialer Schachzug«, sagte er anerkennend. »Ich hatte mich zu sehr in meine Opposition gegen einen begrenzten Energieeinsatz verbissen, um an einen solchen Kompromiss zu denken.«

Morton nahm das Kompliment würdevoll entgegen. »Ich hatte ihn mir für alle Fälle aufgehoben«, gab er zur

Antwort. »Wenn man mit Menschen umgeht, muss man zumeist nicht nur bestimmte Probleme lösen, sondern auch die Spannungen unter denen berücksichtigen, die die Lösung mittragen sollen.« Er hob die Schultern. »Nun, junger Mann, ich wünsche Ihnen und uns viel Glück. Ich hoffe, dass wir es heil überstehen.«

Sie schüttelten sich die Hand. Grosvenor fragte: »Wie lange wird es dauern, die Projektoren in Stellung zu bringen?«

»Eine gute Stunde, vielleicht auch etwas länger. Bis dahin müssen wir uns auf die schweren Vibratoren verlassen ...«

Das Wiederauftauchen der Männer trieb Ixtl eilends hoch zum siebenten Deck. Eine vage Sorge meldete sich in seinem Bewusstsein, aber keine wirkliche Unruhe, erst recht kein Anzeichen der geistigen Lethargie, die ihm anfangs zu schaffen gemacht hatte. Während langer Minuten war er ein fremdartiger Schatten, der wie ein tückisches Untier aus einer vergangenen Höllenwelt durch das Labyrinth der Wände und Gänge glitt. Zweimal wurde er gesichtet, und bösartige Waffen feuerten auf ihn – Vibratoren, von den Handwaffen, die er kennengelernt hatte, so verschieden wie der Tod vom Leben. Sie erschütterten die Wände, durch die er auf der Flucht vor ihnen tauchte. Einmal traf ein Strahl auf einen seiner Füße. Der heiße Schock von der molekularen Gewalt der Schwingung ließ ihn stolpern. Der Fuß heilte in weniger als einer Sekunde, aber er erkannte deutlich die begrenzte Fähigkeit seines Körpers, diesen machtvollen fahrbaren Einheiten standzuhalten.

Er konnte derartigen Waffen trotzen, aber nur für einen winzigen Moment würden die flexibel angeordneten Atome seines Körpers der unerträglichen Belastung standhalten. Selbst die Biologen, die die Spezies der Ixtl vervollkommnet hatten, waren an Grenzen gestoßen.

Und dennoch verspürte er nach wie vor keinerlei wahre Unruhe. Schnelligkeit, List, sorgfältige zeitliche Abstimmung und Platzierung jedes Auftauchens unter den Männern – diese Maßnahmen würden die Wirksamkeit der neuen Waffen zunichtemachen. Eine Rolle spielte nur: Was nahmen die Männer mit solcher Entschlossenheit in Angriff? Als sie sich im Maschinenraum unangreifbar zusammenfanden, hatten sie offenkundig einen Plan ersonnen. Mit starren, funkelnden Augen verfolgte Ixtl, wie der Plan Gestalt annahm.

In jedem Gang plagten sich Männer an Schmelzöfen ab, kompakten Gebilden aus nachtschwarzem Metall. Aus einer Öffnung im oberen Teil sprühte weiße Lohe, die in wütenden Garben zur Decke schoss; ungebremste Flammenzungen, gerade erträglich selbst für Ixtl, den die solide Wand und ein unempfindlicher Körper schützten.

Er konnte erkennen, dass die Männer durch die verheerende Glut halb betäubt waren. Sie trugen ihre Raumausrüstung, deren sonst durchsichtiges Glassit elektrisch abgedunkelt war. Doch kein Schutz vermochte die volle Wirkung dieser blendenden Lohe abzuwehren.

Aus den Schmelzöfen rollten lange, mattglühende Streifen. Sowie ein Streifen erschien, wurde er von Werkmaschinen gepackt, geschickt auf die genauen Maße zugeschnitten und an den Metallkolben gepresst. Kein

Zentimeter blieb unbedeckt. Und unverzüglich senkten sich massive Kühlaggregate darüber, um die Hitze aufzusaugen.

Ixtls Verstand weigerte sich anfangs zu akzeptieren, was seine Beobachtungen ihm sagten. Hartnäckig fahndete sein Gehirn nach subtileren Absichten, nach einer List großen, nicht ohne Weiteres durchschaubaren Ausmaßes. Ein Schachzug musste geplant sein, der die immense Anstrengung erklärte, der sich die Männer unterwarfen. Nur langsam dämmerte ihm die Wahrheit.

Nichts dergleichen war im Gange. Diese Geschöpfe bemühten sich tatsächlich, zwei Decks kontrolliert unter Energie zu setzen. Sie schienen töricht genug zu glauben, dass dies irgendwelche Aussicht auf Erfolg versprach. Ihre Hoffnung war dazu bestimmt, in Kürze erstickt zu werden.

Ein Energieeinsatz im gesamten Schiff schied ebenso aus. Begriffen die Kreaturen nicht, dass er ihnen jederzeit folgen und ihre Energieanschlüsse zerstören konnte?

Mit kalter Verachtung ging Ixtl über das Manöver der Besatzung hinweg. Die Männer arbeiteten ihm nur in die Hände, erleichterten ihm die Aufgabe, die Guuls zu beschaffen, die er noch brauchte.

Sorgfältig suchte er sich sein nächstes Opfer aus. Nachdem er bei dem toten Techniker entdeckt hatte, dass der Magen seinen Zwecken am besten entsprach, standen Männer mit massigem Körperbau, bei denen die geräumigsten Mägen zu vermuten waren, automatisch auf seiner Liste.

Sich des Opfers zu bemächtigen, bereitete keine Mühe. Eine kaltherzige Sondierung der Lage aus der Sicherheit einer Wand, eine rasche, tödliche Überrumpelung, und bevor eine Waffe ihre bedrohliche Wut gegen ihn entladen konnte, war er mit dem zappelnden, um sich schlagenden Körper in die Wand zurückgesprungen. Mit Leichtigkeit gruppierte er seine Körperatome um, sowie er eine Decke durchquert hatte, bremste dadurch seinen Fall auf dem Boden darunter, floss auf dieselbe Weise durch den Boden weiter zum nächsten Deck. In den weitläufigen Laderaum des Schiffs fiel er halb, halb ließ er sich hinabsinken. Schnellere Bewegungsmanöver wären durchaus im Rahmen seiner Möglichkeiten gewesen, doch er musste auf der Hut sein, den Menschenleib nicht zu beschädigen.

Der Raum war mittlerweile vertrautes Gebiet für den sicheren Tritt seiner langzehigen Füße. Er hatte ihn kurz, aber gründlich erkundet, sobald er an Bord war. Die Unterbringung von Grossens war seiner Orientierung zusätzlich zugutegekommen.

Unbeirrbar strebte er durch das matt erhellte Innere der entfernten Wand zu. Große Container waren bis zur Decke gestapelt. Ohne sich aufhalten zu lassen, glitt er hindurch und befand sich nach einem Augenblick in einem ausgedehnten Rohr, groß genug, um aufrecht darin zu stehen – Teil des kilometerlangen Systems der Belüftungsanlage.

Nach gewöhnlichen Maßstäben war es dunkel, doch für seine infrarotempfindlichen Augen erfüllte unbestimmtes Zwielicht das Rohr. Er nahm von Grossens Körper wahr und legte sein neues Opfer neben den Physiker. Sorgsam führte er eine seiner drahtigen Hände in seine eigene Brust ein, entnahm ihr ein kostbares Ei und platzierte es in den menschlichen Magen.

Der Mann hatte aufgehört, sich zu sträuben, aber Ixtl wartete auf das, was eintreten musste. Langsam begann sich der Körper zu versteifen. Die Muskeln verloren ihre Beweglichkeit. Der Mann regte sich; begann sich dann in panischem Schrecken zu wehren, als er die Lähmung erkannte, die sich seiner bemächtigte. Doch unbarmherzig drückte Ixtl ihn zu Boden.

Jäh war die chemische Reaktion beendet. Der Mann lag reglos, jeden Muskel starr. Die Augen standen weit offen, und Schweiß bedeckte sein Gesicht.

Diesmal empfand Ixtl keine Zweifel. In wenigen Stunden würden die Eier in den Mägen der Männer ausgebrütet sein. Mit rasender Schnelligkeit würden seine winzigen Ebenbilder, ihren Wirt von innen verzehrend, sich zu voller Größe entwickeln.

Auf grimmige Weise selbstzufrieden, schoss Ixtl aus dem Laderaum nach oben. Er brauchte noch mehr Brutplätze für seine Eier – mehr Guuls.

Inzwischen auf dem neunten Deck angelangt, schufteten die Männer, während Ixtl sein bereits drittes Opfer der Prozedur unterzogen hatte. Die Hitze brandete durch den Gang, ein infernalischer Orkan. Selbst die Kühleinheiten in den Raumanzügen konnten die sengenden, wütenden Stöße überhitzter Luft kaum bewältigen. Die Männer schwitzten im Innern ihrer Anzüge. Elend vor Hitze, geblendet durch die Lohe, arbeiteten sie fast instinktiv.

Neben Grosvenor sagte jemand plötzlich rau: »Da kommen sie.«

Grosvenors Blick folge der ausgestreckten Hand. Unwillkürlich spürte er Beklemmung in sich aufsteigen. Die Maschine, die unter eigenem Antrieb auf sie zurollte, war nicht groß. Kugelförmig und massig, ummantelt mit Wolframkarbid, wies sie eine Düse auf, die aus der Kugel hervorragte. Nach reinen Zweckmäßigkeitserwägungen konstruiert, war das Gebilde auf eine mit vier Gummirädern versehene Selbstfahrlafette montiert.

Jedermann in Grosvenors Umgebung hatte seine Arbeit unterbrochen. Mit fahlen Gesichtern starrten sie auf die Monstrosität. Einer der Männer trat jäh auf Grosvenor zu und machte seiner Gereiztheit Luft: »Verdammt, Grove, daran sind Sie schuld. Wenn ich schon zum Strahlungsziel auserkoren bin, sollen Sie vorher noch Ihr Fett bekommen.«

»Ich werde nirgendwo anders sein als Sie«, gab Grosvenor mit ruhiger Stimme zurück. »Was Ihnen widerfährt, trifft mich ebenso.«

Das schien die Erbitterung seines Gegenübers etwas zu dämpfen. Seine Stimme klang aber immer noch heftig, als er wissen wollte: »Was für ein hirnverbrannter Unsinn ist das eigentlich? Gibt es keinen vernünftigeren Weg als den, Menschen als Köder zu benutzen?«

»Doch, eine Alternative bliebe noch«, antwortete Grosvenor.

»Und die wäre?«

»Selbstmord zu begehen«, versetzte Grosvenor. Und er meinte das ernst.

Der Mann warf ihm noch einen bösen Blick zu, ehe er sich mit einigen gemurmelten Worten über Possenreißer und ihre schwachsinnigen Witze abwandte. Grosvenor lächelte freudlos und setzte seine Arbeit fort. Fast sogleich registrierte er, dass die Übrigen die Lust verloren hatten. Elektrische Spannung schien von einem zum anderen überzuspringen. Machte einer die geringste unglückliche Bewegung, fuhren die Übrigen in die Höhe.

Sie waren Köder. Auf jedem Deck würden Menschen ihre Todesfurcht zu bewältigen suchen. Gelassen blieb niemand, denn der Überlebensdrang ist im Nervensystem verankert. Entsprechend ausgebildete Militärs wie Captain Leeth mochten sich ungerührt geben, aber unter der Oberfläche zuckte auch bei ihnen die Spannung. Und Menschen wie Elliott Grosvenor mochten entschlossen sein, Risiken einzugehen, weil sie überzeugt waren von der Richtigkeit des Kurses, den sie eingeschlagen hatten.

»Achtung, an alle!«

Grosvenor zuckte zusammen wie die anderen, als die Stimme vom nächsten Wandbildschirm herunterdrang. Ein langer Augenblick verstrich, ehe er begriff, dass der Kommandant sprach.

Captain Leeth fuhr fort: »Alle Projektoren haben jetzt ihre Stellungen auf Deck VII, VIII und IX bezogen. Sie sollten wissen, dass ich die möglichen Gefahren mit meinen Offizieren erörtert habe. Wir empfehlen Folgendes: Sollten Sie das Geschöpf erblicken – nicht warten, auch nicht umsehen. Werfen Sie sich sofort zu Boden. Alle Bedienungsmannschaften werden angewiesen, die Mündungswerte unverzüglich auf 50 : 1 ½ einzustellen. Die

Feuerschutzzone über dem Boden beträgt dementsprechend anderthalb Fuß, also einen knappen halben Meter. Das bewahrt Sie nicht vor der Sekundärstrahlung, aber wenn Sie rechtzeitig Deckung nehmen, können wir Ihnen versichern, dass Dr. Eggert und seine Mitarbeiter Ihr Leben retten. Abschließend« – Captain Leeth schien erleichtert, sein Hauptthema hinter sich gebracht zu haben – »möchte ich darauf hinweisen, dass niemand Privilegien genießt. Mit Ausnahme des Arztes und dreier dienstuntauglich Krankgeschriebener schweben alle in der gleichen Gefahr. Meine Offiziere und ich haben uns auf die einzelnen Gruppen verteilt. Direktor Morton befindet sich auf dem siebenten, Mr. Grosvenor – von dem der Vorschlag stammt – auf dem neunten Deck und so weiter. Viel Glück, meine Herren.«

Einen Moment lang herrschte Schweigen. Dann rief der Kommandeur der Bedienungsmannschaft in Grosvenors Nähe in freundlichem Tonfall: »Hey, Leute, die Einstellung ist erfolgt. Ihr schwebt nicht in Gefahr, wenn ihr euch sofort fallen lasst.«

»Danke, mein Freund«, rief Grosvenor zurück.

Einen kurzen Augenblick lang ließ die Spannung nach. Ein Bioingenieur kommentierte: »Gut so, Grove, schmieren Sie ihm weiter Honig um den Mund.«

»Ich war immer für die Armee«, behauptete ein anderer Techniker. Im Verschwörerton fügte er hinzu, laut genug, damit alle ihn hören konnten: »Dafür werden sie sich hoffentlich die Extrasekunde beherrschen, die ich brauche.«

Grosvenor vernahm die Worte kaum. Köder, dachte er wiederum. Bei »Kaliberkrit« – einer modifizierten Form der kritischen Masse unter Abbremsung der Kettenreaktion, sodass ausschließlich Energie freigesetzt wurde und keine Explosion erfolgte – würde ein Leuchtspurstrahl den Projektor verlassen. Zugleich erfolgte der Austritt der harten, lautlosen, unsichtbaren Strahlung.

War alles vorüber, würden die Überlebenden Captain Leeth über eine eigens dafür vorgesehene Welle verständigen. Dem Kommandanten oblag es dann, die übrigen Gruppen zu unterrichten.

»*Mr. Grosvenor!*«

Als die scharfe Stimme ertönte, warf sich Grosvenor instinktiv zu Boden. Er schlug schmerzhaft auf, erhob sich jedoch sogleich wieder, als er Leeths Befehlston erkannte.

Betreten richteten sich die Übrigen auf. Jemand murmelte: »Zum Teufel, das war unfair.«

Grosvenor trat vor den Wandbildschirm. Den Blick wachsam auf den Gang gerichtet, erkundigte er sich: »Ja, Captain?«

»Kommen Sie bitte sofort nach Deck VII. Mittlerer Gang.«

»Gut.«

Grosvenor folgte der Aufforderung mit einem Gefühl drohenden Unheils. In Leeths Stimme hatte ein Unterton mitgeklungen. Etwas war schiefgelaufen.

Er fand einen Albtraum vor. Beim Näherkommen gewahrte er, dass einer der Projektoren umgestürzt war. Neben ihm, tot, bis zur Unkenntlichkeit verbrannt, lagen drei Soldaten der vierköpfigen Bedienungsmannschaft. Der Vierte war bewusstlos, zuckte aber an allen Gliedern, offenbar als Folge eines Vibratortreffers.

Am anderen Ende des Ganges lagen zwanzig Männer ohnmächtig oder tot – unter ihnen Direktor Morton.

Trupps in Strahlenschutzkleidung beluden hastig Elektrokarren mit Tragbahren, auf die sie ein Opfer nach dem anderen hoben, und jagten davon.

Die Rettungsarbeiten waren offenkundig schon einige Minuten im Gange. Das hieß, dass sich wahrscheinlich noch weitere Bewusstlose im Maschinenraum befanden, wo sie von Dr. Eggert und seinem Team behandelt wurden.

Grosvenor verhielt an einer Barriere, die hastig an einer Gangbiegung errichtet worden war. Captain Leeth hielt sich dort auf, bleich, aber ruhig und gefasst. In wenigen Minuten hatte er Grosvenor unterrichtet.

Ixtl war erschienen. Ein junger Techniker – der Kommandant erwähnte den Namen nicht – vergaß in seiner Panik, dass er sich durch Hinwerfen in Sicherheit bringen konnte. Als der Projektor unerbittlich herumschwenkte, feuerte der hysterische junge Mann seinen Vibrator auf die Bedienungsmannschaft ab. Diese hatte anscheinend den Bruchteil eines Augenblicks gezögert, als sie den Techniker in der Schusslinie bemerkte. Im nächsten Augenblick trug jeder der vier ohne sein Wissen zu der Katastrophe bei. Drei fielen gegen den Projektor, klammerten sich instinktiv fest und warfen ihn um. Er kippte von ihnen weg und riss den Vierten mit sich.

Dieser hatte den Abzug festgehalten. Er musste ihn fast eine Sekunde lang betätigt haben.

Seine drei Gefährten lagen unmittelbar in der Schusslinie. Sie starben auf der Stelle. Der Projektor kippte vollends auf die Seite und bestrich eine Gangwand.

Morton und seine Gruppe wurden nicht direkt getroffen, aber der Sekundärstrahlung ausgesetzt. Wie schwer sie verletzt waren, ließ sich noch nicht sagen. Vorsichtig geschätzt, würden sie ein Jahr lang bettlägerig sein. Einige würden sterben.

»Wir waren etwas langsam«, gestand Captain Leeth. »Der Vorfall scheint sich nur Sekunden nach meiner Ansprache ereignet zu haben. Bis jemand, der den Krach des umstürzenden Projektors gehört hatte, neugierig wurde und einen Blick um diese Biegung warf, verging aber fast eine Minute.« Er seufzte müde. »Dass eine ganze Gruppe vernichtet werden würde, hätte ich in meinen schlimmsten Befürchtungen nicht erwartet.«

Grosvenor schwieg. Aus eben diesem Grund hatte Leeth ursprünglich den Wissenschaftlern keine Waffen zugestehen wollen. Menschen, die sich in die Enge getrieben fühlten, wehrten sich. Sie konnten nichts dagegen tun. Wie Tiere kämpften sie blindlings um ihr Leben.

Er versuchte, nicht an Morton zu denken, der erkannt hatte, dass die Wissenschaftler ihre Entwaffnung nicht hinnehmen würden, und sich den Modus Operandi überlegt hatte, der den Einsatz von Kernenergie ermöglicht hatte. Mit erzwungener Ruhe forschte er: »Weshalb haben Sie mich kommen lassen?«

»Weil ich den Eindruck habe, dass sich dieser Fehlschlag auf Ihren Plan auswirkt. Was meinen Sie?«

Grosvenor nickte widerstrebend. »Der Überraschungseffekt ist dahin«, versetzte er. »Das Geschöpf dürfte kaum geargwöhnt haben, was es erwartete, als es aufgetaucht ist. Jetzt wird es auf der Hut sein.«

Von nun an waren auch die Bedienungsmannschaften gefährdet. Projektoren in Stellung zu bringen, die anderen Projektoren Feuerschutz gaben, war keine brauchbare Lösung. Überdies existierten nur einundvierzig im gesamten Schiff.

Grosvenor schüttelte den Kopf. Dann wollte er wissen: »Ist zu allem hin auch noch jemand verschleppt worden?«

»Nein.«

Wieder schwieg Grosvenor. Wie die Übrigen konnte er nur vermuten, warum der Kreatur an lebenden Männern lag. Eine dieser Mutmaßungen stützte sich auf Koritas These, wonach das Wesen einer »bäuerlichen« Epoche entstammte und vor allem darauf bedacht war, sich zu vermehren. Damit lag eine ungeheuerliche Möglichkeit nahe, die den Drang des Geschöpfs nach immer weiteren Opfern erklärte.

»Ich bin überzeugt, dass es wiederkommen wird«, sagte Captain Leeth. »Ich hielte es für richtig, die Projektoren im Augenblick an Ort und Stelle zu belassen und insgesamt drei Decks unter Energie zu setzen. Deck VII ist fertig, IX kurz davor, sodass wir VIII einbeziehen könnten. Was die Wirksamkeit angeht, sollten wir bedenken, dass die Kreatur im Anschluss an von Grossen noch drei Männer verschleppt hat. Jedes Mal wurde sie dabei beobachtet, wie sie in Abwärtsrichtung verschwand. Mein Vorschlag wäre, dass wir das Geschöpf, nachdem die Kraftfelder aufgebaut sind, auf Deck IV erwarten. Sobald es einen von uns ergreift, schalten Pennons und ich die Felder ein. Wenn es zu entkommen versucht, stößt es nacheinander auf zwei Energieschirme. Kehrt es zum neunten Deck zurück, steht es vor demselben Dilemma. In jedem Fall zwingen wir es dazu, sich zwei Schirmen auszusetzen.« Der Kommandant hielt inne, sah Grosvenor nachdenklich an und fügte hinzu: »Ich weiß, Sie waren der Meinung, der Kontakt mit einem einzelnen Feld würde nicht tödlich wirken. Bei zwei Kraftfeldern mag das anders aussehen.« Mit fragender Miene wartete er.

Grosvenor entgegnete nach kurzem Zögern: »Einverstanden. Letzten Endes können wir Spekulationen anstellen. Vielleicht erleben wir eine freudige Überraschung.«

In Wirklichkeit glaubte er nicht daran. Aber es galt, noch etwas zu bedenken: die Überzeugungen und Hoffnungen, die die Besatzung hegte. Lediglich eigenes Erleben vermochte die Einstellung mancher Menschen zu ändern. Dann – und nur dann –, wenn ihre Erfahrung sie eines Besseren belehrte, waren sie bereit, rigorosere Verfahrensweisen zu akzeptieren.

Grosvenor schien es, dass er langsam, aber sicher lernte, Menschen zu beeinflussen. Es reichte nicht, Fakten zu kennen und Wissen zu besitzen, es genügte nicht, im Recht zu sein. Menschen mussten überredet und überzeugt werden. Manchmal mochte das mehr Zeit in Anspruch nehmen, als gefahrlos zur Verfügung stand. Zuweilen misslang es gänzlich. Und so fielen Zivilisationen, gingen Schlachten verloren, wurden Expeditionsschiffe zerstört, nur weil der- oder diejenigen mit den rettenden Ideen nicht bereit waren, sich dem langwierigen Ritual dieser Überzeugungsarbeit zu unterziehen.

Soweit es in seiner Macht stand, würde das hier nicht eintreten.

Er sagte: »Wir können die Projektoren in Stellung lassen, bis wir die Arbeit an den Decks beendet haben. Dann müssen wir sie ohnehin abziehen. Die Aufladung der Böden könnte zu Kaliberkrit führen. In diesem Fall würden die Waffen detonieren.«

Solcherart zog Grosvenor mit Vorbedacht seinen Plan der weiteren Bekämpfung des Gegners zurück.

20

Während der eindreiviertel Stunden, die für das achte Deck benötigt wurden, erschien Ixtl zweimal auf der Bildfläche. Er hatte noch sechs Eier übrig; alle bis auf zwei beabsichtigte er zu verwenden. Zu seinem Verdruss nahm jeder Guul mehr Zeit in Anspruch. Die Gegenwehr wirkte besser organisiert, und die Anwesenheit der nuklearen Projektoren zwang ihn, sich seine Opfer aus den Bedienungsmannschaften zu holen.

Jeder Zugriff, jedes Entkommen erforderten genaue zeitliche Planung. Dennoch empfand er keine Unruhe. Erst musste dies abgeschlossen sein. Danach würde er sich den übrigen Männern zuwenden.

Nachdem die Schmelzöfen auf Deck VIII erloschen waren, die Projektoren abgezogen, und jedermann sich zum neunten Deck begeben hatte, hörte Grosvenor Captain Leeth knapp fragen: »Mr. Pennons, kann die Energie jederzeit eingeschaltet werden?«

»Ja«, erwiderte die Stimme des Chefingenieurs rau. Noch tonloser fuhr er fort: »Fünf Männer haben wir eingebüßt. Mindestens einen wird es noch treffen.«

»Hören Sie das, meine Herren? Mindestens einer von uns schwebt noch in dieser Gefahr.« Es war eine bekannte Stimme – aber eine, die lange geschwiegen hatte. In ernstem Ton redete sie weiter: »Hier spricht Gregory Kent. Es tut mir leid, dass Sie mich aus dem sicheren Schutz des

Maschinenraums hören. Dr. Eggert hat erklärt, dass noch mindestens eine Woche vergehen wird, bis er mich von der Krankenliste streichen kann. Ich wende mich jetzt an Sie, weil Captain Leeth mir Direktor Mortons Unterlagen übergeben hat und ich Kellie bitten möchte, Näheres zu seinem Vermerk zu sagen, der vor mir liegt. Er vermittelt eine genauere Vorstellung von unserem Gegner, und es schadet nicht, wenn wir uns keine Illusionen machen.«

»Ähm …« Die abgehackte Stimme des Soziologen drang über die Rundrufanlage. »Folgendermaßen bin ich vorgegangen. Als wir das Geschöpf entdeckten, trieb es eine Viertelmillion Lichtjahre vom nächsten Sternsystem entfernt, anscheinend ohne Möglichkeit räumlicher Fortbewegung. Stellen Sie sich diese ungeheuerliche Distanz vor, und fragen Sie sich selbst, wie lange irgendein Objekt brauchen würde, um sie aufgrund bloßer Zufallseinflüsse zurückzulegen. Gunlie Lester hat mir die Zahlenwerte zur Verfügung gestellt, deshalb möchte ich ihn bitten, sie Ihnen selbst zu wiederholen.«

»Hier spricht Lester.« Die Stimme des Astronomen klang überraschend lebendig. »Die meisten von Ihnen kennen die vorherrschende Theorie über die Anfänge des gegenwärtigen Universums: dass es aus dem Zerfall eines früheren Universums vor mehreren Abermillionen Jahren entstanden ist. Entsprechend soll unser Universum in einigen Abermillionen Jahren seinen Kreislauf in einer kataklysmischen Explosion beenden und durch ein wiederum anderes ersetzt werden, das aus dem Mahlstrom hervorgeht. Was nun Kellies Frage betrifft, so könnte ein Geschöpf, das in unser Universum geschleudert wurde und dessen Bewegung ausschließlich vom Zufall gesteuert wird, ebenfalls mehrere Abermillionen Jahre unterwegs sein, ohne einem Stern jemals näher zu kommen als eine Viertelmillion Lichtjahre. Ist es das, was Sie hören wollten, Kellie?«

»Ähm … ja. Größtenteils werden Sie sich an das Paradoxon erinnern, auf welches ich schon hingewiesen habe, dass nämlich eine vollständig sympodiale Entwicklung, wie diese Kreatur sie darstellt, nicht das gesamte Universum bevölkert. Die logische Antwort lautet: Wenn sie das Universum eigentlich beherrscht haben *müsste*, dann *hat* sie es auch beherrscht. Wir Menschen haben entdeckt, dass die Logik den einzig stabilen Faktor im Kosmos darstellt. Auch vor den weitreichendsten Schlussfolgerungen, die sich gedanklich zwingend ergeben, dürfen wir konsequenterweise nicht zurückscheuen. Diese Spezies hat in der Tat die Macht über das Universum ausgeübt, aber über das vorherige, nicht über unser gegenwärtiges. Entsprechend trachtet das Geschöpf nun danach, seiner Gattung die Macht auch in diesem Universum zu verschaffen.«

»Kurzum«, nahm Kent den Faden auf, »wir haben es mit dem Überlebenden der dominierenden Spezies eines ganzen Kosmos zu tun. Es besteht kein Grund anzunehmen, dass sie später als wir den Entwicklungsstand erreicht hat, auf dem wir gegenwärtig angelangt sind. Wir haben aber bis zum Flammentod unseres Universums noch Milliarden Jahre vor uns. Folglich war diese Gattung uns auch um Jahrmilliarden voraus. Es könnte noch andere Überlebende geben, die sich in derselben unangenehmen Lage befinden. Dann wäre nur zu hoffen, dass kein anderes Expeditionsschiff jemals in die Nähe eines solchen Lebewesens gerät. Jedenfalls rechtfertigen diese Überlegungen den Appell an jeden Einzelnen, sein Äußerstes an Opferbereitschaft ...«

Der schrille Schrei eines Mannes durchschnitt seine Worte, gefolgt von einem erstickten: »... hat mich ... hat mich ... schnell ... reißt mich aus meinem Anzug ...« Ein Gurgeln, und die Stimme verstummte.

Grosvenor rief in unverhülltem Entsetzen: »Um Himmels willen! Das war Dack, leitender Assistent in der Geologie-Abteilung.« Die Identifizierung kam ihm ohne Nachdenken über die Lippen. Seine Stimmerkennung funktionierte inzwischen wie eine gut geölte Maschine.

Eine weitere Stimme schrillte durch die Kommunikatoren. »Nach unten! Ich habe ihn abwärts verschwinden sehen!«

»Die Energie«, verkündete Pennons in ruhigen Ton, »ist eingeschaltet.«

Grosvenor merkte, dass er vor sich zu Boden starrte. Funkelndes, strahlendes, wunderschönes blaues Feuer tanzte dort. Hungrig reckten sich kleine Flammenzungen wenige Zentimeter vor seinem Anzug in die Höhe, als wichen sie vor einer unsichtbaren Macht widerwillig zurück. Kein Laut war dabei zu hören. Fast ausdruckslos wanderte Grosvenors Blick durch den Gang, dessen gesamte Länge unter dem unirdischen blauen Feuer glühte. Einen Moment lang hatte er die Illusion, tief ins Innere des Schiffs zu blicken.

Abrupt klärten sich seine Gedanken. Und fasziniert beobachtete er die blau leuchtende Wildheit des Energiefeldes, die sich mühte, seinen schützenden Anzug zu durchdringen.

Pennons sprach wieder, diesmal fast flüsternd. »Wenn alles wie geplant verläuft, haben wir diesen Satan entweder auf dem achten oder dem siebten Deck in der Falle.«

Captain Leeth befahl: »Alle Männer, deren Familiennamen mit den Buchstaben A bis L beginnen, folgen mir zu Deck VII. Die Gruppe M bis Z begibt sich mit Mr. Pennons zu Deck VIII. Alle Projektormannschaften bleiben auf ihren Posten! Die Kamerateams verfahren wie angeordnet.«

An der zweiten Biegung hinter den Aufzügen auf dem siebten Deck blieben die Männer vor Grosvenor plötzlich stehen. Grosvenor war unter denen, die weiterschritten und dann innehielten, um auf den menschlichen Körper hinunterzustarren, den fast unerträglich helle Finger blauen Feuers an das Metall fesselten. Captain Leeth brach das Schweigen.

»Reißen Sie ihn los!«

Zwei Männer traten vorsichtig näher und berührten den Körper. Das blaue Feuer sprang sie gierig an, schien sie mit seiner Wildheit vergeblich abwehren zu wollen. Die Männer zerrten, und die grausigen Bande lösten sich. Mit dem Aufzug schafften sie den Leichnam hoch zum zehnten Deck. Grosvenor folgte mit den Übrigen und stand schweigend dabei, als sie ihn auf den Boden legten. Der leblose Körper zuckte noch minutenlang, während er seine Energie abgab. Erst allmählich nahm er die Reglosigkeit des Todes an.

»Ich warte auf Meldungen«, äußerte Captain Leeth steif.

Eine Sekunde später drang Pennons' Stimme an ihr Ohr. »Die Trupps haben sich über alle drei Decks verteilt. Die Fluoritkameras sind ununterbrochen in Tätigkeit. Sie müssen die Kreatur erfassen, falls sie sich noch hier aufhält. Wir rechnen mit einer weiteren halben Stunde.«

Schließlich kam die Meldung. »Nichts!« Pennons' Tonfall verriet seine Bestürzung. »Das Geschöpf muss entkommen sein.«

Von irgendwoher scholl eine Stimme hoffnungslos durch die Wandaudioskope: »Was sollen wir jetzt nur tun?«

Grosvenor schien es, als drückten diese Worte Angst und Unsicherheit sämtlicher Besatzungsmitglieder der *Space Beagle* aus.

21

Das lastende Schweigen in dem Gang wirkte wie eine Ankündigung des Todes. Tod stand auch auf den Gesichtern
geschrieben, die kalte, logische Todeserwartung von Männern, die keinen Ausweg mehr sahen. Die großen Männer des Schiffes schienen ihre Stimmen verloren zu haben.
Grosvenor scheute ein wenig vor dem neuen Plan zurück,
der in seinem Gehirn entstand. Und dann blickte er langsam der Wirklichkeit, der die Expedition gegenüberstand,
ins Auge. Aber er wartete noch. Es war nicht an ihm, als
Erster zu sprechen.

Es war Chefchemiker Kent, der schließlich den Bann
brach. »Kann jemand erklären, weshalb die Kreatur vor den
Kraftfeldern in den Böden nicht zurückgewichen ist?«

»Hier spricht Zeller.« Aus der Rundrufanlage drang die
lebhafte Stimme des Metallurgen. »Der Anzug aus resis-
tentem Metall ist fertiggestellt, und ich habe im unteren
Teil des Schiffs mit der Suche begonnen. Mr. Kent, ich
habe gerade Ihre Frage gehört. Meines Erachtens haben
wir einen Punkt übersehen, als das Lebewesen erstmals
mit dem Energieschirm kollidiert ist: Für kurze Zeit befand es sich tatsächlich *in* dem Schirm – folglich auch
in der Wand. Zwischen diesem kurzen Eindringen und
tatsächlichem Durchdringen besteht aber kein grund-
sätzlicher Unterschied. Das Geschöpf benötigt dazu nicht
einmal eine Sekunde. Die erste Erfahrung kam wahrschein-

lich überraschend, sodass es unvorbereitet war und den Schirm mehrere Sekunden lang berührt hat. Dabei dürfte es in eine recht unbehagliche Lage geraten sein. Diesmal hat es den armen Dack einfach losgelassen und ist ohne große Anstrengung hindurchgeglitten.«

»Hm-m-m«, überlegte Kent laut vom Bildschirm herab. »Das würde bedeuten, dass es doch verwundbar ist, gelänge es, das Wesen lange genug in einem Kraftfeld festzuhalten. Das hieße, das gesamte Schiff unter Energie zu setzen, was wiederum nur funktionieren könnte, wenn die Kreatur die Verlegung der Anschlüsse hinnehmen würde. Das halte ich für höchst unwahrscheinlich. Dass wir drei Decks in Angriff genommen haben, hat sie geduldet, weil es ihr nicht schadete und ihr gleichzeitig Gelegenheit gab, weitere Männer zu verschleppen. Zum Glück nicht so viele, wie wir befürchtet hatten, aber entsetzlich genug für die fünf.«

Zum ersten Mal wieder seit längerer Zeit ließ sich Smith grimmig vernehmen: »Ich bin fest überzeugt, dass alles verhängnisvoll wäre, was länger als zwei Stunden in Anspruch nähme. Das Geschöpf kann nur noch davon profitieren, dass es uns tötet und das Schiff in seine Gewalt bringt. Zeller, wie lange würde es dauern, Anzüge aus supragehärtetem Metall für die gesamte Besatzung herzustellen?«

»Nicht unter zweihundert Stunden«, antwortete der Metallurge kühl. »Wir müssten eine Fertigungsanlage montieren und die Werkzeuge überhaupt erst fabrizieren, um Anzüge in großer Zahl herzustellen. Gleichzeitig müsste einer der kleineren Reaktoren mit der Herstellung von suprahartem Metall beginnen. Wie Sie wissen werden, ist es zu Anfang radioaktiv. Die Halbwertzeit liegt bei fünf Stunden.«

Für Grosvenors Ohren klang das nach einer sehr behutsamen Schätzung. Die Schwierigkeiten, vor die man sich anlässlich einer maschinellen Herstellung supraharten Metalls gestellt sah, konnte man kaum genug betonen.

»Dann kommt das nicht infrage.« Der Biologe runzelte finster die Stirn. Er wirkte tief betroffen. »Da der Einsatz von Energie im ganzen Schiff auch entfällt – bleibt uns keine Möglichkeit.«

Die gewöhnlich träge Stimme Gourlays, des Chefs der Funkzentrale, fauchte: »Was heißt keine Möglichkeit? Noch sind wir am Leben. Wir müssen eben in kürzester Zeit so viel wie möglich zuwege bringen – vor allem darangehen, Anzüge zu produzieren, und zwar für eine begrenzte Zahl von Leuten, die dann die Verlegung der Energieanschlüsse in die Wege leiten.«

»Woher wissen Sie«, erkundigte sich Smith kalt, »dass die Kreatur nicht imstande ist, auch suprahartes Metall zu überwinden? Höchstwahrscheinlich verfügt sie über physikalische Kenntnisse, die unsere übertreffen. Der Kater beispielsweise hat es am Ende geschafft, resistentes Metall zu pulverisieren. Und genügend Werkzeuge liegen in den verschiedenen Labors wahrhaftig herum.«

»Sie meinen also, wir sollten den Kampf aufgeben?«

»Nein!«, erwiderte der Biologe zornig. »Ich will, dass wir gesunden Menschenverstand zur Anwendung bringen. Arbeiten wir nicht blindwütig auf ein unrealisierbares Ziel hin.«

Koritas Stimme erklang aus der Rundrufanlage und beendete das gereizte Wortgefecht. »Ich bin geneigt, Smith zuzustimmen. Wir haben es mit einem Geschöpf zu tun, dem jetzt klar sein muss, dass es uns keine Schonfrist mehr gönnen darf. Deshalb pflichte ich Mr. Kent bei, dass es eingreifen würde, falls wir versuchen sollten, das gesamte Schiff für einen kontrollierten Energieeinsatz vorzubereiten.«

Captain Leeth schwieg noch immer. Aus dem Maschinenraum tönte jetzt Kents Stimme: »Was, glauben Sie, wird der Satan unternehmen, wenn er zu begreifen beginnt, dass es gefährlich ist, uns noch weiter ungestört in unseren Arbeiten fortfahren zu lassen?«

»Er wird zu töten anfangen. Ich weiß keine Methode, mit der wir ihn abwehren könnten – es bliebe lediglich eine Flucht in den Maschinenraum. Und ich bin mit Smith der Meinung, dass er uns nach einiger Zeit auch dorthin nachfolgen kann.«

»Haben Sie irgendwelche Vorschläge?«, fragte Captain Leeth jetzt.

Korita zögerte. »Ehrlich gesagt, nein. Meine ehrenwerten Freunde sollten aber nicht vergessen, dass es sich auch um ein Geschöpf handelt, das wir dem bäuerlichen Typus zugeordnet haben. Lassen Sie mich das erläutern. Der Bauer erlebt das Dasein als eine Gezeitenfolge. Flut, die Arbeit am Werk bis zur Vollendung, und Ebbe, die Rast zur Wiederbelebung der erschöpften Kräfte, wechseln sich ab. Generationen-, jahrhundertelang schöpft das Blut des Bauern neue Kraft aus dem Boden, bis der Wille zum Unendlichen erwacht, der am Ende nach den fernsten Sternen greift. Auf dieser Stufe angelangt, ermattet das

Blut; und in dieser späten Epoche der Weltstädte verliert die Geschlechterfolge ihre Bedeutung. Der zivilisierte Mensch huldigt einer skeptischen Lebensanschauung, und Nachwuchs wird zu einer Sache des Für und Wider.

Die Natur dagegen kennt keine Gründe, kein Für und kein Wider. Der bäuerliche Typus argumentiert nicht. Seine Scholle und seine Nachkommen oder, um es anders auszudrücken, sein Eigentum und sein Blut sind ihm heilig. Reißt ihn ein bürgerliches Gericht dort heraus, so wehrt er sich blindlings dagegen, von dem eigenen Boden vertrieben zu werden, in den er seine Wurzeln gesenkt hat.

Der Punkt, auf den ich hinauswill, geschätzte Kollegen, ist folgender: Dieses Geschöpf vermag sich auch nicht im Ansatz vorzustellen, jemand könne anders denken über sein ›Haus‹ – sein Eigentum –, als es selbst fühlt.«

Korita hielt abermals inne, bevor er ergänzte: »Das ist das ungefähre Gesamtbild, meine Herren. Was daraus für uns folgen mag, ist mir gegenwärtig noch völlig unklar.«

»Ich bitte alle Abteilungschefs, auf ihren Privatwellen mit ihren Mitarbeitern zu beraten. Berichten Sie in fünf Minuten, ob jemand eine passende Idee hat«, sagte Captain Leeth.

Grosvenor, der in seiner Abteilung keine Mitarbeiter besaß, fragte: »Kann ich Mr. Korita einige Fragen stellen, während die Abteilungsdiskussionen stattfinden?«

Captain Leeth nickte. »Wenn niemand etwas dagegen einwendet, haben Sie meine Erlaubnis.«

Es wurden keine Einwände vorgebracht, weshalb Grosvenor anhob: »Mr. Korita, kann ich Sie sprechen?«

»Wer ist da?«

»Grosvenor.«

»Oh – ja, Mr. Grosvenor. Was gibt es?«

»Sie haben darauf hingewiesen, dass sich der ›Bauer‹ mit fast sinnloser Hartnäckigkeit an seine Scholle klammert. Angenommen, dieses Wesen befindet sich tatsächlich im Bauernstadium einer seiner Zivilisationen. Vermag es sich dann wirklich nicht vorzustellen, dass wir über unsere Besitzgüter anders denken?«

»Ich bin sicher, dass es das nicht kann.«

»Es würde also seine Pläne in der vollen Überzeugung schmieden, dass wir ihm nicht entkommen können, da wir an Bord dieses Schiffes in die Enge getrieben sind?«

»Wenn das Geschöpf das voraussetzt, hat es mitten ins Schwarze getroffen. Wir können das Schiff nicht verlassen, ohne umzukommen.«

Grosvenor blieb beharrlich. »Aber wir befinden uns in einem Zyklus, in dem jegliches Besitzgut nur geringen Wert für uns hat, nicht wahr? Wir sind nicht blindlings daran gefesselt?«

»Ich kann noch immer nicht verstehen, was Sie meinen.« Korita war hörbar verwirrt.

»Ich verfolge nur«, erwiderte Grosvenor fest, »Ihre Idee bis zu ihrer logischen Schlussfolgerung – in dieser Situation.«

Captain Leeth unterbrach ihn. »Mr. Grosvenor, ich glaube, ich beginne zu begreifen, worauf Sie hinauswollen. Sind Sie im Begriff, einen neuen Plan anzubieten?«

»Ja.« Grosvenor konnte nicht verhindern, dass seine Stimme ein wenig bebte.

Captain Leeth sprach mit gepresster Stimme: »Mr. Grosvenor, wenn mich meine Ahnung nicht täuscht, offenbart

Ihre Lösung Mut und Vorstellungskraft. Ich möchte, dass Sie Ihren Plan den anderen erklären, sobald die fünf Minuten verstrichen sind.«

Nach kurzem Schweigen sprach Korita wieder. »Mr. Grosvenor«, sagte er ruhig, »Ihre Überlegung ist vernünftig. Wir können ein solches Opfer wagen, ohne einen geistigen Zusammenbruch zu befürchten. Es ist die einzig mögliche Lösung.«

Eine Minute später erläuterte Grosvenor seine Analyse sämtlichen Mitgliedern der interstellaren Expedition. Als er schließlich verstummte, war es Smith, der mit einer Stimme, die kaum mehr war als ein Flüstern, hervorpresste: »Grosvenor, Sie haben unser Problem gelöst! Zwar bedeutet das, dass wir von Grossen und die Übrigen opfern müssen. Es bedeutet überhaupt ein Opfer, bei dessen Vorstellung mir der Kopf wirbelt. Aber Sie haben recht. Eigentum ist uns nicht heilig. Was von Grossen und die anderen vier betrifft« – sein Tonfall wurde ernst und hart – »habe ich bisher noch keine Gelegenheit gehabt, Sie von dem Hinweis zu unterrichten, den ich Morton gegeben habe. Er hat ihn seinerseits nicht zur Sprache gebracht, weil ich eine denkbare Analogie angedeutet habe zu einer bestimmten Wespenart auf der Erde. Der Gedanke ist so entsetzlich, dass ich überzeugt bin, ein schneller Tod wird diesen Männern wie eine Erlösung vorkommen.«

»Die Schlupfwespe!«, keuchte jemand. »Sie haben recht, Smith. Je eher sie sterben, desto besser.«

»Zum Maschinenraum also«, ordnete Captain Leeth an. »Wir …«

Eine schreiende, sich überschlagende Stimme drang an ihr Ohr. Es dauerte einen Moment, bis Grosvenor klar wurde, dass sie Zeller, dem Metallurgen, gehörte.

»Captain – schnell! Zum Laderaum! Ich habe alle entdeckt – im Belüftungsrohr. Das Biest ist hier. Ich halte es mit dem Vibrator zurück, aber viel schadet er ihm nicht – darum rasch!«

Captain Leeth feuerte in rasendem Tempo Befehle ab, während die Männer zu den Aufzügen stürzten: »Pennons, nehmen Sie hundert Mann und treffen Sie im Maschinenraum die Vorbereitungen, damit wir dieses Monstrum endlich loswerden. Alles Militärpersonal in die Lastenaufzüge!« Er schloss: »Töten werden wir ihn nicht im Laderaum – aber wir haben ihm den ersten Schlag versetzt!«

Zähneknirschend, widerwillig trat Ixtl den Rückzug an, während die Männer seine Guuls davontrugen. Ein erster Anflug von Furcht, er könnte scheitern, senkte sich auf sein Bewusstsein ähnlich der Nacht, die auf der schirmenden Hülle des Schiffes lastete. Impulsiv drängte es ihn, sich auf die Männer zu stürzen, ein Sturmwind an entfesselter Raserei, und sie zu zerschmettern. Doch die bösartig glitzernden Waffen hielten seine Wut in Schach. Er trat den Rückzug an mit einem Gefühl der Niederlage, in der Erkenntnis, dass er die Initiative verloren hatte. Die Männer würden die Eier entdecken, sie zerstören und damit für den Augenblick seine Aussichten zunichtemachen, durch andere Ixtls verstärkt zu werden.

Ein Vorsatz entstand in seinem Gehirn, verdichtete sich zu kalter Entschlossenheit. Von diesem Moment an musste er töten und nur noch töten. Plötzlich erschien es ihm unglaublich, dass er nur an seine Fortpflanzung gedacht, alles andere für sekundär gehalten hatte, in einem Maße, das jeden anderen Gedanken überlagert hatte.

Sein Weg war jetzt vorgezeichnet. Nicht um Guuls galt es sich vorrangig zu kümmern, sondern um die Vernichtung dieser gefährlichen Gegner, die ihm die Kontrolle über das Schiff sichern sollte. Dazu benötigte er eine vernichtende Waffe – und wertvolle Zeit war bereits verstrichen. Er überlegte einen Augenblick lang, wandte sich dann dem nächsten Labor zu, getrieben von einem verzehrenden Feuer, wie er es noch nie empfunden hatte.

Während er hantierte, den albtraumhaften Körper, den boshaften Kopf konzentriert über den metallenen Mechanismus gebeugt, registrierten seine empfindlichen Sinne eine Änderung in der Sinfonie der Schwingungen, die ihre misstönende Melodie durch das Schiff sandten. Er hielt inne, richtete sich auf, angespannt und wachsam; und erkannte, was fehlte. Die Triebwerke schwiegen. Das gewaltige Raumschiff hatte seinen rasenden Flug gestoppt und lag reglos in den schwarzen Tiefen. Abrupt überfiel Ixtl ein unbestimmbares Gefühl der Nervosität – eine eisige Unruhe. Seine langen, drahtigen Finger fuhren schneller über das Metall, während er komplizierte Anschlüsse vornahm, behände und in fliegender Hast.

Plötzlich stockte er erneut. Deutlicher als zuvor stellte sich das Empfinden ein, dass etwas nicht in Ordnung war, dass sich etwas immens Gefährliches abspielte. Sein Körper spannte sich vor Anstrengung. Jäh wusste er, was er vermisste. Die Schwingungen der Männer waren nicht mehr zu spüren. *Sie hatten das Schiff verlassen!*

Ixtl fuhr hoch von seiner fast fertigen Waffe und stürzte sich durch die nächste Wand. Er erkannte das drohende Verhängnis mit quälender Klarheit, die Hoffnung nur noch mit der Schwärze des Raumes verband.

Durch verlassene Gänge floh er, schäumend vor Hass, ein scharlachrotes Ungeheuer aus dem alten, uralten Glor. Die schimmernden Wände schienen ihn zu verhöhnen. Die ganze Welt des großen Schiffes, die so viel verheißen hatte, war jetzt nur noch die Stätte, an der eine unerträgliche Hölle entfesselter Energie jeden Augenblick losbrechen würde. Er erblickte eine Luftschleuse voraus, schoss durch das erste Schott, das zweite, dritte – und war im freien Raum. Er vermutete, dass die Männer auf sein Erscheinen warteten, und errichtete deshalb ein kraftvolles Abstoßungsfeld zwischen seinem Körper und dem Schiff. Während der Schwung seinen Körper wegschleuderte von der Flanke des Schiffes in die Schwärzeste aller schwarzen Nächte, spürte er die zunehmende Schwerelosigkeit.

Eine kurze Sekunde lang reflektierte sein Körper das blendende Licht aus Reihe um Reihe heller Bordluken, funkelte und blitzte in intensivstem Scharlachton.

Etwas absonderlich Wirkendes trat ein. Die Lichter in den Luken erloschen und wurden ersetzt durch ein unirdisches blaues Glühen. Aus jedem Quadratzentimeter der riesigen metallenen Wölbung zuckte das blaue Feuer.

Es wurde schwächer, erstarb. Lange, bevor es völlig erlosch, baute sich der starke Energieschirm auf, der ihm für immer den Zugang zum Schiff verwehrte. Einige Lichter leuchteten wieder, schwach, unsicher; wurden dann stärker, als sich mächtige Maschinen von dem vernichtenden Energiestoß erholten. Andere Luken flammten nach und nach auf.

Ixtl war eine halbe Meile von dem Schiff entfernt, als er die erste torpedoförmige Pinasse aus der Dunkelheit innerhalb des Schutzschirms hervorschießen und in einer Öffnung verschwinden sah, die in der Flanke des großen Schiffes gähnte. Andere Beiboote folgten, rasten in raschen Bögen herunter, ihre Umrisse verschwimmend vor dem Hintergrund der Unermesslichkeit, verschwommen sichtbar in dem Lichtschein, der sich nun wieder aus den Luken ergoss.

Die Öffnung glitt zu, und ohne Warnung verschwand das Schiff. Eben schwebte es noch dort, ein riesiger Ball aus dunklem Metall. Im nächsten Augenblick starrte Ixtl durch den leeren Raum auf einen leuchtenden Dunstwirbel, einen riesigen Spiralnebel, der in unfassbarer Ferne schwamm.

Quälend dehnte Zeit sich zu Ewigkeit. Ixtl trieb reglos und unsagbar hoffnungslos in den Tiefen der Nacht. Er musste an die Nachkommen denken, die jetzt niemals geboren werden würden, und an das Universum, das wegen seiner Fehler verloren gegangen war. Doch es war der Gedanke an die Nachkommen, an Gesellschaft, der die wirkliche Verzweiflung brachte.

Grosvenor verfolgte die geschickten Finger des Chirurgen, als der Thermokauter, das elektrische Messer, den Magen des fünften Mannes aufschnitt. Das letzte Ei wurde in den hohen Behälter aus supragehärtetem Metall befördert. Die Eier waren rund und von mattem Grau. Eins davon wies einen leichten Sprung auf.

Unter ihren Augen erweiterte sich der Sprung. Ein hässlicher runder, scharlachroter Kopf mit Knopfaugen und einem winzigen Mundschlitz schob sich heraus. Der Kopf drehte sich auf seinem kurzen Hals, und die Augen funkelten mit grausamer Wildheit zu ihnen hoch. Mit einer Schnelligkeit, die fast überrascht hätte, sprang das Geschöpf in die Höhe, versuchte aus dem Behälter zu entkommen, glitt zurück – und löste sich in dem Flammenstrahl auf, der sich in den Behälter ergoss.

Smith leckte seine trockenen Lippen und murmelte: »Angenommen, es wäre entkommen und in der nächsten Wand verschwunden.«

Niemand sagte etwas. Wie gebannt starrten die Männer in den Behälter, während Grosvenor sie beobachtete. Die Eier schmolzen widerstrebend unter der Hitze, brannten aber schließlich mit eigentümlicher goldener Flamme.

»Ah«, sagte Dr. Eggert. Die Aufmerksamkeit wandte sich ihm und dem Körper von Grossens zu, über den er sich beugte. »Seine Muskeln beginnen sich zu entspannen, und seine Augen sind offen und normal. Ich nehme an, er weiß, was um ihn vorgeht. Das Ei hat eine Lähmung hervorgerufen, die jetzt vergeht, nachdem es entfernt ist. Keine schlimmen Verletzungen. Die fünf werden bald wieder auf den Beinen sein. Was ist mit der Kreatur?«

Captain Leeth antwortete: »Die kompletten Besatzungen zweier Rettungsboote schwören, sie hätte einen roten Schemen aus der Hauptschleuse entweichen sehen, kurz, bevor wir das Schiff unter Energie setzten. Es muss unser mörderischer Freund gewesen sein, denn seinen Leichnam haben wir nicht gefunden. Pennons durchkämmt mit mehreren Trupps das Schiff, die Aufnahmen mit Fluoritkameras machen. In einigen Stunden werden wir Gewissheit haben. Da ist er übrigens schon. Nun, Mr. Pennons?«

Der Chefingenieur trat schnellen Schrittes ein und legte ein ungewöhnlich geformtes Gebilde aus Metall auf einen Tisch. »Noch nichts Definitives zu berichten – aber das habe ich im physikalischen Hauptlabor entdeckt. Was halten Sie davon?«

Grosvenor wurde von den Abteilungsleitern vorwärtsgeschoben, die sich um den Tisch drängten und stirnrunzelnd den zerbrechlich wirkenden Gegenstand mit seinem verwickelten Netzwerk feiner Drähte betrachteten. Drei Röhren führten in und durch ebenso viele Kugeln, die in einem eigenartigen silbrigen Licht schimmerten. Das Licht durchdrang den Tisch, machte ihn durchsichtig wie Glassit. Und seltsamerweise strahlten die Kugeln kein warmes, sondern kaltes Licht aus – sie absorbierten Wärme wie ein thermischer Schwamm. Grosvenor griff aus, um die nächstliegende Kugel zu berühren, und fühlte, wie seine Hände erstarrten, als ihnen die Wärme entzogen wurde. Er zuckte zurück.

Captain Leeth meinte: »Ich denke, wir sollten dies besser für unseren Chefphysiker aufheben. Von Grossen müsste bald wieder auf Deck sein. Im Physiklabor haben Sie es gefunden, sagen Sie?«

Pennons nickte, und Smith spann den Gedanken weiter: »Es sieht so aus, als hätte das Geschöpf daran gearbeitet, als es argwöhnte, dass etwas nicht stimmte. Es muss die Wahrheit geahnt haben, denn es verließ das Schiff. Das scheint Ihre These zu entkräften, Korita. Sie meinten, als Bauerntypus könne es sich nicht einmal vorstellen, was wir beabsichtigen.«

Der japanische Archäologe lächelte leicht, trotz der Müdigkeit, die sein Gesicht mit Blässe überzog. »Werter Mr. Smith«, erwiderte er höflich, »es besteht kein Zweifel, dass dieses Exemplar dazu in der Lage war. Was es nicht vermochte, war, seinen eigenen Besitz aufzugeben – oder sich auszumalen, dass andere dazu fähig waren. Wir haben keine derartigen Hemmungen.«

Pennons stöhnte. »Ich wünschte, das wäre anders. Nach dreißig Sekunden unkontrolliertem Energieeinsatz werden wir mindestens drei Monate brauchen, um das Schiff wieder in den alten Zustand zu versetzen. Eine Zeit lang habe ich sogar befürchtet …«

Mit schuldbewusstem Gesichtsausdruck brach er ab. Captain Leeth warf grimmig lächelnd ein: »Lassen Sie mich den Satz beenden, Mr. Pennons. Sie fürchteten, das Schiff könnte vollständig zerstört werden. Ich glaube, nach Ihren Hinweisen waren wir uns fast alle über das Risiko klar, auf das wir uns eingelassen haben, indem wir Grosvenors Plan gefolgt sind. Wir haben gewusst, dass die Beiboote nur mit eingeschränktem Anti-Akzelerationsantrieb ausgerüstet sind. Im schlimmsten Fall wären wir hier gestrandet, eine Viertelmillion Lichtjahre von zu Hause entfernt.«

Jemand gab zu bedenken: »Ich frage mich, ob ein Lebewesen aus einem anderen Universum, selbst wenn es sich in den Besitz des Schiffes gesetzt hätte, wirklich auf Erfolg hätte rechnen können bei dem Versuch, seine Herrschaft über die Milchstraße zu errichten. Eher glaube ich, dass in unserer Welt kein Platz wäre für eine Kreatur, die ihre Eier im Fleisch anderer empfindungsfähiger Geschöpfe ablegt. Alles andere intelligente Leben würde sich gegen eine derartige unmittelbar persönliche Bedrohung zusammenschließen.«

Smith schüttelte den Kopf. »Ihre Auffassung entbehrt der biologischen Grundlage. Diese Spezies hat bereits einmal geherrscht, und das ließe sich wiederholen. Sie scheinen ganz naiv zu unterstellen, der Mensch wäre ein Musterbeispiel an Redlichkeit. Offenbar vergessen sie, dass er eine lange und blutige Geschichte aufweist. Er hat Tiere nicht nur der Nahrung wegen getötet, sondern aus Vergnügen; er hat Völker versklavt, seine Gegner umgebracht und sich sadistisch an der Qual anderer geweidet. Es ist überhaupt nicht ausgeschlossen, dass wir im Laufe der Zeit auf andere intelligente Geschöpfe treffen, die der Herrschaft über das Universum weitaus würdiger sind als der Mensch.«

»Jedenfalls werde ich mich, so wahr Gott im Himmel wohnt, dafür stark machen«, kommentierte ein Besatzungsmitglied, »dass überhaupt kein Geschöpf mehr an Bord gelangt, auch wenn es noch so harmlos wirkt. Meine Nerven sind restlos verschlissen. Ich bin heute nicht mehr der Mann, der ich war, als ich auf die *Beagle* kam.«

»Sie sprechen für alle«, erklärte die Stimme des Stellvertretenden Direktors Kent über den Kommunikator.

22

Jemand wisperte in Grosvenors Ohr, so leise, dass er die Worte nicht verstand. Auf das Flüstern folgte ein trillernder Laut, ebenso leise und gleichermaßen bedeutungslos.

Unwillkürlich sah sich Grosvenor um.

Er hielt sich im Filmstudio seiner eigenen Abteilung auf. Zu sehen war niemand. Mit einem unbehaglichen Gefühl ging er zur Tür und warf einen Blick in den Vortragsraum. Auch dort befand sich kein Mensch.

Stirnrunzelnd kehrte er zurück ins Studio, wobei er überlegte, ob jemand einen Enzephalo-Transmitter auf ihn gerichtet haben mochte. Es war der einzige Vergleich, der ihm in den Sinn kam, da er sich sicher war, ein Geräusch vernommen zu haben.

Gleich darauf dünkte ihn diese Erklärung unwahrscheinlich. Die Wirkung der Transmitter beschränkte sich auf kurze Entfernungen. Außerdem war seine Abteilung gegen die meisten Schwingungen abgeschirmt. Andererseits war er nur zu vertraut mit den geistigen Vorgängen, die bei Illusionen, wie er sie eben erlebt hatte, eine Rolle spielten. Das machte es ihm unmöglich, den Vorgang einfach abzutun.

Sicherheitshalber ging er durch alle fünf Räume. Er vergewisserte sich, dass seine eigenen Transmitter verstaut waren. Schweigend beschäftigte sich Grosvenor dann weiter mit den Spielarten hypnotischer Lichtmuster, die er aus den Bildern entwickelt hatte, die die Riim gegen das Schiff eingesetzt hatten.

Entsetzen teilte sich ihm mit wie ein Schlag. Grosvenor duckte sich. Und wieder setzte das Wispern ein, kaum vernehmbar wie zuvor, jetzt aber ärgerlich und unausdenkbar feindselig.

Erstaunt richtete sich Grosvenor auf. Nur ein Enzephalo-Transmitter kam infrage. Irgendjemand setzte ein so starkes Gerät zur Reizung seiner Gedanken ein, dass es die schützende Abschirmung seiner Räume durchdrang.

Mit zusammengezogenen Brauen überlegte er, wer dafür verantwortlich sein mochte, und rief schließlich die psychologische Abteilung als den wahrscheinlichsten Schuldigen an. Siedel meldete sich selbst, und Grosvenor begann ihm zu erläutern, was sich zugetragen hatte. Er wurde unterbrochen.

»Eben wollte ich Sie anrufen«, sagte Siedel. »Ich dachte, Sie hätten vielleicht damit zu tun.«

»Sie meinen, alle an Bord sind betroffen?« Grosvenor sprach langsam, während er versuchte, die Tragweite der Mitteilung einzuschätzen.

»Ich bin überrascht, dass Sie in Ihrer speziell konstruierten Abteilung überhaupt etwas gespürt haben«, erwiderte Siedel. »Seit mehr als zwanzig Minuten laufen Beschwerden bei mir ein. Einige meiner Instrumente haben schon kurz davor reagiert.«

»Welche?«

»Gehirnwellendetektor, Registriergerät für Nervenimpulse und die empfindlicheren elektrischen Detektoren.« Er brach ab. »Kent wird eine Sitzung in der Kommandozentrale einberufen. Wir sehen uns dort.«

Aber Grosvenor ließ nicht so leicht locker. »Hat inzwischen denn ein erster Meinungsaustausch stattgefunden?«, wollte er wissen.

»Tj-a-a-a, wir haben alle eine Vermutung.«

»Und die wäre?«, fragte Grosvenor schnell.

»Wir stehen im Begriff, die Galaxis M33 zu erreichen. Wir nehmen an, dass die Impulse von dort stammen.«

Grosvenor lachte grimmig. »Die Hypothese hat etwas für sich. Ich werde darüber nachdenken. Bis gleich.«

»Bereiten Sie sich auf einen Schock vor, wenn Sie Ihre Räume verlassen. Die Reizintensität ist erheblich. Geräusche, Lichtblitze, Träume, Gefühlsaufwallungen – wir empfangen eine kräftige Dosis.«

Grosvenor nickte und unterbrach die Verbindung. Als er seine Filme weggeräumt hatte, erreichte ihn Kents Mitteilung über die Rundrufanlage. Eine Minute später, beim Öffnen der äußeren Tür, wurde ihm klar, was Siedel gemeint hatte.

Er hielt inne, als das Trommelfeuer an Reizungen über ihn hereinbrach. Mit einem unbehaglichen Gefühl begab er sich zur Kommandobrücke und gesellte sich dort zu den Übrigen.

Die Nacht wisperte, die immense Nacht des Raums, die gegen das dahinjagende Schiff drückte. Ein stummes Murmeln, dennoch zusammenhängend, lebendig. Launisch und tödlich lockte und drohte sie. Sie trillerte in unaussprechlichem Glück, zischte dann in wilder Enttäuschung. Sie fürchtete, und sie hungerte. Wie sie hungerte! Sie starb – und schwelgte in Todesqual. Und erwachte wieder zu ekstatischem Leben. Sie wisperte von unsagbaren Dingen – umklammernder, murmelnder, wortloser Wortschwall; ungeheure, beredte, drohende Nacht.

»Hier ist ein Standpunkt«, sagte jemand hinter Grosvenor. »Das Schiff sollte nach Hause zurückfliegen.«

Grosvenor, der die Stimme nicht erkannte, sah sich nach dem Sprecher um. Wer immer jedoch seine Meinung kundgetan haben mochte, schwieg jetzt. Grosvenor setzte sich wieder zurecht und sah, dass sich der Stellvertretende Direktor Kent nicht von dem Teleskopschirm abgewandt hatte, auf dem sein Blick haftete. Entweder hielt er die Bemerkung für keiner Antwort wert, oder er hatte sie nicht gehört. Auch sonst reagierte niemand.

Als das Schweigen anhielt, stellte Grosvenor den Bildschirm an seinem Sessel so ein, dass er leicht verschwommen die Szene wiedergab, die sich Kent und Lester direkt darbot. Langsam vergaß er seine Umgebung und konzentrierte sich auf jene Nacht, aus der das beunruhigende Wispern drang, stärker mit jeder Minute, die verstrich. Sie waren in den äußeren Bereichen eines ganzen Milchstraßensystems angelangt. Ein Wirbel von Lichtern schwebte dort draußen – Lichter, die immer noch so weit entfernt waren, dass das Teleskop kaum begonnen hatte, die Myriaden nadelscharfer gleißender Punkte aufzulösen, aus denen das Feuerrad von M33 im Sternbild Andromeda, ihrer Zielgalaxie, bestand.*

Grosvenor blickte auf, als sich Gunlie Lester eben von dem Teleskopschirm abwandte. Der Astronom meinte: »Absolut unglaublich. In seinem Aufbau unterscheidet sich dieses System nicht grundlegend von unserer eigenen großen Galaxie. Und doch – Schwingungen von fast handgreiflicher Stärke, die einen ganzen Sternhaufen aus Milliarden Sonnen überschwemmen.« Er hielt kurz inne. »Direktor, mir scheint, dies ist kein Problem für einen Astronomen.«

Kent trat ebenfalls zurück, wobei er bemerkte: »Alles, was eine ganze Galaxie betrifft, gehört in die Kategorie astronomischer Phänomene. Oder können Sie mir eine Wissenschaft nennen, die dafür zuständig wäre?«

Lester zögerte, antwortete dann langsam: »Die Größenordnung ist fantastisch. Ich halte es trotzdem nicht für richtig, ungeprüft zu unterstellen, dass sie galaktische Ausmaße besitzt. Auch ein eng gebündelter Strahl, der auf unser Schiff gerichtet ist, kann dieses Trommelfeuer zuwege bringen.«

Kent wandte sich den Männern zu, die in ihren Sesselreihen der weitgeschwungenen Instrumententafel gegenübersaßen. Er fragte: »Hat jemand einen Vorschlag oder eine Idee?«

---

* An dieser Stelle ist A. E. van Vogt eine Verwechslung unterlaufen. Die Spiralgalaxie M31, der bekannte »Andromedanebel«, steht im gleichnamigen Sternbild, das ebenfalls zwei Millionen Lichtjahre entfernte »Rad« der Galaxie M33 hingegen im Sternbild Triangulum (Südliches Dreieck). In der »lokalen« Gruppe von Galaxien ist M31 größer, M33 erheblich kleiner als unsere Milchstraße. – *Anm. d. Übers.*

Grosvenor sah sich noch einmal um, in der Hoffnung, der Sprecher, der sich zuvor nicht zu erkennen gegeben hatte, würde seinen Einwurf erläutern. Aber wer auch immer sich geäußert hatte, schwieg jetzt.

Unleugbar fühlten sich die Männer nicht mehr so frei, ihre Meinung zu sagen, wie unter Mortons Führung. Auf die eine oder andere Art hatte Kent durchblicken lassen, dass er Ansichten, die nicht von Abteilungsleitern stammten, für unerheblich hielt. Ebenso offenkundig war, dass Nexialismus ihm nicht als Wissenschaft galt, die eine Abteilung verdiente. Seit mehreren Monaten gingen er und Grosvenor zwar höflich, aber so wenig wie möglich miteinander um. Während dieser Zeit hatte der Geschäftsführende Direktor mehrere Anträge durchgebracht, die seinem Amt größere Befugnisse verliehen – angeblich, um unnötigen Arbeitsaufwand zu vermeiden, tatsächlich aber in der klaren Absicht, seine Position zu festigen.

Grosvenor hielt es für wichtig, die Identifizierung der Besatzung mit ihrer Aufgabe dadurch zu fördern, dass der Einzelinitiative breiter Raum zugebilligt wurde, selbst wenn dies auf Kosten einer gewissen Effizienz ging. Er hatte jedoch den Eindruck, dies nur einem anderen Nexialisten verständlich machen zu können. Deshalb hatte er auf Proteste verzichtet. Im Endeffekt waren jedoch der bereits gefährlich zusammengedrängten und reglementierten Schiffsladung Menschen noch einige weitere Einschränkungen zugemutet worden.

Im rückwärtigen Teil der Kommandozentrale reagierte Smith als Erster auf Kents Bitte um Vorschläge. Der magere, knochige Biologe bemerkte trocken: »Wie ich sehe, rutscht Mr. Grosvenor auf seinem Sessel hin und her. Wäre es denkbar, dass er Älteren höflicherweise den Vortritt lassen will? Mr. Grosvenor, was haben Sie auf dem Herzen?«

Grosvenor wartete, bis das leise Gelächter – in das Kent nicht einstimmte – verstummt war. Dann sagte er: »Vor wenigen Minuten hat jemand vorgeschlagen, wir sollten umkehren und nach Hause fliegen. Könnte der Betreffende bitte seine Gründe nennen?«

Er erhielt keine Antwort. Grosvenor sah, wie Kent die Stirn runzelte. Es schien in der Tat seltsam, dass sich jemand an Bord befand, der davor zurückscheute, sich zu seiner Meinung zu bekennen, selbst wenn er sich inzwischen eines anderen besonnen hatte. Mehrere Anwesende blickten sich erstaunt um. Schließlich erkundigte sich der melancholische Smith: »Wann soll dieser Satz gefallen sein? Ich entsinne mich nicht, dass ich ihn gehört hätte.«

»Ich auch nicht«, sekundierten ein halbes Dutzend Stimmen.

Kents Augen funkelten. Grosvenor hatte das Empfinden, dass er sich in die Debatte einschaltete wie jemand, der einen persönlichen Triumph in Reichweite sieht. Er sagte: »Das wüsste ich nun doch gern exakter. Entweder der Vorschlag ist geäußert worden – oder nicht. Wer hat ihn noch gehört? Bitte die Hand heben.«

Keine einzige Hand ging in die Höhe. Kents Stimme klang leicht boshaft, als er sich erkundigte: »Mr. Grosvenor, was genau haben Sie gehört?«

Grosvenor entgegnete langsam: »Soweit ich mich entsinne, lauteten die Worte: ›Hier ist ein Standpunkt. Das

Schiff sollte nach Hause zurückfliegen.‹« Er hielt inne. Als niemand etwas sagte, fuhr er fort: »Die Worte selbst dürften dadurch zustande gekommen sein, dass die Hörzentren in meinem Gehirn gereizt worden sind. Irgendetwas dort draußen legt großen Wert darauf, dass wir umkehren, und ich habe das gespürt.« Er zuckte mit den Achseln. »Natürlich behaupte ich nicht, dass meine Diagnose hieb- und stichfest wäre.«

Steif meinte Kent: »Wir anderen, Mr. Grosvenor, wüssten noch immer gern, weshalb Sie diese Aufforderung gehört haben sollen und sonst niemand.«

Erneut ignorierte Grosvenor den Tonfall des Chemikers, als er erwiderte: »Darüber habe ich eben auch schon nachgedacht. Mir fällt dazu nur ein, dass ich bei dem Zusammenstoß mit den Riim einer anhaltenden Reizeinwirkung ausgesetzt war. Möglicherweise hat mich das empfänglicher für diese Art Fühlungnahme gemacht.« Ihm kam der Gedanke, dass seine gestiegene Anfälligkeit auch erklären mochte, weshalb er das Wispern trotz der Abschirmung seiner Räume vernommen hatte.

Grosvenor war nicht erstaunt, dass sich Kents Miene verdüsterte. Der Chemiker hatte mehrfach demonstriert, dass er sich an die Vogelwesen und die fatalen Folgen ihrer missglückten Kontaktaufnahme nicht gern erinnern ließ. Bissig bemerkte er: »Ich hatte das Vergnügen, mir Ihre Darstellung der Episode anzuhören. Wenn ich mich recht erinnere, haben Sie Ihren Erfolg dort auf den Umstand zurückgeführt, dass den Riim nicht klargeworden sei, wie schwer ein Angehöriger irgendeiner beliebigen Spezies sich damit tue, die nervlichen Impulse einer anderen Lebensform zu kontrollieren. Wie erklären Sie sich dann, dass irgendetwas dort draußen« – er deutete in die Flugrichtung des Schiffs – »haarscharf in bestimmte Bezirke Ihres Gehirns eingegriffen und genau die warnenden Worte hervorgerufen hat, die Sie eben wiederholt haben?«

Grosvenor fand Kents Tonfall, seine Wortwahl und seine selbstgefällige Attitüde durchweg unangenehm persönlich. Mit einer gewissen Schärfe gab er zur Antwort: »Direktor, wer oder was auch immer auf mich eingewirkt hat, könnte schließlich um die Probleme eines fremdartigen Nervensystems wissen. Zudem war der Erfolg begrenzt, weil ich als Einziger angesprochen habe. Ich bin der Meinung, dass wir im Augenblick weniger erörtern sollten, ob ich nun auf einen Reiz reagiert habe, sondern was dahintersteckt und wie wir uns verhalten wollen.«

Der Chefgeologe McCann räusperte sich und meinte: »Grosvenor hat recht. Ich denke, meine Herren, wir sollten der Tatsache ins Auge sehen, dass wir in jemandes Revier eingedrungen sind. Und dieser Jemand schreibt sich mit einem großen J!«

Der Geschäftsführende Direktor biss sich auf die Lippe, schien etwas sagen zu wollen, zauderte dann allerdings. Schließlich sagte er: »Wir sollten uns nicht zu der Auffassung verführen lassen, wir hätten schon genug Anhaltspunkte, um daraus eindeutige Schlüsse zu ziehen. Ich meine aber auch, wir sollten jedenfalls so handeln, als ob wir einer Intelligenz gegenüberstünden, die den Menschen, die überhaupt Leben, wie wir es kennen, übertrifft.«

Auf der Kommandobrücke trat Stille ein. Grosvenor beobachtete, wie manche der Anwesenden sich unwillkürlich vorbeugten, die Augen verengten, die Lippen zusammenpressten. Er sah, dass auch andere diese Reaktion bemerkt hatten.

Kellie, der Soziologe, sagte leise: »Ich bin froh, dass niemand ... ähm ... geneigt scheint umzukehren. Das ist sehr gut. Jetzt, da die vorherrschende Lebensform offenbar weiß, dass wir existieren, halte ich die Erforschung dieser Galaxis für noch dringlicher. Wie Sie bemerken werden, mache ich mir Direktor Kents Formulierung zu eigen und unterstelle, dass wir es tatsächlich mit einem denkenden Wesen zu tun haben. Seine Fähigkeit, mehr oder minder direkt die Reaktionen auch nur einer Person an Bord zu beeinflussen, weist darauf hin, dass es uns beobachtet hat und einiges über uns weiß. Wir können nicht zulassen, dass dieses Wissen einseitig bleibt.«

Kent wirkte wieder entspannt, als er wissen wollte: »Mr. Kellie, wie schätzen Sie die Lebenswelt ein, die uns erwartet?«

Der Soziologe mit dem schütteren Haar rückte seinen Kneifer zurecht. »Das ... ähm ... ist nicht leicht zu beurteilen, Direktor. Es sieht so aus, als erreichten wir eine zivilisierte Galaxis. Das Wispern wäre dann das äußere Anzeichen, etwa wie beim Übergang von der Wildnis zu besiedeltem Gebiet.«

Kellie hielt inne. Als niemand etwas sagte, fuhr er fort: »Bedenken Sie, dass auch der Mensch unvergängliche Spuren in seiner Milchstraße hinterlassen hat. Bei der Wiederbelebung toter Sonnen hat er Feuer entfacht, die noch ein Dutzend Galaxien entfernt sichtbar sind. Planeten sind in andere Umlaufbahnen gelenkt worden. Tote Welten wurden mit Grün belebt. Meere breiten sich aus, wo einst Wüsten unter der Glut sengender Sonnen gelegen haben. Selbst unsere Anwesenheit in diesem immensen Schiff ist ein Zeugnis menschlicher Macht, die weiterreicht, als das Wispern jemals gedrungen ist.«

»Im kosmischen Sinne sind die Spuren des Menschen kaum dauerhaft«, widersprach Gourlay, der Leiter der Funkzentrale. »Mir leuchtet nicht ein, wie Sie von ihnen und der Erscheinung, mit der wir es hier zu tun haben, im gleichen Atemzug sprechen können. Diese Schwingungen leben. Es handelt sich um gedankliche Ausstrahlungen von solcher Stärke und Durchschlagskraft, dass der Raum flüsternd zu uns zu sprechen scheint. Wir haben es hier nicht mit einem tentakelbewehrten Kater zu tun, einer scharlachroten Monstrosität oder einem Fellachenvolk, das ein einziges Sonnensystem bewohnt. Vielleicht spricht hier über die Meilen und die Jahre ihrer Raumzeit hinweg eine unvorstellbare Gemeinschaft von Gehirnen miteinander – die Zivilisation der zweiten Galaxie, die uns durch ihren Sprecher davor gewarnt hat …« Gourlay schnappte nach Luft. Wie um sich zu schützen, riss er einen Arm hoch.

Er war nicht der Einzige. Im gesamten Auditorium duckten sich die Anwesenden oder machten sich möglichst klein in ihren Sesseln, als Direktor Kent mit einer ruckartigen Bewegung seinen Vibrator herauszerrte und auf seine Zuhörer abfeuerte. Erst nachdem Grosvenor den Kopf eingezogen hatte, wurde er gewahr, dass der

Leuchtspurstrahl der Waffe über ihn hinweg statt auf ihn gezielt hatte.

Hinter ihm erscholl ein markerschütterndes Schmerz-gebrüll – dann ein Aufprall, der den Boden erzittern ließ.

Grosvenor fuhr wie die Übrigen herum und starrte ent-geistert auf die zehn Meter große, gepanzerte Bestie, die sich ein Dutzend Schritte hinter der letzten Sesselreihe auf dem Boden krümmte. Im nächsten Augenblick mate-rialisierte mitten in der Luft ein rotäugiges Ebenbild der ersten Kreatur und schlug drei Meter entfernt auf. Ein drittes diabolisch wirkendes Untier tauchte auf, prallte von dem zweiten ab, überschlug sich und richtete sich mit donnerndem Gebrüll auf.

Sekunden später war es ein Dutzend.

Grosvenor zog seinen eigenen Vibrator und feuerte ihn ab. Das urzeitliche Brüllen gewann noch an Lautstärke. Stahlharte Schuppen schabten über das Metall der Wände und Böden. Schwere Pranken stampften.

Rund um Grosvenor hatten die Männer jetzt das Feuer eröffnet. Und immer noch materialisierten weitere Bes-tien. Grosvenor drehte sich um, überwand zwei Sessel-reihen und sprang mit einem Satz auf den untersten Rang der Instrumententafel. Der Stellvertretende Direk-tor hörte auf zu feuern, als Grosvenor auf einer Höhe mit ihm anlangte, und schrie zornig: »Wo wollen Sie hin, Sie Feigling?«

Sein Vibrator richtete sich auf Grosvenor. Dieser schlug Kent nieder, trat ihm dann unbarmherzig die Waffe aus der Hand. Er war wütend, sagte aber kein Wort. Während er den nächsten Rang erreichte, sah er, wie Kent hinter dem Vibrator herkroch. Grosvenor zweifelte nicht daran, dass der Chemiker auf ihn schießen würde. Mit erleichtertem Keuchen erreichte er endlich den Schalter, der den mächtigen Schutzschirm des Schiffes aktivierte, schlug ihn herunter und warf sich zu Boden – eben noch rechtzeitig. Der Leuchtspurstrahl fuhr dort gegen die Instrumententafel, wo sich sein Kopf befunden hatte, um dann zu erlöschen. Kent stand auf und überschrie den Lärm: »Mir war nicht klar, was Sie vorhatten.«

Die halbe Entschuldigung ließ Grosvenor kalt. Der Geschäftsführende Direktor schien zu glauben, es rechtfertige seine Attacke, wenn Grosvenor tatsächlich Reißaus genommen hätte. Der Nexialist ließ ihn stehen, zu aufgebracht für eine Entgegnung. Monatelang hatte er Kents Benehmen hingenommen, nun aber kam er zu der Überzeugung, dass der Mann als Direktor ungeeignet war. Während der kritischen Wochen, die der Besatzung bevorstanden, konnten seine inneren Spannungen als Auslöser wirken, der zur Zerstörung des ganzen Schiffs führte.

Wieder unten auf der Empore angelangt, verstärkte Grosvenor mit seinem Vibrator das Abwehrfeuer der Übrigen. Aus dem Augenwinkel nahm er wahr, wie drei Männer einen Hitzeprojektor in Stellung zerrten. Bis das unerträgliche Feuer des Projektors auflohte, waren die Bestien durch die Vibrationsschocks betäubt, und es fiel nicht schwer, sie zu töten.

Jetzt, da die Gefahr vorüber war, dachte Grosvenor: Es war wie ein Traum – zu fantastisch, um sich wirklich abgespielt zu haben. Monströse Geschöpfe, die jemand lebendig über Lichtjahrhunderte befördert hatte!

Doch ein Ekel erregender Gestank nach verbranntem Fleisch durchzog den Raum. Immer wieder glitt der Fuß auf dem bläulichgrauen Blut der Bestien aus, das den Boden in schleimigen Lachen bedeckte. Und das Dutzend oder mehr schuppiger, gepanzerter Kadaver, die überall umherlagen, lieferte den endgültigen Beweis.

23

Als Grosvenor Kent einige Minuten später wieder zu Gesicht bekam, erteilte der Geschäftsführende Direktor kühl und energisch Anweisungen über die Rundrufanlage. Kräne schwebten herein und begannen, die Kadaver wegzuschaffen. Ein Durcheinander an Meldungen traf ein. Rasch klärte sich das Bild.

Die Kreaturen waren ausschließlich in die Kommandozentrale katapultiert worden. Kein feindliches Schiff oder sonstiges materielles Objekt ließ sich ausmachen. Die Entfernung zum nächsten Stern betrug tausend Lichtjahre. Auf der gesamten Brücke ergingen sich schweißüberströmte Männer in Verwünschungen, als diese spärlichen Tatsachen bekannt wurden.

»Zehn Lichtjahrhunderte!«, stieß Selenski, der Chefpilot, hervor. »Und wir können über diese Strecke noch nicht einmal Nachrichten ohne Relaissender übermitteln.«

Captain Leeth kam eilig herein. Er sprach kurz mit mehreren Wissenschaftlern und berief dann einen Kriegsrat ein. Der Kommandant eröffnete die Diskussion.

»Ich brauche die Gefahr, der wir uns gegenübersehen, wohl kaum besonders hervorzuheben. Wir sind ein einzelnes Schiff gegen eine, wie es scheint, feindselig eingestellte galaktische Zivilisation. Im Augenblick befinden wir uns hinter unserem Energieschirm in Sicherheit. Die Art der Bedrohung erfordert, dass wir uns begrenzte –

wenn auch nicht zu begrenzte – Ziele setzen. Wir müssen herausfinden, weshalb wir abgeschreckt werden sollen. Wir müssen die Art der Gefahr ermitteln und die Beschaffenheit der Intelligenz, die sich dahinter verbirgt. Wie ich sehe, ist unser Chefbiologe noch damit beschäftigt, die Überreste unserer Gegner zu untersuchen. Mr. Smith, um was für monströse Wesen handelt es sich?«

Smith richtete sich von der Kreatur auf, mit der er sich befasst hatte. »Niedere, primitive Reptilien«, gab er knapp Auskunft. »Die Erde hätte ihresgleichen während des Zeitalters der Dinosaurier hervorbringen können. Kleine Gehirne, geringe Intelligenz.«

»Mr. Gourlay meint, die Kreaturen wären möglicherweise durch den Hyperraum befördert worden«, sagte Kent. »Vielleicht könnte er uns mehr dazu sagen.«

»Mr. Gourlay, Sie haben das Wort«, rief Captain Leeth.

Die Blicke der Anwesenden richteten sich erwartungsvoll auf den Leiter der Funkzentrale. In seiner gedehnten Sprechweise erläuterte Gourlay: »Es handelt sich lediglich um eine Hypothese, noch dazu eine sehr junge. Sie vergleicht das Universum mit einem aufgeblasenen Ballon. Durchsticht man die Haut, beginnt der Ballon zu schrumpfen und trachtet gleichzeitig danach, den Einstich zu schließen. Durchdringt ein Objekt die Außenhülle des Ballons, kehrt es nicht unbedingt zu demselben Punkt im Raum zurück. Gelänge es, diesen Vorgang auf irgendeine Weise zu steuern, ließe er sich als eine Art Teleportation nutzen. Dies mag Ihnen alles weit hergeholt erscheinen, aber vergessen Sie nicht: Ein solches Urteil gilt auch für das, was uns soeben widerfahren ist.«

Kent bemerkte abschätzig: »Es lässt sich schwer vorstellen, dass jemand uns so weit voraus ist. Die Probleme des Hyperraums müssen auf irgendeine einfache Weise lösbar sein, die unseren Wissenschaftlern bislang entgangen ist. Vielleicht können wir etwas lernen.« Er machte eine Pause und sagte dann: »Korita, Ihr Schweigen ist auffällig. Könnten Sie uns aufklären, womit wir es zu tun haben?«

Der Archäologe erhob sich und breitete ratlos die Arme aus. »Ich habe noch nicht einmal eine Vermutung zu bieten. Wir müssen mehr über die Motive in Erfahrung bringen, die hinter dem Angriff stecken, bevor wir auf der Basis der Zyklentheorie Vergleiche anstellen können. Falls die Attacke beispielsweise auf die Eroberung des Schiffs zielte, war sie ein Fehlschlag. Falls sie uns einen heillosen Schrecken einjagen sollte, war sie ein voller Erfolg.«

Gelächter erklang da und dort, während sich Korita setzte. Grosvenor bemerkte jedoch, dass Captain Leeth unverändert ernst und nachdenklich wirkte.

»Was die Motive betrifft«, sagte der Kommandant langsam, »ist mir eine unangenehme Möglichkeit eingefallen, die wir im Auge behalten sollten. Sie passt zu den Anhaltspunkten, die wir bisher besitzen. Angenommen, diese machtvolle Intelligenz, oder worum es sich auch immer handeln mag, möchte erfahren, woher wir kommen?«

Er hielt inne, und aus der Art, wie einzelne Männer mit den Füßen scharrten und ihr Gewicht verlagerten, ließ sich ablesen, dass sein Hinweis auf Widerhall stieß. Der Offizier sprach weiter: »Versetzen wir uns in … ah … ihre Lage. Sie bemerkt das Herannahen eines Raumschiffs

273

aus einer Richtung, in der im Umkreis von zehn Millionen Lichtjahren eine erkleckliche Anzahl Galaxien, Sternhaufen, Spiralnebel liegt. Woher stammt das Schiff?«

Alle schwiegen. Der Kommandant wandte sich an Kent. »Wenn Sie einverstanden sind, Direktor, schlage ich vor, dass wir mit der Erforschung der ersten Planetensysteme beginnen.«

»Ich habe keine Einwände«, erwiderte dieser. »Falls nicht noch jemand …«

Grosvenor hob die Hand.

Kent fuhr fort: »… erkläre ich die Sitzung …«

Grosvenor stand auf und machte sich vernehmlich bemerkbar: »Mr. Kent!«

»… für geschlossen«, vollendete Kent.

Die Männer blieben sitzen. Kent zauderte, äußerte dann wenig überzeugend: »Ich bitte um Entschuldigung. Mr. Grosvenor, Sie haben das Wort.«

Grosvenor begann mit Nachdruck: »Dass dieses Wesen imstande sein soll, unsere Symbolsprache zu interpretieren, lässt sich kaum vorstellen. Dennoch meine ich, wir sollten unsere Sternkarten vernichten.«

»Ich wollte schon dasselbe vorschlagen«, rief von Grossen erregt dazwischen. »Weiter, Grosvenor.«

Zustimmung wurde laut. Grosvenor fuhr fort: »Wir gehen von der Annahme aus, dass unser Energieschirm uns schützt. Eine andere Wahl haben wir ohnedies nicht; wir müssen dabei bleiben. Wenn wir aber landen, sollten wir eine Anzahl großer Enzephalo-Transmitter einsetzen, um Verwirrung zu stiften und zu verhindern, dass unsere Gedanken nach wie vor gelesen werden.«

Wieder ließ die lautstarke Reaktion der Zuhörer keinen Zweifel an der Zustimmung, die der Vorschlag fand.

Kent wollte mit flacher Stimme wissen: »Noch etwas, Mr. Grosvenor?«

»Nur noch eine allgemeine Bemerkung«, gab dieser zurück. »Für den Fall einer Eroberung der *Beagle* täten die Abteilungsleiter gut daran, sämtliches Material im Hinblick darauf zu sichten, was vernichtet werden müsste, um einer Gefährdung der Menschheit vorzubeugen.«

Unter frostigem Schweigen setzte er sich.

Die Zeit nahm ihren Fortgang, und entweder enthielt sich die vermutete Intelligenz weiterer feindseliger Handlungen, oder der Schirm tat sein Werk. Kein weiterer Zwischenfall ereignete sich.

Einsam und in weitem Abstand gruppiert waren die Sonnen an diesem fernen Rand der Galaxie. Die erste Sonne wuchs riesig aus dem Raum, ein Licht- und Glutball, wütend in die tiefe Nacht lodernd. Lester und seine Mitarbeiter fanden fünf Planeten, die das Zentralgestirn so nahe umkreisten, dass eine Untersuchung angezeigt erschien. Einer der fünf – alle wurden angesteuert – war bewohnbar, eine Welt der Nebelschleier, der Dschungel und der Riesentiere. Das Schiff verließ sie, nachdem es in niedriger Höhe ein Binnenmeer und einen großen sumpfigen Kontinent überflogen hatte. Kein Anzeichen deutete auf irgendeine Zivilisation hin, geschweige denn auf die gewaltige Macht, deren Existenz zu vermuten sie Anlass hatten.

Die *Space Beagle* durcheilte dreihundert Lichtjahre und gelangte zu einer kleinen Sonne, deren zwei Planeten sich dicht an ihre kirschrote Wärme drängten. Einer war bewohnbar, auch er eine Welt aus Dünsten und Dschungeln und saurierähnlichen Reptilien. Sie ließen sie unerkundet zurück, nachdem sie in geringer Höhe über Sümpfe und wucherndes, erstickendes Grün hinweggeschossen waren.

Die Sterne wurden nun zahlreicher. Als helle Punkte durchstachen sie die Schwärze der nächsten hundertfünfzig Lichtjahre. Eine große blau-weiße Sonne mit einem Gefolge von wenigstens zwanzig Planeten erregte Kents Aufmerksamkeit, und das schnelle Schiff schoss darauf zu. Die sieben sonnennächsten Planeten erwiesen sich als siedende Höllen, bar jeglichen Lebens. In einer Spiralkurve flog das Schiff an drei nahe beieinander kreisenden Planeten vorbei, die bewohnbar waren, und jagte dann davon in die interstellare Weite, ohne die anderen zu erforschen.

Hinter der *Space Beagle* wirbelten drei dampfende Dschungelwelten auf ihren Bahnen um die Sonne, die sie hervorgebracht hatte. Und an Bord berief Kent eine Sitzung der Abteilungsleiter und ihrer Chefassistenten ein.

Ohne Umschweife eröffnete er die Aussprache. Er begann: »Persönlich erachte ich die Anhaltspunkte noch nicht für besonders bedeutsam. Aber Lester hat dringend verlangt, dass wir zusammentreten.« Er hob die Schultern. »Vielleicht erfahren wir etwas Neues.«

Er schwieg, und Grosvenor, der ihn beobachtete, wunderte sich über die Zufriedenheit, die der kleinwüchsige

Chemiker ausstrahlte. Er dachte: Was hat Kent wohl vor? Es mutete ihn eigenartig an, dass sich der Geschäftsführende Direktor alle Mühe gegeben hatte, von vornherein auch zu den positiven Resultaten, die die Zusammenkunft erbringen mochte, auf Distanz zu gehen.

Kent ergriff wieder das Wort. Seine Stimme klang freundlich. »Gunlie, würden Sie heraufkommen und erläutern, was Sie im Sinn haben?«

Der Astronom begab sich zum untersten Rang der Instrumententafel. Mit seiner Magerkeit ähnelte er Smith. Seine tiefblauen Augen blickten aus einem unbewegten Gesicht. Dennoch verriet seine Stimme jetzt eine gewisse Erregung.

»Meine Herren, bei den drei bewohnbaren Planeten des letzten Systems handelte es sich um identische Drillinge. Ihr Zustand war künstlich herbeigeführt. Ich weiß nicht, wer unter Ihnen vertraut ist mit den gängigen Hypothesen über die Entstehung von Planetensystemen. Sollte das nicht der Fall sein, so bitte ich Sie, mir abzunehmen, dass die Massenverteilung in dem System, das wir zuletzt aufgesucht haben, dynamisch unmöglich ist. Ich kann definitiv sagen, dass zwei der drei bewohnbaren Planeten dieser Sonne auf ihre gegenwärtigen Bahnen gelenkt worden sind. Meines Erachtens sollten wir umkehren und eine genauere Untersuchung anstellen. Jemand scheint mit Vorbedacht urzeitliche Planeten zu erschaffen; über den Grund kann ich noch nicht einmal Spekulationen anstellen.«

Er brach ab und starrte Kent streitlustig an. Auf den Zügen des Chemikers lag ein leichtes Lächeln. Er sagte:

»Gunlie hat mich aufgesucht und verlangt, ich solle anordnen, dass wir zu einem der Dschungelplaneten zurückkehren. Angesichts seiner dezidierten Forderung bitte ich Sie um Ihre Meinung und um anschließende Abstimmung.«

Das war es also. Grosvenor seufzte unhörbar, nicht gerade bewundernd, aber doch mit einer gewissen Anerkennung. Der Stellvertretende Direktor hatte nicht versucht, seine ablehnende Haltung mit Argumenten zu untermauern. Möglicherweise war er Lesters Vorschlag in Wirklichkeit nicht besonders abgeneigt. Aber dadurch, dass er eine Sitzung einberief und sich überstimmen ließ, bewies er, dass er sich demokratischen Regeln unterwarf – ein wirksames, wenn auch einigermaßen demagogisches Mittel, sich weitere Unterstützung zu sichern.

In Wahrheit gab es gute Gründe, die gegen Lesters Absicht sprachen. Dass Kent sie kannte, war kaum anzunehmen, hätte es doch bedeutet, dass er Gefahren, die dem Schiff drohten, bewusst ignorierte. Grosvenor entschied sich, ihm nichts zu unterstellen, was er nicht beweisen konnte, und wartete geduldig, während dem Astronomen mehrere weniger wichtige Fragen vorgelegt wurden. Als er diese beantwortet hatte, und als klar schien, dass die Debatte damit beendet war, stand Grosvenor auf und erklärte: »Ich möchte mich für Mr. Kents Ansicht in dieser Sache aussprechen.«

Kent gab kalt zur Antwort: »Mr. Grosvenor, ich glaube doch, dass die Kürze der Diskussion die mehrheitliche Meinung deutlich zum Ausdruck gebracht hat, sodass wir nicht noch mehr Zeit …« Er brach ab. Verspätet musste ihm aufgegangen sein, was Grosvenor tatsächlich geäußert hatte. Seine Miene wirkte konsterniert. Er machte eine unsichere Bewegung, wie um an seine Zuhörer zu appellieren. Als niemand ein Wort sagte, ließ er die Hand sinken und murmelte: »Sie haben das Wort, Mr. Grosvenor.«

Grosvenor sagte entschieden: »Mr. Kent hat recht. Es ist zu früh. Bis jetzt haben wir drei Planetensysteme aufgesucht. Weniger als dreißig, ausgesucht nach dem Zufallsprinzip, sollten es auf keinen Fall sein. In Anbetracht des Ausmaßes unserer Suche wäre das die Mindestzahl, wenn wir definitive Aufschlüsse gewinnen wollen. Ich bin gern bereit, der mathematischen Abteilung meine entsprechenden Berechnungen zur Nachprüfung zu übergeben. Falls wir landen, müssten wir außerdem den Schutz des Energieschirms verlassen. Wir müssten darauf vorbereitet sein, einen Überraschungsangriff seitens einer Intelligenz abzuwehren, die ihre Kräfte über den Hyperraum unverzüglich einzusetzen vermag. Ich sehe im Geiste vor mir, wie Milliarden Tonnen Materie auf uns herabstürzen, während wir hilflos auf irgendeinem Planeten festsitzen. Meine Herren, meines Erachtens stehen uns ein bis zwei Monate eingehender Vorbereitungsarbeit ins Haus. Während dieser Frist sollten wir so viele Sonnen aufsuchen wie nur möglich. Entsprechen ihre bewohnbaren Planeten gleichfalls ausschließlich – oder auch nur überwiegend – dem urzeitlichen Typus, dann steht Mr. Lesters Vermutung, es handle sich um einen künstlich herbeigeführten Zustand, auf festen Füßen.« Nach einer kurzen Pause schloss Grosvenor: »Mr. Kent, habe ich ausgedrückt, was Ihnen vorschwebte?«

Kent hatte sich wieder völlig in der Gewalt. »Fast buchstabengetreu, Mr. Grosvenor.« Er blickte in die Runde. »Falls sich sonst niemand mehr äußern möchte, beantrage ich, dass wir über Gunlies Vorschlag abstimmen.«

Der Astronom stand auf. »Ich ziehe ihn zurück«, sagte er. »Ich gestehe, dass ich einige der Gründe, die gegen eine verfrühte Landung sprechen, nicht bedacht hatte.« Er setzte sich wieder.

Kent zauderte, setzte dann an: »Falls jemand anders den Vorschlag aufgreifen möchte …« Als sich nach mehreren Sekunden niemand zu Wort gemeldet hatte, fuhr Kent entschiedener fort: »Ich möchte jeden Abteilungsleiter bitten, detailliert aufzulisten, was er zum erfolgreichen Verlauf der Landung beisteuern könnte, zu der wir uns früher oder später entschließen müssen. Das wäre alles, meine Herren.«

Draußen im Gang vor der Kommandobrücke spürte Grosvenor eine Hand auf dem Arm. Er drehte sich um und erkannte McCann, den Chefgeologen. Dieser sagte: »Wir waren durch die Reparaturarbeiten während der letzten Monate derart in Anspruch genommen, dass ich keine Gelegenheit hatte, Sie in meine Abteilung einzuladen. Ich denke, es lässt sich absehen, dass bei der geplanten Landung die Geräte der Geologieabteilung für Zwecke eingesetzt werden dürften, für die sie nicht unbedingt vorgesehen waren. Ein Nexialist käme uns dabei gut zupass.«

Grosvenor überlegte, nickte dann zustimmend. »Morgen können Sie über mich verfügen. Erst möchte ich meine Vorschläge für den Geschäftsführenden Direktor ausarbeiten.«

McCann bedachte ihn mit einem raschen Blick, zögerte, forschte dann: »Sie glauben wahrscheinlich selbst nicht, dass er ein offenes Ohr dafür haben wird, oder?«

Auch anderen war also Kents Abneigung ihm gegenüber aufgefallen. Grosvenor erwiderte langsam: »Doch, weil er sich auf die Empfehlungen im Einzelnen nicht öffentlich zu beziehen braucht.«

McCann nickte. »Nun, dann viel Glück, mein Junge.«

Er wollte sich entfernen, als Grosvenor ihn zurückhielt. Grosvenor erkundigte sich: »Worauf beruht Ihrer Meinung nach Kents Popularität in seiner Stellung?«

McCann ließ sich Zeit mit der Antwort. Schließlich sagte er: »Auf seinen menschlichen Schwächen. Er hat Sympathien und Antipathien. Er kann aus der Haut fahren. Er begeht Fehler und sucht sie zu vertuschen. Er ist versessen auf die Position des Direktors. Wenn das Schiff zur Erde zurückkehrt, wird die öffentliche Aufmerksamkeit sich auf seine Person konzentrieren. In allen von uns steckt ein Stück Kent. Er besitzt – nun, eben menschliche Züge.«

»Wobei mir auffällt«, kommentierte Grosvenor, »dass Sie nichts über seine Befähigung für das Amt gesagt haben.«

»Die Stellung ist auch nicht unbedingt ausschlaggebend. Er kann sich von Experten beraten lassen, wann immer er will.« McCann schürzte die Lippen. »Die Ursachen für Kents Ausstrahlung in Worte zu fassen, fällt nicht ganz leicht. Ich könnte mir denken, dass sich Wissenschaftler häufig in die Defensive gedrängt fühlen, weil man ihnen Kälte und Gefühlsarmut unterstellt. Deshalb sehen sie es gern, wenn jemand sie nach außen repräsentiert, dessen wissenschaftliche Qualifikation außer Zweifel steht, der aber stark gefühlsbetont handelt.«

Grosvenor schüttelte den Kopf. »Was die Bedeutung der Direktorenstellung betrifft, stimme ich Ihnen nicht zu. Es hängt sehr vom Einzelnen ab, wie er die beträchtliche Autorität ausübt, die mit dem Amt einhergeht.«

McCann betrachtete ihn abschätzend. Schließlich sagte er: »Strikt logisch denkende Menschen wie Sie haben sich schon immer schwer damit getan, die Massenwirkung der Kents zu begreifen. Politisch kommen sie gegen den Typus Kent niemals an.«

Grosvenor lächelte grimmig. »Die, die man gerne Technokraten nennt, unterliegen nicht, weil sie sich der Logik verschrieben haben. Sie scheitern an ihrer eigenen Integrität. Wer wissenschaftlich vorgebildet ist, durchschaut die Taktiken, die gegen ihn angewendet werden, oft besser als derjenige, der sich ihrer bedient. Er bringt es aber nicht über sich, mit gleicher Münze zurückzuzahlen, weil er fürchtet, sich damit ein Armutszeugnis auszustellen.«

McCann runzelte die Stirn. »Das klingt mir zu glatt. Wollen Sie damit ausdrücken, Sie selbst hätten keine derartigen Skrupel?«

Grosvenor schwieg.

McCann blieb beharrlich. »Angenommen, Sie gelangten zu der Überzeugung, Kent dürfe nicht im Amt bleiben. Was würden Sie tun?«

»Derzeit denke ich in absolut legalen Bahnen«, gab Grosvenor mit Bedacht zur Antwort.

Er war überrascht, als er McCanns erleichterte Miene gewahrte. Der ältere Mann ergriff ihn freundschaftlich

beim Arm. »Ich bin froh, dass Sie sich zu legalem Vorgehen bekennen«, versetzte er ernst. »Seit ich seinerzeit Ihren
Vortrag gehört habe, ist mir aufgegangen, was sonst noch
niemandem zu dämmern scheint – dass Sie potenziell der
gefährlichste Mann an Bord sind. Würde das gepoolte Wissen, über das Sie verfügen, zielstrebig und entschlossen
angewendet, könnte es sich vernichtender auswirken als
jeder Angriff von außen.«

Frappiert schüttelte Grosvenor den Kopf. »Sie übertrei-
ben«, erwiderte er. »Ein Einzelner lässt sich leicht töten.«

»Wobei mir auffällt«, sagte McCann, »dass Sie nicht bestreiten, das Wissen tatsächlich zu besitzen.«

Grosvenor streckte zum Abschied seine Hand aus. »Danke
für Ihre hohe Meinung von mir. Sie ist zwar erheblich
überspitzt, aber psychologisch ungemein wohltuend.«

24

Der einunddreißigste Stern, den sie aufsuchten, glich nach Typ und Größe ihrer Heimatsonne. Einer der drei Planeten beschrieb seine Bahn in einem Abstand von einhundertdreißig Millionen Kilometern. Wie alle übrigen bewohnbaren Welten, die sie zu Gesicht bekommen hatten, präsentierte sich auch diese als dunstige Ansammlung von Dschungeln und urzeitlichen Meeren.

Die *Space Beagle* tauchte in ihre Atmosphäre aus Luft und Wasserdampf und begann in niedriger Höhe entlangzufliegen, ein immenser fremdartiger Ball aus Metall über einem fantastischen Land.

Im Geologielabor verfolgte Grosvenor die Rückmeldungen einer Serie von Instrumenten, die die Natur des vorüberziehenden Terrains erkundeten. Die Aufgabe war nicht leicht und erforderte äußerste Konzentration. Das Echo der Ultraschall- und Kurzwellensignale, die der Boden reflektierte, wurde in Rechengeräte geleitet, die die Vergleichsanalyse vornahmen. Die Interpretation der unablässig eintreffenden Daten verlangte einen hochgradig trainierten Verstand. Grosvenor hatte die Standardverfahren, mit denen McCann vertraut war, auf der Grundlage nexialistischer Erkenntnisse in einigen Fällen noch verfeinert, und das Bild der Kruste des Planeten, das auf diese Weise entstand, war erstaunlich vollständig.

Eine Stunde lang saß Grosvenor versunken vor den Geräten. Mochten die übermittelten Angaben auch in zahlreichen Einzelheiten voneinander abweichen, so schälte sich aus der Molekularstruktur, dem Vorkommen und der Anordnung der Elemente doch eine gewisse geologische Gleichförmigkeit heraus: Schlamm, Sandstein, Ton, Granit, organische Ablagerungen – wahrscheinlich Kohleflöze –, Silikate in Form von Sand, Wasser …

Mehrere Zeiger auf den Messskalen vor ihm schlugen scharf aus und blieben stehen. Ihre Reaktion verriet die Anwesenheit großer Mengen von Erzen mit Spuren von Kohlenstoff, Molybdän …

Stahl! Grosvenor schlug einen Schalter herunter. Ein schriller Alarmton erklang. McCann eilte herbei, während das Schiff stoppte. Einige Schritte von Grosvenor entfernt begann McCann damit, Kent Bericht zu erstatten.

»Ja, Direktor«, betonte er. »Stahl – nicht einfach Eisenerz. Unsere Instrumente registrieren bearbeitetes Metall. Die Messungen erstrecken sich bis zu einer Maximaltiefe von dreißig Metern. Es könnte sich um eine Stadt handeln, begraben im Dschungelschlamm.«

»In einigen Tagen werden wir Genaueres wissen«, gab Kent nüchtern zurück.

Das Schiff verblieb ein gutes Stück über der Oberfläche. Durch eine zeitweilige Bresche im Energieschirm wurde das notwendige Gerät heruntergelassen. Riesige Bagger, Kräne, mobile Förderbänder wurden aufgestellt. Derart sorgfältig war das Landungsunternehmen geprobt worden, dass dreißig Minuten nach Beginn die *Space Beagle* bereits wieder Kurs in den Raum nahm.

Die Ausbaggerungsarbeiten erfolgten ausschließlich ferngesteuert. Ausgebildete Besatzungsmitglieder überwachten auf Fernsehschirmen den Ablauf und lenkten die Maschinen auf dem Boden. Binnen vier Tagen waren sie in eine Tiefe von fünfundsiebzig Metern vorgedrungen; der Länge nach maß der ausgehobene Schacht zweihundertfünfzig, der Breite nach hundertfünfundzwanzig Meter. Was sie freilegten, war weniger eine Stadt als deren völlig zerstörte Ruinen.

Die Gebäude erweckten den Eindruck, als wären sie unter einer Last zusammengestürzt, die sie nicht hatten tragen können. Das Straßenniveau entsprach dem Schachtboden, und dort, in fünfundsiebzig Meter Tiefe, kamen die ersten Knochen zum Vorschein. Die Arbeiten wurden eingestellt, und mehrere Pinassen suchten sich ihren Weg durch die trübe Atmosphäre. Grosvenor begleitete McCann, und alsbald stand er mit mehreren anderen Wissenschaftlern neben den Überresten eines Skeletts.

»Übel zerschmettert«, bemerkte Smith. »Aber ich denke, es lässt sich zusammensetzen.«

Seine geübten Finger verschoben die Knochen, bis sich ein ungefähres Muster abzeichnete. »Vierbeinig«, murmelte er. Er richtete ein Fluoroskop auf eines der Gebeine. »Dieses Geschöpf scheint ungefähr fünfundzwanzig Jahre tot zu sein«, urteilte er.

Grosvenor wandte sich ab. Die zerschmetterten Überreste, die umherlagen, mochten Aufschluss geben über die physische Beschaffenheit einer ausgelöschten Spezies. Dass die Skelette jedoch einen Hinweis liefern würden auf die Identität der unvorstellbar unbarmherzigen Wesen, die sie hingeschlachtet hatten, war kaum zu erwarten. Hier lagen die erbarmungswürdigen Opfer – nicht die selbstgerechten, todbringenden Mörder.

Behutsam bahnte sich Grosvenor seinen Weg zu der Stelle, an der McCann die Bodenproben untersuchte, die der eigentlichen Straßentrasse entstammten. »Ich denke, wir tun gut daran«, bemerkte der Geologe, »die Schichten bis in einige hundert Fuß Tiefe zu erforschen.«

Auf seine Anweisung begann ein Drillbohrer sein Werk. Während der nächsten Stunde fraß sich die Maschine durch Fels und Lehm und hielt Grosvenor in Atem. Ein stetiges Rinnsal von Gestein und Mergel glitt unter seinem prüfenden Blick vorüber. Gelegentlich unterzog er diesen oder jenen Brocken einer chemischen Analyse. Als die Pinassen zum Mutterschiff zurückkehrten, war McCann in der Lage, Kent einen allgemeinen Überblick zu geben. Grosvenor hielt sich wohlweislich außerhalb des Aufnahmebereichs, während der Geologe seinen Bericht erstattete.

»Wie Sie sich entsinnen werden, Direktor, ging mein Auftrag dahin, vorrangig festzustellen, ob es sich um einen künstlichen Dschungelplaneten handeln könnte. Das scheint der Fall zu sein. Die Formationen unter der Schlammdecke dürften einer älteren, weniger primitiven Welt angehören. Die Annahme, dass der Deckboden von irgendeinem fernen Planeten abgetragen und hierher verfrachtet worden ist, fällt schwer – aber der Augenschein deutet in diese Richtung.«

»Wie steht es mit der Stadt selbst?«, erkundigte sich Kent. »Worauf lässt sich ihre Zerstörung zurückführen?«

»Wir haben einige Berechnungen angestellt, und mit aller gebotenen Vorsicht lässt sich sagen, dass die enorme Last aus Fels, Boden und Wasser sämtliche Schäden angerichtet haben kann, auf die wir gestoßen sind.«

»Haben Sie irgendwelche Anhaltspunkte entdeckt, die darauf hindeuten, wann diese Katastrophe stattgefunden hat?«

»Zumindest über einige geomorphologische Daten verfügen wir. An verschiedenen Stellen hat sich die alte Oberfläche unter dem Druck der neuen abgesenkt. Wir haben die Bodenformationen identifiziert, die entstandenen Mulden gemessen und auf diese Weise Angaben erhalten, die wir noch in den Computer eingeben müssen. Ein kompetenter Mathematiker« – er meinte Grosvenor – »hat grob geschätzt, dass der Oberflächendruck vor nicht mehr als hundert Jahren eingesetzt haben könnte. Da sich die Geologie mit Ereignissen befasst, die sich im Laufe von Hunderttausenden, selbst Millionen von Jahren vollziehen, lassen sich wohl die Berechnungsgrundlagen überprüfen. Eine genauere Schätzung kann auch der Rechner nicht liefern.«

Nach einer Pause sagte Kent steif: »Ich danke Ihnen. Sie und Ihre Leute haben gute Arbeit geleistet. Eine Frage noch: Haben Sie bei Ihren Untersuchungen irgendeinen Hinweis auf die Art der Intelligenz entdeckt, die eine derartige Massenvernichtung herbeiführen könnte?«

»Rein persönlich gesprochen, ohne meine Mitarbeiter konsultiert zu haben – nein.«

Es war durchaus nachvollziehbar, überlegte Grosvenor, weshalb sich McCann so vorsichtig ausgedrückt hatte.

Für den Geologen stellte die Erforschung dieses Planeten den Anbruch der Suche nach dem Gegner dar. Ihm jedoch hatte sie das letzte Glied in einer Kette von Schlussfolgerungen geliefert, die mit dem Augenblick eingesetzt hatte, in dem das fremdartige Wispern in sein Bewusstsein gedrungen war.

Er kannte die Natur der ungeheuerlichsten unirdischen Intelligenz, die sich vorstellen ließ. Er konnte ihre furchtbare Absicht erraten. Er hatte sorgsam erwogen, was zu tun war.

Sein Problem hieß nicht länger: Worin besteht die Gefahr? Er hatte das Stadium erreicht, in dem es ihm vorrangig darauf ankam, seine Lösung kompromisslos durchzusetzen. Unglücklicherweise mochten Männer, die nur in einer oder zwei Disziplinen kompetent waren, sich als unfähig oder sogar nicht willens erweisen, das Ausmaß der tödlichsten Gefahr zu erfassen, die je das Leben im intergalaktischen Universum bedroht hatte. Der Lösungsvorschlag selbst war geeignet, heftige Kontroversen auszulösen.

Infolgedessen schätzte Grosvenor seine Aufgabe als sowohl wissenschaftlicher wie politischer Art ein. Er war sich der Auseinandersetzung bewusst, auf die er sich einließ. Sein taktisches Vorgehen musste sorgfältig durchdacht sein; zugleich galt es, entschlossen zu handeln.

Es war noch zu früh, um zu entscheiden, wie weit er würde gehen müssen. Aber ihm schien, dass er nicht riskieren durfte, sich von vornherein Einschränkungen aufzuerlegen. Er würde tun, was notwendig war.

25

Als Grosvenor die Zeit zum Handeln für gekommen hielt, schrieb er Kent einen Brief:

> *An den Geschäftsführenden Direktor*
> *Verwaltungsbüro*
> *Expeditionsschiff* Space Beagle
>
> *Sehr geehrter Mr. Kent,*
> *ich habe allen Abteilungsleitern eine wichtige*
> *Mitteilung zu machen. Sie bezieht sich auf*
> *die fremde Intelligenz dieser Galaxie, über deren*
> *Natur ich Beweismaterial zusammengetragen*
> *habe, das ein Vorgehen entschiedenster Art*
> *angezeigt erscheinen lässt.*
> *Würden Sie bitte eine Sondersitzung*
> *einberufen, damit ich meinen Vorschlag*
> *unterbreiten kann?*

Er unterzeichnete »Mit vorzüglicher Hochachtung, Elliott Grosvenor« und fragte sich, ob Kent auffallen würde, dass er zwar eine Lösung anbot, nicht aber sein Beweismaterial. Während er auf eine Antwort wartete, schaffte er unauffällig den Rest seiner persönlichen Habe aus der Schlafkammer in die Nexialistische Abteilung. Damit fügte er den Schlussstein in ein Verteidigungskonzept, das die Möglichkeit einer Belagerung einkalkulierte.

Die Antwort traf am folgenden Morgen ein.

Sehr geehrter Mr. Grosvenor,
ich habe Mr. Kent den Inhalt Ihrer Mitteilung vom
gestrigen Nachmittag übermittelt. Er wünscht,
dass Sie einen Bericht auf dem beigefügten
Formblatt A-16-4 einreichen, und gab seiner
Verwunderung Ausdruck, dass Sie das nicht bereits
von sich aus getan haben.
Uns liegen in dieser Angelegenheit weitere
Hypothesen und Materialien vor. Ihr Bericht wird
ebenso sorgfältige Beachtung finden wie die
übrigen Eingänge.
Würden Sie bitte das Formular, vorschriftsmäßig
ausgefüllt, so bald wie möglich einreichen.
Mit vorzüglicher Hochachtung
i. V. John Fohran

Grosvenor las das Schreiben mit grimmiger Miene. Er bezweifelte nicht, dass Kent seinem Sekretär gegenüber bissige Bemerkungen über den einzigen Nexialisten an Bord gemacht hatte. Gleichwohl war zu erwarten, dass er sich noch gezügelt hatte. Nach wie vor unterdrückte er den Hass und die Unduldsamkeit, die in ihm wühlten. Sofern Korita recht hatte, würden sie erst in einer Krise zum Durchbruch kommen. Die gegenwärtige menschliche Zivilisation befand sich im »Winter«-Stadium, und schon früher waren ganze Kulturen dem ungezügelten Egoismus Einzelner erlegen.

Obwohl er ursprünglich nicht vorgehabt hatte, Tatsachen aufzulisten, beschloss Grosvenor, das Formblatt auszufüllen, das der Sekretär ihm geschickt hatte. Er beschränkte sich jedoch auf die vorhandenen Anhaltspunkte. Weder interpretierte er sie noch nannte er seinen Lösungsvorschlag. In die Rubrik »Empfehlungen« trug er lediglich ein: »Die Schlussfolgerung drängt sich jedem qualifizierten Beobachter auf.«

Die ungeheuerliche Tatsache bestand darin, dass jeder einzelne Beweis, den er angeführt hatte, der einen oder anderen Abteilung an Bord der *Space Beagle* bekannt war. Das gesamte Material, das sich angesammelt hatte, lag wahrscheinlich schon wochenlang auf Kents Schreibtisch.

Grosvenor lieferte das Formular persönlich ab. Er rechnete nicht mit einer raschen Reaktion, blieb aber dennoch in seiner Abteilung. Er ließ sich sogar seine Mahlzeiten hochschicken. Zwei Zwanzig-Stunden-Perioden verstrichen. Dann traf eine Nachricht von Kent ein.

Sehr geehrter Mr. Grosvenor,
ich habe einen Blick auf das von Ihnen
eingereichte Formblatt A-16-4 geworfen und
dabei festgestellt, dass Sie es versäumt haben,
spezifische Empfehlungen zu unterbreiten. Da wir
diesbezüglich mehrere Vorschläge erhalten haben
und unsere Absicht dahin geht, ihre Grundzüge
zu einem umfassenden Plan zu kombinieren,
wäre es uns lieb, wenn Sie uns Ihrerseits einen
detaillierten Vorschlag zukommen ließen.
Würden Sie sich bitte umgehend darum kümmern?

Der Brief war mit »Gregory Kent, Geschäftsführender Direktor« unterschrieben. Aus Kents persönlicher Unterschrift las Grosvenor heraus, dass er diesmal ins Schwarze getroffen hatte und sich der Ablauf der Ereignisse nunmehr beschleunigen würde.

Er nahm mehrere Mittel ein, um die Symptome einer Grippe hervorzurufen. Während er darauf wartete, dass sein Körper reagierte, verfasste er eine weitere Mitteilung an Kent, in der er wissen ließ, er sei zu krank, um die Empfehlungen auszuarbeiten – »die zwangsläufig umfangreich ausfallen müssten, weil Erläuterungen erforderlich wären, die auf einer ganzen Reihe von Wissenschaften basieren. Es wäre aber sicherlich klug, die Expeditionsmitglieder frühzeitig an die Vorstellung zu gewöhnen, dass sie fünf zusätzliche Jahre im Raum verbringen müssten, und umgehend mit der Werbung dafür zu beginnen.«

Sobald er den Brief in den Postschacht geworfen hatte, rief er in Dr. Eggerts Büro an. Zehn Minuten später betrat der Arzt seine Räume.

Er hatte seine Tasche kaum abgestellt, als Schritte auf dem Gang erklangen. Gleich darauf kam Kent in Begleitung zweier kräftiger Chemotechniker herein.

Dr. Eggert blickte sich um und nickte freundlich, als er den Chefchemiker erkannte. »Hallo, Greg«, begrüßte er ihn, um dann seine ungeteilte Aufmerksamkeit Grosvenor zuzuwenden. »Tja«, sagte er schließlich, »es sieht so aus, als hätten wir es mit einem Virus zu tun, mein Freund. Wirklich erstaunlich. Ganz gleich, welche Schutzmaßnahmen wir anwenden, sobald das Schiff landet –

dann und wann schleicht sich doch ein Erreger ein. Ich lasse Sie in die Isolierabteilung schaffen.«

»Ich möchte lieber hierbleiben.«

Dr. Eggert runzelte die Stirn, bevor er schließlich mit den Achseln zuckte. »In Ihrem Fall kann ich das verantworten.« Er packte seine Instrumente zusammen. »Ich schicke Ihnen einen Pfleger hoch, der sich um Sie kümmert. Mit unbekannten Mikroben dürfen wir keine Risiken eingehen.«

Kent brummte unwillig. Grosvenor, der den Geschäftsführenden Direktor hin und wieder mit gespielter Verwunderung angeblickt hatte, sah fragend hoch. In gereiztem Ton wollte Kent wissen: »Was fehlt ihm denn, Doktor?«

»Kann ich noch nicht sagen. Wir müssen abwarten, was die Labortests ergeben. Die Symptome sind Fieber und anscheinend etwas Flüssigkeit in den Lungen.« Er schüttelte den Kopf. »Ich fürchte, ich kann Sie jetzt nicht mit ihm sprechen lassen, Greg. Er könnte ernstlich krank sein.«

Kent entgegnete brüsk: »Das Wagnis müssen wir eingehen. Mr. Grosvenor verfügt über wertvolle Informationen, und« – betont – »ich denke, er ist noch so weit bei Kräften, um sie mitzuteilen.«

Dr. Eggert sah Grosvenor an. »Wie fühlen Sie sich?«, fragte er.

»Sprechen kann ich noch«, gab Grosvenor schwach zur Antwort. Sein Gesicht brannte. Die Augen schmerzten ihn. Aber einer der beiden Gründe, weshalb er sich selbst in diesen Zustand versetzt hatte, bestand eben in der Hoffnung, Kent würde sich dadurch gezwungen sehen, ihn aufzusuchen.

Der andere Grund lief darauf hinaus, dass er an irgendwelchen Besprechungen, die Kent einberufen mochte, nicht persönlich teilnehmen wollte. Nur hier, in seiner eigenen Abteilung, war er in der Lage, sich zur Wehr zu setzen, falls der Beschluss gefasst werden sollte, übereilt gegen ihn vorzugehen.

Der Arzt warf einen Blick auf seine Uhr. »Wissen Sie was«, sagte er zu Kent und indirekt auch zu Grosvenor, »ich kümmere mich um den Pfleger. Sobald er hier eintrifft, muss das Gespräch beendet werden. Einverstanden?«

»Fein!«, erwiderte Kent mit gekünstelter Herzlichkeit. Grosvenor beschränkte sich auf ein Nicken.

Vom Eingang her sagte Dr. Eggert noch: »Mr. Fander dürfte in etwa zwanzig Minuten hier sein.«

Als er gegangen war, trat Kent langsam an die Bettkante und musterte Grosvenor. Eine ganze Weile blieb er so stehen, ehe er mit täuschend sanfter Stimme sagte: »Mir ist unklar, was Sie bezwecken. Weshalb sagen Sie uns nicht, was Sie wissen?«

Grosvenor entgegnete: »Mr. Kent, überrascht Sie das wirklich?«

Wieder trat Schweigen ein. Grosvenor hatte den dezidierten Eindruck eines erbosten Mannes, der sich mit Mühe beherrschte. Endlich meinte Kent leise und gepresst: »Ich bin der Direktor dieser Expedition. Ich verlange, dass Sie mir auf der Stelle Ihre Vorschläge mitteilen.«

Grosvenor schüttelte langsam den Kopf. Er fühlte sich matt und schwitzte. »Ich weiß wirklich nicht, was ich darauf sagen soll«, gab er zurück. »Sie sind ein leicht durchschaubarer Mann, Mr. Kent. Sehen Sie, ich habe erwartet, dass Sie auf meine Briefe in dieser Weise reagieren würden. Ich habe damit gerechnet, dass Sie hier auftauchen würden, begleitet« – er bedachte die beiden Techniker mit einem Seitenblick – »von Ihren Handlangern. Unter diesen Umständen glaube ich im Recht zu sein, wenn ich auf eine Zusammenkunft der Abteilungsleiter bestehe, um dort meine Empfehlungen vorzutragen.«

Wäre ihm Zeit geblieben, er hätte abwehrend den Arm hochgerissen. Zu spät ging ihm auf, dass Kent weitaus erbitterter war, als er angenommen hatte.

»Sie halten sich wohl für sehr schlau«, stieß Kent hervor. Seine Hand schnellte vor. Er schlug Grosvenor ins Gesicht. Mit zusammengebissenen Zähnen fuhr er fort: »Sie sind also krank, wie? Leute, die von unbekannten Krankheiten befallen werden, sind manchmal ihrer Sinne nicht mehr mächtig. Sie müssen dann hart angefasst werden, weil sie sich im Wahn selbst gegen ihre besten Freunde wenden.«

Grosvenor nahm ihn nur noch verschwommen wahr. Mit einer Hand fasste er an sein Gesicht. Weil er Fieber hatte und tatsächlich geschwächt war, fiel es ihm schwer, das Gegenmittel zwischen die Lippen zu schieben. Er schützte vor, sich die Wange zu halten, die Kent getroffen hatte, während er das Medikament schluckte. Benommen brachte er hervor: »Schön, also habe ich den Verstand verloren. Wie nun weiter?«

Falls Kent über die Reaktion konsterniert war, ließen seine Worte das nicht erkennen. Schroff forschte er: »Was wollen Sie wirklich?«

Grosvenor musste einen Augenblick lang gegen aufsteigende Übelkeit ankämpfen. Als er sie überwunden hatte, gab er zur Antwort: »Sie sollten dafür zu werben beginnen, dass nach Ihrer Einschätzung die Feststellungen über die feindliche Intelligenz, zu denen wir gelangt sind, einen Verbleib der Mannschaft im Raum für zusätzliche fünf Jahre gegenüber den ursprünglichen Plänen erfordern. Das ist vorläufig alles. Sowie Sie damit den Anfang gemacht haben, erfahren Sie von mir, was Sie wissen wollen.«

Er begann, sich besser zu fühlen. Die Wirkung des Gegenmittels setzte ein. Das Fieber ließ nach. Und er meinte, was er sagte. Er hatte sich nicht auf einen bestimmten Plan versteift. Sobald seine Grundvoraussetzung akzeptiert war, gedachte er auf alle weiteren Manöver zu verzichten.

Zweimal öffnete Kent den Mund, wie um etwas zu sagen. Jedes Mal schloss er ihn wieder. Endlich brachte er mit halb erstickter Stimme hervor: »Ist das alles, was Sie im Augenblick preisgeben wollen?«

Unter der Bettdecke lagen Grosvenors Finger auf einem Knopf an der Seite seiner Liegestatt, bereit, ihn zu drücken. Er erwiderte: »Ich gebe Ihnen mein Wort, dass Sie erfahren werden, was Sie wissen möchten.«

Kent sagte schroff: »Das ist ganz ausgeschlossen. Ich kann mich auf solchen Wahnwitz unmöglich einlassen. Die Mannschaft würde noch nicht einmal eine Verlängerung um ein Jahr akzeptieren.«

»Ihre Anwesenheit«, erwiderte Grosvenor ruhig, »deutet darauf hin, dass Sie meinen Rat keineswegs für aberwitzig halten.«

Kents Hände öffneten und schlossen sich. »Unmöglich! Wie sollte ich mein Handeln gegenüber den Abteilungsleitern rechtfertigen?«

Grosvenor, der den Chemiker scharf im Auge behielt, rechnete damit, dass die Explosion kurz bevorstand. »Sie brauchen vorläufig keine Erklärungen abzugeben. Sie brauchen nur die spätere Aufklärung in Aussicht zu stellen.«

Einer der Chemotechniker, der Kents Mienenspiel verfolgt hatte, ergriff das Wort. »Chef, dieser Mann scheint nicht zu wissen, dass er mit dem Direktor spricht. Sollen wir ihm eine Lehre erteilen?«

Kent, der gerade zu einer Entgegnung angesetzt hatte, stockte. Er trat zurück und befeuchtete sich die Lippen. Dann nickte er heftig. »Sie haben recht, Bredder. Ich weiß selbst nicht, weshalb ich mich auf diese Diskussion eingelassen habe. Ich schließe nur noch die Tür, dann werden wir …«

Grosvenor warnte: »An Ihrer Stelle würde ich das unterlassen. Im gesamten Schiff würde Alarm gegeben.«

Kent, eine Hand an der Tür, zögerte und wandte sich um. Sein Gesicht trug einen unnachgiebigen Ausdruck. »Schön«, meinte er unpersönlich, »dann nehmen wir Sie eben bei offener Tür auseinander. Heraus mit der Sprache, Freundchen!«

Seine Begleiter traten auf Grosvenor zu. Dieser fragte: »Bredder, haben Sie schon von einer peripheren elektrostatischen Ladung gehört?« Als beide zauderten, sprach er grimmig weiter: »Fassen Sie mich an, und Sie versengen sich. Ihre Hände bekommen Brandblasen. Ihr Gesicht …«

Die Männer wichen zurück. Der blondhaarige Bredder warf Kent einen unbehaglichen Blick zu. Dieser stieß unwirsch hervor: »Mit der elektrischen Ladung im menschlichen Körper ließe sich nicht einmal eine Fliege töten.«

Grosvenor schüttelte den Kopf. »Wagen Sie sich nicht etwas weit auf fremdes Gebiet vor, Mr. Kent? Ich rede nicht von der Elektrizität in meinem Körper, sondern in Ihrem, sofern Sie Hand an mich legen.«

Kent griff nach seinem Vibrator und nahm bedächtig eine Einstellung daran vor. »Treten Sie zurück«, wies er seine Mitarbeiter an. »Ich bestreiche ihn eine Zehntelsekunde lang. Er wird das Bewusstsein nicht verlieren, aber jede Faser in seinem Körper spüren.«

»Lassen Sie es bleiben, Kent«, riet Grosvenor eindringlich. »Ich warne Sie.«

Entweder vernahm der Mann seine Worte tatsächlich nicht, oder er war zu aufgebracht, um darauf zu hören. Der Leuchtspurstrahl blendete Grosvenor. Es zischte und prasselte, und Kent stieß einen Schmerzensschrei aus. Der Strahl erlosch. Grosvenor gewahrte, dass Kent versuchte, sich der Waffe zu entledigen. Sie klebte zwischen seinen Fingern, bis sie endlich klirrend zu Boden fiel. Taumelnd, schmerzerfüllt umklammerte er seine verletzte Hand.

Ärgerlich und doch mitfühlend wollte Grosvenor wissen: »Warum haben Sie nicht auf mich gehört? Die Wände stehen unter Spannung. Der Vibrator ionisiert die Luft. Sie haben einen elektrischen Schlag erhalten, der gleichzeitig die Energieentladung neutralisiert hat – außer im unmittelbaren Mündungsbereich. Hoffentlich haben Sie sich nicht zu schlimm verbrannt.«

Kent hatte sich wieder in der Gewalt. Er wirkte bleich und verkrampft, aber ruhig. »Das wird Sie teuer zu stehen kommen«, sagte er tonlos. »Wenn jeder erst begreift, dass ein Einzelner hier versucht, seine Ideen durchzusetzen ...« Er brach ab. Gebieterisch winkte er seinen beiden Helfershelfern. »Kommen Sie. Vorläufig sind wir hier fertig.«

Volle acht Minuten, nachdem sie sich entfernt hatten, traf Fander ein. Grosvenor musste ihm mehrfach geduldig auseinandersetzen, dass er nicht mehr krank war. Und noch länger brauchte er, um Dr. Eggert zu überzeugen, den der junge Mann herbeirief. Dass man ihm auf die Schliche kommen könnte, bereitete Grosvenor keine Kopfschmerzen. Man musste schon sehr argwöhnisch sein und eine ganze Weile nachforschen, um auf die Mittel zu stoßen, deren er sich bedient hatte.

Schließlich ließen beide ihn allein, mit dem dringenden Rat, mindestens einen oder zwei Tage seine Räume nicht zu verlassen. Grosvenor versicherte ihnen, dass er ihre Anordnungen befolgen würde, und er meinte es ernst. Bei den Auseinandersetzungen, die ihm bevorstanden, würde die Abteilung seine Bastion bilden.

Auf welche Weise man gegen ihn vorgehen würde, ließ sich nicht vorhersehen, aber hier fühlte er sich der Bedrohung gewachsen.

Etwa eine Stunde später klickte es im Posteingangsschacht. Kent berief – so der Wortlaut – auf Bitten Elliott Grosvenors eine Sondersitzung ein. Das Rundschreiben zitierte aus Grosvenors erstem Brief an Kent und ließ alle späteren Geschehnisse unerwähnt. Es schloss mit dem

Satz: »In Anbetracht der bisherigen Verdienste Mr. Grosvenors ist der Geschäftsführende Direktor der Auffassung, dass er angehört werden sollte.«

Unter Grosvenors Einladung hatte Kent handschriftlich vermerkt: »Sehr geehrter Mr. Grosvenor, angesichts Ihrer Erkrankung habe ich Mr. Gourlays Mitarbeiter angewiesen, Ihr Audioskop mit dem Auditorium der Kommandobrücke zu verbinden, sodass Sie von Ihrem Krankenlager aus an der Sitzung teilnehmen können. Diese ist im Übrigen nicht öffentlich.«

Zum festgelegten Zeitpunkt schaltete Grosvenor seinen Wandbildschirm ein. Als das Bild aufleuchtete, zeigte es eine scharfe Wiedergabe der gesamten Kommandozentrale. Als Aufnahmegerät fungierte offenbar das riesige Rechteck über der Instrumententafel, von dem in diesem Augenblick sein Abbild in drei Meter Größe auf die Versammelten herunterblickte. Dieses eine Mal, dachte er mit schiefem Lächeln, musste seine Anwesenheit jedem auffallen.

Ein rascher Blick durch den Raum zeigte ihm, dass die meisten Abteilungsleiter bereits ihre Plätze eingenommen hatten. Unmittelbar unter dem Schirm unterhielt sich Kent mit Captain Leeth. Es musste sich um das Ende, nicht um den Beginn des Gesprächs handeln, denn er blickte zu Grosvenor hoch, lächelte grimmig und wandte sich unverzüglich seiner kleinen Zuhörerschaft zu. Grosvenor bemerkte, dass er an einer Hand einen Verband trug.

»Meine Herren«, begann er, »ich möchte Mr. Grosvenor ohne lange Vorrede das Wort erteilen.« Wieder sah er zu dem immensen Bildschirm hoch, und auf seinem Gesicht lag das gleiche unfrohe Lächeln. Er schloss: »Mr. Grosvenor, Sie können beginnen.«

Grosvenor setzte an: »Vor etwa einer Woche schon, meine Herren, hatte ich genügend Beweismaterial, um ein Vorgehen unseres Schiffes gegen die fremde Intelligenz dieser Galaxie zu rechtfertigen. Sie mögen das für eine weit hergeholte Behauptung halten, und in der Tat will es das Unglück, dass ich Ihnen nur meine Interpretation der Anhaltspunkte liefern kann, über die wir verfügen. Ich bin nicht in der Lage, jedem unter Ihnen zweifelsfrei zu beweisen, dass ein solches Lebewesen tatsächlich existiert. Einigen werden meine Schlussfolgerungen begründet erscheinen. Andere, die in bestimmten Wissensgebieten nicht zu Hause sind, werden sie für zweifelhaft halten. Ich habe mir den Kopf über das Problem zerbrochen, wie ich Sie überzeugen könnte, dass meine Lösung den einzig sicheren Weg darstellt. Systematisch die Ergebnisse einer Reihe von Experimenten zusammenzufassen schien mir die vernünftigste Methode.«

Den Umstand, dass er bereits zu einem Kunstgriff hatte Zuflucht nehmen müssen, um überhaupt Gehör zu finden, unterschlug er. Ungeachtet dessen, was vorgefallen war, lag ihm nichts daran, sich Kent noch mehr zum Gegner zu machen.

Er sprach weiter: »Zunächst möchte ich Mr. Gourlay bitten, sich zu äußern. Es wird Sie kaum besonders überraschen, wenn ich Ihnen sage, dass mein erster Verdacht mit C-9 zusammenhing. Vielleicht könnten Sie Ihre Kollegen darüber orientieren.«

Gourlay warf einen Blick zu Kent hinüber, der mit den Achseln zuckte und nickte. Der Chef der Funkzentrale zögerte, ehe er begann: »Wann C-9 in Aktion trat, lässt sich unmöglich genau bestimmen. Für diejenigen, die sich im Augenblick überfordert fühlen, möchte ich vorausschicken, dass es sich bei C-9 um einen Energieschirm von geringer Stärke handelt, der sich automatisch einschaltet, sobald der Staub im umgebenden Raum eine Dichte erreicht, die einem schnell fliegenden Schiff gefährlich werden könnte. Natürlich ist bei gegebenem Raumvolumen die Höhe der Geschwindigkeit ausschlaggebend für die relative Dichte. Dass genügend Staub vorhanden war, um C-9 zu aktivieren, wurde von einem meiner Mitarbeiter kurz vor dem Auftauchen der Echsen hier in der Kommandozentrale bemerkt.« Gourlay lehnte sich in seinen Sessel zurück. »Das wäre es«, schloss er.

»Mr. von Grossen, was hat Ihre Abteilung über den kosmischen Staub in dieser Galaxie festgestellt?«, erkundigte sich Grosvenor.

Der massige von Grossen verlagerte sein Gewicht. Ohne aufzustehen, erwiderte er: »Nichts, was sich als spezifisch oder ungewöhnlich bezeichnen ließe. Er ist eine Spur dichter als in unserer eigenen Milchstraße. Mittels ionisierter Platten, die unter hoher Spannung standen, haben wir eine geringe Menge gesammelt und analysiert. Der größte Teil befand sich in festem Zustand – einige niedere Elemente, dazu zahlreiche Verbindungen, die sich bei der Kondensierung gebildet haben könnten –, der Rest war freies Gas, hauptsächlich Wasserstoff. Die Schwierigkeit besteht darin, dass dieser Niederschlag dem Staub, wie er im freien Raum existiert, wahrscheinlich nur sehr wenig ähnelt. Das Verfahren, das zum Sammeln verwendet wird, ist hochgradig unbefriedigend, weil es eine Reihe von Veränderungen auslöst. Wie kosmischer Staub sich eigentlich verhält, können wir deshalb bestenfalls vermuten.« Der Physiker breitete ratlos die Hände aus. »Das ist eigentlich alles, was ich dazu sagen kann.«

Grosvenor ergriff wieder das Wort. »Ich könnte weitere Abteilungsleiter in ähnlicher Weise befragen. Aber ich denke, ihre Feststellungen lassen sich zusammenfassen, ohne dass ich jemandem unrecht tue. Die biologische und die chemische Abteilung sind auf vergleichbare Schwierigkeiten gestoßen wie die physikalische. Sofern ich recht unterrichtet bin, hat Mr. Smith verschiedene Verfahren angewandt, um die Luft in einem Käfig mit dem Staub zu sättigen. Die Versuchstiere, die er der Mischung ausgesetzt hat, sind unversehrt geblieben, sodass er schließlich einen Selbstversuch unternommen hat. Möchten Sie noch etwas hinzufügen, Mr. Smith?«

Der Biologe schüttelte den Kopf. »Wenn es sich um eine Lebensform handeln sollte, so habe ich keine Anhaltspunkte dafür gefunden. Ich gebe zu, dass wir dem unverfälschten Zustand nur so weit nahegekommen sind, als wir sämtliche Schleusen einer Pinasse im freien Raum geöffnet haben, um sie nach einer Zeit lang wieder zu schließen und Luft einströmen zu lassen. Die chemische Zusammensetzung der Luft war leicht verändert, aber doch nur unwesentlich.«

»So viel also zu den Daten, über die wir verfügen«, bemerkte Grosvenor. »Ich habe unter anderem das eben erwähnte Experiment selbst durchgeführt. Was mich interessierte, war die Frage: Falls es sich tatsächlich um Leben handelt, wovon ernährt es sich? Nachdem also die Sauerstoffanlagen die Luft in meinem Beiboot erneuert hatten, habe ich sie analysiert. Dann habe ich mehrere kleine Versuchstiere getötet und die Zusammensetzung der Atmosphäre erneut untersucht. Die jeweiligen Proben habe ich an Mr. Kent, Mr. von Grossen und Mr. Smith geschickt. Einige minimale chemische Veränderungen ließen sich feststellen. Man könnte sie Irrtümern in der Versuchsdurchführung zuschreiben. Trotzdem möchte ich Mr. von Grossen bitten, Ihnen zu sagen, was er ermittelt hat.«

Von Grossen blinzelte und richtete sich auf. »Sie halten das für einen Beweis?«, fragte er überrascht. Er wandte sich in seinem Sessel um und blickte seine Kollegen an, die Stirn nachdenklich gerunzelt. »Ich vermag die Bewandtnis nicht zu erkennen«, sagte er, »aber die Luftmoleküle in der mit ›Nachher‹ gekennzeichneten Probe wiesen eine geringfügig höhere elektrische Ladung auf.«

Das war der entscheidende Augenblick. Grosvenor blickte hinab auf die aufwärtsgewandten Gesichter der Wissenschaftler, in der Hoffnung, wenigstens in einem einzigen Augenpaar würde Verständnis aufleuchten.

Doch Befremden war der einzige Ausdruck, den die Mienen verrieten. Endlich sagte jemand trocken: »Ich nehme an, wir sollen uns freudestrahlend zu der Hypothese bekennen, dass wir es mit einer Intelligenz in Form kosmischen Staubs zu tun haben. Mir ist dieser Bissen zu groß, als dass ich ihn schlucken würde.«

Grosvenor entgegnete nichts. Im Grunde mutete er ihrem Fassungsvermögen noch mehr zu, auch wenn der Unterschied nicht sehr groß war. Ein Gefühl tiefer Enttäuschung begann sich in ihm breitzumachen. Innerlich stählte er sich für den nächsten Schritt.

»Kommen Sie, kommen Sie, Mr. Grosvenor«, warf Kent scharf ein. »Nennen Sie uns Ihre Gründe, dann werden wir entscheiden.«

Zögernd begann Grosvenor: »Dass Sie sich der Antwort verschließen, meine Herren, erfüllt mich mit erheblicher Sorge. Ich sehe voraus, dass wir Schwierigkeiten bekommen werden. Versetzen Sie sich in meine Lage. Ich habe Ihnen das verfügbare Beweismaterial präsentiert, einschließlich einer Beschreibung der Versuche, die mich zu einer Identifizierung der gegnerischen Intelligenz geführt haben, der wir uns gegenübersehen. Mittlerweile ist mir deutlich, dass meine Schlussfolgerungen unter Ihnen stark umstritten sind. Und doch, wenn ich recht habe – und ich bin davon überzeugt –, wäre der Verzicht auf ein Vorgehen, wie es mir vorschwebt, verhängnisvoll für die Menschheit und wahrscheinlich auch für alles weitere intelligente Leben im Universum. Die Lage ist also die: Teile ich Ihnen meine Auffassung mit, ist die Entscheidung mir zugleich aus der Hand genommen. Dann beschließt die Mehrheit, und soweit ich sehe, gibt es gegen diesen Beschluss keine legale Handhabe.«

Er machte eine Pause, um seine Worte wirken zu lassen. Einige der Anwesenden sahen sich mit zusammengezogenen Brauen an. Kent sagte: »Warten Sie nur ab. In seiner Ichbezogenheit ist dieser Mann nicht leicht zu übertreffen.«

Seit Sitzungsbeginn war dies seine erste feindselige Bemerkung. Grosvenor bedachte ihn mit einem raschen Blick, wandte sich dann ab und fuhr fort: »Es ist mein unangenehmes Los, meine Herren, darauf hinzuweisen, dass unter solchen Umständen die Frage nicht länger wissenschaftlicher Natur ist, sondern politische Bedeutung annimmt. Ich muss deshalb darauf bestehen, dass meine Lösung akzeptiert wird. Unter der Besatzung muss nachdrücklich für die Perspektive geworben werden, die sich der Geschäftsführende Direktor und alle Abteilungsleiter rückhaltlos zu eigen machen, dass die *Space Beagle* fünf zusätzliche irdische Jahre im Raum verbringt, auch wenn wir am besten so verfahren, als wären es fünf siderische Jahre. Ich werde Ihnen meine Deutung der Gegebenheiten darlegen, aber jeder Abteilungschef muss sich darauf einstellen, unwiderruflich seinen Ruf und seinen guten Namen dafür in die Waagschale zu werfen. Die drohende Gefahr ist so umfassend, dass jeder kleinliche Zank, auf den wir unsere Zeit verschwenden, eine Schande wäre.«

Kurz und bündig umriss er, worin die Gefahr bestand. Ohne abzuwarten, wie die Anwesenden reagierten, skizzierte er anschließend, wie man ihr entgegentreten konnte.

»Wir müssen Planeten mit umfangreichen Eisenvorkommen ausfindig machen und die Produktionskapazität unseres Schiffes auf die Massenfertigung nuklearer, rasch zerfallender Torpedos konzentrieren. Ein Jahr lang werden wir wahrscheinlich allein diese Galaxie durchqueren und solche Geschosse nach dem Zufallsprinzip in großer Zahl aussenden müssen. Sobald sich die Intelligenz in diesem Raumsektor praktisch nicht mehr halten kann, verlassen wir die Galaxie und bieten ihr Gelegenheit, uns zu folgen, in der Hoffnung, wir würden ihr den Weg zu einer neuen Nahrungsquelle weisen. Die meiste Zeit werden wir anschließend darauf verwenden müssen, dafür zu sorgen, dass sie nicht auf unsere Milchstraße aufmerksam wird.«

Er hielt inne und schloss dann mit ruhiger Stimme: »Nun, meine Herren, jetzt wissen Sie Bescheid. An Ihren Gesichtern kann ich ablesen, dass Sie absolut geteilter Meinung sind und uns eine unerquickliche Kontroverse bevorsteht.«

Zunächst herrschte Schweigen. Dann murmelte jemand: »Fünf Jahre.«

Es klang fast wie ein Seufzer – und wirkte wie ein Stichwort. Überall begannen Männer, sich unruhig in ihren Sesseln zu regen.

»Irdische Jahre«, warf Grosvenor schnell ein.

Darauf musste er Nachdruck legen. Absichtlich hatte er eine Zeitrechnung gewählt, die die Verweildauer länger erscheinen ließ, sodass sie bei der Übertragung in Sternjahre kürzer wirkte. Mit ihrer hundertminütigen Stunde, ihrem zwanzigstündigen Tag und ihrem Dreihundertsechzig-Tage-Jahr war die Sternzeit nichts als ein psychologischer Kunstgriff. Wer sich einmal an den längeren Tag gewöhnt hatte, vergaß rasch, wie viel Zeit entsprechend der früheren Einteilung verstrich.

Grosvenor erwartete deshalb auch jetzt, dass derjenige Erleichterung empfinden würde, dem aufging, dass sich der zusätzliche Aufenthalt nur auf annähernd drei Sternjahre belief.

Kent wollte wissen: »Weitere Stellungnahmen?«

Von Grossen sagte bekümmert: »Ich vermag Mr. Grosvenors Analyse beim besten Willen nicht zu akzeptieren. Im Hinblick auf seine bisherigen Verdienste habe ich eine hohe Meinung von ihm. Aber er verlangt von uns, in gutem Glauben etwas zu akzeptieren, das wir zweifelsohne nachvollziehen könnten, wenn er triftige Beweise hätte. Dass nur jemand, der in nexialistischen Methoden unterwiesen ist, komplexe interdisziplinäre Erscheinungen zutreffend zu beurteilen vermag, würde eine Integrationsleistung voraussetzen, die ich dem Nexialismus absprechen muss.«

»Bestreiten Sie nicht einigermaßen voreilig etwas, mit dem Sie sich noch nie wirklich auseinandergesetzt haben?«, versetzte Grosvenor knapp.

Von Grossen hob die Schultern. »Mag sein.«

»Mir stellt sich das Bild so dar«, warf Zeller ein, »dass wir jahrelange Mühe aufwenden würden, aber nur höchst indirekte und wenig schlüssige Anhaltspunkte dafür hätten, dass der Plan tatsächlich funktioniert.«

Grosvenor zauderte. Er begriff, dass ihm keine andere Wahl blieb, als sich in einer Weise zu äußern, die ihm Abneigung eintragen musste. Aber zu viel stand auf dem Spiel. Auf Gefühle konnte er keine Rücksicht nehmen. Er gab zur Antwort: »Ich werde wissen, wann wir Erfolg haben, und wenn einige unter Ihnen sich herabließen, in der Nexialistischen Abteilung die entsprechenden Methoden zu erlernen, wüssten sie es auch.«

Smith kommentierte grimmig: »Etwas spricht für Mr. Grosvenor. Er erbietet sich stets, uns zu demonstrieren, wie wir ihm ebenbürtig werden können.«

»Noch irgendwelche Meinungsäußerungen?«, fragte Kent mit deutlichem Triumph in der Stimme.

Mehrere Wissenschaftler schienen etwas sagen zu wollen, schwiegen dann jedoch.

Kent fuhr fort: »Um keine Zeit zu verschwenden, schlage ich vor, dass wir durch Abstimmung feststellen, wie die Mehrheit über Mr. Grosvenors Vorschlag denkt. An einer solchen Einschätzung dürfte uns allen gelegen sein.« Langsamen Schrittes trat er vor. Seine Züge konnte Grosvenor nicht erkennen, doch seine Haltung drückte Selbstgefälligkeit aus. »Wer für Mr. Grosvenors Plan ist«, schloss er, »inbegriffen ein zusätzlicher fünfjähriger Aufenthalt im Raum, hebt bitte die Hand.«

Keine einzige Hand rührte sich.

Irgendjemand erhob Beschwerde: »Etwas mehr Zeit zum Durchdenken des Problems braucht man doch wohl.«

»Wir versuchen lediglich, die Meinung zum gegenwärtigen Zeitpunkt zu ermitteln«, gab Kent zur Antwort. »Zu wissen, wie die verantwortlichen Gelehrten an Bord denken, ist wichtig für uns alle.« Er brach ab und rief: »Ich bitte alle diejenigen, die definitiv dagegen sind, um ihr Handzeichen.«

Mit drei Ausnahmen hoben sich sämtliche Hände. Ein blitzschneller Blick verriet Grosvenor die Identität der drei, die Enthaltung geübt hatten. Es handelte sich um Korita, McCann und von Grossen.

Im letzten Moment gewahrte er, dass Captain Leeth, der unmittelbar neben Kent stand, sich gleichfalls der Stimme enthalten hatte.

Unverzüglich appellierte Grosvenor an ihn: »Captain Leeth, dies ist zweifelsfrei ein Augenblick, in dem Ihr verbrieftes Recht gilt, den Befehl über das Schiff zu übernehmen. Die Gefahr liegt klar zutage.«

»Mr. Grosvenor«, erwiderte der Kommandant langsam, »das träfe nur dann zu, wenn wir es mit einem sichtbaren Gegner zu tun hätten. Im vorliegenden Fall muss ich mich auf den Rat der Experten verlassen.«

»Es gibt nur einen Experten an Bord«, parierte Grosvenor kalt. »Die Übrigen sind Amateure, die an der Oberfläche herumstümpern.«

Bei der Bemerkung fuhren die meisten Anwesenden zornig auf. Drei oder vier versuchten, sich gleichzeitig Luft zu machen, verstummten zornig wieder, als sie die Vergeblichkeit einsahen.

Es war Captain Leeth, der endlich in gemessenem Tonfall erklärte: »Mr. Grosvenor, ich kann Ihre unbegründete Behauptung nicht akzeptieren.«

Ironisch sagte Kent: »Nun, meine Herren, wenigstens wissen wir jetzt, was Mr. Grosvenor von uns hält.«

Er selbst schien sich durch die Beleidigung nicht getroffen zu fühlen. Stattdessen gab er sich sarkastisch und zugleich gut gelaunt. Dass er als Geschäftsführender Direktor für einen manierlichen und höflichen Umgang miteinander zu sorgen hatte, schien er vergessen zu haben.

Meader, Leiter der Unterabteilung Botanik, erinnerte ihn ärgerlich: »Mr. Kent, ich verstehe nicht, wie Sie eine so unverschämte Bemerkung dulden können.«

»Ganz recht«, bestärkte Grosvenor ihn mokant. »Sagen Sie ihm die Meinung. Die Menschheit, das gesamte Universum schwebt in Gefahr, aber die Würde muss gewahrt bleiben.«

Erstmals meldete sich McCann mit offenkundigem Unbehagen zu Wort: »Korita, angenommen, es gäbe ein Lebewesen von der Art, wie Grosvenor es beschrieben hat – wo hätte es bei einem zyklischen Geschichtsverlauf seinen Platz?«

Der Archäologe schüttelte bekümmert den Kopf. »Darüber lässt sich kaum etwas sagen. Man müsste eine primitive Lebensform unterstellen.« Er blickte im Auditorium umher. »Was mir weit mehr zu schaffen macht, ist der Umstand, dass die zyklische Geschichtstheorie derart perfekt auf meine Freunde passt. Freude über die Niederlage eines Mannes, dessen Leistungen uns allen ein gewisses Unbehagen bereitet haben. Die plötzlich durchbrechende Egomanie dieses Mannes.« Bedauernd sah er in die Höhe zu Grosvenors Abbild. »Mr. Grosvenor, ich bin zutiefst enttäuscht über die Äußerungen, zu denen Sie sich haben hinreißen lassen.«

»Mr. Korita«, gab Grosvenor sachlich zur Antwort, »wenn ich einen anderen Weg eingeschlagen hätte, wäre es Ihnen und den übrigen ehrenwerten Kollegen, von denen ich viele persönlich schätze, nicht einmal vergönnt gewesen, überhaupt zu hören, was ich bisher geäußert habe und was ich noch zu sagen habe.«

»Ich vertraue darauf«, erwiderte Korita, »dass die Mitglieder dieser Expedition tun werden, was nötig ist – ohne Rücksicht auf persönliche Opfer.«

»Es fällt mir schwer, das zu glauben«, sagte Grosvenor. »Offenkundig hat der Umstand viele unter ihnen beeinflusst, dass mein Vorschlag weitere fünf Jahre Aufenthalt im Raum einschließt. Ich weiß wohl, dass das eine harte Notwendigkeit ist. Ich versichere Ihnen aber, dass es keine andere Möglichkeit gibt.« Schroff setzte er hinzu: »Ich habe mit diesem Resultat gerechnet und mich darauf vorbereitet.« Er wandte sich an die gesamte Gruppe der Anwesenden. »Meine Herren, Sie zwingen mich zu einer Handlungsweise, die ich, und das bitte ich Sie, mir abzunehmen, mehr bedauere, als ich je auszudrücken vermöchte. Hiermit stelle ich Ihnen ein Ultimatum.«

»Ultimatum!«, stieß Kent überrascht und plötzlich bleich im Gesicht hervor.

Grosvenor beachtete ihn nicht. »Sollte meine Forderung bis morgen Vormittag zehn Uhr nicht akzeptiert worden sein, bemächtige ich mich des Schiffs. Jeder an Bord wird danach tun, was ich ihm befehle, ob er will oder nicht. Natürlich rechne ich damit, dass Sie Ihr Wissen poolen und versuchen werden, mich an der Durchführung meiner Absicht zu hindern. Ihr Widerstand wird trotzdem zwecklos sein.«

Der ausbrechende Aufruhr dauerte immer noch an, als Grosvenor die Verbindung zur Kommandobrücke unterbrach.

26

Eine Stunde mochte seit der Sitzung vergangen sein, als Grosvenor einen Anruf von McCann empfing.

»Ich würde gern hochkommen«, sagte der Geologe.

Grosvenor erwiderte gut gelaunt: »Kommen Sie nur.«

McCanns Miene wirkte skeptisch. »Ich nehme an, Sie haben den Gang mit Fallen und Fußangeln gespickt.«

»Tj-a-a-a, ich schätze, so könnte man es nennen«, bestätigte Grosvenor. »Ihnen wird aber nichts geschehen.«

»Angenommen, ich käme in der Absicht, Sie zu ermorden?«

»In meinen Räumen«, entgegnete Grosvenor mit einer Zuversicht, die, wie er hoffte, alle Lauscher gebührend beeindrucken würde, »könnten Sie mich nicht einmal mit einer Keule erschlagen.«

McCann machte einen unschlüssigen Eindruck. Endlich sagte er: »Ich bin gleich da.« Er schaltete ab.

Weit entfernt konnte er nicht gewesen sein, denn weniger als eine Minute war vergangen, als die Sensoren im Gang sein Nahen meldeten. Gleich darauf tauchten seine Schultern und sein Kopf auf einem Bildschirm auf, und ein Relais schnappte ein. Da es zu einem Prozess gehörte, der automatisch ablief, schaltete Grosvenor es mit der Hand aus.

Wenige Sekunden später trat McCann durch die offene Tür ein. Auf der Schwelle hielt er inne, kam dann kopfschüttelnd näher.

»Etwas unwohl war mir doch zumute. Trotz Ihrer Versicherung hatte ich das Gefühl, dass eine ganze Waffenbatterie auf mich zielte.« Forschend blickte er Grosvenor an. »Oder ist das Ganze eine Finte?«

»Mir ist selbst ein wenig unwohl, Don«, erwiderte Grosvenor langsam. »Sie haben meinen Glauben an Ihre Rechtschaffenheit erschüttert. Ich hätte nicht angenommen, dass Sie mit einer Bombe zu mir kämen.«

McCann starrte ihn verständnislos an. »Aber das stimmt nicht. Wenn Ihre Instrumente etwas Derartiges anzeigen …« Er hielt inne. Hastig entledigte er sich seines Laborkittels. Er begann, seine Taschen zu durchsuchen. Plötzlich stockten seine Bewegungen. Sein Gesicht war fahl, als er einen fünf Zentimeter langen grauen Gegenstand, dünn wie eine Oblate, zutage förderte. »Was ist das?«, stieß er hervor.

»Eine stabilisierte Plutoniumlegierung.«

»*Nuklear?*«

»Nicht radioaktiv, jedenfalls nicht in diesem Zustand. Aber ein Richtstrahl aus einem Hochfrequenzsender könnte sie in radioaktives Gas auflösen. Wir würden beide Strahlungsverbrennungen davontragen.«

»Grove, ich versichere Ihnen, davon habe ich nichts gewusst.«

»Haben Sie jemandem gesagt, dass Sie zu mir wollten?«

»Natürlich. Dieser Teil des Schiffes ist völlig abgeriegelt.«

»Mit anderen Worten: Sie mussten Erlaubnis einholen?«

»Ja. Von Kent.«

Grosvenor zögerte, sagte dann: »Denken Sie bitte genau nach. Hatten Sie zeitweise, während Sie mit Kent redeten, das Gefühl, dass es in der Kabine heiß war?«

»A-aber ja. Jetzt fällt es mir wieder ein. Ich fand die Luft zum Ersticken.«

»Wie lange hat das gedauert?«

»Eine, vielleicht zwei Sekunden.«

»Hmmm, das heißt, dass Sie wahrscheinlich zehn Minuten bewusstlos waren.«

»Bewusstlos?« McCanns Miene verdüsterte sich. »Das ist doch ein starkes Stück. Dann hat dieser Kerl mich betäubt.«

»Ich könnte wahrscheinlich sogar die Dosis feststellen«, erklärte Grosvenor sachlich. »Eine Blutuntersuchung würde genügen.«

»Das wäre mir durchaus recht. Damit wäre bewiesen …«

Grosvenor schüttelte den Kopf. »Damit wäre nur bewiesen, was Ihnen widerfahren ist, nicht aber, wie weit Sie sich freiwillig darauf eingelassen haben. Weitaus überzeugender erscheint mir der Umstand, dass niemand bei klarem Verstand zusehen würde, wie Pua-72 in seiner Gegenwart aufgelöst wird. Das nämlich versucht man seit über einer Minute – ohne Erfolg, weil meine Abschirmung den Sender abblockt.«

McCann war kreidebleich. »Grove, ich bin fertig mit diesem Halsabschneider. Ich gebe zu, ich war mit mir selbst im Unreinen und habe mich darauf eingelassen, über mein Gespräch mit Ihnen zu berichten – aber ich war entschlossen, Sie vorher zu warnen.«

Grosvenor lächelte. »Schon gut, Don. Ich glaube Ihnen. Setzen Sie sich doch.«

»Was wird hiermit?« McCann hielt die flache »Bombe« hoch.

Grosvenor nahm sie ihm ab und verstaute sie in der kleinen Bleikammer, die ihm zur Aufbewahrung radioaktiven Materials diente. Er kehrte zurück, ließ sich nieder und meinte: »Ich nehme an, dass in Kürze ein Angriff erfolgen wird. Was Kent sich geleistet hat, kann er nur rechtfertigen, wenn er sich bemüht, uns noch rechtzeitig zu retten, damit unsere radioaktiven Verbrennungen ärztlich behandelt werden können.«

Er schloss: »Wir können den Fortgang der Dinge auf dem Bildschirm verfolgen.«

Elektronische Sensoren vom Typ des elektrischen Auges meldeten die Attacke zuerst. Auf einer Instrumententafel an der Wand blitzten Lichter auf, und ein Summton erklang.

Auf der Mattscheibe über den Instrumenten tauchten die Umrisse der Angreifer auf. Ein Dutzend Männer in Raumanzügen bogen um eine Ecke und näherten sich auf dem Gang. Grosvenor erkannte von Grossen und zwei seiner Mitarbeiter aus der physikalischen Abteilung, vier Chemiker, von denen zwei zur Unterabteilung Biochemie gehörten, drei Funkmessexperten, die Gourlay unterstellt waren, und zwei Waffenoffiziere. Drei Soldaten, die einen mobilen Vibrator, ein transportables Hitzegeschütz und einen ungefügen Gasbombenwerfer bemannten, bildeten die Nachhut.

McCann regte sich unruhig. »Hat die Abteilung noch einen zweiten Zugang?«

Grosvenor nickte. »Er ist gesichert.«

»Und oben und unten?« McCann wies auf Fußboden und Decke.

»Über uns liegt ein Lagerraum, unter der Abteilung ein Filmvorführungssaal. Auch dort habe ich vorgesorgt.«

Sie verfielen in Schweigen. Als die Gruppe im Gang innehielt, bemerkte McCann: »Dass von Grossen sich dazu hergegeben hat, überrascht mich. Ich dachte, er bewundert Sie.«

»Dass ich ihn als Amateur bezeichnet habe, hat ihn tief gekränkt«, sagte Grosvenor. »Er möchte sich selbst überzeugen, wozu ich in der Lage bin.«

Die Angreifer im Gang schienen sich zu beraten. Grosvenor fragte: »Was hat Sie eigentlich hergebracht?«

McCanns Blick haftete auf dem Bildschirm. »Ich wollte Sie wissen lassen, dass Sie nicht völlig allein stehen. Mehrere Kollegen haben mich gebeten, Ihnen das auszurichten.« Besorgt brach er ab. »Wir wollen jetzt nicht reden, solange der Angriff vorgetragen wird.«

»Der Zeitpunkt ist ebenso gut wie irgendein anderer.«

McCann schien ihn nicht zu hören. »Ich kann mir nicht vorstellen, wie Sie sie aufhalten wollen«, murmelte er. »Sie können Ihre Wände ohne Weiteres niederbrennen.«

Grosvenor reagierte nicht, und McCann wandte sich ihm direkt zu. »Ich muss Ihnen offen gestehen«, sagte er, »dass ich mich in einem Zwiespalt fühle. In der Sache haben Sie recht. Aber Ihre Methode halte ich für verwerflich.« Er schien nicht zu merken, dass seine Aufmerksamkeit nicht länger der Mattscheibe galt.

»Es gäbe nur eine Alternative«, entgegnete Grosvenor, »nämlich gegen Kent zu kandidieren. Da er selbst nicht gewählt worden ist und nur als Geschäftsführender Direktor amtiert, könnte ich wahrscheinlich eine Wahl binnen Monatsfrist durchsetzen.«

»Warum tun Sie es nicht?«

»Weil«, gab Grosvenor mit einem Frösteln zurück, »ich Angst habe. Die Lebensform dort draußen ist praktisch dem Verhungern nahe. Jeden Augenblick kann sie in ihrer Verzweiflung den Versuch unternehmen, eine andere Galaxie zu erreichen, und es lässt sich überhaupt nicht ausschließen, dass sie sich für unsere entscheidet. Wir können keinen Monat mehr warten.«

»Und doch«, wandte McCann ein, »haben Sie selbst geschätzt, dass es ein ganzes Jahr dauern dürfte, die Intelligenz aus dieser Galaxie zu vertreiben.«

»Haben Sie je versucht, einem Raubtier ein Stück Fleisch zu entreißen?«, fragte Grosvenor zurück. »Es verbeißt sich darin, stimmt's? Es würde sogar darum kämpfen. Sobald dieses Lebewesen erkennt, dass wir es zu verjagen suchen, wird es sich darauf versteifen hierzubleiben.«

»Das leuchtet mir ein«, erwiderte McCann und nickte. »Außerdem dürfte Ihre Chance, eine Wahl zu gewinnen, ohnehin gleich null sein.«

Grosvenor schüttelte nachdrücklich den Kopf. »Ich würde gewinnen. Sie mögen mir auf meine bloße Behauptung hin nicht glauben. Tatsächlich aber lassen Menschen, denen der Sinn überwiegend nach Vergnügen, Berauschung oder Erfolg steht, sich leicht beeinflussen. Ich habe die Methoden nicht erfunden, die ich anwenden würde. Sie existieren seit Jahrhunderten. Aber sämtliche Versuche im Verlauf der Geschichte, den Vorgang systematisch zu ergründen, sind nicht bis zum Kern vorgestoßen. Bis vor Kurzem waren die Zusammenhänge zwischen Physiologie und Psychologie eine reichlich hypothetische

Angelegenheit. Erst nexialistisches Training hat praktisch brauchbare Resultate erzielt.«

McCann schwieg, musterte ihn. Schließlich fragte er: »Welche Zukunft steht dem Menschen Ihres Erachtens bevor? Rechnen Sie damit, dass wir alle Nexialisten werden?«

»An Bord eines solchen Schiffes ist das zwingend notwendig. Für die Gattung als Ganzes wäre es immer noch unpraktisch. Auf lange Sicht allerdings führt kein Weg daran vorbei, dass jeder Einzelne das lernt, was er durchaus zu lernen vermag. Weshalb sollte er unter dem Firmament seines Planeten stehen und mit dem einfältigen Blick des Aberglaubens und der Unwissenheit aufschauen? Weshalb sollte er existenzielle Entscheidungen nach Maßstäben treffen, die ihm jemand vorgegaukelt hat? Die untergegangenen Zivilisationen der irdischen Vergangenheit liefern Beispiele, was dem Menschen widerfährt, wenn er auf Situationen blindlings reagiert oder sich von autoritären Lehren abhängig macht.« Grosvenor hob die Schultern. »Für den Augenblick ist ein weniger hochgestecktes Ziel realistisch. Wir müssen die Menschen zur Skepsis erziehen. Der geistige Vorfahr des Wissenschaftlers ist der gewitzte, wenngleich ungebildete Bauer, der stets nach Beweisen verlangt. Auf jeder Abstraktionsebene ersetzt der Skeptiker seinen Mangel an spezifischem Wissen wenigstens teilweise durch die Einstellung: ›Ich bin offen für Argumente, aber bloße Worte überzeugen mich nicht. Ich verlange Beweise.‹«

»Den Nexialisten schwebt also vor«, wollte McCann grübelnd wissen, »das zyklische Ablaufschema der Geschichte zu durchbrechen? Ist das Ihr Ziel?«

Grosvenor ließ sich Zeit mit der Antwort. »Ich gebe zu, dass mich erst Korita auf die Bedeutung dieses Problems gestoßen hat. Er hat mich sehr beeindruckt. Sicherlich müsste die Theorie gründlich überarbeitet werden. Begriffe wie ›Blut‹ oder ›Rasse‹ beispielsweise entbehren jeder Bedeutung. Aber grundsätzlich scheint das Schema erstaunlich gut auf die Ereignisse zu passen.«

McCann hatte seine Aufmerksamkeit wieder den Angreifern zugewandt. Verwundert bemerkte er: »Sie brauchen anscheinend lange, um sich zu entschließen. Man sollte meinen, sie hätten sich vorher überlegt, wie sie vorgehen wollen.«

Grosvenor sagte nichts. McCann bedachte ihn mit einem scharfen Blick. »Halt!«, stieß er erregt hervor. »Hat sich der Angriff etwa schon an Ihrer Abwehr festgebissen?«

Als Grosvenor immer noch keine Antwort gab, sprang McCann auf, trat näher an den Bildschirm heran und starrte aus kurzer Entfernung auf die Szene. Zwei Männer, die auf dem Gangboden knieten, fesselten seine Aufmerksamkeit.

»Aber was tun sie dort?«, erkundigte er sich hilflos. »Was hält sie zurück?«

Grosvenor zauderte, erläuterte dann: »Sie geben sich Mühe, nicht durch den Fußboden zu fallen.« Obwohl er versuchte, sich zur Ruhe zu zwingen, bebte seine Stimme vor Erregung.

Niemand hatte eine Ahnung, dass alles, was er unternahm, auch für ihn Neuland war. Über die Kenntnisse hatte er natürlich verfügt. Nun aber hieß es, sie in die Praxis umzusetzen. Nirgends existierte ein direktes Vorbild für die Art, wie er verfuhr. Er hatte Erscheinungen kombiniert, die unter verschiedene Wissenschaften fielen, hatte improvisiert, im Einklang mit seinem Ziel und den Umständen, unter denen er handelte.

Es lief nach Wunsch – wie er erwartet hatte. Sein Wissen, zugleich breit und tiefschürfend, schloss Missgriffe nahezu aus.

McCann kam zurück und setzte sich wieder. »Wird der Boden tatsächlich einbrechen?«

Grosvenor schüttelte den Kopf. »Sie missverstehen den Vorgang. Der Boden hat seine Eigenschaften nicht geändert. Sie versinken darin. Falls sie noch weiter vordringen, fallen sie hindurch.« In einer Anwandlung von Fröhlichkeit lachte er auf. »Gourlays Gesicht möchte ich sehen, wenn seine Mitarbeiter ihm berichten, was ihnen widerfahren ist. Sie haben es mit seiner ureigenen ›Ballon‹-, Teleportations-, Hyperraumidee zu tun, kombiniert mit einem Verfahren aus der Ölgewinnung und zwei biochemischen Prozessen.«

»Verfahren aus der Ölgewinnung?«, wiederholte McCann verdutzt, dann sagte er: »Natürlich! Sie meinen die Methode, mit der wir Erdöl abbauen, ohne Bohrungen vorzunehmen. Wir stellen an der Oberfläche einen Zustand her, zu dem alles Öl in der Umgebung hinströmen muss.« Er zog die Brauen zusammen. »Aber – Moment mal! Da existiert doch ein Faktor ...«

»Ein Dutzend Faktoren, mein Freund«, unterbrach ihn Grosvenor. »Wir haben es hier mit einer Laborsituation zu tun. In geringem Ausmaß und auf kurze Entfernung funktioniert vieles mit wenig Energieaufwand.«

»Weshalb haben Sie solche Kniffe nicht gegen den Mieze-kater und das scharlachfarbene Monster angewendet?«, wollte McCann wissen.

»Das habe ich Ihnen schon erklärt. Auf diese Situation habe ich mich vorbereitet und manche Stunde Schlaf geopfert, um die Gerätschaften zu installieren. Vor der Auseinandersetzung mit unseren unirdischen Gegnern hatte ich dazu keine Gelegenheit. Glauben Sie mir, hätte ich das Schiff befehligt, keiner dieser Zwischenfälle hätte uns so viele Menschenleben gekostet.«

»Weshalb haben Sie sich nicht damals des Schiffs bemächtigt?«

»Es war zu spät. Mir blieb keine Zeit. Außerdem ist das Schiff gebaut worden, als es noch keine Nexialistische Stiftung gab. Wir mussten froh sein, überhaupt eine Abteilung an Bord unterbringen zu können.«

»Ich kann mir auch nicht denken, wie Sie es morgen anstellen wollen, die *Space Beagle* in die Hand zu bekommen«, bemerkte McCann nach kurzem Überlegen. »Dazu müssten Sie Ihr Labor, wie Sie es nennen, verlassen.« Er brach ab und starrte auf den Bildschirm. Atemlos stieß er hervor: »Sie haben Ent-Schwere-Flöße herangeschafft. Damit können sie den Boden schwebend überwinden.«

Grosvenor ersparte sich eine Antwort. Er hatte es bereits bemerkt.

27

Ent-Schwere-Flöße beruhten auf demselben Prinzip wie der Anti-Akzelerationsantrieb. Die Reaktion, die in einem Körper bei Aufhebung des Trägheitsmoments eintrat, war als molekularer Vorgang erkannt worden, der in der Natur selbst nicht vorkam. Ein Anti-Akzelerationsfeld lenkte Elektronen minimal von ihren Bahnen ab, mit der Folge einer Molekularspannung, die eine geringfügige, aber durchgängige Strukturabweichung hervorrief.

Materie, die sich auf solche Weise verändert hatte, verhielt sich, als wäre sie immun gegen herkömmliche Beschleunigungs- oder Verzögerungswirkungen. Ein Schiff, das Anti-Akzelerationstriebwerke besaß, konnte mitten im Flug auf der Stelle anhalten, auch wenn seine Geschwindigkeit Millionen Sekundenkilometer betrug.

Die Gruppe, die gegen Grosvenors Abteilung vorging, lud ihre Waffen auf, bestieg die langen, schmalen Flöße und regulierte die Feldstärke in gebührender Weise. Unter Zuhilfenahme starker Richtmagnete bewegten sie sich auf den etwa zweihundert Meter entfernten Eingang zu.

Die Flöße legten etwa ein Zehntel der Strecke zurück, ehe sie ihre Bewegung verlangsamten, anhielten und schließlich rückwärtszuschweben begannen. Kurz darauf kamen sie wieder zum Stehen.

Grosvenor, der sich an seiner Instrumententafel zu schaffen gemacht hatte, kam zurück und ließ sich neben dem ratlosen McCann nieder.

»Was haben Sie unternommen?«, wollte der Geologe wissen.

»Sie haben sicherlich verfolgt«, erklärte Grosvenor, »dass die Besatzung der Flöße Magnete auf die Stahlwände gerichtet und sich auf diese Weise voranbewegt hat. Ich habe ein abstoßendes Feld aufgebaut, was an sich nichts Neues ist. Diese Spielart ist allerdings an einen Wärmeaustauschvorgang gekoppelt, der mit der Methode, durch die der Mensch seine Körpertemperatur konstant hält, enger verwandt ist als mit der Wärmephysik. Jetzt werden sie Strahlantrieb benutzen müssen oder gewöhnliche Schraubenpropeller oder« – er lachte – »Ruder.«

McCann, dessen Blick nicht vom Bildschirm gewichen war, sagte grimmig: »Die Mühe machen sie sich nicht. Sie setzen den Hitzeprojektor ein. Schließen Sie lieber das Zugangsschott.«

»Warten Sie ab.«

McCann schluckte schwer. »Aber die Hitze dringt bis hierher. Wir werden braten.«

Grosvenor schüttelte den Kopf. »Ich habe Ihnen doch gesagt, dass meine Gegenwehr den Wärmeaustausch nutzt. Wird dem Metall, das uns umgibt, zusätzliche Energie zugeführt, strebt es nach einem neuen Temperaturgleichgewicht auf niedrigerem Niveau. Sehen Sie selbst!«

Der mobile Projektor überzog sich mit Weiß. Es war ein Weiß, bei dessen Anblick McCann eine unterdrückte Verwünschung ausstieß. »Frost«, murmelte er. »Aber wie ...«

Auf Wänden und Böden bildete sich eine Eisschicht. Die gefrorene Ummantelung des Projektors glitzerte. Ein kalter Luftzug drang durch den Eingang. McCann erschauerte.

»Wärmeaustausch«, murmelte er. »Gleichgewicht auf niedrigerem Niveau.«

Grosvenor stand auf. »Ich denke, es wird Zeit, dass sie das Feld räumen. Schließlich möchte ich nicht, dass ihnen etwas zustößt.«

Er begab sich zu einem Instrument, das an einer Wand des Vortragsraums stand, und ließ sich vor der umfänglichen Tastatur auf einem Sitz nieder. Die Tasten waren schmal und verschiedenfarbig, fünfundzwanzig pro Reihe bei gleichfalls fünfundzwanzig Reihen.

McCann folgte ihm und musterte das Instrument. »Was ist das?«, fragte er. »So etwas ist mir noch nie untergekommen.«

Mit einer raschen, gleitenden, fast beiläufigen Bewegung schlug Grosvenor sieben der Tasten an, griff dann nach oben und betätigte eine Hauptschaltung. Ein klarer, dennoch sanfter musikalischer Klang ertönte. Nachdem der Unterton bereits verklungen war, schienen die Obertöne noch sekundenlang nachzuschwingen.

Grosvenor sah auf. »Welche Assoziationen haben Sie empfunden?«

McCann zauderte. Ein eigenartiger Ausdruck lag auf seinen Zügen. »Anfangs sah ich eine Orgel vor mir, die in einer Kirche spielte. Dann wechselte das Bild, und ich fand mich auf einer politischen Versammlung wieder. Der Kandidat ließ schnelle, stimulierende Musik spielen,

um jedermann in euphorische Stimmung zu versetzen.«
Er brach ab, fügte dann übergangslos hinzu: »So also würden Sie darauf hinarbeiten, eine Wahl zu gewinnen.«

»Das wäre eins meiner Mittel.«

»Menschenskind, über welche Macht Sie verfügen!«, entfuhr es McCann.

»Ich werde davon nicht beeinflusst«, gab Grosvenor zurück.

»Sie haben aufgrund Ihrer Schulung bestimmte Reaktionen verinnerlicht. Sie können nicht erwarten, dass die ganze Menschheit Ihnen darin folgt.«

»Jedes Kleinkind internalisiert Verhaltensweisen, wenn es zu laufen, zu greifen, zu sprechen lernt. Warum soll man die Verinnerlichung nicht ausdehnen auf Hypnose, Ernährungsverhalten, überhaupt biochemische Prozesse? Ansätze dazu haben vor Jahrhunderten existiert. Zahlreiche organische und psychische Erkrankungen ließen sich dadurch vermeiden, bis hin zu den existenziellen Katastrophen, die eintreten, weil Menschen ihren Körper und Geist verkennen.«

McCann wandte seine Aufmerksamkeit wieder dem spindelförmigen, auf einen Untersatz montierten Instrument zu. »Woraus besteht es?«

»Aus zahlreichen Kristallen, an die elektrische Stromkreise angeschlossen sind. Wenn ich über die Tastatur ein bestimmtes Klangmuster vorgebe, werden Ultraschallschwingungen ausgestrahlt, die direkt auf das Gehirn einwirken, statt den Umweg über das Ohr zu nehmen. Ich kann darauf ebenso spielen wie ein Musiker auf seinem Instrument und Stimmungen erzeugen, die so nach-

haltig wirken, dass niemand, der nicht entsprechend geschult ist, sich ihnen entziehen kann.«

McCann kehrte zu seinem Sitz zurück. Er war bleich.
»Mich erschreckt das«, sagte er leise. »Ich betrachte es als
unmoralisch. Ich kann mir nicht helfen.«

Grosvenor betrachtete ihn prüfend. Dann wandte er
sich erneut den Tasten zu und berührte den Schalter. Diesmal wirkte der Klang süßer, wehmütiger. Er schien zu
haften, als pulsierte die Luft weiter, obwohl der Ton verklungen war. »Was haben Sie jetzt empfunden?«, wollte
Grosvenor wissen.

McCann zögerte wieder, gab dann unbehaglich zur Antwort: »Ich musste an meine Mutter denken. Plötzlich bekam
ich Sehnsucht nach Hause. Ich wünschte mir …«

Grosvenor runzelte die Stirn. »Das ist zu gefährlich«,
meinte er. »Noch etwas intensiver, und die ersten würden
sich zusammenrollen wie ungeborene Kinder.« Er überlegte. »Wie wäre es damit?«

Rasch arrangierte er ein neues Muster. Das Instrument
reagierte mit einem glockenähnlichen Laut, unterlegt mit
sachtem, fernem Klimpern.

»Ich war ein Baby«, sagte McCann, »und es war Schla-
fenszeit. Himmel, bin ich müde.« Er schien nicht zu bemerken, dass er in die Gegenwartsform verfallen war. Unwillkürlich gähnte er.

Grosvenor zog ein Fach auf und entnahm ihm zwei
Kopfhörer. Ein Paar reichte er McCann. »Setzen Sie die lieber auf.«

Er stülpte sich ebenfalls sein Paar über den Kopf, während McCann seinem Beispiel mit offenkundigem Wider-

streben folgte. Dabei bemerkte der Geologe bedrückt: »Ich bin wohl einfach nicht zum Machiavellisten geeignet. Wahrscheinlich werden Sie mir erklären, dass von jeher sinnlose Töne dazu gedient haben, Gefühle hervorzurufen und Menschen zu beeinflussen.«

Grosvenor, der dabei war, eine Skala einzustellen, hielt inne. Mit großem Ernst antwortete er: »Ob Menschen einen Vorgang für moralisch oder unmoralisch halten, hängt von den Assoziationen ab, die sie damit gleichzeitig oder rückblickend verbinden. Das soll nicht heißen, dass ethische Grundsätze überhaupt keine Rolle spielen würden. Ich persönlich vertrete die Maxime, dass als ethischer Maßstab das größte Glück der größten Zahl gelten sollte, immer vorausgesetzt, dass jeder Andersdenkende nicht etwa verfolgt oder gar gefoltert und getötet wird. Die Gesellschaft muss erst noch lernen, sich um den wirklich zu kümmern, der unwissend oder krank ist.«

Er sprach jetzt eindringlich. »Bitte bedenken Sie, dass ich dieses Instrument bislang nicht eingesetzt habe. Zur Hypnose habe ich nur gegriffen, als Kent meine Räume mit Beschlag belegen wollte – obwohl ich natürlich vorhabe, sie als Mittel anzuwenden. Seit dem Anbruch unserer Reise hätte ich mir unverdächtige Anlässe ausdenken können, um Besatzungsmitglieder zu beeinflussen. Warum habe ich darauf verzichtet? Weil sich die Nexialistische Stiftung selbst auf ethische Grundsätze festgelegt hat, die den Absolventen höchst nachdrücklich eingeprägt werden. Ich könnte mich darüber hinwegsetzen, aber nur unter allergrößten Schwierigkeiten.«

»Verstoßen Sie im Augenblick dagegen?«

»Nein.«

»Dann scheinen diese Grundsätze mir ziemlich flexibel zu sein.«

»Das ist richtig. Wenn ich fest überzeugt bin – wie zum Beispiel jetzt –, dass mein Handeln gerechtfertigt ist, fühle ich mich nervlich oder gefühlsmäßig nicht belastet.«

McCann schwieg. Grosvenor fuhr fort: »Vermutlich erleben Sie mich im Geiste als eine Art Diktator, der sich gewaltsam einer Demokratie bemächtigt. Diese Vorstellung wäre falsch. Ein Expeditionsschiff kann überhaupt nur mit quasi-demokratischen Methoden geleitet werden. Der wesentlichste Unterschied besteht aber darin, dass ich nach Beendigung der Reise zur Rechenschaft gezogen werden kann.«

McCann seufzte. »Wahrscheinlich haben Sie recht«, sagte er. Sein Blick wanderte zu der Mattscheibe. Grosvenor folgte der Blickrichtung und gewahrte, dass die Männer in Raumanzügen voranzukommen versuchten, indem sie sich von den Wänden abstießen. Ihre Hände sanken in das Metall ein, fanden aber doch einen gewissen Halt. Langsam rückten sie vor. McCann wollte wissen: »Was haben Sie jetzt vor?«

»Sie einzuschläfern – und zwar so.« Er betätigte den Schalter. Der Glockenton schien nicht lauter zu erklingen als zuvor. Doch auf dem Gang sanken die Männer vornüber.

Grosvenor stand auf. »Das wird sich alle zehn Minuten wiederholen, und ich habe im ganzen Schiff Resonanzgeräte angebracht, die die Schwingungen aufnehmen und ausstrahlen. Kommen Sie!«

»Wohin wollen Sie?«

»Ich will in das elektrische Hauptschaltsystem des Schiffs einen Stromkreisunterbrecher einbauen.«

Er holte das Teil aus seinem Filmstudio und verließ einen Augenblick später die Abteilung, gefolgt von dem Geologen.

Wohin sie auch gelangten, trafen sie auf schlafende Männer. Zuerst äußerte McCann laut sein Erstaunen, dann verfiel er in Schweigen und wirkte bedrückt. Schließlich sagte er: »Es lässt sich schwer fassen, dass Menschen im Grunde so hilflos sind.«

Grosvenor schüttelte den Kopf. »Es ist noch schlimmer, als Sie glauben.«

Sie waren im Maschinenraum angelangt, und Grosvenor schwang sich auf den untersten Rang der elektrischen Schaltkonsole. Das Teil einzubauen, nahm kaum zehn Minuten in Anspruch. Schweigend kehrte er zu McCann zurück und erläuterte auch anschließend nicht, was der Sinn des Unternehmens war oder was er vorhatte.

»Erwähnen Sie nichts davon«, sagte er nur. »Würde der Unterbrecher entdeckt, müsste ich einen anderen einbauen.«

»Wollen Sie die Leute jetzt wecken?«

»Ja, sowie wir in meiner Abteilung sind. Aber vorher hätte ich gern, dass Sie mir helfen, von Grossen und die Übrigen zu ihren Schlafkammern zu schaffen. Er soll sich über sich selbst ärgern.«

»Denken Sie, er oder jemand sonst könnte klein beigeben?«

»Nein.«

Seine Einschätzung erwies sich als richtig. Und so drückte er um 10:00 Uhr am folgenden Tag einen Schalter herunter, der die Hauptstromversorgung des Schiffs über den Unterbrecher umleitete, den er installiert hatte.

Überall im Schiff begann die ständig brennende Beleuchtung kaum merklich zu flackern, in einer nexialistischen Abwandlung des hypnotischen Lichtmusters der Riim. Augenblicklich wurde jeder an Bord, ohne es zu wissen, in tiefe Trance versetzt.

Grosvenor begann, auf dem spindelförmigen Instrument Gefühlsregungen zu erzeugen. Er konzentrierte sich auf Mut und Aufopferung, auf die Pflicht gegenüber der Menschheit angesichts immenser Gefahr. Er entwickelte sogar ein vielschichtiges Muster, das das Empfinden fördern würde, die Zeit verstriche doppelt, dreifach rascher als gewöhnlich.

Nachdem er so weit gediehen war, schaltete er die Rundrufanlage der *Space Beagle* ein und erteilte genaue Anweisungen. Nach deren Durchgabe schärfte er der Besatzung ein, dass sie künftig augenblicklich auf ein Schlüsselwort reagieren würde, ohne jemals zu wissen, wie das Wort lautete, oder sich später, nachdem es gefallen war, noch daran zu erinnern.

Anschließend befahl er den Männern, alles, was sie unter Hypnose gehört hatten, vollständig zu vergessen.

Er begab sich in den Maschinenraum und entfernte den Stromkreisunterbrecher. Dann kehrte er in seine Abteilung zurück, weckte alle und rief Kent an.

Er erklärte: »Ich ziehe mein Ultimatum zurück. Ich bin bereit, die Waffen zu strecken. Mir ist klargeworden, dass ich mich den Wünschen der übrigen Expeditionsmitglieder nicht entgegenstellen kann. Ich bitte um Anberaumung einer neuen Sitzung, an der ich persönlich teilnehmen werde. Natürlich werde ich abermals darauf dringen, dass wir gegen die fremde Intelligenz dieser Galaxie mit allen Mitteln zu Felde ziehen.«

Er war nicht überrascht, als sämtliche Abteilungsleiter erstaunlich einmütig ihre Haltung änderten, das vorliegende Beweismaterial übereinstimmend als schlüssig und die Gefahr als akut einschätzten.

Der Geschäftsführende Direktor Kent wurde beauftragt, dem Gegner unbarmherzig und ohne Rücksicht auf die Bequemlichkeit der Expeditionsteilnehmer zuzusetzen.

Grosvenor, der die Persönlichkeitsstrukturen der einzelnen Männer nicht angetastet hatte, registrierte mit grimmigem Vergnügen, dass Kent nur höchst widerstrebend die Notwendigkeit des Vorgehens einräumte.

Die Schlacht zwischen den Menschen und der fremden Lebensform stand bevor.

28

Die Anabis existierte in immensem, raumfüllendem, form-
losem Zustand, ausgebreitet im gesamten Bereich der
zweiten Galaxie. Sie krümmte sich ein wenig, schwach, in
den Milliarden Bestandteilen ihres Körpers, wich in au-
tomatischem Reflex zurück vor der vernichtenden Wut
zwei Milliarden lodernder Sonnen. Doch sie presste sich
eng gegen die Myriaden Planeten, wand sich in fiebri-
gem, unstillbarem Hunger um die Quadrillionen erregender Punkte, an denen sterbende Geschöpfe sie mit Lebenskraft versorgten.

Es reichte nicht. Durch die zahllosen fragilen Zellen
ihres gigantischen Gefüges sickerte das furchtbare Wissen um ihren bevorstehenden Hungertod bis in die fernsten Bereiche des geschwächten Riesenkörpers.

Nicht genug Nahrung, pulsierte die trostlose Botschaft
fort und fort durch die unmessbaren Elemente, nicht genug,
nicht genug – zu immens war ihr Umfang. Sie hatte einen
verhängnisvollen Fehler begangen, als sie in den frühen
Tagen ihrer Existenz derart unbekümmert gewachsen war.

Zu jener Zeit hatte die Zukunft grenzenlos angemutet,
der galaktische Raum endlos, in dem sie immer größere
Ausmaße annehmen konnte. Und sie hatte sich ausge-
dehnt, mit dem hemmungslosen, überschäumenden Ent-
zücken eines Organismus von niederer Herkunft, der sich
seines grandiosen Geschicks bewusst geworden war.

Denn die Anabis *war* niederen Ursprungs. In ihren in Dunkel gehüllten Anfängen war sie als Gas aus einem nebelverhangenen Sumpf gesickert. Geruchlos, geschmacklos, farblos – und doch entstand irgendwie, irgendwann eine dynamische Synthese. Entstand Leben.

Zuerst war die Anabis nichts als eine unsichtbare Nebelschwade. Ungestüm schoss sie über die schwülen, schlammigen Gewässer, die sie gezeugt hatten, sich windend, tauchend, mit wachsendem Bewusstsein, wachsender Gier danach trachtend, zugegen zu sein, wenn etwas – gleich, was – umkam.

Denn der Tod anderer bedeutete ihr Leben.

Nichts hätte ihr das Wissen bedeutet, dass der Prozess, der sie überleben ließ, einer der verwickeltsten war, den die organische Chemie jemals ersonnen hatte. Sie empfand nur maßlose Lust, wenn sie auf zwei Insekten herabstoßen konnte, die einander in furchtbarem Zweikampf umsummten, wenn sie sie einhüllen und, zitternd in jedem ihrer gasförmigen Atome, darauf warten konnte, dass die Lebenskraft des Unterlegenen erregend gegen ihre eigenen substanzlosen Elemente sprühte.

Dann kam eine zeitlose Epoche, in der ihr Leben nur aus jener ziellosen Suche nach Nahrung bestand und ihre Welt aus einem kleinen Sumpf, eine dunstige, gleichförmige Umwelt, in der sie ihre zufriedene, idyllische, fast vernunftlose Existenz verbrachte. Aber selbst in dieser Welt gedämpften Sonnenlichts wuchs sie unmerklich, brauchte mehr Nahrung, mehr, als die blindlings erfolgende Suche nach sterbenden Insekten ihr einbrachte.

Und so wurde sie verschlagen, eignete sich ein begrenztes kleines Wissen an, das dem feuchten Sumpf entsprach. Sie lernte, welche Insekten Beute machten und welche zur Beute wurden. Sie lernte, zu welcher Zeit jede Gattung jagte und wo die winzigen, flugunfähigen Ungeheuer lauerten; die geflügelten ließen sich weniger leicht verfolgen. Sie lernte, ihre substanzlose Gestalt einzusetzen wie einen Luftzug, der arglose Opfer ihrem Schicksal zutrieb.

Sie fand genug Nahrung, dann mehr als genug. Sie wuchs, und wieder hungerte sie. Aus Überlebensnotwendigkeit wurde sie gewahr, dass eine Welt jenseits des Sumpfes existierte. Und als sie sich eines Tages weiter wagte als je zuvor, stieß sie auf zwei riesige gepanzerte Bestien, ineinander verbissen auf dem blutigen Höhepunkt ihres Kampfes auf Leben und Tod. Die anhaltende Erregung, während die Lebenskraft des unterlegenen Untiers sie durchströmte, der gewaltige Schwall Energie verschafften ihr eine Ekstase, wie sie sie noch nie empfunden hatte.

Binnen einer kurzen Stunde, während der Sieger den zuckenden Unterlegenen verschlang, wuchs die Anabis auf das zehntausendmal Zehntausendfache.

Im Laufe einer einzigen Tag- und Nachtperiode war die dampfende Dschungelwelt umhüllt. Die Anabis flutete über jeden Ozean, jeden Kontinent, dehnte sich aus bis zu der Höhe, in der die ewigen Wolken dem ungedämpften Sonnenlicht wichen. Explosives Ergebnis! Später, in der Phase ihrer Intelligenz, vermochte sie zu ergründen, was sich zutrug. Die ultraviolette Strahlung der Sonne setzte die erforderliche Reaktion ihrer Elemente in Gang, lieferte Substanz, lieferte Masse. Im Morast, weit unterhalb der oberen Schichten jener wasserdampfgesättigten Atmosphäre, war nur eine minimale Menge der notwendigen Kurzwellen angelangt.

Die dynamische Ausdehnung, die nun einsetzte, hielt Äonen an. Am zweiten Tag erreichte die Anabis den nächsten Planeten. Bis zur Grenze der Galaxie breitete sie sich innerhalb messbarer Zeit aus, langte instinktiv nach der leuchtenden Materie anderer Sternennebel und musste kapitulieren vor Entfernungen, die ihrer tastenden, fragilen Materie keinen Ansatzpunkt boten.

Sie saugte Wissen auf, während sie Nahrung absorbierte. Anfangs glaubte sie, ihre Gedanken wären ihre eigenen. Allmählich verstand sie, dass die elektrischen Nervenimpulse, die sie am Schauplatz eines jeden Todes aufnahm, ihr das Denken und Fühlen beider Beteiligter zutrugen. Eine Zeit lang bestimmte dies die Ebene, auf der sie dachte. Sie eignete sich die animalische Verschlagenheit fleischfressender Jäger an und die Kunstfertigkeit der Gejagten. Doch hie und da, auf verschiedenen Planeten, begegnete ihr ein gänzlich anderer Grad von Intelligenz: denkende Wesen, Vernunft – Zivilisation.

Sie entdeckte *auf diese Weise*, dass sie, indem sie sich zusammenzog, Löcher im Raum zu bilden vermochte, durch die sie zu entfernten Punkten gelangte. Sie lernte, Materie dergestalt zu transportieren. Weil urzeitliche Welten ihr mehr Lebenskraft lieferten, begann sie, Planeten in dampfende Dschungel zu verwandeln. Sie beförderte riesige Stücke anderer Dschungelwelten durch den Hyperraum. Sie lenkte kalte Planeten näher an ihre Sonnen heran.

Und immer noch reichte es nicht.

Die Tage ihrer Kraft schienen zu verfliegen. Wo immer sie sich nährte, wuchs sie zugleich. Sie erlangte enorme Intelligenz und erreichte nie ein Gleichgewicht. Mit wachsendem Entsetzen erkannte sie, dass sie in absehbarer Zeit zum Untergang verurteilt war.

Die Ankunft des Schiffs weckte Hoffnung. Indem sie sich in einer Richtung bis zum Äußersten streckte, würde sie dem Schiff zu seinem Ursprungsort folgen. Ihr wirklicher Überlebenskampf würde dann erst beginnen – Sprünge von Galaxie zu Galaxie, Ausbreitung immer weiter in die ungeheuere Nacht. Die einzige Hoffnung bestand darin, stets neue Planeten in Dschungelwelten zu verwandeln und in einen Raum vorzudringen, der nirgends endete …

Finsternis machte den Männern nichts aus. Die *Space Beagle* duckte sich auf eine endlose Ebene aus zerklüftetem Metall. Aus jeder Bordluke fiel Licht. Blendende Scheinwerfer gossen zusätzliche Lohe über Reihen von Maschinen, die riesige Löcher in die harte Welt aus Eisen rissen. Anfangs wurde ein einziger Fertigungsautomat mit Eisenerz beschickt, der instabile Torpedos, einen in jeder Minute, produzierte und unverzüglich in den Raum schleuderte. Das war der Auftakt.

Um Mitternacht setzte die Produktion der Fertigungsautomaten ein. Zusätzliche robotisierte Zubringer versorgten sie mit Roheisen. Bald warfen hundert, dann tausend Aggregate die schlanken dunklen Torpedos aus. In immer größerer Zahl stiegen sie auf in die umgebende Nacht, verstreuten ihre radioaktive Ladung in alle Richtungen. Dreißigtausend Jahre lang würden diese Geschosse ihre zerstörende Strahlung verbreiten. Sie waren so konstruiert, dass sie im Schwerefeld der Galaxie verblieben, aber nie auf einen Planeten oder in eine Sonne fielen.

Als die rötliche Dämmerung langsam den Horizont erhellte, teilte Chefingenieur Pennons über die Rundrufanlage mit:

»Wir produzieren jetzt neuntausend Stück pro Sekunde. Ich denke, wir können die übrige Arbeit ruhig den Maschinen überlasen. Die Fertigungsstätte ist gegen Störungen energetisch abgeschirmt. Noch eine Reihe weiterer derartiger Welten, und unser massiger Freund wird in seinen lebenswichtigen Teilen ein leeres Gefühl verspüren. Wir sollten uns auf den Weg machen.«

Die Zeit kam, Monate später, als sie beschlossen, den Spiralnebel NGC 50347 anzusteuern. Der Astronom Gunlie Lester erklärte, welche Bewandtnis es mit der Wahl hatte.

»Diese Galaxie«, erläuterte er ruhig, »ist neunhundert *Millionen* Lichtjahre entfernt. Sollte die gasförmige Intelligenz uns folgen, wird sie sich in einer Nacht verlieren, die fast buchstäblich nirgends endet.«

Er nahm Platz, und Grosvenor ergriff das Wort.

»Ich bin überzeugt«, sagte er, »wir sind uns alle klar darüber, dass wir diesen fernen Sternennebel nicht wirklich anfliegen. Um dorthin zu gelangen, würden wir Jahrhunderte brauchen, vielleicht Jahrtausende. Wir wollen diese feindselige Lebensform so weit hinauslocken, dass sie an Hunger zugrunde geht. Ob sie uns folgt, werden wir am Murmeln ihrer Gedanken merken. Und wenn das Murmeln verstummt, werden wir wissen, dass sie tot ist.«

Genauso geschah es.

Zeit verstrich. Elliott Grosvenor betrat den Vortragsraum seiner Abteilung und sah, dass seine Zuhörerschaft weiter angewachsen war. Alle Plätze waren besetzt, und weitere Stühle hatte man aus angrenzenden Räumen herbeigeholt. Er begann seine Abendvorlesung.

»Die Fragen, mit denen sich der Nexialismus auseinandersetzt, sind Ganzheitsprobleme. Der Mensch hat Leben und Materie unterteilt nach Wissen und Sein. Auch wenn er manchmal Begriffe verwendet, die bezeugen, dass er sich jener Ganzheit seiner Welt bewusst ist, verfährt er doch so, als zerfiele das einheitliche, sich wandelnde Universum in zahlreiche getrennt funktionierende Teile. Die Methoden, die wir heute Abend besprechen wollen …«

Er hielt inne. Sein Blick war über seine Zuhörer gewandert und auf einer vertrauten Gestalt im Hintergrund haften geblieben. Nach einem Augenblick des Zögerns sprach Grosvenor weiter.

»… werden demonstrieren, wie diese Kluft zwischen Wirklichkeit und menschlichem Verhalten überbrückt werden kann.«

Er begann mit seinen Erläuterungen. Im rückwärtigen Teil des Raumes machte sich Gregory Kent seine ersten Notizen über die Techniken des Nexialismus.

Und mit seinem winzigen Teil menschlicher Zivilisation an Bord raste das Expeditionsschiff *Space Beagle* mit sich stetig steigernder Geschwindigkeit durch eine Nacht, die nirgends endete.

Und nirgends begann.

A. E. van Vogt und Oswald Spengler stoßen die Tore zur Unendlichkeit auf

Ein Nachwort von Rainer Eisfeld

A. E. van Vogts Roman »Die Expedition der Space Beagle« ist das klassische Epos vom Vorstoß des Menschen in interstellare Räume. Mit seiner tausendköpfigen Besatzung fliegt das kugelförmige Raumschiff erstmals zu einer benachbarten Galaxie: dem Feuerrad M33 im Sternbild Andromeda. Scheinbar schon fast allmächtig, stoßen die Forscher unaufhaltsam in kosmische Räume vor – und erleben in der Konfrontation mit den Gefahren dieser Räume doch zugleich immer aufs Neue, wie eng menschliche Grenzen gezogen sind.

Lichtjahrtausende von der Erde entfernt, treffen sie auf Albtraumgeschöpfe: auf das Katzenwesen Cœurl; auf das abgrundtief fremde Ixtl; auf die vogelähnlichen Riim, mit denen die versuchte Kontaktaufnahme misslingt; und, am Expeditionsziel angelangt, auf die Anabis, eine gasförmige Lebensform von der Ausdehnung eines galaktischen Nebels.

Bei diesen Begegnungen fällt dem jungen Wissenschaftler Elliott Grosvenor, der an Bord des Schiffs die neue Integrationsdisziplin des »Nexialismus« vertritt, eine entscheidende Rolle zu. Letztendliches Ziel bleibt für A. E. van Vogt in seinem Roman (wie auch in anderen Werken) jene Integration von Körper und Geist, die die menschliche Vervollkommnung fördert. Dazu bedarf es einer philosophisch-psychologischen Lehre und einer daraus abgeleiteten nervlichen Trainingsmethode. »Nexialismus« (abgeleitet von nexus, Verknüpfung) nannte er jene Disziplin, die die Lücken zwischen den Ergebnissen verschiedener Fachdisziplinen überbrücken sollte, personifiziert eben durch Elliott Grosvenor.

»Science-Fiction, wie ich sie zu schreiben versuche, verherrlicht den Menschen und seine Zukunft«, erklärte van Vogt im Nachwort zu seiner Kurzgeschichtensammlung »Destination Universe«. Der vorliegende Roman macht dabei keine Ausnahme. Bereits der Name, den van Vogt seinem Expeditionsschiff gab, liefert einen ersten Hinweis.

An Bord der Brigg *Beagle* (gesprochen »biegl« – ein flinker Jagdhund) war der Naturforscher Charles Darwin binnen fünf Jahren, zwischen 1831 und 1836, von England aus um die Erde gesegelt. Die Fauna dreier Kontinente hatte er während seiner Landaufenthalte zu beobachten und zu klassifizieren getrachtet. Zwei Jahrzehnte später sollte ihn seine Lehre von der »Entstehung der Arten« weltberühmt machen.

Darwins Schiffsreise hatte ihn dreitausend Meilen weit um das sturmgepeitschte Kap Hoorn vom Atlantik in den Pazifik geführt, binnen zweier weiterer Monate nach Australien und schließlich über den Indischen Ozean und um das Kap der guten Hoffnung zurück nach Europa. Von einem »glühenden Glücksgefühl« sprach er später, das den Reisenden dort überkam, wo ein »zivilisierter Mensch« noch nie zuvor gewesen war. Nach Darwins »Brigg von zehn Kanonen« benannte van Vogt also das Raumschiff seiner Sternenexpedition, mit dem in ferner Zukunft eine Forschergruppe erstmals die Milchstraße durchquert.

Als er dieses Schiff für die episodenhaften Erzählungen konzipierte – die er später ergänzte und in Romanform zusammenfasste – brach van Vogt zugleich in einem zentralen Punkt mit den etablierten Traditionen des Genres. Nicht zuletzt dieser Bruch trug dazu bei, die Abenteuer der *Space Beagle* in den Rang eines Science-Fiction-Klassikers zu erheben, der immer wieder neue Lesergenerationen fasziniert.

Bis dahin hatten die Autoren regelmäßig eine winzige Schar heldenhafter Protagonisten kosmische Hürden überwinden lassen. Kaum anders als moderne Weltraum-Musketiere, schlugen sich zwei oder drei Helden mit ganzen Zivilisationen herum. Van Vogt hingegen ließ sich von einer Einsicht leiten, die eigentlich nahelag: Die Erkundung anderer Sonnen-, gar Milchstraßensysteme bot wohl am allerwenigsten Anlass, zugunsten von Allround-Heldentum auf wissenschaftliche Spezialisierung und Arbeitsteilung zu verzichten. Im Gegenteil: Welche Gelegenheit sonst ließ sich vorstellen, bei der die Mobilisierung allen nur denkbaren Fachwissens stärker gefragt sein musste? Chemiker, Physiker und Biologen bemannten folglich die *Space Beagle*; außer Naturwissenschaftlern gehörten Psychologen, Soziologen, Archäologen zur Raumschiffbesatzung.

Und noch eine Wendung nahm die Schilderung interstellarer Raumabenteuer in den *Space Beagle*-Episoden: A. E. van Vogt lieferte seiner Besatzung ein, wie er behauptete, kulturhistorisches Orientierungsmaß für ihre Kontakte mit außerirdischen Lebensformen: eine vereinfachte Version des zyklischen Geschichtsverständnisses, das Oswald Spengler Anfang der 1920er-Jahre in seinem zweibändigen Werk »Der Untergang des Abendlandes« verfochten hatte. Fremde Lebewesen wurden nach den Maßstäben solcher irdischen Geschichtsdeutung als einstufbar, folglich »berechenbar« dargestellt – eine Idee, gegen die sich erhebliche Zweifel vorbringen lassen. (Van Vogts Rückgriff auf Spengler hatte noch weitere Folgen, mit denen ich mich gleich befasse.) Van Vogt aber konnte den Anspruch erheben, nicht materielle Gewalt habe letztlich die Bezwingung der aggressiven fremden Geschöpfe ermöglicht, sondern »unser Wissen um geschichtliche Verläufe«.

In dem 1950 veröffentlichten Roman hat van Vogt die ersten beiden Science-Fiction-Geschichten eingearbeitet, die er überhaupt veröffentlichte: »Black Destroyer« (»Schwarzer Verheerer«, Juli 1939) und »Discord in Scarlet« (»Misston in Scharlach«, Dezember 1939, später uneingestandene Vorlage für den Film *Alien*). Allgemein wird die Juli-Ausgabe des Magazins *Astounding Science Fiction*, in der »Schwarzer Verheerer« erschien, als der Startschuss zum sogenannten »Golden Age«, dem Goldenen Zeitalter der Science-Fiction, betrachtet. Nicht nur A. E. van Vogt, sondern auch Isaac Asimov gab dort sein *Astounding*-Debüt mit der Kurzgeschichte »Trends«. Asimov schilderte eine Ära, in der Raumfahrt als Gotteslästerung gilt, bis nach der ersten (insgeheim durchgeführten und erst nachträglich publik gemachten) Mondumrundung die Stimmung umschlägt. Ein sozialpsychologisches Thema also, zu dem den 19-jährigen Studenten Asimov sein Job als Hilfskraft eines Soziologieprofessors inspiriert hatte – van Vogts Fabel an intellektuellem Anspruch zumindest nicht unterlegen, in der Lesergunst aber ohne Chance gegen »Black Destroyer«.

Noch mehrfach trugen im Urteil der *Astounding*-Leser die grandiosen Entwürfe, die fast hypnotische Anziehungskraft zahlreicher früher Erzählungen van Vogts den Sieg über Asimovs nüchternere Prosa davon. Ihre Wirkung durch schieres, ungebrochenes Tempo und intensiven, zwingenden Stil ist bis heute, wie der Leser leicht feststellen kann, im gesamten Roman spürbar. Er bewahrt die erzählerische Kraft der ursprünglichen Space Operas, hat aber deren thematische Naivität zugunsten einer ausdifferenzierten Handlung abgestreift (die freilich eine skeptische Distanz zum Mythos vom menschlichen Aufbruch zur »Eroberung« des Universums nicht zulässt).

Bei dem renommierten New Yorker Verlagshaus Simon & Schuster wusste man van Vogts kühne Perspektiven zu schätzen. Man nahm »Die Expedition der Space Beagle« ins Programm auf und veröffentlichte den Roman 1950 als gebundene Ausgabe. Für große Verlage wie Simon & Schuster stellte Science-Fiction damals ein entlegenes Seitengebiet dar, mit dem man dann und wann ein wenig experimentierte. Spezialisierte Kleinverlage wie Gnome Press oder Shasta, die Asimovs und Robert A. Heinleins Bücher druckten, mochten das anders handhaben; dafür sahen die Autoren, wie beispielsweise Isaac Asimov geschildert hat, auch kaum bares Geld. Mit »Die Expedition der Space Beagle«, so wie zuvor bereits mit »Welt der Null-A« (gleichfalls Simon & Schuster), wurde A. E. van Vogt auch kommerziell erfolgreich.

Die zweifellos berühmteste Episode des Romans handelt von der Begegnung der irdischen Raumschiffbesatzung mit Ixtl, jener »Erscheinung aus einer scharlachroten Hölle«, deren Arme und Beine »wie grelle Feuerzungen funkelten«. Ixtl war, gleichfalls mit van Vogts Worten, »analog konstituiert zu einer gewissen Spezies von Wespen, die auf der Erde leben«. Analog zu Schlupfwespen nämlich, die ihren Legestachel in Käferlarven versenken, worauf die heranwachsende Wespe ihren Wirt von innen auffrisst und anschließend ins Freie gelangt.

»Das fremde Wesen legt Eier in den Magen des Opfers«, schrieb Hollywood-Drehbuchautor Dan O'Bannon vierzig Jahre später. Das neue Geschöpf »beißt sich dann seinen Weg aus dessen Körper«. O'Bannon beschrieb damit ein Hauptmerkmal seines »Alien«, jener Lebensform, deren verschiedene aggressive Existenzstadien für die Schreckensmomente in dem gleichnamigen Film sorgten. Effektvoll-bedrohlich ins Bild gesetzt wurde das Alien nach Entwürfen des Malers und Plastikers H. R. Giger, der dafür einen Oscar gewann. Als die 20th Century Fox ihn engagierte, war der Schweizer Surrealist bereits mit seinen »biomechanischen« Kreationen bekannt geworden, wie sie 1977 der großformatige Band »Gigers Necronomicon« abbildete. »Blitzschnell und wild, dabei insektenhaft und elegant«, so Giger selbst, attackierte sein Geschöpf die menschlichen Protagonisten des Films – und die Sinne der Kinozuschauer.

Insektenhaft: Das Legerohr des Alien ersparte van Vogt seinem Publikum. Ixtl erschien voll ausgewachsen auf der Bildfläche. Weil er imstande war, seine Molekularstruktur zu verändern und materielle Hindernisse auf diese Weise zu durchdringen, bediente er sich seiner Hände, um Eier in den Magen der Männer zu deponieren. Damit entfielen zwei für den Film *Alien* entscheidende Schocksequenzen: der »facehugger« – die Embryonalform des Geschöpfs, die sich über das Gesicht des Opfers legt, um es als Inkubator zu benutzen – wie auch der »chestburster«, der die Brust des gequälten Astronauten von innen durchstößt und sich seinen Weg ins Freie bahnt. Was sich dabei abspielen könnte, findet sich bei van Vogt nur angedeutet, als der Magen des letzten Opfers aufgeschnitten und das Ei in einen Metallbehälter befördert wird: »Ein hässlicher runder, scharlachroter Kopf mit Knopfaugen und einem winzigen Mundschlitz schob sich heraus. Der Kopf drehte sich auf seinem kurzen Hals, und die Augen funkelten mit grausamer Wildheit zu ihnen hoch. Mit einer Schnelligkeit, die fast überrascht hätte, sprang das Geschöpf in die Höhe …«

Die Ähnlichkeit des Alien mit Ixtl ließ sich dennoch kaum bestreiten. Van Vogt erhielt von der Filmfirma im Wege eines Vergleichs 50 000 Dollar zugesprochen.

In einem Kommentar zu seiner eigenen Entwicklung als Autor bezeichnete A. E. van Vogt Oswald Spenglers Werk

»Der Untergang des Abendlandes«, dessen Bedeutung als Orientierungsmaßstab für die Raumschiffbesatzung eingangs erwähnt wurde, als »überwältigend«. Es habe ihn, wie er rückblickend vermerkte, »fasziniert«.

Spengler, der 1936 knapp 56-jährig an einem angeborenen Herzfehler starb, litt weder an übergroßer Bescheidenheit noch an einer Schwäche für die Demokratie. Hier sei »noch einmal eine Tat wie die des Kopernikus« zu vollbringen gewesen, schrieb er über seine eigene Leistung. Sein Staats- und Gesellschaftsideal war straff autoritär, mit dem Ziel außenpolitischer Machtentfaltung: »Jeder hat seinen Platz. Es wird befohlen und gehorcht.« Den von ihm vorhergesagten Zweiten Weltkrieg »um die Weltherrschaft« zu führen, traute er den »lärmenden« Nazis nicht recht zu (»aber die Bewegung muss man unterstützen«). Er schrieb und sprach ständig von »Rasse«, doch er war kein Antisemit. Was er unter »starker Rasse« verstand, war »das Ewig-Kriegerische«.

Spengler beanspruchte, Geschichte dadurch vorausbestimmen zu können, dass er für jede Kultur, analog zur Pflanze, eine zyklische Entwicklung vom »Leben« zum »Tod« unterstellte. Ihr Tod, ihr »Untergang«, war für ihn gleichbedeutend mit »Zivilisation«, die er geringschätzig abwertete als Vermassung, Erlöschen der Gestaltungskräfte, »geistiges Greisentum«. Unausweichlich würde damit, prophezeite er, der Aufstieg »starker Menschen« einhergehen, die Herausbildung eines »Cäsarismus«, der – analog zum späten Rom – Gewaltpolitik auf seine Fahnen schreiben würde: Despotismus nach innen, Expansion nach außen.

Dass man »dies wollen muss oder gar nichts«, dass diese »Disziplin metallharter Naturen, dieser Kampf mit den kältesten Mitteln« etwas »Großartiges« sei, wurde Spengler nicht müde zu betonen. Seine Behauptungen konnten wirken, weil er meisterhaft auf der Klaviatur leidenschaftsloser Einsicht in unumgängliche Vorgänge zu spielen verstand. Einen Autor wie van Vogt konnte Spenglers Anspruch erst recht nicht unberührt lassen: Mehr und mehr begann er pseudowissenschaftlichen Lehrgebäuden anzuhängen, die die Erlangung »übermenschlicher« körperlicher und geistiger Fähigkeiten versprachen.

»Die Masken aus dem Zeitalter parlamentarischer Zwischenzustände werden rasch fallen«, schrieb Spengler 1933. In der Schlussepisode des Romans lässt Elliott Grosvenor im Gespräch mit dem Geologen McCann keinen Zweifel daran, dass er aufgrund der Manipulationstechniken, über die er verfügt, jede Wahl an Bord des interstellaren Expeditionsschiffs gewinnen würde. Van Vogt suggeriert dem Leser, dass es beim Aufeinandertreffen mit der Anabis um alles oder nichts geht: um das Überleben nicht nur der Raumschiffbesatzung, sondern auch der Menschheit in ihrer Milchstraße. Damit ist für Grosvenor der Augenblick gekommen, »innenpolitische Ideale« ad acta zu legen: »Alle Institutionen sind von nun an ohne Sinn und Gewicht. Bedeutung hat nur die ganz persönliche Gewalt, welche der Cäsar durch seine Fähigkeiten ausübt.« (Spengler)

Zwar versucht van Vogt dem Leser einzureden, allein Gregory Kent stehe als Symbol für derartige Gewaltpolitik. Tatsächlich aber spielt sich, siehe Spenglers Formulierung oben, ein »Kampf der starken Menschen« ab, in dem Grosvenor nicht nur über Kent triumphiert, sondern sich zugleich die widerspenstige Besatzung unterwirft. Als der Roman einsetzt, amtiert ein gewählter Direktor der *Space Beagle*. Als die Erzählung endet, regiert ein Usurpator, dessen wirkliche Macht die Besatzung nicht einmal ahnt, weil sie bis in ihre Psyche reicht. Damit hat van Vogt nicht nur ein interstellares Epos, sondern auch einen zutiefst Spenglerschen Roman vorgelegt.

Alfred Elton van Vogt wurde am 26. April 1912 in Mittelkanada nahe Winnipeg (Provinz Manitoba) als Sohn niederländischer Einwanderer geboren. Er starb am 26. Januar 2000 in Los Angeles. 1995 wurde ihm von den Science Fiction Writers of America die Auszeichnung *Grand Master Nebula Award* für sein Lebenswerk zuerkannt. Die Preisverleihung förderte die Rückbesinnung auf einige seiner populärsten Romane, die in den folgenden beiden Jahrzehnten neu aufgelegt wurden. Diese Neuveröffentlichung großer Teile seines Werks hat van Vogt leider kaum oder gar nicht mehr registriert; in einer grausamen Ironie befiel ausgerechnet ihn, der seinen Protagonisten so oft übermenschliche geistige Fähigkeiten verliehen hatte, die Alzheimersche Krankheit mit ihren unausweichlichen Folgen fortschreitenden Gedächtnisverlusts und schließlich völliger Hilflosigkeit.

Van Vogt liegt in Culver City begraben, einem Stadtteil von Los Angeles, der im Westen an Santa Monica und im Norden an Beverly Hills grenzt. Vom Los Angeles Airport fährt man den Sepulveda Boulevard nach Norden und biegt bei der Fox Hills Mall rechts in die Slauson

Avenue ab. Der Holy Cross Cemetery gehört zu jenen gesichtslosen amerikanischen Friedhöfen, deren grasbestandene Flächen regelmäßig von Rasenmähern geschoren werden. Grabsteine sind verpönt; sie würden dabei nur stören. Stattdessen stößt man auf Reihen um Reihen monotoner, in den Boden eingelassener Platten mit immer gleichen Standardinschriften.

»In Loving Memory – Alfred E. van Vogt – Beloved Husband« steht auf Grab 85, Reihe T, Parzelle 33 zu lesen. Nichts an diesem Ort lässt erkennen, dass hier ein Mann ruht, der – mit den Worten seines Biografen Arthur Jean Cox – »sein Gesicht stets dem Universum zuwandte«.

Rainer Eisfeld ist emeritierter Professor für Politikwissenschaft und Autor. In »Mondsüchtig« (1996) zeichnete er die Verwicklung Wernher von Brauns und anderer V2-Ingenieure in die Verbrechen des NS-Regimes nach. Für die Heyne Bibliothek der Science-Fiction-Literatur hat Eisfeld die »Null A«-Trilogie sowie den »Ischer«-Zyklus von A. E. van Vogt herausgegeben.

Robert A. Heinlein

**Entdecken Sie einen der größten
Science-Fiction-Autoren aller Zeiten!**

978-3-453-31897-7

HEYNE ‹

Leseprobe unter **www.heyne.de**